rororo

Wenn es um exklusive Dessous geht, dann ist die Wiener Firma «Aphrodite» eine der besten Adressen. Mit Charme und eiserner Hand hat der alte Franz Steininger das Unternehmen in Jahrzehnten aufgebaut. Doch wer soll «Aphrodite» übernehmen, wenn er einmal nicht mehr ist? Und wie wollen sich die Steiningers gegen amerikanische Übernahmepläne zur Wehr setzen? Bald zeigt sich, dass Franz nicht der Einzige im Hause Steininger ist, der Geheimnisse hegt. Liebschaften und Intrigen, Lügen und Verrat – die Zukunft der Firma droht im Strudel der Leidenschaften zu versinken.

Miriam Becker

Liebe, Lügen, Leidenschaften

Das Buch zum TV-Film

*Nach den Drehbüchern von
Christiane Sadlo (Folgen 1–3),
Susanne Hertel und
Marco Serafini (Folgen 4–6)*

Rowohlt Taschenbuch Verlag

2. Auflage Januar 2003

Originalausgabe
Veröffentlicht im Rowohlt Taschenbuch Verlag
GmbH, Reinbek bei Hamburg, Januar 2003

Redaktion Claudia Wuttke
Umschlaggestaltung any.way, Andreas Pufal
Umschlagfoto Michael Bernhard
Fotos im Tafelteil Moni Saulich (1. Staffel),
Stefan Haring (2. Staffel)

Gesetzt aus der Sabon (PostScript)
bei Pinkuin Satz und Datentechnik, Berlin
Druck und Bindung Clausen & Bosse, Leck
Printed in Germany
ISBN 3 499 23400 9

Die Schreibweise entspricht den Regeln der
neuen Rechtschreibung.

Kapitel 1

«*Was macht eine wirklich schöne Frau aus?*» Diese Frage hatte sich Franz Steininger früher oft gestellt, aus professionellen Gründen, aber auch ganz einfach, weil er ein Mann war, der die Frauen liebte. «Das Gesicht, eine gute Figur, gepflegte Hände, volle Lippen, schönes Haar?» Das alles besaßen fraglos die Modeschönheiten, Fotomodelle und Mannequins, die er kannte. Sehr gut kannte, denn sie arbeiteten für ihn. Sie führten seine Kollektionen auf dem Laufsteg vor. So wusste er auch, dass eine strahlende Fassade das Ergebnis stundenlanger Bemühungen von Visagisten und Make-up-Artisten war. Ungeschminkt, im fahlen Licht hinter den Kulissen, erschienen sie ihm manchmal wie ausrangierte und austauschbare Schaufensterpuppen, langbeinig und dünn, wie sie waren, bar jeglichen Schmucks, der künstliche Zauber aus ihrem Gesicht gewischt, der Glanz erloschen, ausgeknipst wie das Rampenlicht nach der Modenschau, nicht wiederzuerkennen.

Nein, das war nicht die Art Schönheit, die Franz bewegte. Was ihn faszinierte, war die Summe der ganz persönlichen Details einer Frau: eine Geste, ein Lachen, die Bewegung einer Hüfte, das Zurückstreichen der Haare aus der Stirn. Alles, was einmalig war und für andere unwiederholbar, was nur zu dieser einen Person gehörte. Vielleicht war es so, weil er mit dem Alter ruhiger geworden war, vielleicht auch, weil er zeit seines nunmehr siebzigjährigen Lebens auf der Suche nach dem weiblichen Urbild war. Als er klein war, hatten seine Eltern ein Dienstmädchen. Das gehörte sich so in den besseren Wiener Kreisen. Martha war eine junge Slowenin mit schwarzen Haaren, nicht schön im eigentlichen Sinne. Und trotzdem konnte der kleine Franz sich nicht erinnern, jemals wieder etwas so Aufregendes erlebt zu haben wie den Blick durch das Schlüsselloch ins Mädchenzimmer. Im Grunde hatte er nicht viel sehen können. Ein Haarknoten, der gelöst wurde, die Haarklemme im Mund, eine schemenhafte Bewegung der Schenkel, wenn sie die Strümpfe herunterrollte, mitunter auch die Wölbung einer Brust. So gigantisch wirkte sie durch das Schlüssellochfernrohr auf ihn, dass er erschrak und zurückprallte. Das war es, was ihn geprägt hatte. Die physische Schönheit weiblicher Details in der Bewegung. War er deswegen ein Voyeur? Als kleiner Junge gewiss, so wie alle Männer. Später, als die Heimlichtuerei vorüber war, als das Geheimnis keines mehr war, da war er beinahe ein wenig enttäuscht. Pure Nacktheit empfand er im Grunde genommen als reizlos. Ihm fehlte das Einmalige daran ebenso wie das Versteckte oder, besser gesagt, das Versteckspiel: die Aufregung, etwas sehen zu können, und doch wieder nicht, jedenfalls nicht vollständig. Aus dem Voyeur wurde der Connaisseur Franz. Seine stattliche Erscheinung und seine dunklen Augen machten es ihm leicht, die Frauen zu genießen.

Als sein Vater Mitte der siebziger Jahre starb, begann er mit einer gewissen Folgerichtigkeit, die alteingesessene Herrenschneiderei peu à peu in eine Dessous-Fabrikation zu verwandeln. Dass Carl die Firma nach der antiken griechischen Schönheitsgöttin «Aphrodite» nannte, war die letzte Ehrerbietung gegenüber dem konservativen Bildungs- und Werteideal seines Vaters. Ansonsten war im Verlauf der letzten 25 Jahre alles anders geworden. Statt englischer Tuchhersteller setzte er auf südeuropäische. Die Designer kamen aus internationalen Modeschulen, und seinen ehemaligen Kompagnon hatte es sogar in die Vereinigten Staaten von Amerika verschlagen.

Allein, es half nichts, ging es Franz durch den Kopf, während er gedankenverloren in seinem stilvoll eingerichteten Büro saß. Die billige Konkurrenz aus Fernost war in den vergangenen Jahren erdrückend geworden. Erst hatte es die heimische Textilindustrie getroffen. Wer kaufte heute noch ein Hemd «Made in Austria»? Dann gingen die Nischenmärkte verloren, selbst die Berufsbekleidungshersteller mussten aufgeben. Und am Ende der Kette standen die Couturiers. Joop und Jil Sander waren multinationalen Aktiengesellschaften angegliedert worden, Giorgio Armani, mit seinen siebenundsechzig Jahren fast ein Jahrgang mit Franz, philosophierte über den Verfall der Modewelt; der japanische Designer-Zar Yohji Yamamoto hatte bei Adidas angeheuert. Dass sich ausgerechnet die kleine Luxusdessous-Schmiede «Aphrodite» noch über Wasser hielt, war überhaupt schon ein Wunder. Ein Wunder, das Franz Steininger nun endgültig auf ein festes Standbein stellen wollte, als krönenden Abschluss seiner Karriere.

Er verspürte einen Stich im Herzen und überlegte für einen Augenblick, Barbara anzurufen. Seit zwanzig Jahren war sie sein stiller Beistand und darüber hinaus seine heimliche Geliebte. Dann besann er sich und prüfte mit einem raschen Griff die Temperatur der Champagnerflasche, die im Kübel auf einem kleinen Beistelltischchen bereitgestellt war. Heute war ein besonderer Tag. Die Mode-Chefeinkäuferin der Kaufland-Kette sollte den Vertrag mit einem Auftragsvolumen unterzeichnen, der «Aphrodite» vorübergehend etwas Luft verschaffen würde.

«Frau Mikuleit ist da», annoncierte Frau Künast, seine Vorzimmerdame, per Gegensprechanlage den mit Spannung erwarteten Besuch. Franz sprang auf, warf einen letzten Blick in den Spiegel, überprüfte den Sitz seiner Krawatte. «Immer noch vorzeigbar», murmelte er und strich sich sein grau meliertes, bis zum Kragen reichendes Haar zurück. Dann öffnete er die schwere Eichenholztür. Mit seinem charmantesten Lächeln begrüßte er seinen Gast.

«Frau Mikuleit, ich freue mich außerordentlich, Sie wiederzusehen.»

Die Kaufland-Managerin, eine attraktive blonde Mittvierzigerin, quittierte seine Höflichkeit geschmeichelt. «Das Vergnügen ist ganz auf meiner Seite.»

In Sekundenbruchteilen begutachtete Franz ihre Kleidung, eine Berufskrankheit von ihm: Schuhe von Vito, Handtasche von Prada, das gut geschnittene senffarbene Kostüm vielleicht von Dolce & Gabbana. Ganz sicher war es kein Readymade-Design und erst recht nicht von der Stange ihres Arbeitgebers. Amüsiert registrierte Frau Mikuleit seinen Blick.

«Alessandro Dell'Aqua», klärte sie ihn auf. «Er gehört zwar

noch nicht zu den ganz Großen im internationalen Modegeschäft, aber das ist lediglich eine Frage der Zeit.»

«Wenn Sie ihn unter Vertrag nehmen, bin ich fest davon überzeugt», erwiderte Franz Steininger galant.

«Ich fürchte, das können wir uns nicht leisten. Immerhin tragen Stars wie Jennifer Lopez und Nicole Kidman seine Kollektion.»

Franz schmunzelte. Wahrscheinlich war sich sein Gegenüber nicht bewusst, dass sie sich selbst mit diesem Satz in eine Reihe von weltberühmten Filmstars gestellt und gleichzeitig die Kreation der Firma «Aphrodite» als Dutzendware abqualifiziert hatte. Aber genau das war schließlich das Ziel dieser geschäftlichen Übereinkunft. Die Sanierung des Unternehmens durch den Vertrieb von Dessous im Kaufhaus. Voilà, es sollte ihm nicht schwer fallen, Frau Mikuleit zu begeistern.

Fünf Minuten später hatte er ihre Unterschrift unter dem Vertrag. Er öffnete den Champagner und reichte ihr ein Glas. Dann ging er zur Tür und sprach kurz mit Frau Künast.

«Mein Sohn wird gleich da sein. Mit ihm besprechen Sie dann das Weitere. Aber zunächst einmal lassen Sie uns anstoßen, Frau Mikuleit. Ich bin sehr froh, dass ich es mit einer Frau mit einem derart exquisiten Geschmack zu tun habe.»

«Ich freue mich, dass wir zusammengekommen sind», gab sie ebenso formvollendet zurück. Franz sah ihr tief in die Augen. Eine blonde Haarsträhne rutschte ihr in die Stirn und berührte fast den Glasrand. Er bemerkte eine winzige Schweißperle auf ihrer Oberlippe und atmete einen dezenten Hauch Parfüm ein. Es war einer jener Augenblicke, die er liebte: einmalig und unwiederholbar. «Die besten Geschäfte kommen eben zustande, wenn sich die Partner auch privat mögen», sagte er mit sanfter Stimme.

Gerade als sich ihre Gläser berührten, wurde die Tür ruckartig geöffnet. Sein Sohn Albert platzte herein, wie üblich ohne anzuklopfen. Sein wenig rücksichtsvoller Auftritt passte zu seinem vierschrötigen Aussehen, ein massiver Klotz, eher nachlässig in den Anzug gestopft, wenig elegant für den zukünftigen Erben eines Modehauses. Aber Franz wusste, was er an seinem Sohn hatte: raue Schale, guter Kern.

«Was gibt's Dringendes? Ich war gerade in einer Besprechung», polterte er los. Franz gab ihm einen beschwichtigenden Wink. «Du kennst Frau Mikuleit?»

«Ja, die Kaufland-Kette.»

«Frau Mikuleit und ich sind uns einig geworden über eine exklusive Sommerkollektion. Bis Ende der Woche muss sie einen Kostenrahmen haben: Material, Menge, Lieferzeit.»

Albert reagierte prompt. «Ja, selbstverständlich. Ich werde mich darum kümmern. Ich schicke Ihnen unser Angebot.»

Frau Mikuleit quittierte seinen plötzlichen Diensteifer mit einem reizenden Lächeln, nippte an ihrem Glas und wandte sich dann zum Gehen. Sie verabschiedeten sich mit ausgesuchter Höflichkeit voneinander. Die Sekretärin führte sie hinaus.

Kaum war sie aus der Tür, fuhr Albert seinen Vater gereizt an. «Wie kannst du so etwas versprechen! Bis Ende der Woche? Absolut unmöglich!»

Franz spürte erneut einen Druck in seiner Herzgegend und reagierte eine Spur schärfer als gewöhnlich. «Unmöglich gibt es nicht. Frau Mikuleit ist unsere Kundin, wann begreifst du das endlich?»

«Und wie soll die Kollektion aussehen? Hast du wenigstens mit Alpha geredet?»

Franz winkte ab. «Alpha hat den Kopf voll mit anderen Sachen. Ich dachte mir, vielleicht sollte man noch eine Designerin einstellen, nur für diesen Auftrag. Ich habe da auch schon eine Idee.»

Die Gelassenheit seines Vaters brachte Albert auf. «Und wovon bezahlen wir deine Idee? Du erinnerst dich, mein Gebiet sind die Zahlen. Und wie die aussehen, hast du hoffentlich nicht vergessen.»

Franz blickte seinen Sohn nachdenklich an. «Na und? Trau dich doch endlich mal was, so wie dein Bruder Ulrich damals. Der hatte Mut, war kreativ und neugierig …»

«… und deswegen ist er auch tot», schnitt Albert ihm das Wort ab.

Der Floridsdorfer Wasserpark am nordwestlichen Ende der Alten Donau galt lange Zeit als eine der schönsten historischen Gartenanlagen Wiens. In den zwanziger Jahren des letzten Jahrhunderts wurden zwei durch Kanäle verbundene Teiche ausgehoben. Die Wege wurden mit Gneissteinen gepflastert und mit romantischen Laternen beleuchtet. Über die Kanäle baute man steile, kleine Brücken im japanischen Stil mit Eisengeländern, die zu einer großen Insel in der Mitte führten. Unzählige Vögel tummeln sich auf den Wasserflächen. Die Harmonie von Natur und romantischer Landschaftsgestaltung machen den Flecken zu einem beliebten Ausflugsort für gestresste Großstadtmenschen. Verliebte, Jogger, Hobbymaler, Hundeführer, Vogelkundler, ganz Wien konnte man an warmen Sommertagen hier finden.

Alpha besaß heute jedoch keinen Sinn für die Schönheit des Parks. Die Erholung suchenden Passanten empfand sie nur als Hindernis, als sie auf die Orangerie zuhetzte. Sie war eine aparte junge Frau von dreißig Jahren mit einem fein geschnittenen Gesicht und schwarz gelocktem Haar. So attraktiv, dass sie bewundernde Blicke erntete; aber auch die brachten sie heute nur in Rage. Sie stieß die Tür zum Pavillon auf und rauschte an den jungen Models vorbei, die auf den Holzbänken aufgereiht saßen. Einen Augenblick lang musterte sie die hektische Betriebsamkeit, die im Raum herrschte. Techniker hängten Scheinwerfer unter die Decke, Messebauer richteten den Laufsteg her. Niemand schien von ihr Notiz zu nehmen. Eine Blumendekorateurin machte den Fehler, ihrem Blick nicht schnell genug auszuweichen.

«Sie sprühen ja vor Phantasie», zischte Alpha sie giftig an. «Rote Rosen!»

Die Floristin wurde sofort unsicher. «Na ja, ich dachte ...»

«Keine Farben, habe ich gesagt», unterbrach Alpha sie schroff, «nur Form und Duft. Gardenien, Lilien, Pfingstrosen eventuell. Jedenfalls alles leicht und schwebend.»

Eingeschüchtert nahm die Floristin den Rosenstrauß aus der Vase und schlich davon. Alpha riss sich zusammen. Schließlich konnte das arme Mädchen nichts dafür, dass morgen mit der Modeshow wieder einmal alles auf dem Spiel stand: der Bankkredit, die Firma und nicht zuletzt ihr Ruf als Designerin. Außerdem war es alles andere als eine gewöhnliche Veranstaltung. Nicht nur, dass der verwöhnte Dessous-Markt mit originellen Ideen für die kommende Saison begeistert werden wollte, auch das fünfzigjährige Firmenjubiläum fiel mit dem Ereignis zusammen. Es war für jeden schwer, sich nicht davon verrückt machen zu lassen. Für Alpha war es schier unmöglich. Trotzdem versuchte sie es. «Wenn Ihnen etwas nicht klar ist, fragen Sie mich einfach», rief sie der Floristin hinterher. «Auch nicht gerade aufbauend», kritisierte sie sich im gleichen Atemzug selbst.

Dann lief ihr Carry über den Weg. Das Model trug einen hautengen, türkis schillernden Body, den Alpha entworfen hatte. Alpha hielt sie an und musterte sie. «Kann es sein, dass du zugenommen hast?»

Carry war so jung, dass sie sich noch richtig erschrecken konnte. «Was? Kein Gramm!», stammelte sie.

Ungerührt kniff ihr Alpha in die Hüften. «Bei der letzten Anprobe hat es hier nicht gespannt. Ein Kilo muss runter bis zur Show. Kriegst du das hin?»

Carry wurde rot. Bevor sie in Tränen ausbrechen konnte, mischte sich eine ruhige Stimme aus dem Hintergrund ein. «Sei nicht so streng, Alpha. Carry ist ein Wunder der Natur. Egal, wie viel sie wiegt.» Franz Steininger kam von der Hinterbühne auf die beiden zu. Beruhigend strich er Carry über die Wange und zwinkerte ihr zu. Dann nahm er Alpha in den Arm. «Na, Schönheit. Alles im Griff?»

Ihr Schwiegervater wusste, wie man mit Frauen umgeht. Alphas Ärger löste sich angesichts seiner liebevollen Ruhe einfach in nichts auf. Widerstand zwecklos, so gern sie sich auch ein wenig von der energischen Anspannung bewahrt hätte, um der vibrierenden Nervosität vor der Show etwas entgegensetzen zu können. Alphas Ansicht nach gab es genau zwei Haltungen, mit denen man Herausforderungen begegnen konnte: eine richtige, ihre, die darin bestand, in der allgemeinen Hektik schnell, beweglich und wenn nötig auch mit Nachdruck zu handeln, sozusagen auf der Welle der Erregung zu reiten, um von oben alles im Blick zu haben. Und eine falsche, die jeder Aufregung mit einer für sie unfassbaren Ruhe oder, besser gesagt, einem unerschütterlichen Phlegma begegnete. In der Hinsicht hatte Franz Steininger seinem zweiten Sohn offenbar viel vererbt. Und deshalb war Ulrich, ihr Mann, ums Leben gekommen, dachte sie bitter. Vor fünf Jahren war er bei einem Hochsee-Törn vor der südafrikanischen Küste ertrunken. Sie wollte sich nicht einmal vorstellen, wie es vor sich gegangen sein mochte. Nur so viel, dass er gemeinsam mit seinen beiden Freunden gelassen in die heraufziehende Sturmfront geschaut haben mag, gemütlich im Deckstuhl liegend, mit einem eisgekühlten Drink in der Hand. «So schlimm wird's schon nicht werden», war sein Lieblingsspruch gewesen. Alpha empfand es als furchtbare Ironie des Schicksals, dass die Konsequenz seiner gutmütigen Faulheit der Tod war. Seine Leiche wurde nie gefunden.

Sie schüttelte sich bei dem Gedanken und löste sich aus der Umarmung von Franz. «Hast du dir den Ablauf angesehen? Was denkst du, wie lang deine Rede wird?»

«Zum fündundzwanzigjährigen Firmenjubiläum hat mein Vater damals eine ganze Stunde geredet. Mit dem Effekt, dass die Leute eingeschlafen sind. Also spreche ich höchstens zehn Minuten. Ich will den Leuten nicht lästig fallen», teilte ihr Franz mit. Seine Ruhe war Alpha unheimlich. Außerdem brannte ihr ein ganz bestimmtes Thema unter den Nägeln. «Und was wirst du sagen?»

«Ich werde Umsatzzahlen nennen, Stoffmengen, Verkaufsstrategien», zählte er umständlich auf. Dabei wusste er genau, worauf Alpha hinauswollte. Aber er konnte es sich nicht verkneifen, sie zumindest einen Moment lang zappeln zu lassen. «Keine Angst», sagte er schließlich, «ich vergesse es schon nicht. Ich werde verkünden, dass meine Schwiegertochter, unsere Stardesignerin Alpha, Chefin der neu zu gründenden Tochterfirma für die Edelmarke Aphrodite Luxus Line wird.»

Alpha atmete auf. «Dann bist du dir also mit Bergdorff einig geworden?»

«So gut wie. Es geht nur noch um ein paar Formalitäten. Dann gehört die Bergdorff-Kette uns. Und du bist der Boss.»

Bevor Alpha ihm danken konnte, hatte er ihr die Wange geküsst und sich ebenso rasch verabschiedet, wie er gekommen war.

«Hi, Tantchen. Hast du Großvater gesehen?» Ihr Neffe Carl steuerte auf sie zu. Er wirkte wie die Karikatur eines beflissenen Betriebswirtschaftsstudenten, ein wandelnder zweireihiger Anzug. Ständig hatte er das Handy am Ohr. Wahrscheinlich gab ihm das das Gefühl, wichtig zu sein, obwohl er mit seinen neunzehn Jahren bestenfalls ein besserer Botenjunge der Firma war. Außerdem mochte sie es ganz und gar nicht, wenn sie in ihrem Alter als Tantchen bezeichnet wurde. Das machte alt. «Er muss sich in der Champagner-Frage entscheiden», teilte er ihr mit bedeutsamer Miene mit.

«Er ist gerade gegangen», murmelte sie und wandte sich rasch ab in der Hoffnung, weiteren Nichtigkeiten entgehen zu können.

«Das gibt's doch nicht», erregte sich Carl. «Ich muss endlich den Ablauf mit ihm durchgehen. Den ganzen Tag rufen Journalisten an, die ein Interview vereinbaren wollen. Ich brauche ihn, Mann.»

Alpha verkniff sich eine Zurechtweisung. Glücklicherweise klingelte gerade ihr Handy. «Manche Dinge müssen wir einfach ohne ihn entscheiden», erwiderte sie rasch. Allerdings, in einem hatte Carl Recht, sich so kurz vor dem fünfzigjährigen Firmenjubiläum aus dem Haus zu schleichen, zeugte von wenig Verantwortungsbewusstsein. Oder von mangelndem Interesse. Seltsam abgeklärt hatte Franz auf sie gewirkt. Vielleicht war es wirklich an der Zeit, die Geschäftsführung neu zu regeln. Energisch wischte Alpha den Gedanken beiseite. Jetzt gab es Wichtigeres zu erledigen. Sie spürte, wie eine heiße Welle von Energie in ihren Körper zurückkehrte. Sie nahm das Gespräch entgegen und bellte «Jetzt nicht» in den Hörer.

«Bleib so», sagte Franz sanft. Versonnen betrachte er das Bild, das sich ihm bot. Barbara verharrte in einem champagnerfarbenen langen Seidennachthemd in der Tür zum Schlafzimmer und lächelte ihn an. Sonnenstrahlen fielen durch den Spalt des Vorhangs auf ihr langes, blondes Haar und hüllten es in einen goldenen Schimmer, während der Rest des Zimmers im Dämmer lag. Es erinnerte ihn an Gemälde von Caravaggio oder Rembrandt. «Chiaroscuro», das spärliche Seitenlicht beleuchtete ihre Schönheit mit seidigem Glanz, hob sie heraus aus dem Meer des Unbedeutsamen und machte ihren Anblick zu einem Moment reinen, zweckfreien Glücks. Und wie auf einem Stillleben der alten Meister trug sie ein Tablett im Arm, auf dem zwei Porzellantassen und eine silberne Kaffeekanne standen. Wenn man Augenblicke mit hinübernehmen könnte in die Ewigkeit wie eine Sammlung von außergewöhnlichen Fotos, dann, wusste Franz, würde es ein solches Bild sein, das er bewahren wollte.

«Wie machst du das nur?», flüsterte er. «Du bist immer noch so schön wie an dem Tag, als ich dich zum ersten Mal gesehen habe. Nein, das stimmt nicht. Du bist noch schöner.»

Barbara lachte und stellte das Tablett auf den Beistelltisch.

«Habe ich dir heute schon gesagt ...», begann Franz, aber sie legte ihm rasch den Finger auf den Mund. «Zwölfmal mindestens. Und jetzt trinken wir Kaffee.»

Nach all den langen Jahren machte es sie immer noch verlegen, wenn er ihr schmeichelte. Er fand wundervolle Worte, die im Grunde nicht einmal besonders ausgefallen waren. Aber bei keinem anderen Mann klangen sie so überzeugend. Und wenn man im Alter von fünfundvierzig Jahren noch so aufrichtig angebetet wird, tut es der Seele und dem Körper tausendmal besser als jede Wellness-Kur. Seine Gegenwart war wie eine ständige Bestätigung dafür, dass das Leben trotz aller Rückschläge und Paradoxien gut sein konnte, dass es einen Sinn hatte. Dass es mit gutem Willen und all dem, was Menschen einander liebenderweise geben können, eine wundervolle Zeit sein kann. Und dass es nichts Verkehrteres gibt, als darauf zu verzichten, dass es sogar wahrhaftig und richtig sein kann, die heimliche Geliebte eines verheirateten Mannes zu sein, der ein Vierteljahrhundert älter war als sie, wenn man sich nur von Herzen und aufrichtig liebte.

«Ich wusste, dass dir Champagner steht», fuhr er fort. Reflexartig strich sie mit ihren gepflegten schmalen Fingern über die glatte Seide. «Eine wunderbare Farbe. Sie schmeichelt der Haut.»

«Die Kollektion ist allein für dich entworfen worden», behauptete er charmant.

«Lügner», lachte sie, «deine Schwiegertochter weiß überhaupt nichts von mir. Wie soll sie da die Kollektion für mich entworfen haben?»

«Ich habe ihr gesagt, sie solle an eine Frau denken, deren Weiblichkeit jeden Mann betört, eine wunderschöne Frau mit Alabasterhaut, eine aufregende, intelligente Frau. Voller Herz und Wärme ...»

«Schmeichler», unterbrach Barbara seinen poetischen Redefluss und steckte ihm eine Praline in den Mund.

«Ich schmeichle dir nicht. Ich liebe dich.»

Barbara gab sich geschlagen und lächelte schweigend. Franz langte nach seinem Jackett und holte einen Briefumschlag aus der Tasche.

«Hier. Für Valerie.»

Sie nahm ihn entgegen und erkannte sofort das Firmenlogo «Aphrodite» darauf. Sie brauchte ihn nicht zu öffnen. Sie wusste, was darin stand. Franz hatte sich immer um das Schicksal ihrer gemeinsamen Tochter gekümmert, wenn auch im Verborgenen, so doch nachdrücklich. Nun war sie groß genug, um ihre ersten beruflichen Sporen als Modedesignerin zu sammeln.

«Danke. Sie wird ausflippen vor Freude», sagte sie leise.

«Ich bin stolz darauf, sie bei mir einstellen zu können. Sie ist sehr begabt, und sie wird frischen Wind in unsere Kollektionen bringen.»

«Und das sagst du nicht nur so, weil sie deine Tochter ist?», fragte sie zaghaft.

«Nein. Valerie ist ein Ausnahmetalent. Am liebsten würde ich sie bei der Jubiläumsshow der ganzen Welt als meine Tochter präsentieren.»

«Das meinst du nicht ernst.»

«Dass ich sie nicht mehr verstecken will, schon. Und dich auch nicht. Sie sollte jetzt endlich erfahren, wer ihr Vater ist, und nicht erst, wenn ich tot bin.»

Barbara reagierte erschrocken. «Du würdest alle verletzen, die dich lieben. Deine Kinder, deine Frau, das will ich nicht! Es ist gut so, wie es ist», fuhr sie entschieden fort, «sehr gut sogar.»

Zögernd blickte Franz sie an. Sie zog ihn an sich und küsste ihn leidenschaftlich. «Sei nicht so egoistisch», flüsterte sie ihm ins Ohr, bevor sie zurück aufs Bett sanken.

An den Abenden, an denen sie im «Vollmond», einem Szenelokal in der Wiener Altstadt, kellnerte, kam Valerie für gewöhnlich gegen Mitternacht nach Hause. Barbara war von dem Aushilfsjob ihrer Tochter nicht sonderlich begeistert. Sie war ein attraktives junges Mädchen mit einnehmendem Wesen. Vielleicht ein wenig unbedarft, was den Umgang mit Männern anging. Sie wirkte frisch und unschuldig, so als ob sie an nichts zweifeln würde, was man ihr erzählte, wenn es nur ernsthaft genug vorgetragen wurde. Trotz ihrer sechsundzwanzig Jahre hatte sie keinen festen Freund. Barbara konnte sich darauf verlassen, dass sich ihre Tochter ihr in diesem Fall anvertrauen würde. Stattdessen verbrachte sie ihre Zeit häufig mit Tobias, den sie aus der Schulzeit kannte. Zum einen, weil er das Lokal gepachtet hatte, zum anderen, weil er sie als bekennender Schwuler niemals in Bedrängnis brachte. Wenn es drauf ankam, hatte sie sogar einen Beschützer und Beichtvater an ihm.

Bei allem Unbehagen gegenüber den späten Arbeitszeiten konnte Barbara es ihr also nicht verwehren, einen Job anzunehmen, um das schmale Taschengeld aufzubessern. Als Modezeichnerin verdiente sie während der Ausbildung nichts. Im Gegenteil, der Unterricht an den renommierten Modeinstituten kostete Geld, ebenso wie die Anschaffung von ausgefallenen Stoffen und Arbeitsmaterialien. Dazu kamen Auslandspraktika in Rom und Mailand. Da Valerie ihr Ziel ehrgeizig verfolgte, schloss sie ihre Prüfung mit einer eigenen kleinen Kollektion ab. Die Kosten dafür hätten Barbaras Einkommen als freie Journalistin sicherlich überfordert, wenn Franz nicht heimlich etwas dazu beigesteuert hätte.

Barbaras Finger glitten über die Tastatur ihres Computers. Gleich würde sie den Artikel über die Kunstausstellung im Atelier Augarten beendet haben. Mark Dion, Olaf Nicolai, Diana Thater und Mike Tyler, das waren die Namen der diesjährigen Stipendiatsanwärter, die in die engere Wahl der Jury kamen, um in dem idyllischen Gartenhäuschen hinterm Belvedere fünf Monate lang wohnen und arbeiten zu können.

Sie blickte auf die Uhr und bemerkte, dass es bereits nach Mitternacht war. Bevor sie sich Sorgen machen konnte, hörte sie das vertraute Klappen der Wohnungstür. Valerie kam müde zurück, zog sich die Lederjacke von den Schultern und ließ sie achtlos zu Boden fallen. Barbara ging ihr entgegen, küsste sie auf die Stirn und hängte mit einer raschen Bewegung die Jacke auf den Haken.

«Ich fange an, den ‹Vollmond› zu hassen», stöhnte Valerie, «wenn Tobias nicht wäre, hätte ich den Krempel längst hingeschmissen.»

Barbara zog den Umschlag aus der Tasche und hielt ihn ihr lächelnd hin. «Vielleicht hat es ja bald ein Ende mit deinen Aushilfsjobs.»

Genau wie ihre Mutter zuvor erkannte Valerie sofort das Firmenlogo auf dem Umschlag. Sie wurde blass, öffnete das Kuvert mit zittrigen Fingern und holte tief Luft.

«Und?», fragte Barbara mit gespielter Neugier.

Valerie fiel ihrer Mutter um den Hals und drehte sich mit ihr im Kreis.

«Sie wollen mich», jubelte sie, «Franz Steininger hat meine Mappe gefallen. Er freut sich auf die Zusammenarbeit. Aphrodite bietet mir eine feste Stelle als Designerin an. Ich habe den Job, Mama. Weißt du, was das heißt?»

«Na ja», druckste Barbara verlegen. Es war ein komisches Gefühl, der Tochter zu verschweigen, dass sie bei ihrem eigenen Vater anfangen würde, ohne davon zu wissen. Aber Valerie war so aufgeregt, dass sie das leichte Zögern ihrer Mutter nicht bemerkte.

«Ich kann es gar nicht fassen. Sie haben mich genommen. Unter tausend arbeitslosen Designern ausgerechnet mich. Das müssen wir feiern», sprudelte es aus ihr heraus. Mit ihrer Begeisterung wischte sie die letzten Vorbehalte bei Barbara weg. Schließlich konnte ihre Tochter zuallerletzt etwas dafür, dass die Situation so war, wie sie war. Und dass sie etwas taugte als Modezeichnerin, davon war sie auch ohne Franz' Lob überzeugt.

Gegen neun Uhr am nächsten Morgen klopfte Franz an die Schlafzimmertür seiner Frau. Elisabeth Steininger stand gerade im angrenzenden Bad. Sie strich sich die Haare zurück, ging zu ihrem Bett und nahm einen Schluck Tee von ihrem Nachttisch.

«Kann ich reinkommen?», hörte sie ihn fragen. Sie fasste die Säume ihres roten Seidenkimonos zusammen, ging ohne Eile zur Tür und öffnete ihm. Franz war bereits fertig angekleidet, im Anzug mit Jackett und Krawatte. Elisabeth lächelte ihn an und dachte, wie gut er sich doch gehalten hatte. Mit siebzig sah er immer noch aus wie ein Mann in den besten Jahren, während sie selbst unverkennbar die Grenze von einer begehrenswerten Frau zur geschätzten Alterslebenspartnerin überschritten hatte. Es war wie in dem Roman *Das Bildnis des Dorian Gray* von Oscar Wilde. Während sie zusehends an Frische verloren hatte und sich Polster um ihre Hüften legten, schien er wie durch einen magischen Zauber davor gefeit zu sein: schlank, groß, beeindruckendes Lächeln. Sein grau meliertes Haar, das einzige verräterische Zeichen, machte ihn nur noch interessanter. Es war ungerecht, und doch war es schön. Sie hatte keine schlechten Jahre mit ihm verbracht, trotz der starken Vermutung, dass er seine Wirkung auf Frauen nicht verfehlt und sicherlich auch genutzt hatte. Sie hatte sich daran gewöhnt, es so zu sehen, dass ein stets liebenswürdiger Gatte mit diskreten Fehltritten mehr wert ist als ein schlecht gelaunter Stiesel, der schon mangels Attraktivität keiner anderen Frau erfolgreich nachstellen konnte. Diese Einsicht war nicht über Nacht gekommen, sondern war das Ergebnis von über vierzig Jahren Ehe mit einer künstlerisch hoch begabten Tochter und zwei wundervollen Söhnen. Der Unfalltod von Ulrich, so tragisch sie ihn empfunden hatte und so wenig sie ihn hatte verwinden können, hatte das Zusammengehörigkeitsgefühl zwischen ihnen beiden sogar noch verstärkt.

Franz küsste ihr die Wange. «Ich wollte mich nur schnell verabschieden. Es tut mir Leid, dass es gestern so spät geworden ist.»

Wieder lächelte sie, und ohne Vorwurf in der Stimme sagte sie: «Alle Welt hat nach dir gesucht. Wo hast du gesteckt? Bei Bergdorff?»

Franz stockte einen Moment, fing sich aber in Sekundenbruchteilen. «Bei Bergdorff, genau. Ich war mit Bergdorff mittagessen.»

«Und, hast du ihm helfen können?» Das war typisch für Elisabeth. Selbst eine so unangenehme Sache wie die Übernahme eines Konkurrenten kleidete sie taktvoll in das Gewand einer selbstlosen Hilfsaktion.

«Ich denke, schon», antwortete Franz, «Alpha und ich haben eine Idee.»

«Hat dich Carl eigentlich noch erwischt?», lenkte sie das Gespräch auf ein anderes Thema, «der Arme sucht dich dringend.»

Wie wenig dramatisch sie den Organisationseifer ihres Enkels nahm, konnte Franz als geübter Beobachter an ihren Augenfältchen ablesen. Er zwinkerte ihr zu. «Was die sich alle immer so aufregen. Es geht doch nur um eine Feier. Was ist das schon?»

Galant küsste er ihre Hand und wandte sich zum Gehen.

«Ich wünsche dir einen schönen Tag, meine Liebe.»

Für einen Moment schwebte ihre Hand noch in der Luft. «Den wünsche ich dir auch, Franz», sagte sie leise, als er ihr bereits den Rücken zugekehrt hatte.

«Die Bilanzen sind schlechter als im letzten Jahr. Die Marktlage macht ihnen zu schaffen. Und der Alte macht, was er will», rapportierte Karin die Geschäftlage knapp, während sie Robert Fox über die behaarte Brust strich. «Gestern hat er mit der Chefeinkäuferin von Kaufland einen Deal eingestielt. Albert hat getobt. Mit Alpha ist etwas im Busch. Dauernd hängen die beiden zusammen. Aber niemand weiß, was sie genau vorhaben.»

Robert hörte aufmerksam zu und ließ seinen Blick abschätzend über ihren wohl geformten nackten Körper schweifen. Seines eigenen vorteilhaften Äußeren war er sich dabei vollkommen bewusst. Er war durchtrainiert, groß und schlank. Durch eine Laune der Natur hatte er bereits mit dreiunddreißig Jahren graue Haarsträhnen, die den Unterschied zu seinem jungenhaften Gesicht auf interessante Weise hervorhoben. Ihre Beine ineinander verschränkt, lagen sie beide auf dem seidenen Bettbezug der Luxussuite im Grand Hotel Sacher. Die Philharmonikerstraße 4 war unzweifelhaft eine

Topadresse. Innen hingen alte Meister an den Wänden, aus dem Fenster konnte man die Fassade der Wiener Staatsoper sehen. Der Zuckerbäckerstil unterschied sich drastisch von der Architektur in seiner Wahlheimat New York. Im Gegensatz dazu erschien ihm die Alte Welt wie ein schlecht organisiertes Disneyland. Überall putzige Schnörkel an den Wänden und Giebeln, aber ein lausiges Effizienzdenken. Es fehlte nur noch, dass die sieben Zwerge mit Eimerchen und Pickel um die Ecke schlenderten, um zaghaft ein wenig Arbeitseifer vorzutäuschen. Es wurde Zeit, dass seine Methoden hier zum Zug kamen.

«Was ist mit Albert? Greift er nicht ein?»

«Albert?» Karin lächelte abschätzig. Es machte ihr attraktives Gesicht hässlich und hart, stellte Robert kühl beobachtend fest. Im Grunde war sie nichts als ein ehrgeiziges blondes Dummchen von sechsundzwanzig Jahren.

«Albert hechelt nur immer hinterher und leidet fürchterlich, dass er nichts zu sagen hat.»

Karin fühlte eine stille Genugtuung in sich aufsteigen, als sie Steiningers Konkurrenten aus Übersee detailliert in die Firmeninterna einweihte. Für diesen Verrat wurde sie gut bezahlt. Mit Geld, beruflichen Aussichten und den wirklich bemerkenswerten Liebesdiensten, die Robert ihr schenkte. Sie sonnte sich in dem Gefühl, zum Untergang von Aphrodite beizutragen, und hatte keinerlei schlechtes Gewissen ihrem derzeitigen Arbeitgeber gegenüber. Ihrer Ansicht nach waren ihre Fähigkeiten und ihr Leistungswille sträflich ignoriert worden. Nicht einmal das Verhältnis mit Albert hatte sie richtig vorangebracht. Dabei hatte es sie einige Überwindung gekostet, den bärbeißigen Steininger-Sohn zu verführen. Sie erinnerte sich an seine pockennarbige Haut und seine faltigen, dunklen Augenringe, als er sich auf sie legte. Wie konnte er nur so dumm sein zu glauben, dass sie ihn wirklich begehrte? Mit Robert war sie auf der Siegerstraße. Es war gut, die Informationen aus erster Hand an ihn weitergeben zu können. So wusste sie, wie angeschlagen das Unternehmen war. Und das war es, was Robert aus geschäftlichen wie auch privaten Gründen brennend interessierte. Sein perfektes Deutsch war von einem nur sehr zarten amerikanischen Akzent überlagert. Kein Wunder, er war in

Wien geboren. Sein Vater Maximillian Fuchs emigrierte 1972 in die Vereinigten Staaten, nachdem er im Tauziehen um die Geschäftsführung einer aufstrebenden Wiener Textilmodenfirma den Kürzeren gezogen hatte. Diese Firma war keine andere als Aphrodite gewesen und Franz Steininger der Mann, der ihn um den Direktorenposten und seine Anteile gebracht hatte, seiner Überzeugung nach auf kriminelle Weise. Als der Senior sich aus dem Geschäftsleben zurückzog, nahm Robert sich vor, die Sache zu Ende zu bringen. Mit der prosperierenden Economy-Fashionkette seines Vaters setzte er weiter auf Expansion. Das Engagement in Europa war Teil seiner allgemeinen Geschäftsstrategie. Dass er Wien zur Ausgangsbasis seiner Eroberungspläne auswählte, war nahe liegend. Hier kannte er das Terrain. Dass er es zuerst auf Aphrodite abgesehen hatte, war allerdings auch mit persönlicher Genugtuung verbunden.

«Ich werde Franz Steininger einen Besuch abstatten und ihm klar machen, dass ich früher oder später Aphrodite übernehmen werde. Freundlich oder feindlich.»

Karin schenkte ihm ein zufriedenes Lächeln. Alles lief nach Plan.

Immer wenn Franz Steininger den Franz-Josephs-Platz im 1. Wiener Bezirk passierte, kam er am Café Griensteidl vorbei. Er mochte das traditionsreiche Kaffeehaus, in dem sich zu Zeiten der alten Donaumonarchie Literaten wie Hugo von Hofmannsthal, Arthur Schnitzler und Karl Kraus die Köpfe heiß geredet hatten. Er stellte sich vor, wie sich hier arme Schriftsteller, wilde Revolutionäre und die ganz normalen, schwatzhaft-renitenten Wiener trafen, Zeitung lasen, debattierten und stritten. Die einen, weil sie im Winter nicht einmal genug Kohlen hatten, um ihre winzigen Zimmer zu heizen, und sich an ihrem «kleinen Braunen» mit Schuss festhielten, die anderen, weil sie sich mit einer Mischung aus neidvoller Bewunderung für die anarchischen Künstler und zugleich im Vollgefühl der eigenen materiellen Sicherheit in eine angenehme Entspannung hineintranken. Was Franz aber jedes Mal zum Schmunzeln brachte, war die Metallplakette an der Hauswand. Sie erinnerte an den k. u. k. Oberfeuerwerker Johann Pollet. Der Kanonier hatte während des Wiener Volksaufstands anno 1847 den Befehl verweigert, in die demonstrierende Menge zu kartätschen. Er wurde als Held gefeiert, weil er der mörderischen Militärmaschine mit Zivilcourage widerstanden hatte, eine Art Vorgänger des braven Soldaten Schweijk. Wahrscheinlich war es aber eher so gewesen, dachte Franz amüsiert, dass der an der Batterie ergraute und vom Geschützdonner stocktaube Unteroffizier die Aufforderung seines Vorgesetzten schlichtweg nicht gehört hatte. Und bevor ihm irgendjemand in seiner stummen Welt die Situation erklären konnte, hatte ihn die Menge bereits jubelnd auf die Schultern gehoben. Ein Quasimodo in Uniform, der weder die aufgeregten Gesten seines Offiziers noch die Begeisterungsstürme der Handwerker und Tagelöhner in irgendeinen sinnvollen Zusammenhang bringen konnte, als er über ihren Köpfen schaukelte. Ja, so waren die Wiener. Aus Befehlsverweigerern machten sie Volkshelden, und Dummköpfe ehrten sie mit Erinnerungsmedaillen. Sympathisch durchwurschteln, das war von jeher die Mentalität, mit der man hier am besten durchs Leben kam.

Im Grunde genommen hatte er es nicht anders getan, gestand sich Franz ein. Die Firma schlitterte von zu Saison zu Saison am Abgrund vorbei, um umso großartiger wiederaufzuerstehen. Daheim flötete er seiner Frau Artigkeiten ins Ohr, bevor er zu seiner Geliebten schlich. Vier Kinder hatte er gezeugt, eines war gestorben, ein weiteres wusste nicht einmal von seiner Existenz. Er hinterließ Spuren, die weder geradlinig noch zielgerichtet waren. Aber das war egal. Das Leben setzte sich auf wundersame Weise weiter fort, auch ganz ohne Pläne und vielleicht sogar authentischer, als würde man fortwährend versuchen, darauf Einfluss zu nehmen. Das Dumme war nur, dass es irgendwann zu Ende war. Der stechende Schmerz in der Herzgegend erinnerte ihn daran. Es war Zeit, seine Pillen einzunehmen. Aber genauso gut könnte er es lassen. Nachdem er sich am Morgen von seiner Frau verabschiedet hatte, war er nicht zu Barbara gefahren, sondern in die Uniklinik. Seinen Hausarzt wollte er aus dem Spiel lassen. Für Franz' Schmerzen hätte er ohnehin nur eine Erklärung gehabt: allgemeine Erschöpfung, weil er sich zu viel zumutete in einem Alter, in dem andere sich längst zur Ruhe gesetzt hatten. Da auch die erotischen Aktivitäten seines Patienten in der Sprechstunde zur Sprache gekommen waren, machte sich der Mediziner nicht allzu viel Sorgen um dessen Wohlbefinden. Wer daran noch Spaß hat, der sollte sich nicht anstellen, dachte er und schlug Franz vor, es im Zweifelsfall doch einmal mit einem Potenzmittel zu versuchen.

Das Ergebnis der klinischen Untersuchung hatte man Franz schonend mitgeteilt. Die Rücksichtnahme stand in einem drastischen Gegensatz zur Diagnose. Auf die Frage, wie lange er noch zu leben habe, konnte oder wollte ihm der Arzt nicht klar antworten. Es hatte Franz nicht einmal bis ins Mark getroffen, wie er an sich selbst verwundert feststellte. Er hatte es geahnt, wenn ihm beim Treppensteigen die Luft wegblieb, gespürt, wenn ihm die intimen Stunden mit Barbara zwar ungeheuer köstlich erschienen, er sich anschließend jedoch fühlte wie ein Marathonläufer im Zieleinlauf, glücklich, aber unendlich erschöpft. Und sollte er es doch vergessen, erinnerte ihn der stechende Schmerz in der Brust mit hässlicher Regelmäßigkeit daran. Dass er trotz alldem nicht verzweifelte, lag daran, dass er ein erfülltes Leben gehabt hatte. Er hatte seine Zeit genutzt. Sicher, man hätte vieles anders machen können, vielleicht sogar machen müssen. Aber ob sich das Ergebnis dadurch entscheidend verbessert hätte, wer kann das mit Bestimmtheit sagen? Rückblickend betrachtet erschien ihm alles recht belanglos und unfassbar kurz.

Nach dem Klinikbesuch schlenderte er ziellos durch die Gegend und fand sich schließlich vor dem Café Griensteidl wieder. Wie gewohnt warf er einen Blick auf die Erinnerungsplakette für Johann Pollet. Er zuckte mit den Schultern und musste unwillkürlich lächeln. Es war eben doch alles ein großes groteskes Missverständnis, das gesamte Leben, ein Rätsel ohne Lösung, aber mit hohem Unterhaltungswert für Komiker. Nachdem er das Hoftor hinter sich gelassen hatte, winkte er nach einem Taxi.

«In die Schubertgasse», wies er den Fahrer an und ließ sich auf den Rücksitz fallen. Dort wohnte Barbara.

Eine Stunde später stieg er gemeinsam mit ihr am Flughafen wieder aus. Er zahlte dem Taxifahrer ein großzügiges Trinkgeld und drückte ihm einen Briefumschlag in die Hand.

«Wenn Sie das bitte zustellen könnten. Die Adresse steht drauf.»

Barbara verfolgte die Aktion irritiert. Franz war heute anders als gewohnt, entschlossener. Sie zupfte ihn sanft am Ärmel.

«Kannst du mir vielleicht endlich mal verraten, was wir hier machen?»

«Eine Überraschung», erwiderte er leise. Dann zog er zwei Flugtickets aus der Tasche. «Wir gehen auf Hochzeitsreise.»

Barbara sah ihn verständnislos an. «Hochzeitsreise? Mein Herz, du bist doch schon verheiratet.»

Er zwinkerte ihr aufmunternd zu. «Ich habe alles genau geplant», erklärte er. «Mit der Neunzehn-Uhr-Maschine fliegen wir nach Rom. Übernachten werden wir im Hotel Raffael. Morgen früh kaufen wir das Nötigste ein, und morgen Abend geht's weiter nach Capri. Heiraten können wir vielleicht nicht. Aber eine Hochzeitsreise können wir trotzdem machen. Jetzt komm, wir sind spät dran.»

Franz griff nach ihrer Hand. Aber Barbara blieb stehen und schüttelte den Kopf.

«Aber warum heute? Am Abend deines Firmenjubiläums?»

«Ich will endlich leben. Mit dir. Bitte, Barbara, schau nicht so verzweifelt. Es ist alles in Ordnung. Elisabeth ist eine vernünftige Frau. Sie kommt auch ohne mich gut klar. Ich denke, sie weiß schon lange, dass es jemanden wie dich in meinem Leben gibt.»

Sie schien nicht überzeugt. Nach kurzem Zögern fragte sie: «Und was ist mit Valerie?»

«Ruf sie an, wenn wir eingecheckt haben. Sag ihr, dass du überraschend auf Dienstreise musstest, irgendetwas recherchieren. Und in ein paar Tagen meldest du dich wieder und sagst ihr die Wahrheit.»

Barbara stand noch immer wie angewurzelt da. Franz beugte sich über ihr Gesicht und küsste sie innig auf die Wange. «Manchmal muss man spontan sein, ohne Angst, ohne Rücksicht auf andere. Komm, Barbara. Ich will es einfach.»

Dann änderte er seinen Tonfall zu einem Kleine-Jungen-Betteln.

«Wenn wir jetzt noch länger warten, ist der Flieger weg. Und ob ich morgen noch einmal so viel Mut habe, kann ich dir nicht versprechen.»

Sie sah ihm in die Augen. Etwas Seltsames lag darin. Sie blickten liebevoll, aber im Hintergrund flackerte für Sekundenbruchteile ein nervöser Schein auf. Was war es, das ihn so beunruhigen konnte? Sie entschied sich dafür, es als Zeichen von Anspannung zu werten, ob sie sich wirklich spontan auf dieses Abenteuer einlassen würde. Dann nickte sie.

Kapitel 2

Zur gleichen Zeit wuchs die Spannung in der Orangerie im Floridsdorfer Wasserpark. Ein Teil davon war der ganz normalen Aufregung vor einer Modenshow geschuldet. Auf der Hinterbühne wurden die Lidstriche der Models nachgezogen, der Sitz der hautengen Dessous noch ein letztes Mal geprüft, die Aufstellung des Defilees korrigiert. Wie üblich konnte es Alpha nicht lassen, bis zur letzten Sekunde an Säumen und Nähten zu ziehen, die Haare der jungen Mädchen zurechtzuzupfen, um dann doch mit schräg gelegtem Kopf und kritischem Blick das Ergebnis als unbefriedigend einzuschätzen. Im Grunde hörte die Arbeit nie auf. Selbst zwischen den einzelnen Präsentationen gab es nur einen Platz, an dem sie sich sicher fühlte. Und der war hinter dem Vorhang.

Leichte Popmusik stimmte die Besucher vor der Rampe auf den Show-Act ein. Das erwartungsvolle Gemurmel von gut vierhundert Gästen drang durch die dunklen Stores. Es war genau die Art von Atmosphäre, die Alpha in tranceartige Raserei versetzte. In solchen Momenten konnte es geschehen, dass sie ihre sämtlichen Entwürfe, die hier Gestalt angenommen hatten, als unoriginell, konturlos und als Rückgriff auf den Stilkanon einer längst verebbten Epoche betrachtete, so als hätte das Scheinwerferlicht die Rolle eines unbarmherzigen Richters eingenommen, der ihr fortwährend stumm signalisierte, dass alles, aber auch restlos alles, was sie da erdacht hatte, nur ein eitler und sinnloser Mummenschanz war. Und ebendies gab ihr einen neuen Energiestoß und das Gefühl, dass sie in letzter Sekunde vielleicht doch noch das Ruder herumreißen könnte. Mein Gott, es gab Designer, die den Models noch vor dem Betreten des Laufstegs die Kleider am Leib zerfetzten. Böse Gerüchte murmelten, dass die komplette Rag-Look-Welle der britischen Modeverrückten so entstanden sei.

Aber es gab noch einen weiteren Grund, warum die versammelten Familienmitglieder der Steiningers in zunehmende Unruhe gerieten. Franz' Eintreffen war überfällig. Elisabeth kam aus dem Zuschauersaal zurück und formulierte so gelassen wie möglich: «Der Bürgermeister ist da. Wir können anfangen.»

«Könnten wir», sagte Albert trocken, «wenn dein Mann auch endlich käme. Mein Gott, Mutter, wo bleibt er nur?»

«Ist er immer noch nicht da? Komisch. Habt ihr versucht, ihn zu erreichen?»

Alpha deutete auf Carl, der in einer Ecke stand und wie für gewöhnlich das Handy am Ohr hatte.

«Ist nur die Mailbox dran», flüsterte er ihnen zu.

«Dann fangen wir eben ohne Franz an», entschied Albert.

Alpha protestierte. «Das kannst du nicht machen.»

«Wir müssen etwas tun. Die Leute werden ungeduldig. Wir fangen sofort mit der Show an, und die Reden kommen danach. Bis dahin wird Franz wohl den Weg hierher gefunden haben.»

Es klang wie ein Machtwort, aber wie wenig er tatsächlich damit bewegen konnte, war Albert natürlich klar. Missmutig spannte er seinen Nacken an, als wollte er seinen kräftigen Hals zwischen den Schultern verstecken. Tatsächlich richteten sich alle Blicke nun auf Elisabeth. Sie zögerte, erteilte dann aber doch ihren Segen. «Albert hat Recht. Fangt an. Wer weiß, was Franz aufgehalten hat.»

Alpha gab sich einen Ruck und trat auf die Bühne. Die Scheinwerfer blendeten sie. Es war unmöglich, außerhalb der gleißenden Lichtkegel ein Gesicht auszumachen. Reflexartig schirmte sie ihre Augen mit der Hand ab und lächelte in das leere, dunkle Murmeln vor der Bühne, das rasch verstummte. Auch die Musik stoppte jetzt. Sie räusperte sich.

«Guten Abend, meine Damen und Herren. Ich freue mich, Sie alle an diesem für die Firma Aphrodite so bedeutsamen Tag begrüßen zu dürfen. Zunächst präsentiere ich Ihnen meine Jubiläumskollektion. Dessous und Bademodenträume. Entscheiden Sie, ob Aphrodite damit das Herz von Paris erobern kann. Aus einer erfolgreichen Vergangenheit in eine aufregende, Erfolg versprechende Zukunft. Ich wünsche Ihnen viel Vergnügen.»

In das Klatschen der Zuschauer mischten sie die ersten Klänge des Disco-Beats, der den Auftritt der Models ankündigte. Falls die Gäste eine Begrüßung durch den Chef des Unternehmens erwartet hatten, so ließen sie es sich nicht anmerken. Alpha tauchte an den leicht bekleideten Mädchen vorbei durch den Vorhang. Diese nahmen Tritt auf und stolzierten wie grazile Zirkuspferde nacheinander auf den Catwalk, einen Fuß geschmeidig in einer Linie vor den anderen gesetzt: eine wippende Pracht an Brüsten und Dekolletés, Strumpfbändern, Schenkelansätzen, raffinierten Paspeln, Nahtstrümpfen und funkelnden Plissee-Besätzen, zur Freude der männlichen Zuschauer und zum stillen Neid der anwesenden reiferen Damen, die im Großen und Ganzen zu alt waren, um sich in diese luftigen Nichtigkeiten zu hüllen. Sie vermuteten sicherlich nicht ganz zu Unrecht, dass die Dessous eher für die heimlichen Geliebten ihrer Ehemänner zugeschnitten waren.

Alpha stand im Schatten der Hinterbühne und knabberte an ihren Fingernägeln. Das Geschehen auf der Rampe ließ sie dabei keine Sekunde aus den Augen. Aus diesem Grund bemerkte sie nicht, wie ein Taxifahrer sich hinter ihrem Rücken nach Elisabeth Steininger durchfragte und ihrer Schwiegermutter ein Kuvert überreichte. Ein schwaches Geräusch ließ sie plötzlich aufhorchen. Elisabeth seufzte. Alpha drehte sich um und sah, wie sie fassungslos auf einen Briefbogen in ihrer Hand starrte. Sie lief zu ihr. «Was ist passiert?»

Elisabeth schnürte es die Stimme zu. «Von Franz», hauchte sie und drückte Alpha den Brief in die Hand. Die überflog ihn hastig, hob aber schon nach den ersten Zeilen ungläubig den Kopf. «Er muss mal ausspannen? Jetzt? Ist er verrückt geworden?»

Elisabeth zuckte stumm mit den Schultern, bevor sie am ganzen Körper zu zittern anfing.

Die Show war ein Erfolg, zumindest wenn man den Applaus der Gäste zum Gradmesser nahm. Zu sicher konnte man sich allerdings nie sein. Alpha hatte es schon häufiger zuvor erlebt, dass das, was dem Publikum gefiel, die Hand voll anwesender Kritiker anscheinend automatisch zu Verrissen anstachelte. Schließlich wurden sie nicht dafür bezahlt, dass sie genauso empfanden wie die Mehrheit der leicht zu beeinflussenden Laien, sondern dafür, dass sie mit ihren empfindsamen Geschmacksknospen noch der entlegensten Nuance nachspürten. Was dabei zu Papier kam, waren Stilblüten der besonderen Art. Das war zumindest Alphas Meinung. Da war von kühnen Schnitt-Liaisons die Rede, die einen Dialog zwischen den beiden schöpferischen Systemen Kunst und Mode führten, und ähnlich Hochgestochenes mehr. Wenn es gut ging, klang es wie eine Speisekarte in einem Fünf-Sterne-Restaurant. Hatten sich die Kritiker auf den Designer eingeschossen, erinnerte es dagegen an einen Chor beleidigter Opernsänger, die «Nabucco» zu Blockflöten und Triangeln vortrugen.

Im Augenblick hatte sie allerdings keine Zeit, sich den Kopf über die Rezensionen der kommenden Tage zu zerbrechen. Dass Franz das fünfzigste Firmenjubiläum so wenig am Herzen lag, war vollkommen unverständlich. Für sie hatte sein Fernbleiben darüber hinaus ganz persönliche Konsequenzen. Es bedeutete, dass sie, anders als erwartet, nicht als Managerin des neuen Luxus-Labels vorgestellt worden war.

Sofort nach der Show versammelten sich die Steiningers in der großen Familienvilla am Stadtrand zur Krisensitzung. Außer Elisabeth hatten sich ihre Kinder Albert und Cleo eingefunden sowie Alberts Sohn Carl und Cleos Tochter Tessy, eine pausbäckige blonde Teenagerin. Albert sprach das heikle Thema als Erster an, mehr um auf sich aufmerksam zu machen, nach dem Motto «Mit mir spricht ja sonst niemand», denn als ernst gemeinter Versuch, die Sache aufzuklären.

«Wieso tut er so was?», beschwerte er sich. «Haut Knall auf Fall ab, ausgerechnet heute. Er schwänzt sein Jubiläum, und wir stehen vor der Presse und den Kunden dumm da. Ich meine, wenn er Urlaub machen will ...»

«Es geht wohl nicht um Urlaub», fiel ihm Alpha ins Wort. Die schöngeistige Cleo, mit ihrem klassischen Profil und den schwärmerisch verträumten Augen, hatte den Brief sehr langsam gelesen. Sie runzelte die Stirn und fragte sich laut: «Worüber will er nachdenken? Und wieso kann er das nicht hier, mit uns?»

«Und was soll das heißen, dass wir den Ernstfall proben sollen ohne ihn?», ergänzte Alpha, die den rätselhaften Wortlaut des Schreibens noch frisch im Gedächtnis hatte. «Das ist doch nicht zu fassen. Ausgerechnet jetzt, wo es um die Zukunft der Firma geht.»

«Ich rufe die Polizei an, die werden ihn schon finden», verkündete Albert drohend. Er wirkte, als fühlte er sich durch das Verhalten seines Vaters ganz persönlich verletzt. Weniger Sorge als Ärger schien ihn anzutreiben.

«Wir werden uns nicht lächerlich machen.» Elisabeth war blass, aber ihre Stimme klang sehr entschieden. «Ich gehe davon aus, dass ihr auch ohne euren Vater zurechtkommt. Albert ist ein fähiger Geschäftsführer. Und Alpha hat eine beeindruckende Kollektion vorgelegt.»

Das durchsichtige Lob stieß bei Alpha allerdings auf taube Ohren. Rasch wandte sie sich ab, um ihre immer noch gärende Enttäuschung zu verbergen. «Wieso tut er mir das an?», sagte sie so leise, dass es die anderen nicht hören konnten.

«Mutter, du redest nur über die Firma. Aber was ist mit dir?» Cleos tiefblaue Augen wirkten ehrlich betrübt. «Ihr seid fast vierzig Jahre verheiratet. Wie kann er dich einfach verlassen? Ich dachte immer, er liebt dich.»

Elisabeth lächelte ein wenig hilflos. «Keiner weiß immer, was in dem anderen vorgeht.»

Am darauf folgenden Vormittag stürzte sich Alpha verbissen in die Arbeit. So als hätte es am Abend zuvor keine triumphale Bestätigung ihrer Kollektion bei der Modenshow gegeben, machte sie sich erneut über die Prototypen ihrer Entwürfe her. Die junge hübsche Carry, die seit einiger Zeit Hausmodel bei Aphrodite war, hatte das Vergnügen, als lebender Kleiderständer für Alphas Änderungswut herzuhalten. Sie hatte eine perfekte Figur, Körbchengröße C, und war deshalb prädestiniert dafür, als Maßmodel für die neue BH-Serie zu dienen.

Inzwischen kannte sie Alphas Arbeitsstil. Es hatte keinen Sinn, ihr eigene Eindrücke von Ausführung und Sitz der Kleidungsstücke mitzuteilen oder gar Änderungsvorschläge zu unterbreiten. Sie hatte gut auszusehen, möglichst kein Gramm zuzunehmen und ansonsten den Mund zu halten, wenn Alpha die Schalen erst höher, dann wieder tiefer zurrte oder die Träger kürzte. Aus den Augenwinkeln bemerkte Carry, wie Carl sie verstohlen musterte. Alberts Sohn hätte die Tageszeitung sicherlich auch an einem anderen Ort lesen können als ausgerechnet im Atelier. Welchem Impuls er gefolgt war, als er sich scheinbar beiläufig an den Tisch neben ihnen platzierte, war nicht schwer zu erraten. Wie um die stille Unterstellung von der Hand zu weisen, er wolle sich an Carrys halb nacktem Anblick delektieren, las er jetzt laut aus der Zeitung vor. «Schau mal die Schlagzeile, Alpha, ‹Luxus ist Trumpf›!»

Alpha nahm ihm die Zeitung aus der Hand und warf einen Blick auf den Artikel. Unter den Fotos von den spektakulärsten Modellen begann der Text allerdings wesentlich ernüchternder. «Was ist los bei Aphrodite?», stand dort, «Firmenjubiläum ohne Chef. Dessous-Firma vor dem Aus?»

«Über deine Kollektion verlieren sie kein Wort.» Die Bemerkung musste Carl offenbar dringend loswerden. Manchmal hätte Alpha ihrem wichtigtuerischen Neffen am liebsten ein paar Pfund Damenunterhosen in den Mund gestopft. In diesem Moment kamen Albert und seine Assistentin Karin durch die offene Tür. Alberts ohnehin nicht sehr schönes Gesicht wirkte, als hätte jemand eine Woche darin geschlafen. Die dunklen Augenringe waren noch tiefer geworden.

«Ich hoffe, ihr habt euch von dem Schock erholt», begrüßte er sie.

Er hatte offenbar die Zeitung noch nicht gelesen. Eilig überflog er die Schlagzeile.

«Und ich hoffe, Franz kriegt einen Sonnenstich, wo immer er auch ist», knurrte Alpha. Albert legte die Zeitung beiseite. «Dummes Geschwätz. Der Laden wird auch ohne ihn weiterlaufen, vielleicht sogar besser.»

Alpha horchte auf. Dieser rebellische Unterton war mehr als das übliche Gemurre über seine vermeintlich viel zu geringe Entscheidungsbefugnis. Immerhin war er der kaufmännische Geschäftsführer, wenn auch nur auf dem Papier.

«Denkst du an Einsparungen?», fragte sie ihn lauernd. Albert genoss es sichtlich, seine Antwort abzuwägen. «Wenn wir wieder liquide werden wollen, werden wir um ein paar tiefe Schnitte nicht herumkommen.»

Jetzt war die Katze aus dem Sack. Kaum war der Chef aus dem Haus, krochen die Mäuse aus den Löchern, dachte Alpha. Spitzer als notwendig sagte sie: «Bevor du anfängst rumzuschnippeln, hör dir erst einmal an, was Franz und ich geplant haben.»

Sie gab Carry einen Wink. Die verstand, schlüpfte in ein T-Shirt und ging eilig hinaus. Dann wandte sie sich wieder Albert zu. «Vermutlich hast du es sowieso schon gewusst. Franz wollte es am Abend des Jubiläums verkünden. Aphrodite wird Bergdorff übernehmen.»

Sollte Albert von dem Plan gewusst haben, ließ er sich zumindest nichts anmerken. Er tat überrascht. Alpha setzte nach: «Ja. Wir übernehmen Bergdorff und kreieren ein neues Label.»

Albert starrte sie entgeistert an. Er schien wirklich nichts geahnt zu haben. «Und wie soll das gehen?»

«Bergdorff wird eine Tochterfirma von uns. Ich werde der kreative Kopf und übernehme die Verantwortung. Wir hatten geplant, dass die Jubiläumskollektion die erste von Aphrodite Luxus Line wird.»

Für einen Moment war Albert sprachlos. Dann sagte er grimmig: «Ich verstehe! Deswegen die teuren Fummel und der ganze Zirkus. Eine Luxus-Linie! Bei der Marktlage! Damit stürzen wir uns endgültig in den Ruin. Vater muss nicht bei Sinnen gewesen sein. Ist schon etwas unterschrieben?»

Damit traf er bei Alpha einen wunden Punkt. Einen unterschriebenen Vertrag gab es nicht. Sie spürte, dass sie entschlossen vorgehen musste, um sich die Sache nicht im letzten Moment aus den Händen gleiten zu lassen. «Es gibt feste mündliche Vereinbarungen. Franz und ich haben alles genau prüfen lassen. Marktanalysen erstellt und so weiter. Der Markt für Luxusartikel ist hundertprozentig da. Die Sache wird funktionieren.»

Das waren offenbar ein paar Beteuerungen zu viel auf einmal. Albert witterte die Schwachstelle. «Und wie wollt ihr das finanzieren? Keine Bank in Wien wird euch einen Kredit geben. Nicht nach den letzten zwei Jahren.»

«Du hast nur Zahlen im Kopf, denk doch mal kreativ», fuhr ihn Alpha an.

«Ach ja, und wer wird der kreative Kopf im Stammgeschäft, wenn du deine eigene Firma hast? Willst du beides nur halb machen? Das ist doch hirnrissig.»

«Das ist nicht hirnrissig. Das ist Zukunft.»

Alpha biss sich auf die Lippen. Wer laut wurde, hatte verloren. Albert gewann zusehends an Terrain. Mit seiner kompakten Größe von einem Meter neunzig baute er sich vor seiner zierlichen Schwägerin auf. Er hatte es nicht nötig, seine Stimme zu erheben. «Die Leute werfen ihr Geld nicht mehr für teure Unterwäsche aus dem Fenster», sagte er ruhig und von oben herab.

Carl, der bisher ebenso stumm den Streit verfolgt hatte wie die Assistentin seines Vaters, mischte sich jetzt ein.

«Wenn sie nicht nur teuer, sondern auch elegant und exklusiv wie von Alpha ist, dann schon», wagte er sich aus der Deckung. Zum ersten Mal hätte Alpha ihn küssen können. Albert musterte seinen Sohn kurz mit undurchdringlichem Blick. Der schien zu schrumpfen. Dann wandte er sich wieder Alpha zu. «Ich werde auf keinen Fall meine Zustimmung zu diesem Irrsinn geben. Auf gar keinen Fall. Darauf kannst du Gift nehmen.»

Mit diesen Worten stapfte er aus der Tür. Karin setzte ein falsches Lächeln auf. «Wahrscheinlich wusste Herr Steininger senior, warum er sich aus dem Staub gemacht hat», sagte sie und folgte Albert.

Ihre anmaßende Frechheit machte Alpha fassungslos.

Albert war innerlich viel aufgewühlter, als er es sich hatte anmerken lassen. Nachdem er sein Büro betreten hatte, schlug er wütend die Tür hinter sich zu. Eine Sekunde später schlüpfte Karin herein. Nervös ging er vor seinem Schreibtisch auf und ab.

«Alphas eigene Firma. So ein Blödsinn», murmelte er und war sich dabei Karins Aufmerksamkeit gewiss. «Wir werden uns gesundschrumpfen. Nicht expandieren. Bergdorff soll kaufen, wer will, ich werde es nicht tun.»

Dann ließ er sich in seinen Stuhl fallen, legte den Kopf in den Nacken und ließ ihn kreisen. Karin stellte sich hinter ihn und begann ihn sanft zu massieren. Für sie war das ein fairer Tausch. Sie schenkte ihm einige Minuten Entspannung, und dafür bekam sie hautnah mit, was sich in der Firma abspielte. Alles lief nach Plan. Wer einen Prinzen will, muss bereit sein, Frösche zu küssen. Unter ihren Fingern schien sich Albert erstaunlich rasch zu erholen. Er griff nach ihrer Hand, zog sie zu sich herunter und küsste sie.

«Ich könnte eine Ganzkörperbehandlung vertragen», flüsterte er mit belegter Stimme. Rasch entzog sie sich ihm. «Jetzt nicht. Ich bin verabredet.»

Wenn er gewusst hätte, mit wem, hätten sich Alberts Muskeln sicherlich in Sekundenbruchteilen wieder verspannt. Sie warf ihm eine Kusshand zu und verschwand aus der Tür. Sie war sich sicher, dass Robert Fox ihren Bericht sehr interessiert anhören würde.

Wie verabredet traf sie ihn im Wiener Stadtpark am Denkmal von Johann Strauß. Robert trug einen hellen Anzug und sah unverschämt gut aus. Er lächelte sein jungenhaftes Lächeln und drückte ihr einen flüchtigen Kuss auf die Wange. Während sie ihm erzählte, was vorgefallen war, schlenderte er auf Armeslänge entfernt neben ihr her. In der Öffentlichkeit wollte er ihre Beziehung so harmlos wie möglich erscheinen lassen. Karin akzeptierte das. Außerdem gab es der Zusammenkunft eine aufregend verschwörerische Note. Sie fühlte sich wie eine leidenschaftlich begehrte Spionin, die ihre Liebe im Interesse der Sache zurückstellte, zumindest vorübergehend. Was später im Hotelzimmer geschehen würde, stand auf einem anderen Blatt. Nachdem sie ihren Bericht geendet hatte, ließ Robert sie an seinen Gedanken teilhaben.

«Alpha und ihr Ehrgeiz. Das könnte funktionieren», überlegte er laut.

«Nicht, wenn du es verhinderst», beeilte sie sich ihm zu sagen.

Hinter seiner Stirn arbeitete es. «Was sagt Albert?», wollte er wissen.

Karin lachte. «Er sieht nur das Geld, das Bergdorff kosten wird. Er kann sich nicht vorstellen, dass sich Luxus gut verkauft.»

Robert stimmte ihr zu. Es war die Quintessenz seiner geschäftlichen Unternehmungen. Die Masse macht den Umsatz, nicht die Klasse. Seine Firma Fox & Fox, der erste Name stand für seinen Vater, warb mit dem programmatischen Titel *World Underwear*. Im Zweifelsfall sollte die Unterwäsche Amerikanern, Europäern, Asiaten und Eskimos gleichermaßen gefallen, nach dem Motto: Es gibt keine falschen Slips, es gibt nur zu dicke oder zu dünne Hintern.

«Es passt einfach perfekt, dass Franz abgehauen ist. Albert hat noch nie Mut gezeigt. Du musst ihn in seiner Ablehnung bestärken», forderte er Karin auf.

Sie zeigte ihm, dass sie mitdachte. «Dann muss nur noch Bergdorff den Preis hochtreiben, und wir haben, was wir wollen.»

Robert schenkte ihr ein anerkennendes Lächeln. «Wir werden Bergdorffs Gier wecken und ihm ein Angebot für seine Firma machen, dem er nicht widerstehen kann.»

Karin konnte sich nicht länger zurückhalten. Es fühlte sich phantastisch an, gleichwertig an der Seite dieses Mannes zu sein und ihm zu helfen, mit ausgeklügelten Strategien die Macht über den Modemarkt zu erobern. Es verschaffte ihr das Gefühl, wichtig zu sein und die Geschicke aus dem Verborgenen mitzulenken. Sie küsste ihn und flüsterte ihm leidenschaftliche Worte ins Ohr. «Ich werde alles tun, um dir zu helfen, das weißt du.»

Robert ließ es zu und grinste anzüglich. «Ich weiß, warum.»

Allzu sehr wollte Karin ihre Qualitäten allerdings nicht nur auf ihren Körper und ihr Aussehen reduzieren lassen.

«Ich bin genauso ehrgeizig wie Alpha», sagte sie, «und ich bin gut. Zu gut, um immer nur die Assistentin zu sein. Der Deal ist doch okay. Ich helfe dir bei deinem Plan, und du machst mich zur Geschäftsführerin in Europa.»

Robert legte den Kopf schief und lachte sie an. Diese Haltung war mehr nach seinem Geschmack. Menschen, die sich nicht scheuten, ihre Absichten klar zu formulieren und offensiv zu vertreten, war er von zu Hause gewohnt. Sie waren berechenbarer und sicherlich auch effizienter als diese Bande von gefühlsduseligen Sachertorten-Essern, Stehgeigern und Melangekaffee-Trinkern, von denen Wien übervölkert schien.

«Vom Model zur Geschäftsführerin», kommentierte er ihre in der Tat ehrgeizige Forderung. «Geile Karriere, das muss ich schon sagen.»

«Mein Name ist Valerie Landau. Ich habe einen Termin mit Franz Steininger», stellte sich Barbaras Tochter an der Rezeption vor. «Beeindruckender Laden», dachte sie, während sie den Blick durch die marmorgeflieste Eingangshalle des Aphrodite-Firmenhauses schweifen ließ. Die Empfangsdame, eine Mittfünfzigerin in rotem Kostüm, schüttelte knapp den Kopf.

«Herr Steininger senior ist nicht im Haus. Anscheinend hat man vergessen, Ihnen Bescheid zu sagen.»

Valerie starrte sie erschrocken an.

«Aber ich soll am 1. Juli hier anfangen.» Verwirrt holte Valerie ihren Vertrag aus der Umhängetasche. «Hier, sehen Sie.»

Die Empfangsdame warf einen Blick darauf und wurde freundlicher. «Am besten wird es sein, wenn Sie sich an Herrn Steininger junior wenden, unseren Geschäftsführer. Er ist gerade in der Schneiderei. Ich rufe an. Gehen Sie über den Hof und dann links.»

Valerie folgte ihrem Fingerzeig und durchquerte rasch die Eingangshalle. Die klassischen Säulen erinnerten sie an ein Museum oder ein Schloss. Nur die Schilder «Bitte nichts berühren» fehlten. Am Ende des großzügigen Raumes befand sich eine doppelte Eichenholztür mit Glaseinsätzen. Durch sie gelangte man auf den Innenhof, der komplett von Seitenflügeln eingerahmt war. Das Portal linker Hand stand offen. Sie hörte Stimmen und das Rattern von Nähmaschinen und ging hinein. Im Gegensatz zum Vorderhaus schien dieser Gebäudeteil innen vollständig modernisiert zu sein. Wie in einem Großraumbüro trennten Stellwände die Werkstätten voneinander. Ab Brusthöhe bestanden sie aus einer durchgehenden Fensterfront.

Valerie passierte die Zuschneidetische, dann eine Formation von Industrienähmaschinen, an denen gearbeitet wurde. Sie sah sich neugierig um. Am Ende der Halle standen ein Mann und eine Frau über einen Tisch gebeugt. Sie prüften offenbar Stoffmuster und hatten sie nicht bemerkt.

«Herr Steininger?», sagte sie fragend. Jetzt wandte sich der Mann um. Er wirkte nicht gerade erfreut über die Störung. «Albert Steininger. Sie wollen mich sprechen?»

Valerie zog erneut den Einladungsbrief und den Arbeitsvertrag aus der Tasche. Etwas unglücklich begann sie mit einem Patzer.

«Eigentlich bin ich mit Ihrem Vater verabredet.» Um die Unhöflichkeit zu überspielen, fuhr sie rasch fort. «Ich soll heute hier anfangen. Als Designerin. Ihr Vater hat mich eingestellt. Hier sind die Papiere.»

Albert zog die Augenbrauen hoch, nahm den Vertrag und sah ihn aufmerksam durch. Statt auf Valerie einzugehen, drehte er sich zu seiner Assistentin. «Na, so etwas. Wusstest du, dass wir nach einer neuen Designerin suchen, Karin?»

«Nein, ich hatte keine Ahnung.»

In Valerie stieg ein ungutes Gefühl auf. Sehr willkommen schien sie hier offenbar nicht zu sein. So ruhig wie möglich sagte sie: «Ich habe ihm meine Entwürfe geschickt. Wahrscheinlich haben sie ihm gefallen.»

Albert bat sie, ihm in ein geschmackvoll eingerichtetes Büro zu folgen. Es war mit gut gepflegten klassischen Möbeln eingerichtet. Unschlüssig schob er einige Aktenordner im Wandregal hin und her, konnte augenscheinlich jedoch nicht finden, was er suchte. Er rief Frau Künast herbei, die mit einem Griff eine Mappe aus dem Schrank holte und sie Albert überreichte. «Die Entwürfe von Valerie Landau. Bitte schön.»

Albert nahm die Mappe und machte einen Schritt auf den Schreibtisch zu. Im gleichen Augenblick schnappte sich die energische Vorzimmerdame die Mappe wieder und hielt sie fest umklammert.

«Bitte nicht hier», sagte sie spitz.

«Was?»

«Es ist das Büro Ihres Vaters.» Die Sekretärin hielt seinem verärgerten Blick mühelos stand.

«Na und?», brauste Albert auf. «Ich werde mir hier doch mal ...»

«Ich muss Sie sehr bitten, dieses Büro zu verlassen», erwiderte sie mit hoheitsvoller Miene.

«Mein Gott, wie peinlich», dachte Valerie.

Albert rang nach Worten, dann sagte er rasch: «Wir gehen in mein Büro. Da ist das Licht sowieso besser. Und geben Sie bitte meiner Schwägerin Bescheid», ordnete er knapp an.

Alberts Büro war kleiner und moderner möbliert. Während Valerie wie ein Schulkind vor dem Schreibtisch wartete, sah er sich mit seiner Assistentin die Entwürfe an. Mit Bedacht hatte Valerie ihrer Bewerbungsmappe ausschließlich junge, witzige Badeanzüge, Bikinis, Wäsche und Sportswear in bunten Farben und einfachen Schnitten beigefügt. Albert stutzte und schien recht angetan. «Na, so etwas. Das ist ja ...»

«Super», ergänzte Karin. In diesem Augenblick kam Alpha ins Büro.

«Was willst du?», fragte sie unfreundlich.

«Darf ich vorstellen? Das ist Valerie Landau. Designerin. Sie hat in Rom und Mailand studiert, war die Beste ihres Jahrgangs, danach Praktika bei Versace und Chanel. Und jetzt ist sie bei uns. Das sind ihre Entwürfe. Und das», sagte er und schob ihr die Unterlagen zu, «das ist ihr Arbeitsvertrag. Franz hat ihn unterschrieben.»

Alpha musterte Valerie. «Ach?»

«Ja, so ist das», bemerkte Albert.

Als stumme Beobachterin registrierte Valerie die Spannung zwischen den beiden.

«Vater hat Frau Landau eingestellt, der alte Geheimniskrämer. Allerdings, wenn du dir mal die Entwürfe ansiehst, verstehst du, warum.»

Wieder streifte Alpha Valerie mit einem abschätzigen Blick. Dann wandte sie sich den Entwürfen zu. «Nicht schlecht. Nur nicht unbedingt etwas für uns. Unsere Kundinnen sind über dreißig. Die wollen Eleganz und klassisches Design.»

Valerie schluckte und fühlte, wie eine Welle der Empörung ihre Kehle zuschnürte. «Herr Steininger hatte uns Bewerber gebeten, er würde gerne mal etwas Jüngeres versuchen wollen, witziger ...», protestierte sie.

Diesmal musterte Alpha sie eingehender, dann zeigte sie ein schiefes Lächeln. «Sie sehen uns einigermaßen verwirrt, Frau Landau. Machen Sie sich nichts draus. Mein Schwiegervater hat lediglich vergessen, uns in seine Pläne einzuweihen.»

«Aber jetzt sind Sie ja da», mischte sich Albert versöhnlich ein, «und wenn Sie wollen, können Sie zunächst auch bleiben.»

Alpha kommentierte das lauwarme Angebot spitz. «Und dann wird hoffentlich Franz auch einmal wieder auftauchen und uns erklären, was er sich dabei so alles gedacht hat.» Sie reichte Valerie die Hand. «Also dann. Willkommen in unserem Haus.»

Ihr Mund lächelte, aber ihre Augen nicht. Geknickt verließ Valerie die Werkstatt. Auf dem Hof atmete sie tief durch. So hatte sie sich ihren ersten Arbeitstag nicht vorgestellt.

Wenn Alpha sich abreagieren wollte, trieb sie Sport. Sie ging ins Fitnessstudio, joggte, machte Gymnastik. Mannschafts- oder Vereinssport kam aus Zeitgründen nicht infrage. Außerdem fühlte sie sich in geselligen Runden ohnehin deplatziert, seit Ulrich gestorben war. Weder wollte sie in die naive Fröhlichkeit anderer einstimmen noch den Anwesenden mit ihrer Stimmung die Laune verderben. Es kostete sie schon genug Mühe, sich Tag für Tag in der Firma zusammenreißen zu müssen. Zum Ausgleich hatte sie sich in ihrem Bungalow einen Fitnessraum eingerichtet, in Ulrichs ehemaliger Werkstatt. Hier konnte sie ihren Ärger bis zur physischen Erschöpfung in schweißtreibenden Übungen ersticken.

An diesem Abend hängte sie sich an die Sprossenwand und hob die ausgestreckten Beine, bis ihre Bauchdecke vor Anstrengung rot wurde. Es tat weh, aber sie spürte, wie ihre Wut sich in seelische Energie verwandelte. Je erschöpfter der Körper wurde, umso mehr Disziplin verlangte es weiterzumachen. Der Triumph bestand für sie darin, sich so weit zu peinigen, bis ihre Gliedmaßen taub wurden, sie den Schmerz nicht mehr spürte und ihr Geist als alleiniger Sieger dastand. Sie war kurz davor, als es an der Tür klingelte. Langsam ließ sie die Beine herunter, warf sich ihren Bademantel über und öffnete.

Es war Albert. «Ich hoffe, ich störe nicht», sagte er vorsichtig.

Alpha ließ die Tür geöffnet und ging wortlos wieder zurück in den Flur. «Ich habe nachgedacht. Jetzt verstehe ich Vaters Plan», erklärte er ihr und schob sich durch den Spalt. «Du übernimmst Bergdorff, und die Kleine verjüngt die Aphrodite-Linie.»

Alpha steuerte unbeirrt zurück in ihren Gymnastikraum. Albert folgte ihr und kam sich dabei vor wie ein kleiner Junge, der seine Mutter am Rockzipfel festhalten muss, um sie nicht aus den Augen zu verlieren. Sie hängte sich erneut an die Sprossen und nahm ihre Übungen ungerührt wieder auf. Nach einigen Bauchschwüngen schenkte sie ihm die ersten Worte.

«Darüber haben wir nicht gesprochen, dass eine hausfremde Anfängerin unsere Linie bestimmt.»

«Hast du Angst vor Konkurrenz? Jetzt, wo aus Bergdorff nichts wird?»

Alpha baute sich dicht vor ihm auf und trocknete sich das Gesicht mit einem Handtuch ab. Sie reichte ihm nur bis zum Kinn, aber sie wusste, dass das Unterschreiten des körperlichen Sicherheitsabstands auch bei sehr großen und kräftigen Menschen Fluchtinstinkte auslöst. Unwillkürlich machte er einen Schritt rückwärts. Ein guter Anfang, dachte sie und setzte nach.

«Wenn du mich wirklich kennen würdest, wüsstest du, dass Bergdorff die Chance ist, auf die wir alle gewartet haben. Wieso vertraust du nicht dem Instinkt deines Vaters?»

Albert wich erneut zurück. «Dem Instinkt meines Vaters? Der Typ ist einfach abgehauen. Er hat weder an den Banktermin gedacht, den wir gestern gehabt haben, noch an die Stoffauktion in Brüssel, wo wir hinwollten.» Er zögerte, dann sprach er leise aus, was ihm auf der Zunge lag. «Genau wie mein Bruder Ulrich. Er hat auch immer nur getan, was ihm in den Kopf kam. Kein Verantwortungsgefühl, nichts, immer nur ich, ich, ich!»

«Lass Ulrich aus dem Spiel», unterbrach ihn Alpha scharf.

«Und wieso? Ulrich, Vater, sie werden doch immer als Genies dargestellt. Und ich bin der dröge Zahlenmensch. Klar, dass er der Lieblingssohn war.»

Alpha schüttelte den Kopf. «Hör doch auf. Ulrich ist seit fünf Jahren tot. Konkurrenz brauchst du doch nicht mehr zu fürchten.»

«Mich haben sie immer nur als Feuerwehr gebraucht. Als die Firma in der Schieflage war, hat man mich gerufen. Und ich Idiot lasse meine Karriere sausen, gebe meinen Beruf auf, lehne Super-Angebote der Pharmaindustrie ab und kümmere mich um die Unterwäsche meiner Familie.»

Alberts Ton hatte fast etwas Weinerliches bekommen. Alpha bemerkte, dass er tatsächlich aus tiefstem Herzensgrund sprach.

«Als wenn mich Unterwäsche je interessiert hätte. Ich bin eigentlich Biochemiker, das ist meine Welt ... Und jetzt, wo in meinem Beruf die Post abgeht, produziere ich Spitzenhöschen und Büstenhalter.»

«Du bist eben zu gut für diese Welt», kommentierte Alpha seine Tirade ironisch. Albert fuhr herum. «Nein, ich habe Verantwortungsbewusstsein. Meiner Familie gegenüber. Und unserer Firma. Und ich will nicht, dass sie ruiniert wird.» Drohend richtete er den Zeigefinger auf sie: «Weder von dir noch von Vater.»

Alpha ignorierte seine Attacke mit gespielter Gelassenheit. «Sag mal, versuchst du eigentlich, ihn zu finden?»

«Mutter will, dass wir ihn in Ruhe lassen.»

«Auch wenn du immer tust, was deine Mutter will, wirst du nie ihr Lieblingssohn werden.»

Albert schäumte. Vielleicht war sie nun doch ein bisschen zu weit gegangen. Schnell wechselte sie das Thema. «Was denkst du, warum lässt er uns sitzen? Ist er vielleicht krank?»

Albert schüttelte den Kopf. «Ich hab mit unserem Hausarzt telefoniert. Beim Gesundheits-Check vor drei Monaten war er angeblich noch blendend in Form.»

Alpha schüttelte den Kopf. Sie ging hinüber zur Küchenzeile, goss zwei Tassen ein, reichte Albert eine und setzte sich auf ein altes Sofa. Nachdenklich rührte sie in ihrem Kaffee. «Oder geht's um eine Frau?»

Albert schien ehrlich überrascht. «Du denkst, er hat eine Freundin? Vater? Niemals! Er und Mutter sind glücklich.»

Alpha nippte an ihrem Kaffee. Dann stellte sie ihn beiseite und ging an Albert vorbei zum Bad. Vor der Tür ließ sie ihren Bademantel fallen. Ob sie ihm damit demonstrieren wollte, dass er für sie nur ein geschlechtsloses Wesen darstellte, oder ob sie ihn damit indirekt zum Gehen aufforderte, war ihm nicht klar. Sie verschwand in der Duschkabine und drehte das Wasser auf.

«Er kann sich doch nicht in Luft aufgelöst haben», hörte er ihre Stimme zwischen dem Rauschen. Unschlüssig ging Albert einige Schritte vor der offenen Badezimmertür auf und ab. Ihre ungezwungene Nacktheit verwirrte ihn. Er entschied sich zu gehen.

Während Albert sich bei Alpha aufhielt, hatte seine Assistentin Karin eine Verabredung im Grand Hotel Sacher, die ihrer Karriere einen endgültigen Kick versetzen sollte. Sie saß in der vornehmen Hotelhalle und blätterte in einem Katalog von *World Underwear*. Robert hatte ihn ihr in die Hand gedrückt, bevor er kurz zum Telefonieren verschwunden war. Sie blätterte darin und stellte sich vor, wie sie als Europa-Chefin dieses amerikanischen Unternehmens eine glamouröse Eröffnungsparty geben würde. Alle würde sie einladen: ihre ehemaligen Arbeitskolleginnen unter den Models, soweit sie nicht ohnehin für die Show gebucht sein würden, und die Konkurrenten, um ihnen zu zeigen, dass sie nun in ganz anderen Dimensionen agierte. Ihr Englisch war zwar dürftig, aber das hinderte sie nicht daran, das müde alte Europa jetzt ganz aus amerikanischer Sicht zu betrachten. Think big. Es würde eine Riesen-Party werden, mit ihr als bewundertem und beneidetem Mittelpunkt. An ihrer Seite würde Robert Fox, der gut aussehende und strategisch weit blickende Firmenchef, stehen. Er würde sie vor aller Augen in den Arm nehmen, ihr danken und sie küssen.

Beschwingt kam Robert nach seinem Telefonat auf sie zu und küsste sie auf die Wange. «Und», fragte er mit Blick auf den Katalog, «gefällt dir, was du siehst?»

Karin strahlte ihn an. «Die Fotos sind perfekt.» Ganz in ihrer Rolle als zukünftiger Chefin befangen, fühlte sie sich aber verpflichtet, ihn auf mögliche Probleme aufmerksam zu machen, natürlich auf amerikanische Art. So äußerte sie ihre Kritik mit einem breiten Lächeln. «Allerdings können die Sachen qualitativ keinem Vergleich mit Aphrodite standhalten.»

Robert zuckte gleichmütig die Schultern «Entweder du hast

Spitzenqualität, dann bist du teuer. Oder du gehst auf bezahlbare Massenproduktion, weltweit.»

Karins Augen leuchteten. «Und jetzt rollen wir den europäischen Markt auf, du und ich.»

Robert nickte. «Wenn wir Bergdorff in der Tasche haben, erledigen wir Aphrodite.»

«Noch hast du Bergdorff nicht. Alpha wird den Deal auch ohne Franz durchziehen.»

Karins altkluge Bemerkungen begannen Robert zu langweilen. «Bergdorff lass meine Sorge sein ... Und dann, meine Schöne, leisten wir uns ein Luxus-Label.»

«Den Frauen sollen die Augen rausfallen», begeisterte sich Karin.

Ihre Antworten hatten etwas ermüdend Vorhersehbares, fand Robert. Zwar hatte er es grundsätzlich gern, wenn man seinen Plänen zustimmte, aber er vermisste Originalität an ihr. Ganz abgesehen davon lag sie mit ihrer letzten Einschätzung nur zur Hälfte richtig.

«Eigentlich sind die Männer unsere Zielgruppe. Sie sollen teure Geschenke kaufen, für die Frau, die sie lieben. Und natürlich auch für die, die sie betrügen, weil sie ihnen gegenüber ein schlechtes Gewissen haben.»

Als Europa-Chefin hatte sie sich fürs Erste disqualifiziert. Aber noch brauchte er sie. Vielleicht würde sich etwas anderes finden lassen, mit dem sie sich zufrieden geben würde, ohne seine Intrigen später an die große Glocke zu hängen. Er nahm ihre Hand und zog sie hoch. «Komm.»

«Gehen wir zu Tokami? Ich hab Lust auf Sushi.»

Verwöhnt war sie auch noch, dachte er. Lächelnd hob er den Finger.

«Erst die Arbeit, dann das Vergnügen.»

Zwanzig Minuten später führte Karin ihn vorsichtig durch das Gebäude von Aphrodite. Als Assistentin von Albert hatte sie das Anrecht auf einen eigenen Firmenschlüssel. «Ist das Zimmer vom Alten nicht abgeschlossen?», flüsterte Robert.

«Ich weiß, wo seine Sekretärin den Schlüssel hat.»

Als sie an Alphas Atelier vorbeischlichen, blieb er neugierig stehen und lugte hinein. «Ist das Alphas Zeichentisch?»

Karin nickte nervös. Es gab zwar keinen Wachdienst, aber alle Familienmitglieder der Steiningers konnten das Gebäude jederzeit betreten. Sie wollte ihn fortziehen, aber er rührte sich nicht vom Fleck. «Ich habe keine Lust, mit dir hier entdeckt zu werden», flüsterte sie. Robert lachte leise. «Ich will nur kurz sehen, was die Konkurrenz vorhat.»

Karin tastete nach der kleinen Tischlampe und knipste sie an. Sie horchte in den Flur. Der schmale Lichtkegel der Niedervoltlampe erschien ihr wie eine Flutlichtanlage. Robert nahm in aller Seelenruhe einige Zeichnungen von Alpha in die Hand und studierte sie.

«Sie ist gut. Ich werde sie zu mir in die Staaten holen.»

«Glaubst du wirklich, Alpha würde Aphrodite für deine Massenware verlassen?», flüsterte Karin gereizt.

«Wenn es Aphrodite nicht mehr gibt ...»

Dann entdeckte Robert eine Mappe mit Zeichnungen, die erkennbar eine andere Handschrift trugen. Er stieß einen anerkennenden Pfiff aus. «Von wem sind die denn? Die sind doch nicht von Alpha.»

Karin verstand nicht, warum er so viel Zeit für die Entwürfe verschwendete. Sie waren gekommen, um die Bilanzen in Franz' Büro einzusehen, und nun hielt er sich an einer Hand voll Modebildern von einer Berufsanfängerin auf. «Valerie Landau. Sie ist neu. Ganz jung», sagte sie knapp. «Und sehr frisch», ergänzte Robert. «So etwas wollen sie hier jetzt machen? Hut ab, ich hätte Alpha gar nicht so viel Flexibilität zugetraut. Wie, sagst du, heißt die Designerin?»

«Valerie Landau. Franz Steininger hat sie eingestellt, bevor er verschwunden ist.»

«Der hatte schon immer einen guten Riecher», murmelte Robert. Er warf einen letzten Blick darauf, löschte das Licht und wandte sich aufgeräumt Karin zu. «Und jetzt schauen wir uns die Geschäftszahlen an.»

Kapitel 3

Cleos Galerie lag in der Schäffergasse im 4. Wiener Bezirk, zehn Minuten Fußweg vom Karlsplatz entfernt stadtauswärts. Die Lage war nicht optimal. Zwar waren die Gebäude der Technischen Universität in der Nähe, die Schweizer Botschaft und auch die Diplomatische Akademie Theresianum, aber die Wiedner Hauptstraße trennte das Viertel wie eine Wasserscheide vom belebteren Teil ab. Ohne großzügige Hilfe von ihrem Vater hätte sie sich ihr Kunstausstellungshaus nicht leisten können. Im Grunde war es egal, ob sie damit Geld verdiente. Es hätte ohnehin niemals gereicht, um ihren Lebensunterhalt zu finanzieren. Franz hatte ihre musische Begabung gefördert, ohne Resultate einzufordern. Es war ihm wichtig gewesen, dass sie sich frei entfalten konnte. Schließlich war sie offiziell seine einzige Tochter, bereits als Kind von einem bezaubernden Charme und nun, mit zweiunddreißig, eine ätherische Schönheit. Ihre großen blauen Augen wirkten häufig abwesend. Weniger wohl meinende Beobachter hätten es als Löcher-in-die-Luft-Starren bezeichnet. Franz erinnerte es jedoch an die schwermütige Anmut der jungen Frauen, die man von den Gemälden des Jugendstil-Künstlers Gustav Klimt kannte. Was er in seiner väterlichen Fürsorge übersah, war, dass er sie mit seiner bedingungslosen Liebe zur Lebensuntüchtigkeit erzogen hatte. Mit Anfang zwanzig, im dritten Semester ihres Studiums, bekam sie ein Kind, ihre kleine Tochter Tessy. Den Namen des Vaters wollte sie partout nicht preisgeben. Als die Familie sie bedrängte und selbst Franz es nicht bei einem Schulterklopfen beließ, bekam sie einen Nervenzusammenbruch. Seitdem unterließen es die Steiningers, sie mit Fragen zu belästigen oder sie mit irgendeiner familiären Unpässlichkeit zu belasten. Sicher, zur Totenfeier ihres Bruders Ulrich ließ es sich nicht umgehen. Ansonsten steckte ihr Franz weiterhin Geld zu oder lud ab und an kunstinteressierte Geschäftskunden in die Galerie auf einen Schluck Sekt an der Bar ein. Das führte in der Regel jedoch zu keinem Erfolg. Erstens, weil Franz sich eher auf die Zunge gebissen hätte, als sie zu Gefälligkeitskäufen zu animieren, und zweitens, weil die Art von jungen Künstlern, die mit ihren Werken bei Cleo eine Heimstatt gefunden hatten, ebenso weltfremd und beinahe autistisch veranlagt waren wie die Galeristin selbst. Kurioserweise hatte sich einmal ein Japaner mit blond gesträhnten Haaren in eines der ausgestellten Werke verliebt, eine drei Meter hohe blaue Holzleiter, die ein interessantes Muster von mehrlagig aufgetragenen Farbklecksen aufwies. Vom Kauf nahm er dann doch Abstand, weil sie zu sperrig für den Transport gewesen wäre. Franz unterließ es, ihn darauf hinzuweisen, dass es sich dabei nicht um ein besonders originelles Werk von Hyperrealismus handelte, sondern lediglich um ein Überbleibsel der letzten Renovierung.

Was Männerbeziehungen anging, war Cleo ähnlich erfolglos wie als Kunstverkäuferin. Sie litt doppelt. Ihre auratische Schönheit führte dazu, dass sich viele Männer schlicht nicht trauten, sie anzusprechen. Taten sie es doch, waren sie entweder auf eindeutige Abenteuer aus, oder sie strauchelten rasch in Cleos versponnener Gesprächsführung. Sie war außerstande, auf die einfache Frage «Wie geht's?» eine ebenso knappe Antwort zu geben. Sie runzelte dann die Stirn, horchte in sich hinein, lugte in die Zimmerecke und entschloss sich dann zu stockend vorgetragenen Kundgebungen wie: «Im Einzelnen und episodenhaft betrachtet, trägt mein Leben komische Züge. Im Großen und Ganzen muss man es doch als tragisch bezeichnen.»

Vor kurzem jedoch war Rüdiger in ihr «episodenhaft komisches» Leben getreten. Er war zwei Jahre jünger als sie und ähnelte mit seinen schulterlangen blonden Locken und seinen breiten Schultern eher einem Footballspieler als einem Künstler. Er malte wilde großflächige Ölgemälde, von denen er absolut überzeugt war. Mit Tessy schien er gut zurechtzukommen, besser gesagt mit der Tatsache, dass Cleo bereits eine Tochter im Teenageralter hatte. Und Cleo gegenüber ließ er sich niemals anmerken, dass jede Art von Unterhaltung mit ihr ähnlich mühselig war wie Feuer anmachen mit nassem Holz. Er umarmte sie dann einfach, bedeckte sie mit

Küssen und schleppte sie zum nächstgelegenen Bett, Sofa oder Tisch. Cleo fand, dass die Geschlechtsakte mit ihm wie ein Verkehrsunfall wirkten. Sie ließ es schockiert über sich ergehen und hatte anschließend Mühe, ihre Gedanken zu ordnen. Immerhin konnte er dadurch überhaupt ihren Schutzpanzer durchdringen. Sie begann sogar in zusammenhängenden, ganzen Sätzen zu sprechen und spontane Antworten zu geben. Dieses Gefühl verwechselte sie mit Liebe.

Als Rüdiger an diesem Morgen mit seinem klapperigen R 4 vorgefahren kam und ihr bereits durch die Scheiben der Galerie fröhlich zuwinkte, fühlte sie ein warmes Kribbeln im Bauch. Gut gelaunt kam er herein, nahm sie schwungvoll in den Arm und drückte ihr einen Kuss auf die Stirn. Triumphierend schwenkte er eine braune Papiertüte und präsentierte sie wie eine kostbare Trophäe.

«Lust auf Croissants?»

Cleo lächelte ihn an. «Immer.»

Sie küssten sich erneut. In dem Moment ging die Tür auf, und Alpha kam herein. Auch sie hatte eine Tüte mit frischen Croissants in der Hand. «Frische Croissants. Gibt's schon Kaffee?»

Alpha bemerkte die Croissants, die Rüdiger mitgebracht hatte.

«Oh, ich bin wohl zu spät dran.»

«Croissants kann man nie genug haben. Setzt euch. Ich mache schnell Kaffee. Rüdiger, Melange, wie immer?»

Cleo war stolz auf sich, dass sie so selbstverständlich reagieren konnte. Es war alles so, wie es sein sollte. Und das verdankte sie allein Rüdiger. Dann entdeckte sie, dass der Kaffee alle war.

«Kein Kaffee mehr da», stotterte sie und schaute ratlos in die leere Dose. Der rettende Einfall kam, ohne dass sie lange nachdenken musste. «Ich kauf schnell neuen», sagte sie, und ihre Miene hellte sich auf.

«Das kann ich doch machen», bot sich Rüdiger an.

Cleo gab ihm Geld. Auch das gehörte zu den inzwischen fraglosen Übereinkünften zwischen den beiden. Wenn Rüdiger Geld brauchte, zückte sie das Portemonnaie. Anfangs hatte er sie noch sanft darauf hinweisen müssen. Doch jetzt lief es wie von selbst.

Rüdiger steckte den großen Geldschein ein, lächelte sie an und schlüpfte aus der Tür. «Ich beeile mich.»

Cleo sah ihm verliebt nach. «Niedlich», kommentierte Alpha die Szene trocken.

«Und er hält, was er verspricht», beteuerte Cleo ihrer Schwägerin. Alpha verkniff sich jede weitere Bemerkung über das Wunder, dass ein Mann tatsächlich Kaffee einholen ging, nachdem man ihn mit Geld ausgestattet hatte. Sie schüttete die Croissants in eine Alessi-Schale, schenkte sich ein Glas Wasser ein, trank es und stellte sich vertraulich an Cleos Seite.

«Ich will mit dir über die Firma reden. Dein Vater will Bergdorff übernehmen. Ich hab alle Unterlagen und den Vertragsentwurf mitgebracht. Ich möchte, dass du dir das anschaust. Jetzt, wo er nicht da ist, brauchen wir deine Zustimmung», schmeichelte sie ihr.

Cleo griff sich an die schöne Stirn und stöhnte. «Ich habe mich um solche Sachen nie gekümmert. Du weißt, dass ich davon nichts verstehe.»

Alpha tätschelte ihr beruhigend die Schulter. «Das Wichtigste ist, dass du begreifst, dass die Bergdorff-Übernahme eine Chance für uns ist.»

Cleo sah sie verwirrt an. «Und was soll ich tun?»

«Du musst für die Übernahme stimmen. Albert täuscht sich dieses Mal.»

Alpha erntete einen verzweifelten Blick. Hier war mehr Überzeugungsarbeit zu leisten. «Du kennst ihn, er sieht nur Zahlen und hat keine Phantasie. Wir Kreativen müssen zusammenhalten.»

Cleo verkniff den Mund, suchte in den Zimmerecken nach Antworten. Schließlich traf sie eine Entscheidung.

«Ich glaube an dich, nicht nur weil du meinen Bruder geheiratet hast. Ich weiß auch, was du für die Firma getan hast. Meine Zustimmung hast du, und wenn sich Albert auf den Kopf stellt.»

Alpha atmete auf und drückte sie dankbar an sich. Einen Augenblick später ging die Tür auf, und Rüdiger wedelte stolz mit einem Paket Kaffee. Das Rückgeld behielt er in der Tasche.

Was Albert an seiner Assistentin Karin faszinierte, konnte er nicht in Worte fassen. Es war ein unbestimmtes Gefühl von triebhafter

Leidenschaft für ihren Körper. In der Beziehung war sie anders als seine Frau, von der er seit Jahren geschieden war, tabulos auf eine selbstverständliche Art. Zudem schmeichelte es ihm natürlich, mit achtundvierzig Jahren noch eine solche Wirkung auf eine junge Frau zu haben. Wie viel davon seiner Position in der Firma geschuldet war, darüber legte er sich vorsichtshalber keine Rechenschaft ab. Er hatte sie kennen gelernt, als sie für Aphrodite modelte. Anders als die anderen Mädchen hatte sie jedoch Geist gezeigt und ein großes Interesse für die Firma bewiesen. Sie dachte mit, machte gute Vorschläge für die Kollektionen, war zielstrebig, und sie zeigte ihm deutlich, dass er mehr von ihr erwarten durfte. Natürlich spielte das die Hauptrolle. Dabei gab er sich keinen großen Illusionen über die Ernsthaftigkeit von Karins Gefühlen hin. Wenn er darüber nachdachte, dann schob er seine Bedenken jedoch schnell auf den Umstand zurück, dass er von dem Verhalten seiner Exgattin seinerzeit so stark verletzt worden war. Sein allgemeines Misstrauen gegenüber Frauen hätte problemlos noch für zwei weitere Leben gereicht. Er war nicht schön, das wusste er, aber er bemühte sich, fair zu sein. Erst recht, wenn sie ihm ihre Leidenschaft schenkte.

Er saß auf dem Fahrersitz seiner 1928er Walter-Pullman-Limousine, ein 6-Zylinder-Meisterwerk des tschechischen Ingenieurs Kumpera. Das Oldtimer-Schmuckstück fuhr er nur selten aus der großen Garage hinter der Steiningervilla. Diese Tatsache sowie der dreieinhalb Meter lange Radstand boten im Augenblick unzweifelhaft Vorteile. Karin konnte auf ihm sitzen und ihn lieben, ohne ans Lenkrad zu stoßen. Er beobachtete ihre wippenden Brüste, als ihn das Geräusch eines vorfahrenden Wagens störte. Ein Blick in den Rückspiegel zeigte ihm durch die halb geöffnete Schuppentür, dass es Alpha in ihrem italienischen Cabrio war.

Er schubste Karin von seinem Schoß, stopfte sich das Hemd in die Hose und stürzte nach draußen. In Alphas Begleitung befand sich Cleo. So unbefangen wie möglich begrüßte er die beiden. «Was führt euch her? Wollt ihr eine Spritztour machen?»

«Nein, einen Termin mit Bergdorff», sagte Cleo. Alpha musste ihrer Schwägerin während der Fahrt derart zugesetzt haben, dass sie mit ungewohnter Direktheit das Wort führte. Oder die jahrelangen teuren Therapiesitzungen beim Logopäden begannen Wirkung zu zeigen.

«Bergdorff? Was willst du von dem?», fragte Albert misstrauisch.

«Alpha hat mit mir gesprochen, ich bin für die Übernahme», erwiderte sie schlicht.

«Seit wann mischst du dich ins Geschäft ein?»

Cleo geriet ins Stocken. Schnell sprang Alpha ihr bei. «Da Vater nicht da ist, müssen wir gemeinsam entscheiden.»

«Und wir haben gemeinsam entschieden», fügte Cleo hinzu. Alpha lächelte undurchdringlich. «Für die Bergdorff-Übernahme!»

Ratlos musterte Albert seine Schwester. Er wusste nicht, ob er sich darüber freuen sollte, dass sie endlich einmal einen klar formulierten Gedanken aussprechen konnte, oder darüber ärgern, dass sie Alphas Intrige auf den Leim gegangen war. Denn darum handelte es sich ohne Zweifel. «Du willst also die Firma ruinieren?» Das war eine rhetorische Frage, so viel war Albert bewusst, aber er wollte die Chance nicht unversucht lassen, Cleo die Konsequenzen vor Augen zu führen. Vielleicht würde sie es ja sogar verstehen. Aber sie blieb bei ihrer Meinung, trotzig wie ein kleines Kind.

«Ich vertraue Alpha, und Vater hat es auch so gewollt.»

Albert schüttelte grimmig den Kopf und wandte sich ab. «Ihr seid alle verrückt geworden.»

Aus den Augenwinkeln bemerkte er Karin, die sich im Halbdunkel der Garage versteckte. Wenigstens eine Person, die wusste, was sich gehört, dachte Albert.

Von Valerie Landau hatte Elisabeth bereits gehört und auch davon, dass Franz die Einstellung der jungen Designerin ohne Rücksprache vorgenommen hatte. Mit ihren sechsundzwanzig Jahren hätte Valerie seine Enkelin sein können, aber die Grillen eines Mannes werden umso wunderlicher, je älter er wird, dachte sie. Jedenfalls wollte sie sich die junge Dame aus der Nähe ansehen. Sie hängte sich ihre Nikon um und schlenderte wie auf Motivsuche durch die Schneiderei. Vor Valeries abgetrenntem kleinen Zeichenbüro blieb sie stehen und musterte sie unauffällig durch die Scheiben. Recht kindlich wirkt sie, ging es ihr durch den Kopf, wie sie so emsig über ihren Tisch gebeugt zeichnete. Ihre Zungenspitze spielte dabei an ihrem Mundwinkel, wie die eines kleinen Kätzchens. Elisabeth konnte es sich nur schwer vorstellen, dass Franz es auf sie abgesehen haben sollte. Sie fasste sich ein Herz und trat ins Büro. Dort hielt sich außer Valerie eine weitere Angestellte auf, die Vorlagen in den Kopierer schob.

«Hallo, Susi», begrüßte Elisabeth sie zuerst. Dann wandte sie sich mit einem reizenden Lächeln Valerie zu und stellte sich vor.

«Guten Tag, Frau Steininger», antwortete die Angesprochene artig, «Valerie Landau, ich bin neu in der Firma.»

Dann arbeitete sie weiter an ihren Entwürfen. Elisabeth schaute ihr über die Schulter und seufzte. «Da möchte man noch einmal siebzehn sein, um so was tragen zu können. Ich wusste nicht, dass wir jetzt auch so junge Kollektionen im Programm haben. Aber es freut mich. Es war eine gute Idee von Alpha, eine so junge Designerin einzustellen.»

Ohne die Spur von Argwohn stellte Valerie den Vorfall richtig.

«Alpha Steininger hat mich nicht eingestellt, sondern Ihr Mann.»

Elisabeth tat verblüfft. «Mein Mann, ah ja? Ja, er hatte schon immer ein gutes Gespür.»

Das Mädchen besaß ein interessantes Gesicht, so viel stand fest, entschied Elisabeth. Einerseits wirkte es mit seinen weichen Konturen unschuldig. Andererseits besaß Valerie ein energisches Kinn. Wenn sie es anspannte, wirkte es, als ob sich unter der Haut ein zweites Wesen regte, wie eine Larve, die mit ihrem Kokon kämpft. «Darf ich ein paar Fotos von Ihnen machen, für mein neues Buch?», fragte Elisabeth und hob erläuternd die Kamera. Valerie wurde verlegen, ließ es aber geschehen.

«Auf Wiedersehen, es hat mich gefreut, Sie kennen zu lernen.»

Valerie lächelte zum Abschied. Nicht alle Steiningers schienen so unfreundlich zu sein wie Albert und Alpha.

Um 12.00 Uhr war Elisabeth mit ihrem Sohn und ihrer Schwiegertochter auf der Terrasse vom Café Cobenzl verabredet. Sie hatte diesen Ort mit Bedacht ausgewählt. Von hier aus hatte man einen wunderbaren Blick auf Wien. Den Stephansdom und sogar ein Stück von Schönbrunn konnte man in der flirrenden Mittagshitze sehen. Das Panorama wirkte beruhigend auf Elisabeth, nicht zuletzt weil die vielen Millionen Schicksale, die sich in diesem Moment dort unten wie auf einer gigantischen Bühne abspielen mochten, aus der Distanz betrachtet etwas Friedvolles bekamen. Unter fotografischen Gesichtspunkten war es eher eine Hobbyaufnahme, zu wenig Vordergrund, keine Konzentration auf Details, aber für die Seele war es Balsam. Elisabeth wandte sich ihrer Schwiegertochter zu.

«Ich gratuliere dir zu deiner neuen Mitarbeiterin. Sie scheint ein begabtes Mädchen zu sein.»

«Dein Mann hat sie geholt, ohne mich zu fragen», stellte Alpha sachlich fest.

«Du magst sie nicht?»

«Sie passt nicht zu uns.»

Elisabeth sah Alpha an und zog es vor zu schweigen, bis sie sich näher erklärte. In diesem Moment tauchte Albert auf der Terrasse auf. Er beobachtete die beiden unbemerkt für einen Augenblick, dann trat er an ihren Tisch. Er drückte seiner Mutter einen flüchtigen Kuss auf die Wange. «Alles in Ordnung, Mama? Hast du was von Vater gehört?»

«Du wärst der Erste, dem ich es sagen würde. Setz dich doch», forderte Elisabeth ihn freundlich auf.

Albert musterte seine Schwägerin und fragte absichtsvoll förmlich: «Störe ich?»

«Jetzt sei nicht blöd.» Alpha lächelte und wies einladend auf den freien Stuhl. «Wir müssen uns sowieso dringend zusammensetzen und über die Strategien für das neue Label reden. Oder klinkst du dich aus?»

Albert blieb stehen und umfasste mit seinen kräftigen Händen die Stuhllehne. «Ich bin zwar gegen eure Entscheidung, aber das heißt noch lange nicht, dass ich mich nicht darum kümmern werde. Gegen fünf? In meinen Büro?»

«Okay, um fünf.» Alpha stand auf. «Also dann, Elisabeth, ich muss jetzt los, war schön, dich zu sehen.»

«Wiedersehen, Alpha. Bis bald einmal.» Elisabeth hütete sich, die beiden Streithähne zum Einlenken zu bewegen. Albert verfolgte Alphas eiligen Aufbruch versonnen. Gegen seinen Willen musste er einräumen, dass ihre Erscheinung ihn durcheinander brachte. Sie war attraktiv. Das enge schwarze Kostüm brachte ihre Figur gut zur Geltung. Elisabeth folgte seinem Blick und schmunzelte. «Vertraue ihr einfach», riss sie ihn aus seinen Gedanken. Albert setzte sich und verschränkte die Arme. «Ich weiß, dass sie Power hat», räumte er ein, «ich weiß auch, dass sie gut ist. Was ich nicht weiß, ist, wie weit sie für ihren persönlichen Erfolg gehen wird. Was ist, wenn sie nur daran denkt und unsere Firma dabei kaputtgeht?»

Beruhigend drückte Elisabeth seine Hand. «Da vertraue ich dir.»

Robert Fox hatte Cleos Galerie in der Schäffergasse schnell ausfindig gemacht. Karin hatte ihn angerufen, um ihm mitzuteilen, dass Alpha ihre Schwägerin als taktische Reserve ins Spiel um Bergdorff brachte. Er wusste, dass er sofort handeln musste. Bergdorff durfte den Steiningers auf keinen Fall in den Schoß fallen. Er korrigierte den Sitz seiner hellen Krawatte in der Schaufensterscheibe. Sie passte hervorragend zu seinem lichtgrauen Sommeranzug. Dann trat er ein. Cleo war damit beschäftigt, den Sockel einer Holzsäule zu weißen. Sie kniete auf dem Boden und hatte sich mit Farbe beschmiert. Die Türklingel ertönte. Sie blickte auf und traute ihren Augen nicht.

«Hallo, keiner da?» Robert konnte sie in dem Durcheinander von Farbeimern, Leitern und Leinwänden nicht sofort ausfindig machen.

Cleo legte den Pinsel zur Seite und knabberte nervös an ihren Fingernägeln. Dann gab sie sich einen Ruck und richtete sich auf.

«Das gibt es doch nicht. Robert! Wie kommst du denn hierher?» Ihre Stimme flatterte.

Robert spielte gekonnt den Überraschten. «Cleo? Das ist ja verrückt. Ich bin seit ein paar Tagen in der Stadt und schon häufiger an der Galerie vorbeigegangen. Jedes Mal hat mich diese kleine Zeichnung im Fenster angelacht.»

Cleo war verwirrt. Dass jemand aus eigenem Antrieb in ihre Galerie kam, um eines der ausgestellten Werke zu kaufen, kam selten genug vor, praktisch nie. Dass es ausgerechnet Robert war, musste ein Zeichen sein. Ob ein gutes oder ein schlechtes, konnte sie nicht entscheiden. Mit bebenden Fingern nahm sie das Bild aus dem Fenster und reichte es ihm. Robert tat, als ob er es eingehend musterte. «Wunderschön», urteilte er scheinbar ergriffen, «eine Arbeit von dir?»

«Nein, ich habe damit aufgehört.» Cleo fühlte sich unbeholfen. Sie konzentrierte sich darauf, seinen Anzug nicht zu berühren, um Flecken zu vermeiden.

«Ist das deine Galerie? Mein Gott, Cleo, wie lange ist es her?»

«Keine Ahnung, fünfzehn Jahre?», druckste sie verlegen.

Robert drehte jetzt auf wie ein Moderator in einer Talksendung.

«Fünfzehn? Unmöglich. Zwölf, vielleicht dreizehn, mehr nicht. Gut siehst du aus.»

Cleo starrte ihn mit großen Augen ungläubig an. Es dauerte einen Moment, bis sie ihre Frage im Geist fertig formuliert hatte. Dann verhaspelte sie sich doch wieder. «Was tust du in Wien? Lebst du nicht in New York? World Underwear sagt mir auch etwas. Du hast Erfolg.»

Robert hörte ihr mit schief gelegtem Kopf und freundlichem Lächeln zu. Dann entschied er sich, an den letzen Teil anzuknüpfen.

«Ja, es geht mir gut. Ich habe ein Haus auf Long Island, meine Firma ist in Manhattan. Alles läuft super.»

Cleo nickte mechanisch. Robert wartete auf eine Erwiderung. Da nichts kam, nahm er sie fest in die Arme und drückte sie überschwänglich. «Ich freue mich, dich zu sehen. Was machst du? Bist du verheiratet?»

Sie registrierte einen winzigen weißen Farbklecks auf seinem Ärmel. «Nein», sagte sie schnell. «Nein. Und du? Bist du verheiratet?»

Robert zuckte gleichmütig mit den Schultern. «Geschieden. Gott sei Dank, und Kinder hatten wir auch keine. Wenn es nach mir gegangen wäre: Ich hätte gerne Kinder gehabt.»

Cleo erstarrte. Das Telefonklingeln erlöste sie aus seiner Umarmung. Sie nahm den Hörer ab und meldete sich. «Galerie Steininger. Ach, du bist es. Nein, ich habe keine Zeit. Tut mir Leid, Tessy, du kannst jetzt nicht kommen. Bestimmt: Es geht jetzt nicht.»

Sie legte auf. Robert verfolgte das Gespräch unaufmerksam. Er dachte darüber nach, wie er sein Anliegen möglichst beiläufig ansprechen konnte, sonst wäre ihm Cleos nervöser Tonfall sicherlich aufgefallen. So machte er einfach da weiter, wo sie stehen geblieben waren.

«Also, was ist mit dir? Mann, Kinder, Haus, Hund?»

«Ich habe meine Galerie. Damit bin ich voll ausgelastet.»

Dann wechselte sie rasch das Thema. «Wie lange bleibst du in Wien?»

«Noch zwei, drei Tage. Ich dachte, ich könnte ein Geschäft machen. Aber das hat sich zerschlagen.»

Cleo suchte nach passenden Worten. Es schien alles so sinnlos zu sein, nichts sagend, phrasenhaft. Dabei hätte sie ihm viel zu erzählen gehabt, seit sie ihre Beziehung vor seiner Abreise nach Amerika beendet hatten. «Ja, dann», stammelte sie, «es war schön, dich wiederzusehen.»

«Ja, das ist es. Es kommt mir wie gestern vor, als wir unser Abiturfest hatten, weißt du noch?» Augenscheinlich hatte sich Robert auf ein längeres Gespräch eingestellt. «Komm, lass uns zur Feier des Tages etwas trinken gehen. Wie geht es deiner Mutter, deinen Brüdern, der Firma? Du musst mir alles erzählen.»

«Mit meiner Familie ist alles in Ordnung», murmelte Cleo. Dann fiel ihr auf, dass diese Aussage alles andere als wahr war. «Bis auf Ulrich. Du weißt vielleicht, dass er vor fünf Jahren bei einer Segeltour verschollen ist. Nach zwei Jahren wurde er für tot erklärt. Und die Firma läuft super, glaube ich.»

Der letzte Satz erstarb in einem Murmeln. Robert nickte anteilnehmend. Er hatte den Einstieg gefunden, den er gesucht hatte. «Albert ist ein hervorragender Geschäftsführer, absolut seriös, das hat sich bis New York rumgesprochen. Ihm konnte man noch nie etwas vormachen. Ich habe gehört, dass er dagegen ist, dass ihr Bergdorff übernehmt. Damit hat er Recht», verkündete er im Brustton der Überzeugung.

Cleo war überrascht. «Wieso denn? Wieso sollten wir die Bergdorff-Kette nicht übernehmen?»

«Das Risiko ist viel zu groß. Der Markt ist gesättigt, und Bergdorff ist kaputt. Sei froh, dass Albert den Deal ablehnt. Die Sache könnte euch in den Ruin stürzen.»

Cleo sah ihn nachdenklich an. «Ich kenne mich da nicht aus.»

«Aber ich», sagte Robert beiläufig. «Packst du mir das Bild ein?»

«Es ist nicht billig», warnte ihn Cleo. Irgendein Teufel hatte sie geritten, das erste Geschäft nach langer Zeit kompliziert zu gestalten. Robert lächelte sie breit an. «Egal, was es kostet, es gefällt mir.»

Nach dem Treffen im Café Cobenzl entschied sich Albert, auf einen Sprung nach Hause zu fahren. Es war Freitagnachmittag. Der einzige Termin, der vor dem Wochenende noch anstand, fand um fünf Uhr mit Alpha im Büro statt. Sie hätten sich durchaus auch an einem privaten Ort verabreden können. Aber beiden war für ihre geschäftliche Auseinandersetzung nichts anderes in den Sinn gekommen als die Firma, die Arena, in der sich ihr Machtkampf entscheiden musste. Um sich auf andere Gedanken zu bringen, schlüpfte er in seinen Overall und legte sich unter seinen Walter Pullman. Anfang der dreißiger Jahre musste einer der Vorbesitzer die Motorkolben zwecks Leistungssteigerung auf 80 Millimeter aufgebohrt haben. Dadurch verstärkte sich die Fahrleistung auf 115 PS und erlaubte dank dem vergleichsweise niedrigen Gewicht von 1650 Kilogramm Spitzengeschwindigkeiten bis zu 190 Stundenkilometern. Zwar wurden manche Wagen auch in der Fabrik schon so gebaut, nur hatten die Nachbesserungen zur Folge, dass die Kolbendichtungen stärker beansprucht wurden. Dass der Wagen knapp siebzig Jahre später unverhältnismäßig viel Öl verlor, war eine verzeihliche Sünde, fand Albert. Er hätte stundenlang darüber philosophieren können. Karin ermüdeten die technischen Details dieses Wunderwerks aus tschechischer Vorkriegszeit allerdings rasch. Sie saß im Fond des Autos, korrigierte ihr Make-up und stellte trocken fest, dass der geniale Konstrukteur nicht daran gedacht hatte, einen Spiegel in die Sonnenblende auf dem Beifahrersitz einzubauen. Zur Ehrenrettung wollte Albert einwerfen, dass die Damen von Welt in der Vorkriegszeit auf dem geräumigen Rücksitz Platz nahmen, aber sie schnitt ihm das Wort ab. «Gut, dass zu Hause keine Frau auf dich wartet.»

Er krabbelte unter dem Auto hervor und wischte sich die Hände an der Hose ab. Das Thema Auto war erledigt. Vielleicht hatte er wirklich zu wenig Rücksicht auf sie genommen.

«Danke übrigens, dass du mir die Bergdorff-Zahlen besorgt hast», sagte er versöhnlich. «Seine Läden sind in einem katastrophalen Zustand. Man muss sie alle schließen, von Grund auf sanieren. Vom miesen Image wollen wir gar nicht reden. Ich bin sicher, Alpha hat sich keine Gedanken darüber gemacht, was das kostet.»

Karin lächelte boshaft. Roberts Informationen waren gezielte Fehldarstellungen, ausschließlich dazu gedacht, die Steiningers vom Kauf abzuhalten. «Du musst mit deinem Vater reden», ließ sie mehrdeutig fallen. Albert nickte und blickte sie dann aufmerksam an. Er schluckte den Köder.

«Rom», sagte sie beiläufig. «Er ist nach Rom geflogen, unter dem Namen Frank Heinze, soviel ich weiß.»

Albert war wie vom Donner gerührt. Er kam gar nicht auf die Idee nachzufragen, woher sie das wusste.

«Heinze? Das war der Mädchenname seiner Mutter. Wo kann ich ihn erreichen?»

Scheinbar konzentriert feilte Karin ihre Nägel. «Also, dass er im Hotel Raffael übernachtet hat, weiß ich, aber wo sie dann hin sind ...»

«Sie? Was soll das heißen, sie?»

Karin gelang es, vollkommen unschuldig aufzublicken. «Dein Vater und seine Begleiterin.»

Sprachlos starrte Albert sie an. Er war reif für einen weiteren Stich ins Herz.

«Er hat sie als seine Frau ausgegeben im Raffael. Blond, hübsch, deutschsprachig, Mitte vierzig.»

Albert fasste sich an die Stirn. «Das kann doch nicht wahr sein. Wo sind sie jetzt?»

Karin zuckte die Schultern. Albert schloss die Augen. Dann riss er sich den Overall herunter und rannte ins Haus.

Klischee, Kitsch oder Mythos, was hat man nicht alles über Capri gehört. «Insula Capreae», die Ziegeninsel, nannten die Römer das fünf Kilometer vom Festland entfernte Eiland im Golf von Neapel. Angeblich erinnerte sie die Silhouette mit den zwei steil aus dem Meer aufragenden Felsspitzen, die Torre di Faraglioni, an Hörner. Vielleicht war die Insel in der Antike aber auch nur ein Paradies für Ziegen gewesen, mit ihren Schwindel erregenden, steil abfallenden Klippen, bizarren Felsformationen und ihren rund hundert Grotten und Höhlen, eingebettet in ein verschwenderisch leuchtendes Meer. Wer den Fehler macht, sich zwischen elf Uhr vormittags und vier Uhr nachmittags an den Sehenswürdigkeiten des zehn Quadratkilometer großen Felsbrockens aufzuhalten, wird mit einer Heerschar von Touristen beschert. Denn dann branden unzählige Tagesbesucher über die Insel und verstopfen die engen Gassen. Erst wenn die Ausflugsboote aus Neapel und Sorrent wieder abgelegt haben, kehrt Ruhe ein.

Franz wusste das von den gemeinsamen Urlauben, die er mit Barbara vor Jahren hierher unternommen hatte. Damals waren sie in die Berge geflüchtet und hatten die abgelegene Villa nördlich vom Monte Solaro entdeckt. Sie hatten sich eingemietet und der Besitzerin Maria tausendmal versichern müssen, dass sie die Anbindung an die Stadt und den Trubel nicht im Geringsten vermissten. Dafür, dass sie diese vermeintlichen Nachteile ihrer Unterkunft so generös übersahen, bereitete ihnen Maria den Himmel auf Erden. Die kurzen Aufenthalte auf Capri zählten zu Franz' schönsten Erinnerungen. Die Villa war das Ziel, das er mit Barbara auch jetzt wieder angesteuert hatte, allerdings mit einem Unterschied: Er hatte sie vor sechs Wochen gekauft. Es war keine Hals-über-Kopf-Entscheidung gewesen. Seit Ulrichs Tod hatte er Geld auf die Seite gelegt. Damals war ihm in aller Deutlichkeit bewusst geworden, dass das Leben endlich war und er die Jahre, die ihm verblieben, sinnvoll nutzen musste. Für diesen Fall hatte er Vorsorge getroffen, ohne zu ahnen, dass ihm für die Erfüllung seiner Träume nur eine kurze Spanne zur Verfügung stehen würde. Es war die bittere Ironie des Schicksals, dass er nun hier mit Barbara stand, ihr das schönste Geschenk seines gesamten Lebens zu Füßen legte, sie sogar inständig überreden musste, es anzunehmen, und gleichzeitig spürte, wie ihn seine Kraft verließ. Er brachte es nicht über das Herz, ihr die Wahrheit über seinen Zustand zu verraten. Er wollte, dass sie das Glück ungetrübt erlebte, ohne den bösen Schatten seines näher rückenden Todes. Außerdem hatte er sich vorgenommen, nicht kampflos aufzugeben. So stieg er mit ihr auf den kräutergesäumten Wegen den Berg hinauf, ließ sie vorangehen, damit sie seinen keuchenden Atem nicht hörte, schluckte heimlich seine Tabletten und genoss, oben angekommen, den Blick auf das schier unglaubliche Blau des Meeres. Er sog den salzigen Geruch ein und gab sich dem dumpfen Brausen der Wellen hin. In ihren Armen spürte er, dass er die richtige Entscheidung getroffen hatte.

Bergab ging es leichter, und nach einer Ruhepause am Nachmittag fühlte er sich so weit wieder hergestellt, dass er begeistert zustimmte, den Abend in einem Fischlokal an der Marina Grande zu verbringen. Nach dem Essen wanderten sie am Strand entlang. Aus den offenen Fenstern und Türen der Häuser leckten warme Lichtzungen über die Gehsteige. Das Gelächter und die Musik aus Dutzenden von Lokalen verwoben sich zu einer einzigen Melodie voller Sehnsucht und Schwermut. Franz setzte bedächtig einen Fuß vor den anderen und war froh, als Barbara vorschlug, sich bei einem Fischerboot am Strand niederzulassen. Eine Weile blickten sie stumm in den Sternenhimmel. «Ich versteh das alles nicht», sagte sie schließlich.

«Was verstehst du nicht?»

«Na, das hier. Wie soll das weitergehen?»

«Bist du nicht glücklich?», scherzte Franz. «Du hast doch alles: Capri, die Villa, PC, Fax, Internetanschluss ... mich. Was willst du mehr?»

Er streichelte sanft ihre Hand. «Valerie soll endlich erfahren, wer ihr Vater ist. Dann kann sie uns besuchen.»

Barbara schüttelte den Kopf. «Und was ist mit dir? Deine Familie, deine Firma. Hast du keine Sehnsucht danach?»

«Nein. Ich will mit dir zusammen sein. Ruf Valerie an, sie soll kommen, wenigstens übers Wochenende. Wir schicken ihr ein Ticket.»

Barbara zögerte. «Ich weiß nicht. Valerie denkt, dass ihr Vater tot ist. Sie hat nie etwas vermisst. Wenn sie jetzt alles erfährt, bringt das nur Komplikationen mit sich, fürchte ich.»

Bittend sah Franz sie an. «Sie ist auch meine Tochter. Ich liebe sie, seit ich sie zum ersten Mal gesehen habe, damals, ein paar Stunden nach der Geburt. Dieses kleine Bündel in deinem Arm: Ich möchte sie richtig kennen lernen.»

In seiner Stimme lag viel Zärtlichkeit. Barbara griff gerührt nach seiner Hand.

Am Vormittag des darauf folgenden Tages meldete sich Barbara bei ihrer Tochter in Wien. Valerie sprudelte über von ihren Eindrücken in der Firma. Sie klang derart begeistert, dass Barbara nicht wusste, wie sie das Gespräch auf den tatsächlichen Grund ihrer Abwesenheit lenken sollte. Am Ende legte sie auf, ohne ihr die Wahrheit gesagt zu haben. Franz kam mit aschfahlem Gesicht aus dem Bad. Er wollte auf sie zugehen, blieb jedoch schwer atmend stehen und stützte sich am Türrahmen ab. Barbara sprang beunruhigt auf. «Was ist los mit dir?»

Er konnte nicht sprechen. Sie ging zu ihm und nahm ihn in die Arme.

«Willst du es mir nicht sagen?», fragte sie leise. Mühsam presste Franz Luft in seine Lungen. «Kommt Valerie? Hast du mit ihr gesprochen?»

Sie schüttelte traurig den Kopf. «Es war der falsche Zeitpunkt.»

Sie bemerkte seine Enttäuschung. Franz' Zustand war besorgniserregend. «Was hast du denn? Ich merke doch, dass etwas nicht stimmt.»

Müde schloss er die Augen. Ihr Haar duftete verlockend. Er küsste sie auf den Scheitel. Dann sagte er mit gespielter Leichtigkeit «Was soll los sein? Ein alter Mann darf doch einmal ein bisschen müde sein.»

Barbara sah ihn prüfend an. Sie legte ihre Hände in seine und sagte mit ebenso vorgespieltem Lächeln. «Dann leg dich ein bisschen hin.»

Als sie nebeneinander im Bett lagen, schmiegte sie sich eng an ihn. Sie bettete ihren Kopf auf seine Brust, hörte das Rasseln und

Klopfen unter seinen Rippen und wollte es im selben Moment nicht wahrhaben. Es konnte nicht sein, jetzt, wo alles auf dem besten Weg war. Es war unmöglich. Es konnte nicht gleichzeitig die schönste Zeit im Leben sein, am schönsten Ort der Welt, und dann einfach aufhören. Ihre Lippen wanderten zitternd zu seinem Mund. Er zog sie an sich und erwiderte ihre Küsse.

Am Nachmittag fuhren sie im Ruderboot in die einsame Bucht unterhalb der Villa. Barbara trug ihren roten Bikini und genoss die Sonne mit geschlossenen Augen. Er ruderte mit gleichmäßigen Schlägen und betrachtete sie ungestört und glücklich. Der Vordersteven des Boots wippte auf und ab. Das Wasser tropfte von den Ruderblättern in die See, wenn er sie anhob und wieder eintauchte. Die Tropfen glänzten türkis, kornblumenblau, azur und grün. Ihr leises Plätschern war das einzige Geräusch. Die Linie zwischen Himmel und Meer war wie mit einem Rasiermesser in den Horizont geschnitten und bildete am Rand eine dunkle Kante. Plötzlich quoll weißer Rauch aus der Schnittstelle und fraß sich in Windeseile über den gesamten Horizont. Erstaunt kniff Franz die Augen zusammen. Himmel und Meer wirkten für eine Sekunde wie ein weißes Blatt Fotopapier in der Entwicklungsschale. Dann färbte sich das Foto ein, um sich endgültig in ein tiefes Schwarz zu verwandeln. Franz sank stumm zusammen. Die Ruder glitten ihm aus den Händen.

Die Notfallambulanz brachte Franz in die Intensivstation des Ospedale Capilupi in Anacapri. Die medizinische Versorgung war hervorragend, aber seit seinem Zusammenbruch war kostbare Zeit verstrichen. Barbara machte sich bittere Vorwürfe, dass sie seine körperlichen Alarmsignale nicht ernster genommen und ihn dazu gedrängt hatte, rechtzeitig zum Arzt zu gehen. Der behandelnde Mediziner, ein hagerer Oberarzt mit strenger Brille, strahlte eine professionelle Ruhe aus. Trotzdem verfolgte Barbara jede seiner Bewegungen mit Besorgnis. Franz lag an Schläuche gefesselt auf dem Bett und war immer noch ohne Bewusstsein. Nachdem der Arzt ihm eine Spritze verabreicht hatte, wandte er sich ihr zu. «Er ist jetzt einigermaßen schmerzfrei.»

«Und wann kann er nach Haus?»

Er sah sie merkwürdig an. «Wissen Sie es denn nicht?»

Barbara schüttelte den Kopf.

«Herr Steininger ist schwer krank. Wir können nicht sagen, ob er die Nacht überleben wird.»

Der Schock machte sie sprachlos.

«Sie sind seine Lebensgefährtin! Es tut mir sehr Leid, aber Herr Steininger hat eine akute myelotische Leukämie im Endstadium. Wir können ihm nicht helfen.»

Sie wusste nicht, wie lange sie an seinem Bett gesessen hatte, bevor er die Augen aufschlug. Als er es tat, erschreckte sie der dumpfe Tonfall seiner Stimme. Mühsam flüsterte er: «Ich wollte dir keinen Schrecken einjagen.»

«Das hast du aber.»

Er versuchte zu lächeln. Barbara küsste ihn sanft auf die Wange. Tränen stiegen ihr in die Augen. «Wieso hast du nichts gesagt?»

«Was hättest du getan? Mich in die Klinik geschleppt, zur Chemotherapie, zur Bestrahlung, was weiß ich. Du wärst niemals mehr mit mir verreist. Nicht wahr?!»

Barbara nickte zögernd.

«Ich hätte auf diese wundervollen Tage mit dir verzichten müssen. Und wofür? Für einen Monat länger, einen Monat im Krankenhaus, angeschlossen an solche Apparate.»

«Was kann ich für dich tun?», fragte sie mit erstickter Stimme.

Er schmunzelte. «Sei einfach da, wenn es nicht zu schwer für dich ist.»

«Du dummer Kerl», schluchzte sie. Selbst jetzt noch versuchte er sie mit Scherzen abzulenken, bevor er wieder ernst wurde. «Und Barbara, bitte, ich will Valerie sehen.»

Ihre Mutter hatte am Telefon so ernst geklungen, dass Valerie sofort alles stehen und liegen ließ und zum Flughafen hinausfuhr. Zwar hatte Barbara ihr versichert, dass sie sich keine Sorgen um sie machen müsse, aber etwas anderes sei eingetreten, dass ihr beider Leben in einschneidender Weise betraf, etwas, das sie ihr nicht am Telefon mitteilen konnte oder wollte. Barbara hatte geweint.

Von München buchte Valerie einen Direktflug nach Neapel. Von dort konnte sie mit dem Taxi del Mare nach Capri übersetzen. Noch am selben Abend traf sie am Hospital ein. Ihre Mutter erwartete sie mit geröteten Augen auf den Stufen zum Eingang und drückte sie fest an sich. «Ich bin froh, dass du da bist.»

«Was ist denn los, Mama? Ist was passiert?», fragte Valerie bestürzt.

Barbara nahm sie in den Arm und ging mit ihr in die Klinik. Noch auf dem Flur gestand sie ihrer Tochter die ganze Wahrheit.

Als sie das Zimmer betraten, lag Franz mit geschlossenen Augen auf dem Bett. Sein Gesicht war blass, ein Schlauch in der Nase versorgte ihn künstlich mit Sauerstoff. Er war an Geräte angeschlossen, die seinen Puls und seine Herzfrequenz kontrollierten. Valerie ging langsam auf das Bett zu und blickte auf ihren Vater herunter. Sie sah sein eingefallenes Gesicht und die blinkenden Anzeigen auf dem Monitor, die mit stumpfer Gleichgültigkeit im Sekundentakt Messwerte lieferten. Franz musste gespürt haben, dass sie an sein Bett getreten war. Seine Lider flatterten, und einen Moment später schlug er die Augen auf. Als er sie erkannte, verzog sich sein Mund wie in Zeitlupe zu einem Lächeln.

«Hallo», sagte Valerie verunsichert.

Franz streckte seine Hand nach ihr aus. Mühselig formten seine Lippen Worte. Sie beugte sich tiefer hinab, um ihn zu verstehen.

«Hallo, Valerie. Tut mir Leid, dass ich nicht aufstehen kann, um dich anständig zu begrüßen», presste er zwischen den Zähnen hervor.

Valerie schluckte. «Ist schon in Ordnung.»

«Danke, dass du gekommen bist.»

Sie nickte. Barbara schob ihr einen Stuhl hin, und sie setzte sich. Franz zwinkerte ihrer Mutter zu. Sie verstand, strich Valerie übers Haar und ging hinaus. Als sie verschwunden war, nahm er einen neuen Anlauf.

«Deine Mutter ist eine wundervolle Frau. Ich wollte, ich hätte mehr Zeit mit ihr verbringen können, und mit dir.»

Valerie nickte traurig. «Es tut mir Leid, dass es Ihnen nicht gut geht.»

Er schloss müde die Augen. Nach einer Weile schob er leise nach: «Das Wichtigste ist, dass du es jetzt weißt. Ist es sehr schlimm für dich, dass ich dein Vater bin?»

Er blickte sie mit einer jenseitigen Ruhe fragend an. Valeries Augenwinkel wurden feucht. Dann lächelte sie leise und drückte seine Hand an ihren Mund.

Durch das Glasfenster auf der Intensivstation konnte Barbara beobachten, wie Franz und Valerie stumm beieinander saßen.

Ihr erster Impuls war, zurück ins Zimmer zu gehen. Dann besann sie sich und traf eine andere Entscheidung. Sie holte ihr Handy aus der Tasche. Franz' Ehefrau hatte ein Recht zu erfahren, was vor sich ging.

Gegen 14.00 Uhr am darauf folgenden Tag erreichte Elisabeth Steininger Capri. Sie hatte ihre Reise verheimlicht. Erstens wollte sie sich selbst ein Bild von der Situation verschaffen und ungestört mit Franz reden, und zweitens hätten voreilige Mitteilungen nur weitere Schwierigkeiten in der ohnehin angespannten Situation ausgelöst. Auch dass sie nicht wusste, wie sie reagieren würde, wenn sie Franz wiedersah, ob sie damit umgehen konnte, wenn sie ihm Auge in Auge gegenüberstand, war ein Grund gewesen, gestand sie sich ein. Vielleicht war das sogar der Hauptgrund. Was, wenn er sich in seiner letzten Stunde als liebloser Egoist entpuppte, der sie ihr gesamtes Leben lang betrogen hatte, ohne Reue, ohne Anerkennung für ihren Großmut. Mein Gott, es gab doch Schlimmeres, als sich fünfzig Jahre lang einander zuzumuten, solange es mit gegenseitigem Respekt verbunden war.

Sie nahm sich ein Taxi zur Via Provinciale. Während sich das Fahrzeug die Gassen hochschlängelte, fiel ihr Blick auf die Pinien am Straßenrand. Zwischen den Nadeln schimmerte das Blau des Meeres mit unwirklicher Intensität und überlagerte das Grün. Es sah aus wie eine ausgeblichene und farbverschobene Fotoaufnahme auf altem Kodak-Papier. Wenn man um diese Tageszeit fotografieren wollte, hätte man einen Polfilter gebraucht, ging es ihr durch den Kopf, und gleichzeitig wunderte sie sich, welche absonderlichen Bocksprünge ihr Gehirn in der gegebenen Situation machte. Vielleicht war es ein Schutzmechanismus. Offenbar lenkte es ihre Gedanken für Sekunden auf harmlose Überlegungen, um die schmerzhafte Realität vergessen zu machen. Doch die unerträgliche Gegenwart kam wie jäher Zahnschmerz zurück. Franz lag im Sterben. Es hätte nicht viel gefehlt, und er wäre in den Armen seiner Geliebten für immer eingeschlafen. Sie hätte ihn nie wiedergesehen. Er wäre aus ihrem Leben geschieden wie Ulrich, einfach von heute auf morgen nicht mehr da, der letzte Eindruck ein flüchtiger Kuss und ein fröhliches, nichts sagendes Winken, unerklärlich, unwiderruflich, ohne Chance auf einen friedvollen Abschied. Auch wenn die brutale Tatsache ihr wehtat, dass Franz offenbar wichtige Teile seines Lebens vor ihr verborgen hatte, so respektierte sie doch Barbaras Mut, sie anzurufen. Es sprach eine innere Größe daraus. Sie war neugierig darauf, die Mutter von Valerie kennen zu lernen. Ihre Stieftochter, wie überraschend fremd und komisch das klang. Sie musste das Wort im Geist ein paar Mal drehen und wenden, ehe sie sich daran gewöhnte, oder vielmehr nicht wirklich daran gewöhnte, aber den Klang nicht länger als vollkommen widersinnig empfand.

Als sie leise das Zimmer auf der Intensivstation betrat, standen Valerie und ihre Mutter nebeneinander vor dem Bett. Von hinten betrachtet, wirkten die beiden sehr ähnlich. Sie waren fast gleich groß. Beide hatten ihr blondes Haar glatt nach hinten gekämmt. Vielleicht rührte die Ähnlichkeit aber auch nur von der nahezu identischen Haltung, die sie eingenommen hatten. Sie standen mit leicht gesenktem Kopf da, hielten sich an den Händen und starrten auf das Bett hinunter. War sie zu spät gekommen? Elisabeth hörte ein schweres Atmen. Dann sah sie ihren Mann. Franz lag wie aufgebahrt auf der Matratze. Aber er hatte die Augen halb geöffnet. Barbara und Valerie drehten sich im selben Moment um. Stumm traten sie beiseite. Elisabeth schritt rasch zum Bett und ergriff die Hand von Franz. Sie war seltsamerweise federleicht, obwohl doch Kanülen und Schläuche darin steckten. Sie spürte eine trockene, schwache Wärme in seinem Griff. Voller Mitgefühl sah sie ihn an.

Franz öffnete jetzt die Augen ganz und erkannte sie. Er zog seine

Mundwinkel mühevoll nach oben. Es war wie eine traurige Parodie seines einst so charmanten Lächelns. Dann drehte er den Kopf weiter zu Barbara. «Du bist ein Mordskerl. Danke.»

Mit sanfter Bitte um Vergebung im Blick wandte er sich wieder seiner Frau zu. «Es tut mir Leid, ich wollte dir nicht wehtun. Wirklich nicht», flüsterte er heiser.

Elisabeth streichelte seine Wange.

«Es gibt nichts, was dir Leid tun müsste. Wir hatten eine gute Zeit.»

«Womit hab ich das verdient, zwei so großartige Frauen?» Er lenkte ihren Blick auf Valerie. «Du kennst sie doch, oder? Gefällt sie dir?»

«Ja, sie ist ein wundervolles Mädchen. Ganz der Vater.»

Franz nickte zufrieden. «Dann ist es ja gut.»

Er schloss seine Augen und atmete schwer. Auf seinem Gesicht lag ein Lächeln. Sein Rasseln verstummte. Die drei Frauen standen still da. Elisabeth strich Franz über das Haar und küsste ihn auf den Mund. «Ja, Franz, es ist gut.»

Kapitel 4

Robert Fox war ungehalten. Er hatte sämtliche Register gezogen, gelächelt, versteckt gedroht, eine Summe geboten, die deutlich über Franz Steiningers Angebot lag, wie er aus den heimlich eingesehenen Geschäftsunterlagen von Aphrodite wusste; aber Ernst Bergdorff hatte sich nicht erweichen lassen. Mit seinen Fledermausohren und seinem zerknitterten alten Gesicht hätte er sofort in den Orson-Welles-Filmklassiker «Der Dritte Mann» gepasst, dachte Robert gehässig. Was für ein scheinheiliger Kauz. Wollte er den Preis noch weiter in die Höhe treiben? Oder war er tatsächlich der Meinung, dass er sein einmal an Franz gegebenes Wort nicht brechen durfte? Ahnte er, wie viel Robert an der Übernahme lag? Er hatte ihn unbeirrt von Roberts Einwänden konsequent mit «Herr Fuchs» angeredet. Natürlich musste der Alte wissen, was damals geschehen war, als Roberts Vater im Streit aus der Firma Aphrodite ausschied. Vielleicht wollte er aus diesem Wissen Kapital schlagen, ihn hinhalten, den Mund wässrig machen. Falls das Bergdorffs Plan war, hatte er sich geschnitten, dachte Robert. Da hatte er schon ganz andere weich gekocht. Erpressung war etwas, was er verabscheute, solange er es nicht selber anwenden konnte.

«Also dann, Servus, Herr Fuchs», komplimentierte ihn der Alte aus seinem Laden. Mit äußerlich nicht anzumerkender kalter Wut schüttelte Robert ihm kräftig die Hand. «Fox, Robert Fox. Auf Wiedersehen, Herr Bergdorff. Sie sollten sich mein Angebot wirklich noch einmal überlegen.»

Dann trat er hinaus auf die Straße. Er sah sich nach einem Taxi um und registrierte dann verwundert, dass Karin an ihren Wagen gelehnt in der Parkbucht an der Straßenecke stand. «Du hier? Sind wir etwa verabredet?», fragte er ungehalten.

«Wenn du mich angerufen hättest, hättest du dir diesen Termin sparen können. Die Übernahme ist entschieden», teilte sie ihm mit.

«Ich weiß. Er hat es mir gerade erzählt. Er ist ein altmodischer Mann und fühlt sich verpflichtet.»

Er stieg in ihren Wagen und betrachtete sie von der Seite. Ein beunruhigender Gedanke beschäftigte ihn. Bisher hatte er von ihr wertvolle Informationen erhalten. Doch was war, wenn die Kommunikation in umgekehrter Richtung genauso reibungslos funktionierte? Was war, wenn nicht er die Fäden in der Hand hielt, sondern die Steiningers? Wenn Albert sich ins Fäustchen lachte und ihm mit Hilfe von Karin eine Reihe Bonbons vor die Nase legte, bis er sich im Kreise drehte und mit leeren Händen am Ausgangspunkt wieder ankam?

«Ich fürchte, die Sache mit Cleo hat nicht funktioniert», teilte er ihr scheinbar nachdenklich mit. «Ich muss den Plan zurückstellen und mir etwas anderes überlegen. Vor allem muss ich mich jetzt erst einmal um das laufende Geschäft kümmern.»

In Karins Gesicht arbeitete es. Sie fuhr an und fädelte sich in den fließenden Verkehr ein. Wenn Robert sein Vorhaben fallen lassen sollte, würde es das Ende ihrer ehrgeizigen Hoffnungen bedeuten. «Dass du dich so schnell entmutigen lässt ...», sagte sie schließlich.

«Es ist der falsche Zeitpunkt», erwiderte er ruhig. «Wir müssen abwarten, ob es Alpha gelingt, Bergdorff unter ihrer Regie wieder in Schwung zu bringen. Ihre Liquiditätsprobleme sprechen eher dagegen.»

«Wieso hast du nicht mehr Geduld?»

Robert lächelte sie kalt an. «Ich weiß, worum es dir geht. Wenn Aphrodite sich erholt, ist es aus mit deinen schnellen Karriere-Träumen. Sorry, Baby, aber so ist es nun einmal im Geschäftsleben.»

Karin fuhr rechts an und bremste abrupt. Sie umschlang ihn mit gespielter Leidenschaft und hauchte in sein Ohr: «Gib mir nur noch einen Tag, oder zwei. Es geht doch nur darum, Cleo umzustimmen. Lass es mich versuchen, Robert. Ich bin sicher, ich kriege es hin.»

Robert sah sie forschend an. «Ich vermute, du hast einen Plan.»

Es war keine Schwierigkeit herauszufinden, wo sich Rüdigers «Atelier» befand. Die Adresse lautete auf eine kleine Nebengasse im 18. Bezirk, Hinterhaus. Karin hatte sich für ihren Auftritt einen knappen Einteiler mit Spaghetti-Trägern aus weißem Chintz ausgewählt. Weiß, weil es die Farbe der Unschuld war; außerdem hob er sich von ihrer gebräunten Haut hervorragend ab. Die Haare hatte sie sich züchtig zu einem Knoten hochgesteckt, was wiederum ihren schlanken Nacken und den tiefen Brustausschnitt vorteilhaft zur Geltung brachte, zumindest wenn sie das Bolero-Jäckchen auszog. Sie stöckelte über den gepflasterten Hofweg auf den Schuppen hinter dem Haus zu, blickte durch die staubblinden Scheiben ins Innere und klopfte energisch dagegen. Rüdiger öffnete ihr in seiner nachlässigen Arbeitskleidung die Tür. Das mit Farbresten verschmierte weite Holzfällerhemd trug er offen über der nackten Brust. Die Säume hingen über einer Kordhose von undefinierbarer graubrauner Farbe. Er musterte sie von Kopf bis Fuß und strahlte sie an. «Was kann ich für Sie tun?»

«Entschuldigen Sie den Überfall.» Karin kicherte scheinbar verlegen. «Aber ich habe einen Auftrag, einen Geheimauftrag sozusagen.»

Sie stöhnte über die Hitze, zog sich dann das Jäckchen von der Schulter, hängte es an ihren Finger und streckte die Brust heraus. «Sie wissen vermutlich, dass die Schwägerin von Cleo Ihre Bilder sehr schätzt. Alpha ist ganz verrückt danach. Mein Chef Albert Steininger hat mich damit beauftragt, ihr zum Geburtstag ein besonderes Geschenk zu besorgen. Er möchte, dass ich ihr eines Ihrer Bilder besorge.»

Rüdigers ohnehin heitere Miene hellte sich um weitere drei Stufen auf. Karin musterte das Wirrwarr der bemalten Leinwände und ließ großes Interesse erkennen. «Die sind ja wirklich grandios», begeisterte sie sich künstlich. Rüdiger zog eines, auf dem ihr Blick geruht hatte, aus dem Stapel heraus und stimmte ihr ohne Spur von Bescheidenheit zu. «Ja. Das ist schön.»

Karin machte ein ratloses Gesicht. «Aber es gibt das eine Problem. Ich habe keine Ahnung, was in Alphas Wohnung passt. Das ist so schwierig.»

«Ja, also, das weiß ich auch nicht», brummte Rüdiger.

Karin tat, als sei ihr eine Eingebung gekommen. «Wissen Sie, was? Sie müssen sich die Wohnung einfach ansehen. Natürlich, ohne dass Alpha das mitbekommt. Sie sehen sich alles an, und dann raten Sie mir, welches Bild das geeignetste ist.»

Rüdiger kratzte sich verdutzt am Kopf. «Ja, natürlich, wenn Sie das wünschen. Wann soll ich denn kommen?»

Karin setzte ihr reizendstes Lächeln auf.

«Ich muss erst einmal in Erfahrung bringen, wann sie nicht zu Hause ist. Herr Steininger muss den Schlüssel organisieren. Und dann rufe ich Sie an. Einverstanden?»

Rüdiger nickte mit leuchtenden Augen. Karin lächelte noch einmal mädchenhaft, drehte sich um und stakste auf ihren hohen Schuhen davon. Auf halber Strecke wandte sie sich noch einmal um und winkte ihm fröhlich zu.

«Jackpot», dachte Rüdiger. Er hatte gewusst, dass es eines Tages so kommen würde. Reiche Leute mit viel Geld würden ihn in seiner Hinterhof-Galerie aufsuchen und es ihm bündelweise aufdrängen. Kleine Geschmacksunsicherheiten bei den Kunden waren dabei überhaupt kein Problem. Im Gegenteil: Er würde auch auf Bestellung malen, passend zur Wohnzimmergarnitur oder zur Wandbespannung. Das war ja der Vorteil bei abstrakter Malerei: Es gab keine festgelegten Sujets. Sie würden seinem Rat folgen und ihn untereinander weiterempfehlen, entweder wegen seiner stilsicheren Bilder oder, und bei dem Gedanken lächelte er glücklich, oder weil es sicherlich Dutzende von gelangweilten und erotisch unterversorgten Gattinnen gab, die sich nur allzu gern eingehend mit dem Künstler über ihr privates Ambiente besprechen wollten. So gesehen, war selbst der etwas anstrengende Kontakt mit Cleo und ihrer Nervensäge von Tochter ein Volltreffer gewesen. Noch am gleichen Abend rief Karin ihn an und bestellte ihn für Viertel nach zehn in Alphas Villa. Die Modemesse in Mailand, die Alpha besuchen wollte, kam wie gerufen.

Pünktlich zur bestellten Uhrzeit fuhr Rüdiger mit seinem R 4 die Einfahrt hinauf. Der Kies knirschte unter den Rädern. Er mochte das Geräusch. Er verband es mit sorglosem Reichtum. Hinter den Fensterscheiben war nur ein schwaches Licht zu erkennen, als er ausstieg und auf das Haus zuging. Karin öffnete ihm die Tür, ohne dass er die Klingel betätigen musste, und winkte ihn herein. Sie trug ein Nichts von einem Kleid. Mit einem Push-up-BH hatte sie ihre ohnehin unübersehbaren Brüste in noch beeindruckendere Form gebracht. «Und, können Sie sich schon etwas vorstellen?», warf sie ihm über die Schulter zu. Er folgte ihr durch den Flur, betrachtete die geschmackvolle Einrichtung und übte schon einmal einen passenden Gesichtsausdruck, der die Ernsthaftigkeit seiner Beratung am besten widerspiegeln würde und, wenn möglich, auch die geldwerte Anstrengung, die damit für einen feinnervigen Künstler wie ihn verbunden war.

«Bin gleich wieder da», hauchte sie und tauchte einen Augenblick später mit einem Silbertablett auf, auf dem eine eiskalte beschlagene Champagnerflasche und zwei Gläser arrangiert waren. «Ich habe mir gedacht, wenn ich Sie schon zu so einem späten Termin zwinge, sollen Sie auch etwas davon haben.» Sie lächelte unschuldig und reichte ihm ein Glas. «Sie mögen doch Champagner? Auf gute Zusammenarbeit.»

Rüdiger grinste und nahm einen großen Schluck.

«Kommen Sie. Ich glaube, am besten wäre es im Schlafzimmer.»

«Im Schlafzimmer», echote er, dann tröpfelte etwas Verstand in sein Hirn, jedenfalls genug, um die Aufforderung richtig zu deuten. «Ich kann es mir ja einmal ansehen.»

Als er einen Schritt in ihre Richtung machte, blieb sie einfach stehen, sodass er fast mit ihr zusammengeprallt wäre. Das war Absicht, dämmerte es ihm, als sich Karins Mund auf sein Gesicht zubewegte. Sie küsste ihn leidenschaftlich. Er schloss die Augen. Hinter seinem Rücken hob sie den Arm, um einen Blick auf ihre Armbanduhr zu werfen. Es war zwei Minuten vor halb elf. Es war eine heikle Aktion, die minuziöses Timing verlangte. Karin vibrierte vor nervöser Erregung. «Geh schon mal vor ins Schlafzimmer», flüsterte sie ihm ins Ohr, «ich komme gleich nach.»

Sie schob ihn in Alphas luxuriösen Ruheraum und schloss die Tür hinter ihm. Dann lief sie rasch zum Telefon im Wohnzimmer und rief die Flughafenauskunft an. Zufrieden erfuhr sie, dass der Flug 1410 von Mailand nach München ohne Verspätung gelandet war. Alle Passagiere waren vor exakt fünfunddreißig Minuten eingetroffen.

Sie wählte erneut und meldete sich mit verstellter Stimme bei Cleo. «Hier ist Alpha. Kannst du zu mir kommen? Ich muss dir etwas Wichtiges über deinen Vater sagen. Ja, jetzt sofort.»

Sie löschte alles Licht und kontrollierte hastig, ob Rüdiger verräterische Spuren in Flur und Wohnzimmer hinterlassen hatte.

Keine fünf Minuten später tauchten die Lichter von Alphas Sportwagen auf der Einfahrt auf. Karin verbarg sich hinter dem schweren Fensterstore. Alpha ließ die Tür hinter sich zufallen, knipste eine Stehlampe im Flur an und warf achtlos ihre Tasche auf das Sofa. Dann schlüpfte sie aus ihren Kleidern und steuerte nackt bis auf den Slip das Badezimmer an. Einen Augenblick später rauschte das Wasser in der Dusche. Karin hätte platzen können vor Glück. Es war ein gutes Gefühl, wenn ein perfekter Plan mit der Präzision eines Uhrwerks ablief.

Jetzt musste nur noch der Trottel von Künstler hingehalten werden, und Phase zwei des Unternehmens würde beginnen. Leise öffnete sie die Schlafzimmertür. Rüdiger hatte es sich auf dem breiten Futon bequem gemacht und sich erneut aus der Champagnerflasche bedient. Hemd und Hose hatte er in männlicher Grandezza auf dem Boden verstreut. Das war ein Leben nach seinem Geschmack. Trotzdem durfte er den Bogen natürlich nicht gleich beim ersten Mal überspannen, mahnte er sich selbst. «Was ist, wenn Alpha zurückkommt?», fragte er. Er hatte sie bisher nur zweimal gesehen. Die Begegnungen hatten ihm das diffuse Gefühl hinterlassen, dass sie ihn nicht besonders schätzte. «Pssst.» Sie legte ihm den Finger auf den Mund und schmiegte sich wollüstig an ihn. «Ich bin gleich wieder da. Muss nur schnell noch einmal ...» Entschuldigend schob sie die Augenbraue in die Höhe. Rüdiger nickte verständnisvoll. Schließlich war er davon überzeugt, ein guter Liebhaber zu sein, ein Mann, der warten konnte, bis der richtige Moment da war. Karin gab ihm einen Zungenkuss und tastete nach der Nachttischlampe. Als sie den Schalter fand, löschte sie das Licht. Sie glitt aus dem Bett, angelte nach ihrer Handtasche und verließ das Zimmer auf leisen Sohlen. Als sie aus dem Haus ging, achtete sie darauf, die Tür einen kleinen Spalt weit offen stehen zu lassen.

«Eines der ungelösten Geheimnisse: Was müssen Frauen kurz vor der schönsten Sache der Welt immer noch rasch im Badezimmer erledigen?», rätselte Rüdiger im Dunklen. «Vielleicht benutzt sie ein Pessar.» Er gab sich kühnen Hoffnungen hin: Möglicherweise mochte sie Kondome ebenso wenig wie er. In diesem Moment öffnete sich die Tür. Rüdiger räkelte sich auf dem Seidenlaken und legte sein unwiderstehliches Verführerlächeln auf. Dann ging das Licht an.

Alpha erstarrte vor Schreck. «Rüdiger. Was machen Sie denn hier?», sagte sie fassungslos und hielt sich reflexartig das Handtuch vor die Brust. Er klappte den Mund auf und zu, aber es wollte kein Satz daraus entstehen. In diesem Augenblick tauchte Cleo im Flur auf. Sie sah zunächst nur den entblößten Rücken ihrer Schwägerin.

«Alpha? Ich bin so schnell wie möglich gekommen.»

Dann entdeckte sie Rüdiger im Schlafzimmer. Er starrte sie tonlos an, wie eine Erscheinung aus einer anderen Welt. Das Ganze überstieg seinen Horizont. Alpha drehte sich herum und vergaß dabei ganz, dass sie Rüdiger nun ihre nackte Rückseite zur Betrachtung anbot. «Cleo? Ja, spinnt ihr denn alle? Was macht ihr in meinem Haus?»

Cleo schluckte bitter. «Das frage ich euch. Was macht ihr hier?» Dann verschwand jeder Glanz aus ihren Augen. Sie nickte mechanisch. «Ach, was frage ich überhaupt so blöd. Ist doch alles klar. Gott, Alpha, ich weiß ja, dass du auf der Suche bist. Aber muss es unbedingt Rüdiger sein?»

Sie schluchzte kurz auf, drehte sich auf dem Absatz um und rannte den Flur entlang nach draußen. Alpha warf ihren Bademantel über.

«Cleo», rief sie ihr nach, «meine Güte, Cleo. Warte doch.»

Inzwischen hatte Rüdiger begriffen, dass die Situation, in der er steckte, wirklich und wahrhaftig passierte und nicht nur eine bizarre Halluzination war. Es war kein Irrtum, er steckte in der Klemme, und zwar weil alles ein schrecklicher Irrtum war. «Ich denke, Sie sind in Mailand», teilte er Alpha nicht eben geistesgegenwärtig mit. Sie fuhr wütend herum. «Können Sie mir verraten, was Sie hier machen?»

Das war nun ein weiteres Problem für Rüdiger. Wie sollte man dafür Worte finden? Bei der Inneneinrichtungsberatung nackt ins Bett gefallen? Alpha wartete seine Antwort nicht ab, sondern rannte hinter Cleo her.

Sie saß bereits hinter dem Steuer ihres Wagens. In der Aufregung hatte sie jedoch ihren Autoschlüssel nicht finden können. Alpha riss die Tür auf. «Das ist doch alles ein blöder Scherz.»

Cleo schlug ihre Stirn ans Lenkrad, immer wieder.

«Für dich vielleicht. Für mich nicht. Rüdiger ist mein Freund. Wieso konntest du nicht die Finger von ihm lassen?»

«Jetzt hör doch auf mit diesem Scheiß. Ich will nichts von Rüdiger. Er interessiert mich nicht.»

Bitter fuhr Cleo auf. «Umso schlimmer. Bloß für eine Bettgeschichte gibt es doch genügend andere Männer.»

Endlich hatte sie den Schlüssel gefunden. Mit zittrigen Fingern steckte sie ihn ins Schloss und startete. Alpha fiel ihr in den Arm. «Warte, das ist doch Blödsinn.»

«Lass mich in Ruhe.» Wütend stieß Cleo sie weg und zog die Tür zu. Dann gab sie Gas und jagte die Einfahrt hinunter. Am nächsten Tag teilte sie Alpha eisig mit, dass sie ihre Zustimmung zum Kauf von Bergdorff zurückzog.

Robert war mit dem Ergebnis von Karins riskanter Aktion hoch zufrieden. Er nahm sie mit aufs Hotelzimmer und verbrachte mit ihr ein leidenschaftliches Schäferstündchen. Sie fand, es war an der Zeit, ihre Zukunft bei World Underwear neu zu verhandeln. Schließlich hatte sie eine Menge aufs Spiel gesetzt. «Sie werden mich feuern, wenn sie es herausbekommen.»

«Und wennschon», meinte Robert leichthin, «du weißt ja, wo du hingehörst. Die Hauptsache ist, dass sie sich gegenseitig so lange misstrauen, bis ich Bergdorff in der Tasche habe. Jetzt kriege ich alles: Aphrodite und Alpha als neue Stardesignerin.»

«Und mich hast du schon», brachte sich Karin in Erinnerung.

Richtig, dachte Robert, die Frage ist nur, wie ich dich wieder loswerden kann. Auf der Top-Five-Liste der Dinge, die zu erledigen waren, stand sie allerdings an letzter Stelle. Die Schlingen waren ausgelegt, jetzt galt es, sie zuzuziehen.

Er rief Alpha an, um sich mit ihr im Café Central «auf einen Kaffee» zu verabreden. Wie er gehofft hatte, stimmte sie dem Treffen sofort zu. Sie trug ein schlichtes, schwarzes Kleid, jenes, das bereits Alberts Blicke auf sich gezogen hatte. Sie sah ihn herausfordernd an und eröffnete das Gespräch ohne Umschweife.

«Was wollen Sie von mir?»

«Alles», antwortete Robert ebenso knapp.

«Sie sind ganz schön unverfroren. Glauben Sie wirklich, ich gehe nach New York?»

Es war an der Zeit, die Karten auf den Tisch zu legen. «Ich sammle Stars. Und Sie sind einer», sagte Robert. «Hören Sie zu, Alpha, bei mir können Sie machen, was Sie wollen, eine eigene Kollektion unter Ihrem eigenen Label, mit weltweitem Vertrieb.»

Alpha rührte nachdenklich in ihrer Tasse.

«Sie wollen also, dass ich Aphrodite verlasse?»

«Aphrodite?» Robert tat, als spräche sie von einem Tierheim in einer dunklen Gasse. «Wer ist Aphrodite? Die Steiningers. Franz ist abgetaucht. Albert ist ein Erbsenzähler. Der weint Ihnen keine Träne nach. Cleo ist eine verkrachte Künstlerin.»

«Ich bin auch eine Steininger», erinnerte ihn Alpha.

«Eine, die rausmuss aus der Provinz. Hier verkümmern Sie doch.»

Alpha wurde ganz ruhig. Mit honigsüßem Lächeln sagte sie: «Sie wollen Aphrodite kaputtmachen und sich an den Steiningers rächen.»

Robert runzelte die Stirn und hob die Stimme. «Ich werde Aphrodite übernehmen. Das bin ich meinem Vater schuldig. Ich rate Ihnen: Verlassen Sie das sinkende Schiff, bevor es zu spät ist.»

Sie schien bei dem sonst so smarten Geschäftsmann einen blanken Nerv getroffen zu haben. Das hier ging eindeutig über ein normales Abwerbegespräch hinaus. Sie entschied sich dafür, mehr über die alte Geschichte in Erfahrung zu bringen. Sie stand auf.

«Richtig ist: Ich habe zwar ein paar Probleme im Moment. Aber so groß sind sie nicht, dass ich deswegen zum Feind überlaufen würde. Aphrodite ist mein Leben.»

Robert fing sich und lächelte. «Denken Sie darüber nach. Loyalität ist eine gute Sache, aber manchmal auch eine ganz schön dumme.»

Nach Cleos Kehrtwendung in der Angelegenheit Bergdorff hatte Albert an diesem Morgen als Erstes den alten Mann angerufen und ihm abgesagt. Es tat ihm Leid, Ernst Bergdorff war ein langjähriger Geschäftsfreund seines Vaters; aber er wollte vollendete Tatsachen schaffen, bevor sich das Blatt aus unvorhersehbaren Gründen wieder wenden konnte. Ein Blick auf die aktuelle Firmenbilanz reichte auch so aus, um graue Haare zu bekommen. Während er die monatlichen Ausgaben an seinem PC im Büro kontrollierte, spazierte Robert so selbstverständlich, als hätte er eine Einladung, durch die Halle. Er grüßte die Arbeiterinnen an den Nähmaschinen freundlich und steckte schließlich den Kopf in Alberts Büro.

Wie vom Donner gerührt fuhr der auf seinem Stuhl herum und klickte rasch die Zahlenkolonnen auf dem Bildschirm weg.

«Robert, wie kommst du hier rein?», fragte er kühl.

«Ich habe versucht, mir schon einmal das Büro deines Vaters anzusehen. Aber diese Sekretärin ...», mit gespieltem Bedauern schüttelte Robert den Kopf, «das ist ja der reinste Zerberus.»

Auch wenn er damit Recht hatte, dachte Albert, blieb die Frage offen, was er da verloren hatte. «Was wolltest du in Vaters Büro?»

«Euch ein Angebot machen. Ich plane die Übernahme von Aphrodite.»

Seine Kaltschnäuzigkeit raubte Albert die Fassung. Er hätte sich liebend gern nicht das Geringste anmerken lassen, aber das gelang ihm nur mäßig überzeugend. «Ich denke, du solltest jetzt gehen», sagte er leise.

Freundlich beugte sich Robert vor. Es hätte wenig gefehlt, und er hätte Albert mitfühlend die Hand auf die massige Schulter gelegt. «Mach dir nichts vor», sagte er, «du wirst es nicht schaffen. Aphrodite ist ein Auslaufmodell. Seid froh, dass sich überhaupt jemand für den Laden interessiert.»

Mit diesen Worten ließ er ihn sitzen und schlenderte fröhlich pfeifend durch die Halle zurück.

Albert verfluchte seine Unbeholfenheit. Es war schlimm genug, dass nassforsche Typen wie Robert offensichtlich ungehindert an der Pförtnerloge vorbeikamen. Dann konnten sie ihre Kollektionsentwürfe für die kommende Saison gleich genauso gut per Serienbrief an die Konkurrenz schicken. Am meisten ärgerte ihn jedoch, dass er sich in seinem eigenen Büro hatte demütigen lassen. Offenbar fehlte es ihm an Skrupellosigkeit, um auf Frechheiten gebührend zu reagieren. War das nun angeborene Beißhemmung oder zu viel kulturelle Überformung? Er hätte ihn rausschmeißen sollen. Kräftig genug war er allemal, um Fliegengewichte von Roberts Schlag notfalls auch durch die Trennwand nach draußen zu drücken. Albert schäumte vor Wut und presste seine kräftigen Hände gegeneinander. Und wo zum Teufel steckte eigentlich seine Assistentin? Er hatte sie seit gestern nicht mehr gesehen. Augenscheinlich machte hier jeder, was er wollte. Und er als Führungspersönlichkeit war nicht einmal in der Lage, eine ordentliche Abmeldung von seiner engsten Mitarbeiterin einzufordern.

Das Maß an Zumutungen war für Albert an diesem Tag allerdings noch nicht erschöpft. Gegen zehn Uhr am Abend erhielt er einen Anruf seiner Mutter Elisabeth, die ihn in einer dringenden Angelegenheit zu einem Treffen ins Büro bat. Hat das nicht Zeit bis morgen?, war Albert versucht zu fragen, aber sie teilte ihm nur knapp mit, dass es um Franz ginge. Albert setzte sich in seinen Roadster und fuhr die fünfundzwanzig Kilometer bis zur Firma in der Innenstadt in einer Rekordzeit von vierzehn Minuten, mit dem Ergebnis, dass bei seiner Ankunft noch niemand sonst da war.

Er stapfte unruhig im Büro seines Vaters auf und ab und genoss die schale Freude, sich nicht auch noch dafür vor der Sekretärin rechtfertigen zu müssen. Eine viertel Stunde später klopfte Cleo an der Tür.

«Da bin ich. Was gibt es denn so Wichtiges um diese Uhrzeit?»

Albert fühlte sich außerstande, rücksichtsvoll auf seine Schwester einzugehen. «Keine Ahnung. Was willst du hier?»

«Ich habe einen Anruf von Mutter bekommen.»

Na bitte, dachte Albert grimmig, das hätte sich auch mit einer Telefon-Konferenzschaltung von zu Hause aus erledigen lassen können. In diesem Moment tauchte Alpha auf.

«Hi? Ist Elisabeth schon da? Nicht? Umso besser. Ich habe euch etwas zu sagen, bevor sie kommt. Wo steckt eigentlich Karin?», fragte sie Albert beiläufig. «Ist sie abgehauen?»

«Karin hat ein paar Tage Urlaub», log Albert. «Wieso sollte sie abhauen?»

«Weil Karin Cleo und mir die Sache mit Rüdiger beschert hat. Im Gegensatz zu meiner beleidigten Schwägerin hier habe ich mit Rüdiger geredet. Es war Karin, die ihn in mein Haus und mein Bett gelockt hat.» Cleo schnaufte verächtlich, aber Alpha fuhr unbeeindruckt fort. «Offenbar hatte sie den Plan, dass wir uns zerstreiten.»

«So ein Blödsinn», kommentierte Albert die Darstellung. Rüdiger war ihm nicht sonderlich sympathisch. Aber dass er den Rest seines Lebens nicht mit seiner verhaltensgestörten Schwester verbringen wollte, konnte er gut nachvollziehen. Und Alpha sollte sich seiner Meinung nach mit Anschuldigungen gegenüber attraktiven Frauen gefälligst zurückhalten, nach dem, was sie sich geleistet hatte.

«Frag sie, wenn du sie wieder siehst», sagte Alpha kalt. «Auf jeden Fall habe ich kein Verhältnis mit Rüdiger. Aber ich nehme zur Kenntnis, dass du mir so etwas zutraust. Und dass du Geschäft und Privatleben nicht auseinander halten kannst.» Jetzt wandte sie sich Cleo zu. «Da Albert mich sowieso nicht unterstützen will und du mich auch fallen lässt ...», sie schluckte und sprach aus, was sie sich nach dem Treffen mit Robert den ganzen Nachmittag über überlegt hatte, ohne eine Entscheidung treffen zu können. «Ich habe mich entschlossen, die Firma zu verlassen. Ich kündige hiermit fristlos.»

Albert traute seinen Ohren nicht. «Bist du verrückt geworden? Wo willst du denn hin?»

Alpha ignorierte die Unterstellung, dass er ihr offenbar nicht zutraute, ein lukratives Angebot außerhalb der Firma zu bekommen. Je länger sie hier stand, umso klarer wurde ihr, dass ihr Entschluss überfällig gewesen war. Sie hatte mit dieser Bande von Psychopathen nichts gemein. Robert hatte Recht gehabt, es wurde Zeit, dass sie sich dahin orientierte, wo ihre Fähigkeiten geschätzt wurden und wo sie sich ungehindert von irgendwelchen Kleingeistern entfalten konnte. Sie hatte schon viel zu lange damit gewartet. Was gingen sie die Steiningers an? In dieses Provinzensemble hatte sie ja nur eingeheiratet, und das Bindeglied, ihr verstorbener Mann Ulrich, war zwischenzeitlich kraft eigener Blödheit ausgeschieden. Sie verkniff sich den Triumph, Albert unter die Nase zu reiben, wer sie abwerben wollte. «Ich habe ein sehr interessantes Angebot», sagte sie schlicht.

Einen Augenblick lang standen sie stumm im Raum, wie Planeten in einem Sonnensystem, die in einem genau kalkulierten Abstand voneinander ihre Schwerkräfte entfalteten. Jede Abweichung von der Flugbahn hätte die Balance außer Kraft gesetzt und Zerstörung bedeutet.

In das lastende Schweigen hinein hatte Elisabeth ihren Auftritt und setzte damit das mühsam erhaltene Gleichgewicht endgültig außer Kraft. An ihrer Seite befand sich Valerie.

«Mama, wo bist du gewesen?», brach Albert die Stille.

«Danke, dass ihr gekommen seid. Ich muss euch etwas mitteilen. Euer Vater ...», ihre Stimme zitterte für einen Moment. Sie griff nach Valeries Hand. «Er ist gestern gestorben.»

«Was? ... Aber wieso? ... Was ist denn passiert?», stammelte Albert nach furchtbaren Sekunden der Stille. Elisabeth holte tief Luft.

«Franz war seit einiger Zeit schwer krank. Er hatte sich nach Capri zurückgezogen, um in Würde sterben zu können. Ich kann euch versichern, dass er nicht lange gelitten hat. Und er war nicht allein in seiner letzten Stunde. Ich war bei ihm und Barbara Landau, die Frau, mit der er seit langem liiert war. Valerie Landau ist seine Tochter.»

«Seine Tochter?», wiederholte Alpha tonlos.

«Was soll das heißen?», fragte Albert gereizt. Elisabeth sah sie der Reihe nach an. «Valerie Landau ist die Tochter von Franz

Steininger und Barbara Landau. Sie ist eure Halbschwester. Und sie ist genau wie ihr Franzens Erbin und damit neue Teilhaberin der Firma Aphrodite.»

Valerie spannte ihre Schultern an und hielt den Blicken stand.

Kapitel 5

Das Begräbnis von Franz Steininger fand eine Woche später auf dem Baumgarten-Friedhof im 14. Bezirk statt. Es war ein gesellschaftliches Ereignis, «eine schöne Leich'», wie der Wiener sagt, wenn echte und falsche Tränen, Anteilnahme und Schaulust, tief betrübte Trauernde und Zaungäste zusammentreffen, um einen großen Menschen zu Grabe zu tragen. Einen, von dem man in der Zeitung lesen konnte und dem auch postum noch die Ehre widerfahren würde, mit Text und Foto dieser Welt ein Stück weit erhalten zu bleiben. Und wenn man Glück hatte und der Bildausschnitt des Zeitungsfotos groß genug gewählt war, dann konnte man selbst als Unbeteiligter oder, besser gesagt, als nicht betroffener Anwesender, denn beteiligt war man an dem Spektakel ja in jedem Fall, einen Zipfel dieses Ruhms erhaschen und sein Konterfei auf Seite 3 der Kronenzeitung wiederfinden, halb oder dreiviertel verdeckt von Kranzgebinden und den wirklich prominenten Gästen, im Bildrand angeschnitten, ja, möglicherweise auch nur von hinten. Aber was machte es? Wozu gab es Lupen? Die Rührung war also in jedem Fall so echt wie die Wiener Heurigen-Lieder zu diesem Anlass: «Einmal macht's an Plumpser und aus is'.»

Robert hatte keine Einladung von der Familie erhalten, aber die ganzseitigen Todesanzeigen und ausführlichen Nachrufe waren informativ genug. So fand er sich am Donnerstag um 11.00 Uhr in der Waidhausenstraße ein. In der Menge der Zuschauer fiel er nicht weiter auf. Er wartete eine Stunde, bis die Reden und Trauermärsche beendet waren und die Pressefotografen ihre Kamera wieder eingepackt hatten. Dann besah er sich die benachbarten Gräber und prüfte ab und an rasch, ob die Steiningers noch beieinander standen oder ob er sich Valerie ungestört nähern konnte. Schließlich ergab sich die Gelegenheit, als Valerie allein vor dem imposant mit Blumen, Schleifen und Kränzen dekorierten Erdhügel stand und die Arme um sich schlang, als ob sie fröstelte.

«Sie kannten Herrn Steininger?», sprach Robert sie leise an. Die Frage war ausnahmsweise keine taktische. Karin hatte ihn nach ihrem Abtauchen nicht mehr auf den aktuellen Informationsstand bringen können. Valerie blickte auf und musterte ihn. Sie waren sich schon einmal über den Weg gelaufen, aber sie konnte sich nicht mehr an den genauen Zusammenhang erinnern. Die Ereignisse der letzten Tage hatten sie so aufgewühlt, dass sie dankbar war, sich in ihrer momentanen Stimmung jemandem anvertrauen zu können, der scheinbar echtes Mitgefühl empfand.

«Er hat mir erst im Sterben gesagt, dass er mein Vater ist.»

Robert war ehrlich überrascht. «Franz Steininger war Ihr Vater?»

Valerie nickte stumm. Sie fühlte sich erbärmlich und kämpfte mit den Tränen. Rasch wandte sie sich ab.

«Schade», meinte Robert. Erstaunt hob Valerie ihr Gesicht. Hatte sie ihn richtig verstanden?

«Ich hatte gehofft, dass Sie eines Tages für World Underwear arbeiten würden. Aber unter diesen Umständen …» Robert führte den Gedanken nicht zu Ende.

«Ich bin gerne hier in Wien, bei Aphrodite. Schon bevor ich wusste, dass Franz Steininger mein Vater ist.»

Jetzt fiel ihr auch wieder ein, wer Robert war. Sie erinnerte sich daran, dass sein Name im Zusammenhang mit Konkurrenzfirmen und der gescheiterten Bergdorff-Übernahme gefallen war. Mehr wusste sie jedoch nicht. Sein offenes Gesicht, seine Anteilnahme und nicht zuletzt sein gutes Aussehen machten ihn vertrauenswürdig. Sie zeigte ein verschämtes Lächeln, das Robert in dieser Sekunde aufrichtig und wahrhaftig verzauberte. «Wirklich sehr schade», wiederholte er. Dann drehte er sich um und ging.

Frau Künast, Franz Steiningers gefürchtete Sekretärin, hatte das Büro ihres Chefs ihr gesamtes Berufsleben über ebenso zäh wie erfolgreich verteidigt. Nun war der Zeitpunkt gekommen, wo sie hinnehmen musste, dass das Allerheiligste nicht länger beschützt werden konnte. Sie fügte sich in das Unvermeidliche, streckte die Waffen und ließ Albert dort einziehen. Zuvor hatte sie jedoch ein silbergerahmtes, mit einer schwarzen Schleife versehenes Porträt des Verstorbenen auf dem Schreibtisch postiert, als stolzes Zeichen dafür, wem ihre Loyalität gehört hatte und immer gehören würde – und als ständige Mahnung an alle Nachfolger. Militärisch gesprochen konnte man ihre Haltung auf die Formel bringen: «Geschlagen, aber nicht besiegt.»

Jetzt klopfte sie an der Tür, steckte, ohne eine Aufforderung abzuwarten, den Kopf hinein und verkündete förmlich: «Die Familie wäre jetzt da, Herr Steininger.»

Albert wusste, dass er nur mit Beharrlichkeit ihr Vertrauen gewinnen konnte. Darum war seine Antwort freundlich. «Danke, Frau Künast. Bitten Sie sie herein.»

Elisabeth, Cleo, Alpha und Valerie traten ein. Die Familie der Steiningers bestand mit Ausnahme von ihm und seinem Sohn nur noch aus Frauen. Das machte die Sache nicht leichter, dachte Albert, zumal Carl mit seinen knapp zwanzig Jahren kaum ernst genommen werden konnte und daher zu diesem Termin auch gar nicht dazugebeten worden war. Albert hieß die Anwesenden willkommen und begrüßte seine Mutter mit einem Kuss. «Wie geht es dir, Mama? Gut, dass ihr da seid.»

Dann bat er sie, Platz zu nehmen. Er selbst blieb, unangreifbar wie ein Trumm von Mann, mitten im Raum stehen. Angesichts der weiblichen Übermacht fand er das fair. «Ich habe euch hierher gebeten, um euch meine Ideen für die Zukunft von Aphrodite vorzustellen. Laut Testament hat jedes von Vaters Kindern ein Viertel der Firma geerbt. Das heißt, keiner von uns hat die Anteilsmehrheit. Mutter hat das Haus bekommen und wird sich aus der Firma zurückziehen.»

Elisabeth nickte. Jetzt kam die entscheidende Passage. «Franz hat verfügt, dass ich weiterhin die Geschäfte führe.»

Wenn es dagegen Einwände gab, so ließ es sich keiner der Anwesenden anmerken.

«Das wiederum bedeutet», fuhr Albert fort, «dass ich mich in allen Entscheidungen, die die Firma betreffen, mit euch einigen muss.»

«Das wiederum bedeutet», zitierte Alpha ihn ironisch, «dass wir den Bergdorff-Deal und mein neues Label vergessen können.»

Richtig, dachte Albert, im Vorgriff auf diese Machtverteilung hatte er das Geschäft ja auch bereits rückgängig gemacht. Mit der offiziellen Verkündung seiner Entscheidung hatte er jedoch gewartet, bis die Legitimation schwarz auf weiß vorlag.

Cleos Künstlerverstand war mit den Details dieser neuen Geschäftsgrundlage natürlich überfordert. «Aber wieso?», fragte sie. «Ich verstehe nicht.»

«Du und Albert seid doch dagegen», erklärte Alpha ihr wie einem Kind, «und unsere neue Schwester hier ...», dabei schenkte sie Valerie einen abfälligen Blick, «... ist doch sicher nur an ihrer eigenen Karriere interessiert. Das heißt, es ist das Beste, wenn ich die Firma verlasse.»

Sie stand auf, drückte Elisabeth zum Abschied einen Kuss auf die Wange. Die hielt sie sanft am Arm zurück. «Ich verstehe dich nicht», begann sie in mütterlichem Tonfall, «wieso willst du gehen? Aphrodite ist dein Zuhause.»

«Das war einmal, als Franz noch lebte und mir vertraute.»

«Wir vertrauen dir auch», ergänzte Albert.

«Und deswegen weigerst du dich, die Bergdorff-Kette zu kaufen und mir mein eigenes Label zu geben», höhnte Alpha, «weil du mir vertraust.»

Albert zog es vor, sachlich zu argumentieren. «Ich habe in den letzten Tagen unsere Finanzen gründlich überprüft. Wir können es uns nicht leisten.»

Alpha schüttelte den Kopf. Jede weitere Anstrengung erschien ihr sinnlos. Aber sie wollte, dass wenigstens Elisabeth sie verstand. «Siehst du, Mutter, Cleo glaubt, ich hätte ihr Rüdiger weggeschnappt. Albert denkt, ich würde die Firma in den Ruin treiben, und Valerie ist die neue Designerin. Tut mir Leid, das ist keine Basis, auf der ich arbeiten kann.»

«Aber wo willst du hin?», fragte Elisabeth besorgt.

Albert war weniger rücksichtsvoll. «Ja, erzähle uns doch mal von deinem Angebot», bohrte er. Auch wenn er sich in der Bergdorff-Frage durchgesetzt hatte, war ihm klar, dass Alphas Ausscheiden aus der Firma eine Katastrophe bedeuten würde. Er versuchte, an ihr Ehrgefühl zu appellieren. «Verdammt, Alpha, es kann doch nicht sein, dass du uns ausgerechnet jetzt sitzen lassen willst.»

«Doch nicht etwa meinetwegen?», fragte Cleo ängstlich. Wie

üblich hatte sie nur die Hälfte mitbekommen. Alpha sah sie beruhigend an.

«Jeder Mensch braucht Veränderung, um sich zu entfalten. Sieben Jahre bei Aphrodite waren eine lange Zeit, und gar nicht einmal die schlechteste. Jetzt schaut doch nicht alle so. Ihr habt doch eine talentierte Nachfolgerin für mich gefunden.»

Dabei zeigte sie auf Valerie, die sich bisher zurückgehalten hatte. Die Auseinandersetzung hatte Dinge betroffen, über die sie sich kein Urteil zutraute. Jede Bemerkung hätte da nur vorlaut und unpassend gewirkt. Doch jetzt war sie direkt angesprochen worden. Was Alpha anklingen ließ, war ganz sicher nicht das, was sie sich unter ihrer künftigen Arbeit vorstellte. Als Berufsanfängerin sollte sie die Verantwortung für ein Traditionsunternehmen übernehmen? Undenkbar!

«Aber ich ...», protestierte sie zaghaft. Es war überflüssig, dass sie sich zu Wort meldete, niemand wartete ihre Meinung ab.

«Was ich nicht verstehe, Alpha», sagte Elisabeth, «wenn du die Firma verlässt, willst du dann auch die Familie verlassen?»

Alpha spürte einen Kloß im Hals. «Ich wünschte, es gäbe eine andere Lösung.»

«Du weißt, was es bedeutet, wenn du zur Konkurrenz gehst», drohte ihr Albert, «du musst deine Anteile der Familie zur Disposition stellen.» Das war die freundliche Umschreibung dafür, dass ihre 25 Prozent ersatzlos einbehalten wurden.

«Na und?», funkelte Alpha. «Bei der Finanzlage sind sie doch eh nichts wert.» Sie griff nach ihrer Handtasche und stürzte aus dem Raum.

Robert lächelte, als man ihm den Zeitungsstapel auf seine Suite brachte. Die erste Seite des obenauf liegenden Boulevardblattes zeigte ein großes Foto von Franz Steiningers Beerdigung. Darin war ein kleineres von Valerie eingeklinkt worden. Die Headline lautete: «Neuer Star bei Aphrodite – eine uneheliche Tochter?» Robert zählte eins und eins zusammen: darum das plötzliche Interesse von Alpha. Zu ihrer spontanen Verabredung hatte er sich vorsorglich eine Flasche Champagner aufs Zimmer bringen lassen. Er brauchte nicht lange zu warten, bis es an der Tür klopfte. Alpha kam mit leicht geröteten Wangen herein. «Ich hoffe, ich störe dich nicht.»

«Natürlich nicht», beruhigte er sie und bot ihr einen Platz an. «Was kann ich für dich tun?»

Alpha kam sofort zur Sache. «Dein Angebot, ich habe es mir überlegt.»

Roberts Blick glitt von ihren schlanken Beinen zum Zeitungsstapel. «Hat Franz dir nichts vererbt?», fragte er indiskret. Alpha sah die Meldung jetzt auch. «Doch, sicher», sagte sie hastig, «einen Teil der Firma, den Anteil von meinem verstorbenen Mann.»

«Und trotzdem willst du weg?», Robert gab sich skeptisch. Die Sache begann ihm Spaß zu machen.

«Ich wollte schon immer nach Amerika», behauptete Alpha kühn. Robert öffnete die Flasche und goss den Champagner in die Gläser. Lächelnd reichte er ihr ein Glas. «Willkommen bei World Underwear, Alpha. Ich freue mich, dass du mein Angebot annimmst.»

Sie ließen die Gläser klirren. «Und ich bin froh darüber, dass durch deine Entscheidung eine Anfängerin Chefdesignerin bei Aphrodite wird.»

Alpha lächelte undurchsichtig. Falls er auf die Presseberichte anspielte, brauchte er sich nicht einzubilden, dass sie aus gekränkter Eitelkeit das Weite suchte. «Valerie Landau ist sehr begabt», sagte sie ruhig.

Robert betrachtete erneut das Zeitungsfoto. Die Kleine war hübsch, ohne Frage.

Alpha tippte ihr Glas an seins. «Aber was kümmert uns das, Robert? Auf gute Zusammenarbeit.»

«Auf unseren gemeinsamen Erfolg. Möge er ein Triumph werden», verkündete Robert strahlend.

Alpha verlor keine Zeit. Sie fuhr zurück in die Firma und packte gerade ihre Sachen in die Kartons, als Albert in der Tür stand. Im Grunde hatte sie auch nicht damit gerechnet, dass er sie kampflos ziehen lassen würde. Sie wollte gehen, sicherlich, aber sie hatte nichts dagegen, sich noch einmal ein wenig bitten zu lassen. Ein sang- und klangloser Abschied wäre der angeblich so bedeutenden

Rolle, die sie in der Firma gespielt hatte, nicht gerecht geworden. Albert sah ihr eine Weile stumm zu, während sie ihre letzten Entwürfe einsammelte und in einer Mappe verstaute.

«Du machst einen Fehler», sagte er schließlich.

Alpha wandte sich um, schüttelte fröhlich den Kopf und packte weiter.

«Du bist beleidigt. Zornig. Das ist keine gute Basis, um weit reichende Entscheidungen zu treffen.» Er stellte sich ihr in den Weg. «Alpha, du gehörst zu Aphrodite, du hast den Stil unseres Hauses mitgeprägt.»

Das klang schon eher nach dem, was sie hören wollte. Sie schlüpfte an ihm vorbei und sortierte hinter seinem Rücken weiter. Hart fasste er sie am Arm. Wohl oder übel musste sie sich ihm zuwenden.

«Ich will nicht, dass du gehst», brach es aus ihm heraus. Spöttisch verzog sie ihre Mundwinkel. Was für ein kleiner grinsender Faun, dachte Albert wütend, musste aber gleichzeitig einräumen, dass ihre Grübchen an den Wangen etwas Reizvolles hatten. Sie sollte öfter lächeln.

«Was ist los, Albert? Du hast doch deinen Kopf durchgesetzt.»

«Darum geht es doch nicht», murmelte er verwirrt. Sie war wirklich eine attraktive Frau, wie hatte er das nur all die Jahre übersehen können? Und sie war intelligent. Plötzlich erinnerte er sich wieder: Als Ulrich sie das erste Mal der Familie vorgestellt hatte, war er fast ein wenig neidisch gewesen. Aber er war bereits mit Brigitte verheiratet, und der Junge ging schon zur Schule. Dann heiratete sie seinen Bruder und stritt sich mit ihm herum, dass die Fetzen flogen. Anschließend versöhnten die beiden sich wieder leidenschaftlich, intensiv. Seit der Zeit war sie als Frau für ihn nicht mehr vorhanden gewesen, nur noch als kostentreibender Faktor beim Materialeinkauf und bei den Modenschauen. Aber unzweifelhaft war sie eine Frau, eine schöne Frau. Eine, die entschlossen war zu gehen. Er lockerte seinen Griff und ließ seine Hand zur ihrer hinabgleiten. Er bettete die zierlichen Finger in seine große Handfläche und drückte sie. Albert war sich darüber bewusst, dass diese Geste etwas Flehentliches hatte. Leise sagte er. «Bitte, Alpha, schlaf noch einmal darüber. Wir ...», mutig korrigierte er sich, «ich brauche dich.»

Forschend blickte sie ihm in die Augen. Sie konnte es nicht abstreiten, sie war gerührt. Dieser täppische Bär hatte mit seinen unbeholfenen Pranken eine Stelle in ihrer Seele berührt, die sie für immer verschüttet geglaubt hatte. Sie entzog ihm die Hand. «Tut mir Leid.»

Für einen Augenblick stand er ratlos da, enttäuscht wie ein kleiner Junge, dem man die Spielzeugeisenbahn weggenommen hatte. Dann riss ihn das Klingeln seines Handys aus der Starre. Die Sekretärin seines Vaters war in der Leitung. Er musste sich erst daran gewöhnen, dass Frau Künast jetzt für ihn arbeitete. Er hörte schweigend zu und sagte dann knapp: «Bin schon unterwegs.»

Mit hochgezogenen Beinen lümmelte sich Karin auf dem Schreibtischstuhl seines Vaters. Als wenn nichts vorgefallen wäre, lächelte sie ihn breit über das ganze Gesicht an.

«Was willst du noch hier?», fragte er kühl. Inzwischen war ihm klar geworden, dass Alphas Darstellung von dem Vorfall mit Rüdiger von allen Erklärungen die wahrscheinlichste war, vor allem seit Robert so frech in sein Büro hereinspaziert war und die Kette von Unglücken kein Ende nahm. Sie nahm die Beine vom Stuhl, rückte ihren kurzen Rock zurecht. «Nur keine Aufregung. Ich will bloß meine Papiere holen.»

Albert zog sie aus dem Stuhl und schubste sie unsanft Richtung Ausgang. «Die Papiere werden dir zugeschickt.»

Sie drehte sich um und klammerte sich an ihn. Ihr Mund suchte nach seinem Ohrläppchen. «Hast du vergessen, was zwischen uns war?», hauchte sie. Er schob sie auf Armeslänge zurück. «Geh jetzt.»

Ihre eben noch hingebungsvolle Miene veränderte sich. Sie lächelte höhnisch. «Hast du schon Ersatz für mich?»

«Robert Fox bringt es wohl nicht so recht.» Das war ein Testballon, aber Albert traf damit ins Schwarze.

«Biete mir nur halb so viel wie Robert, und du kannst mich zurückhaben.»

Aha, so war das also, dachte Albert grimmig. Für wie bescheuert hielt sie ihn eigentlich? Es freute ihn, dass es ihm gelang, scheinbar vollkommen gelassen zu antworten. «Du verwechselt da etwas. Im Grunde bin ich froh, dich los zu sein.»

Das saß. Sie machte auf dem Absatz kehrt und schritt hoheitsvoll hinaus. Durch die geöffnete Tür glaubte Albert zu erkennen, das Frau Künast ihn für einen Sekundenbruchteil anerkennend anblickte. Aber das konnte auch eine Täuschung sein. Wenn nicht, dann war es deshalb, weil er endlich handelte, sagte er sich. Der inneren Stimme folgen, die Dinge in die Hand nehmen, für ein Ziel kämpfen, das man als richtig erkannt hat: Das war es, was ihm sein Leben lang schwer gefallen war. Bisher hatte er viel zu häufig nur reagiert, sich einfangen lassen von scheinbar objektiven Zwängen. Er hatte die Jahre seiner lieblosen Ehe ertragen, weil er sich des Kindes wegen nicht trennen wollte, und als sein Vater ihn bat, seine Stellung aufzugeben, um die Firma zu sanieren, hatte er ebenso pflichtbewusst gehandelt. Gedankt hatte es ihm keiner. Seine Frau hatte ihn verlassen, und bei Aphrodite galt er als der große Schwarzmaler und Bremser. Sein Metier waren die Zahlen, o ja, die kannte er gut. Und er wusste auch, dass der aufwändige Lebensstil seines Vaters nicht unerheblich dazu beigetragen hatte, dass es dem Unternehmen schlechter ging als nötig. Aber er hatte sich nie angemaßt, ihn dafür zur Rede zu stellen. Die Ausgaben und Kontenentnahmen seines Vaters zählten für ihn einfach ebenfalls zu den «objektiven Zwängen».

Albert fasste einen Entschluss. Er erkundigte sich bei seiner Sekretärin, ob Alpha bereits das Haus verlassen hatte, was ihm bestätigt wurde. «Keine Termine mehr für heute», teilte er ihr mit und schritt hinaus. Falls er damit das zarte Pflänzchen ihrer Anerkennung zerstört haben sollte, war es ihm egal. Er stieg in seinen Wagen und fuhr zu Alphas Haus.

«In den letzten fünf Jahren habe ich dich nicht so oft gesehen wie in den vergangenen drei Tagen. Was ist los?», empfing sie ihn kühl. Im Flur erkannte Albert drei reisefertige Koffer. «Du packst?», fragte er. Sie schüttelte den Kopf.

«Was hast du denn gedacht?»

«Ich habe keine Lust, mich zu wiederholen. Nur so viel: Wenn du zurückkommst, bist du der Boss.» Er stellte fest, dass ihm dieses Zugeständnis leichter fiel als erwartet.

«Und was ist mit Valerie?»

«Sie wird sich dir unterordnen», sicherte ihr Albert zu. «Und wenn du willst, reden wir noch einmal über Bergdorff.»

Alpha runzelte erstaunt die Stirn. «Das meinst du doch nicht im Ernst.»

Er blickte auf seine großen Schuhe hinab. Dann hob er entschlossen den Kopf. «Ehrlich gesagt: nein. Aber ich kann dich nicht gehen lassen. Ich brauche dich, Alpha.»

«Es ärgert dich, dass ich ausgerechnet zu Robert gehe», erwiderte sie, und im gleichen Moment biss sie sich auf die Zunge, aber es war zu spät, das einmal Gesagte zurückzuholen. Albert schluckte. «Du gehst zu Robert Fox? In die Staaten zu World Underwear?» Diese Neuigkeit brachte ihn sichtlich aus der Fassung.

«Eine internationale Karriere. So etwas lehnt man nicht ab», erklärte sie fast ein wenig entschuldigend. «Tu nicht so, als ob du es nicht gewusst hast.»

Diese Unterstellung war falsch, und Albert fand sie obendrein unnötig grob. «Robert ist kein normaler Konkurrent. Du weißt, dass sich sein Vater im Streit von Franz getrennt hat. Das hat Robert nie vergessen. Willst du ihm dabei helfen, sich an uns zu rächen?»

«Du sagst doch selbst, dass ich nur an meine Karriere denke», erwiderte sie feindselig. «Entschuldige. Aber ich muss jetzt packen.»

Albert starrte wütend auf die Tür, die sie ihm vor der Nase zugeschlagen hatte. Er war in Versuchung, mit der Faust dagegen zu trommeln, zügelte sich dann jedoch. Eilig ging er zu seinem Wagen, setzte sich ans Steuer und fuhr so rasant an, dass der Kies unter den Reifen in alle Richtungen wegspritzte.

Eine viertel Stunde später hielt er direkt vor dem Eingang des Grand Hotel Sacher und warf dem Portier die Schlüssel zu. Seine Sekretärin hatte ganze Arbeit geleistet und innerhalb von fünf Minuten den Aufenthaltsort von Robert Fox in Wien herausgefunden. Er ließ sich die Zimmernummer geben und klopfte einen Augenblick später an die Tür. Robert öffnete.

«Hatten wir einen Termin?», fragte er verwundert. Er bat ihn nicht herein. Alberts Gesicht verhieß nichts Gutes.

Wortlos schob Steininger den Konkurrenten vor sich her ins Zimmer. «Du glaubst wohl, du hast gewonnen», knurrte er Robert an, «aber du irrst dich. Alpha ist eine Steininger.»

Robert ließ sich nicht einschüchtern. Albert hatte ihn losgelassen, und das bedeutete, dass er nicht auf handgreiflichen Streit aus war. Und was verbale Auseinandersetzungen betraf, fühlte Robert sich ihm überlegen. «Dann hättest du sie auch wie eine behandeln müssen», sagte er lässig.

«Sie passt nicht zu dir und deinem Laden», beharrte Albert wütend.

«Das kannst du doch wohl nicht beurteilen.» Robert war sich mittlerweile sicher, dass er sich diese Provokation erlauben konnte. Albert rang nach Worten. «Wenn du denkst, dass du Aphrodite damit schaden kannst, hast du dich geschnitten!»

Na bitte, dachte Robert, das klingt ja schon nach einem Rückzugsgefecht. «Du irrst dich», sagte er grinsend, «Aphrodite interessiert mich überhaupt nicht.»

Albert ballte seine Fäuste zusammen und duckte sich unmerklich. «Das ist auch besser für dich», presste er hervor. Alberts Worte klangen wie die eines kleinen Jungen bei einem Streit auf dem Schulhof. Aber es fiel ihm nichts ein, womit er Robert sonst hätte das Maul stopfen können. Bevor er sich auch noch ausmalte, wie die Begegnungen zwischen Karin und dem aalglatten Sunnyboy verlaufen sein mochten, drehte er sich um und stapfte hinaus. Die Tür ließ er offen stehen.

Am kommenden Tag würde Alpha abreisen, so viel hatte Valerie in dem kurzen Telefonat am Vorabend herausbekommen. Sie hatte sich mit ihr verabreden wollen, um zumindest einmal unter vier Augen mit ihr zu sprechen. Die Vorstellung, in Alphas Fußstapfen zu treten, erschien ihr absurd. Sie wollte genauer in Erfahrung bringen, warum sie so überstürzt aus der Firma ausschied; und sie war sich nicht sicher, wie ausschlaggebend ihr Arbeitsantritt bei Aphrodite dabei war. Konkurrenzdenken konnte bei ihrem Erfahrungsunterschied nicht der wahre Grund sein, sagte sie sich. Aber Alpha lehnte ein Treffen harsch ab. Also beschloss Valerie, Alpha am Flughafen abzufangen.

Es kostete sie nur zwei Minuten, um im Internet herauszufinden, dass der einzige Direktflug nach New York zum John F. Kennedy Airport auf 11.40 Uhr angesetzt war. Er trug die Nummer OS 0087. Alle anderen Flüge verliefen mit Zwischenstopp in Paris, London, Frankfurt oder Amsterdam. Sie rief Austrian Airlines an, gab sich als Alpha Steininger aus und erkundigte sich, ob morgen mit Verspätungen beim Abflug zu rechnen sei. Nein, versicherte man ihr freundlich, es sei alles in bester Ordnung, ihre Buchung sei bestätigt, und außerdem belege der Vienna International Airport Platz 1 unter den effizientesten europäischen Transfer-Flughäfen. Nur 13 Prozent aller Flüge hätten Verspätung. Das hätte eine Untersuchung der angesehenen britischen Zeitung *Sunday Times* ergeben. Bevor ihr auch noch die Ausfallzeiten der Konkurrenzflughäfen vorgebetet wurden, bedankte sich Valerie schnell und legte auf.

Um Viertel vor elf stand sie in der Halle und studierte die Abflugtafel auf der Suche nach dem richtigen Gate. Sie trat einen Schritt zurück und stieß so heftig mit Robert zusammen, dass sie strauchelte.

«Oh, Verzeihung. Ich habe Sie gar nicht gesehen», entschuldigte sie sich und erkannte im nächsten Moment verwundert, wen sie vor sich hatte. «Mr. Fox.»

Robert nahm ihre Hand. «Valerie Landau», sagte er und strahlte sie an. «Wohin fliegen Sie?»

Valerie versuchte ihre Gedanken zu ordnen. «Was? Ich? Ich bleibe hier. Reisen Sie denn ab?»

Er hielt ihre Hand noch immer fest. «Ich muss nach New York zurück, leider. Wollen Sie nicht mitkommen? Ich kann fragen, ob in der Maschine noch ein Platz frei ist.»

Valerie machte sich los und lachte verlegen. «Sie spinnen doch. Und jetzt muss ich los. Ich suche jemanden. Auf Wiedersehen, Mr. Fox.»

Robert blickte ihr schulterzuckend nach. «Schade», murmelte er und ging, wie er es vorgehabt hatte, in den Geschenkshop auf der gegenüberliegenden Hallenseite.

Valerie entdeckte Alpha in der Warteschlange vor dem Schalter und stürzte auf sie zu. Alpha senkte die Zeitung, in der sie gelesen hatte, und sah sie an. «Was machen Sie denn hier?», fragte sie erstaunt.

«Alpha», sagte Valerie außer Atem, «hören Sie mir zu. Haben Sie den neuen Job schon?»

«Ich weiß zwar nicht, was Sie das angeht, aber: ja.»

Valerie stöhnte auf. «Mist. Haben Sie den Vertrag schon unterschrieben?»

Alpha schüttelte verständnislos den Kopf. «Nein, aber das ist nur eine Formsache.»

«Okay, dann überlegen Sie es sich anders und kommen mit mir mit. Sie dürfen Aphrodite nicht im Stich lassen. Sie dürfen jetzt nicht einfach abhauen und mich alleine lassen. Bitte, ich flehe Sie an. Ich bin eine blutige Anfängerin. Ich kann diese Verantwortung nicht übernehmen ...»

Alpha schaute neugierig zu ihr auf. «Es gibt nicht viele junge Designer, die Ihre Skrupel haben», meinte sie anerkennend.

«Ich weiß, dass ich Talent habe. Aber ich will noch so viel lernen, ausprobieren. Erinnern Sie sich nicht, wie toll das ist, zu arbeiten, ohne Angst zu haben?»

Alpha nickte unwillkürlich. Valerie schöpfte neuen Mut.

«Nach Amerika können Sie immer noch. Aber jetzt ist Ihr Platz bei uns. Bitte, Frau Steininger, überlegen Sie es sich noch einmal.»

In diesem Moment stieß Robert zu ihnen. Er blickte die beiden an und ahnte sofort, was vorgefallen war.

«Deshalb sind Sie hier», wandte er sich an Valerie. «Hat Albert Sie geschickt? Sollen Sie Alpha abwerben, bevor sie auch nur einen Entwurf für mich gemacht hat?»

Erst jetzt wurden Valerie die Zusammenhänge klar. Sie hätte sich ohrfeigen können für ihre Dummheit. Enttäuscht sah sie Alpha an. «Sie gehen zu ihm», stellte sie traurig fest.

«Guter Fang, nicht wahr?», grinste Robert. «Ich sage Ihnen doch, kommen Sie mit. Dann können Sie sogar wieder mit Alpha zusammenarbeiten. Das stelle ich mir spannend vor.»

Valerie fühlte eine unendliche Traurigkeit in sich aufsteigen. «Okay», sagte sie resigniert, «das verstehe ich: Amerika. Wer das schafft, hat die Welt in der Tasche. Herzlichen Glückwunsch, Frau Steininger, und alles Gute. Und Ihnen, Mr. Fox, ebenfalls herzlichen Glückwunsch.»

Sie drehte sich um und ging mit hängenden Schultern davon. Alpha starrte ihr nach. In ihr arbeitete es. Sie schaute Robert prüfend an. Dann entschied sie sich. Sie drückte ihm einen Kuss auf die Wange, hängte sich ihre Reisetasche über und schnappte sich den Griff ihres Rollkoffers. «Vielleicht mache ich ja einen Fehler», sagte sie, «aber Aphrodite ist nun einmal meine Familie.»

Robert stand wie vom Donner gerührt da. Er blickte ihr nach, sah, wie sie Valerie folgte, zu ihr aufschloss und sich bei ihr einhakte. Dann drehte er sich um und verließ schnellen Schrittes die Abflughalle in entgegengesetzter Richtung.

«Also dann», Albert hob das Champagnerglas und blickte zufrieden in die Runde, «versuchen wir es noch einmal.»

Sie waren in Franz' altem Büro zusammengekommen: Cleo, Valerie, Alpha und sogar Carl war zur Feier des besonderen Anlasses dazugestoßen. Cleo sah ihre Schwägerin versöhnlich an. «Alpha, ich bin sehr froh.»

«Ich auch.» Nervös drehte sie das Glas zwischen ihren Fingern. Dann blickte sie Cleo direkt ins Gesicht. «Rüdiger ist genauso hereingelegt worden wie ich. Karin hat ihn benutzt. Sie wollte uns gegeneinander ausspielen.»

«Was ihr auch gelungen ist», seufzte Cleo. «Es tut mir Leid, dass ich darauf hereingefallen bin. Ich war unheimlich verletzt.»

Albert lächelte verlegen. Gefühlsselige Versöhnungsszenen waren ihm unangenehm. «Sehr gut», sagte er. «Damit wäre das auch endlich aus der Welt. Jetzt zum Geschäftlichen. Ich werde euch in den nächsten Tagen einen genauen Plan vorlegen, wie wir vorgehen werden. Auf jeden Fall ist aber Sparen angesagt.»

«An was, wenn ich fragen darf?», mischte sich Carl ein. Albert nahm den vorlauten Einwurf seines Sohnes gelassen. «An allem: Material, Werbung, Personalkosten.»

Cleo räusperte sich. «Albert, wo ich schon mal hier bin. Ich habe da einen Brief bekommen. Du willst mir mein Monatssalär kürzen?»

«Es geht nicht anders. Wir müssen sparen. Ich werde auch meinen Teil dazu beitragen. Ich werde meinen Oldtimer verkaufen.»

«Aber die Miete für die Galerie», protestierte seine Schwester kleinlaut. «Ich muss sie doch bezahlen.»

Albert würgte sie unsensibel ab. «Vielleicht kannst du einmal eine Ausstellung machen, die mehr einbringt als nur das Lob der Kritiker.» Die anderen übergingen die Bemerkung peinlich berührt. Es klopfte, und Frau Künast steckte ihren Kopf zur Tür herein, wie üblich ohne eine Aufforderung abzuwarten. «Tut mir Leid, wenn ich störe. Herr Steininger, Ihr Termin!»

«Richtig. Ich muss los. Bankmenschen lässt man nicht warten. Kommst du, Alpha?»

Dann fasste er sich ins Jackett und holte zwei Opernkarten hervor. «Ah, beinahe hätte ich es vergessen. Ich wollte heute Abend in die Oper. Das geht jetzt leider nicht, und Mutter hat auch abgesagt. Hat einer von euch Interesse?»

Carl verdrehte die Augen, Cleo hatte keine Zeit.

«Was ist mit Ihnen, Valerie?»

«Das wäre wunderbar. Ich liebe die Oper!»

Albert lächelte breit und gab ihr die Karten. «Na dann. Viel Spaß!»

Schmunzelnd betrachtete Valerie die Billetts. Es waren Logenplätze für Giuseppe Verdis selten aufgeführte Oper «Macht des Schicksals». Wie passend, dachte sie, alles hat sich zum Guten gewendet. Sie begann sich heimisch zu fühlen in ihrer neuen Familie. Ihre Mutter Barbara war für eine Auslandsreportage drei Monate nach Neuseeland abgereist. Daher hatte ihr Elisabeth angeboten, doch probeweise mit in ihr großes Haus zu ziehen. Valerie war allein. Die Villa mit ihren Seitenflügeln und Anbauten einfach nur groß zu nennen, wäre eine starke Untertreibung gewesen. Praktisch hatten alle Familienmitglieder dort ihre festen Zimmer, bis auf Albert und seinen Sohn Carl, die eine ganze Etage bewohnten. Sie hatte kurz überlegt und dann zugestimmt. Seit diesem Zeitpunkt schien alles besser zu laufen.

Aufgeräumt ging sie hinüber in ihr Büro. Einige Entwürfe für die nächste Kollektion hatte sie schon angefertigt, allerdings nur auf dem Papier. Valerie wusste, dass eine Zeichnung den Eindruck eines fertigen Kleidungsstücks nur unvollkommen wiedergab. In natura konnten sich die schönsten Stoffe in Wäschesäcke verwandeln, wenn Passform und Schnitt nicht darauf abgestimmt waren. Sie hängte ein Stoffmuster auf ihre Kleiderpuppe und drapierte es so, dass sie den Faltenwurf prüfen konnte. Während sie die Nadeln feststeckte, klingelte das Telefon. Sie war überrascht, als Robert sich am anderen Ende der Leitung meldete.

«Ich muss Sie sehen», sagte er unumwunden.

Valerie stutzte. «Ich denke, Sie sind in New York.»

«Nein, ich bin noch in Wien. Gehen Sie mit mir essen?»

Robert sah gut aus und war charmant, aber das Tempo war Valerie ein wenig zu forsch. Außerdem hatte sie ja bereits etwas vor. «Heute geht es nicht.»

Robert ließ sich nicht entmutigen. «Schade. Und wie sieht es morgen aus? Valerie, bitte. Es ist mir wichtig.»

«Ich weiß es nicht.» Das war keine Koketterie. Sie war sich tatsächlich unschlüssig.

Robert schien dafür umso überzeugter von seiner Wirkung zu sein. «Wieso, fürchten Sie, ich kann mich in Gegenwart von jungen Frauen nicht benehmen?», scherzte er.

«Darum geht es nicht. Es ist nur, ich glaube, Sie wollen mich abwerben, jetzt, wo Alpha zurückgekommen ist. Tut mir Leid: keine Chance. Man hat mich vor Ihnen gewarnt.»

Ohne seine Reaktion abzuwarten, legte sie auf. Dann sah sie auf die Uhr: schon sechs. Es war Zeit, nach Hause zu fahren und sich für die Oper fertig zu machen. Auch wenn sie tagsüber Jeans und Lederjacke bevorzugte, für diesen Anlass wollte sie sich gern feierlich herausputzen. Wozu hatte sie Modedesign studiert?

Sie stieg auf ihren Motorroller und genoss die Fahrt hinaus zu Elisabeths Haus. Das letzte Stück durch die begrünten Alleen war immer das schönste. Am Ende der Auffahrt parkte sie ihren Roller neben einem schicken Cabrio. Sie nahm den Helm ab, warf einen Blick hinüber und erstarrte. Das grenzte fast an Verfolgungswahn:

Robert hatte hier auf sie gewartet. Er stieg aus und kam mit bittend ausgestreckten Händen auf sie zu. «Valerie.»

Sie machte einen Schritt zurück. «Was wollen Sie denn hier?»

«Sie irren sich. Ich will Sie nicht abwerben», beteuerte er, «ich will nur mit Ihnen essen gehen, rein privat.»

Das eine war so unglücklich formuliert wie das andere, fand Valerie. Offensichtlich war er doch nicht so brennend an ihren beruflichen Fähigkeiten interessiert. Es stimmte ja, sie war eine Anfängerin. Aber so deutlich hätte er ihr das nicht unter die Nase reiben müssen. Und welche Absichten er unter diesen Umständen mit seiner Einladung zum Abendessen verfolgte, war, unter diesem Aspekt betrachtet, recht durchsichtig, besser gesagt: unverfroren.

«Ich habe jetzt keine Zeit, tut mir Leid», sagte sie kühl.

Aber er ließ nicht locker. «Sie haben Angst vor mir, wegen der alten Geschichte.»

«Was für eine Geschichte?»

«Ich denke, man hat Sie gewarnt, oder nicht? Aber hat man Ihnen auch die ganze Wahrheit erzählt?» Robert war ein viel zu guter Menschenkenner, als dass er nicht wusste, dass diese Masche wirken würde: erst die Neugier wecken, dann schweigen. Valerie blieb stehen und hörte zu.

«Der alte Franz Steininger, Ihr Vater, war nicht so ein Unschuldslamm, wie Sie vielleicht denken. Es gab einmal eine Zeit, da haben mein Vater und er die Firma zusammen aus dem Boden gestampft. Als es dann hervorragend lief, hat Franz ihn zum Dank mit schmutzigen Tricks herausgedrängt und ihn um seinen Anteil betrogen. Mein Vater musste wieder ganz von vorne anfangen.»

Valerie sah ihn mit wachsendem Unbehagen an. Das klang nach einem drittklassigen Hollywood-Drehbuch. «Das glaube ich Ihnen nicht», sagte sie knapp und ließ ihn stehen.

Aber was, wenn doch etwas daran gewesen sein sollte? Valerie stellte sich unter die Dusche, drehte den Hahn auf und ließ die beunruhigenden Gedanken vom Wasser wegspülen. Sie hatte Besseres zu tun, als sich den Kopf über zwanzig, dreißig Jahre alte Geschichten zu zerbrechen.

Ein Abend in der Wiener Staatsoper ist bekanntlich mehr als nur ein drei- oder dreieinhalbstündiges Singspiel auf mehr oder weniger unbequemen Polsterstühlen. Seit Kaiser Franz Joseph in Begleitung seiner Gattin Elisabeth das «Haus am Ring» am 25. Mai 1869 feierlich eröffnet hatte, natürlich stand Mozart auf dem Programm, war es der Kristallisationspunkt von Macht und gesellschaftlichem Einfluss, eine Schaubühne der Eitelkeit, und das sowohl unten auf den Bühnenbrettern als auch auf den Rängen. Der einfache Wiener quittierte das neoklassizistische Monster damit, dass er den Bau noch während der Arbeiten «schmähte»: Er sei außen zu protzig und innen zu stillos. Der sensible Eduard van der Nüll, verantwortlich für die Innendekoration mit den zahllosen Fresken, beging daraufhin Selbstmord. Sein Freund, der Architekt August von Sicardsburg, der den Grundriss entwarf, erlag wenig später einem Schlaganfall. So war also praktisch alles in bester Ordnung, als der Vorhang sich das erste Mal hob: Dem Volk war ein Opfer gebracht worden, und das Spektakel hatte einen schaurig-schönen Hintergrund, über den es sich trefflich gruseln ließ, wenn es vorne auf der Bühne zu langweilig wurde. Kurz: Die exorbitanten Preise für die Karten waren mehr als berechtigt, und es war nicht leicht, daran zu kommen, wenn man sie nicht Wochen im Voraus reserviert hatte.

Diese Erfahrung machte gerade Robert. Die ursprünglich für diesen Abend gebuchten Karten hatte er zurückgegeben, als er den Flug mit Alpha nach New York arrangiert hatte. Nun waren die Plätze an der Abendkasse ausverkauft. Umstehende, die er fragte, ob sie zufällig im Besitz einer überzähligen Karte seien, lächelten ihn mitleidig an, und als er festlich gekleideten Besuchern das Doppelte, das Dreifache an Geld bot, damit sie ihm ihre Karte verkauften, entlarvte er sich aus der Sicht der entsetzten Opernfreunde als rücksichtsloser Kunstbanause. Selbst wenn man drei Karten über gehabt hätte, lieber hätte man sie vor seinen Augen verbrannt, als sie ihm für das Zehnfache zu verkaufen.

Entmutigt stieg er die Treppen hinab und lief direkt in eine junge Dame im Abendkostüm hinein, die eilig die Stufen heraufkam.

«Entschuldigung», murmelte er und erkannte im gleichen Augenblick Valerie in der festlichen Aufmachung. Sie zupfte ihr Kleid zurecht. «Sie schon wieder!», stellte sie trocken fest. «Wollen Sie etwa auch in die Oper?»

«Wollen schon ...», sagte er niedergeschlagen.

«Sagen Sie bloß, Sie haben keine Karte?»

Er schüttelte den Kopf. «Ich hatte eine, aber als es so aussah, dass ich heute gar nicht mehr hier sein würde, habe ich sie zurückgegeben. Na, was soll's. Ich wünsche Ihnen viel Spaß.»

Valerie überlegte kurz und gab sich einen Ruck. Sie angelte die zweite Karte aus ihrer Tasche. Hätte sie das Billet an der Kasse zurückgegeben, hätte sie sich für das Geld einiges leisten können. Aber schließlich hatte sie die Karten auch nur geschenkt bekommen, und es kam ihr unpassend vor, sich daran zu bereichern. Vielleicht war es Zufall, dass sie hier auf Robert gestoßen war, vielleicht war es auch die «Macht des Schicksals».

Sie drückte ihm die Karte in die Hand. Zögernd nahm er sie entgegen, sah sie an und konnte sein Glück scheinbar nicht fassen. Galant bot er ihr seinen Arm an. Sie hakte sich ein, und gemeinsam genossen sie dreieinhalb Stunden lang Verdis schwelgendes Musikdrama über eine fatale Liebe, die in Chaos und Untergang endet. Während Valerie gebannt die Verwicklungen verfolgte, in die Donna Leonora mit ihrem unstandesgemäßen Geliebten Alvaro stürzt, betrachtete sie Robert unauffällig von der Seite. Ihre Begeisterung gefiel ihm. Sie wirkte so unzeitgemäß, kindlich, aber wahrhaftig, nicht so zynisch und abgebrüht wie viele der jungen Frauen, die er kannte. Dabei war sie nur ein paar Jahre jünger als Karin, ging es ihm durch den Kopf. Er ertappte sich dabei, wie er sich vorstellte, mit dem Finger die Linie ihrer Schläfe nachzuzeichnen, hinunter bis zum Kinn, über den Hals bis zur Brust. Es war etwas Gutes an ihr, etwas, das man nicht enttäuschen und zerstören durfte.

«Ich habe die Oper bisher nur auf CD gehört», schwärmte sie, als sie nach der Vorstellung die Treppenstufen hinabschritten. «Einmal habe ich ein paar Ausschnitte im Fernsehen gesehen. Aber dass es so toll ist ...» Wie selbstverständlich schob sie ihren Arm unter seinen und hakte sich ein. Robert nickte und lächelte. «Kommen

Sie», sagte er. «Ich lade Sie zum Essen ein. Schließlich haben Sie mir mit der Karte einen Traum erfüllt. Gehen wir ins Sacher.»

Valerie machte einen Schritt zur Seite, ließ aber ihre Hand in seiner.

«Einladen dürfen Sie mich. Aber ich bestimme, wo wir essen», sagte sie energisch. «Und wir reden nicht übers Geschäft», setzte sie schnell hinzu. Sie dachte an das Szenelokal Vollmond, in dem sie bis vor kurzem gekellnert hatte. Robert war mit allem einverstanden. Er hatte nicht vorgehabt, die romantische Stimmung zu verderben, weder für sie noch für sich.

«Ihr seid noch wach?», fragte Valerie erstaunt, als sie um drei Uhr früh in der Villa eintraf. Elisabeth bedachte sie mit einem nachsichtigen Blick. Cleos vierzehnjährige Tochter Tessy war ihrem Alter entsprechend ungeniert neugierig. «Wie war's?», fragte sie gespannt.

«Einfach grandios», sagte Valerie und dachte dabei weniger an die Oper als an Robert.

«Und sonst? Wie war es sonst?», bohrte Tessy weiter. «Du bist doch nicht nur in der Oper gewesen. Weißt du, wie spät es ist? Und Omas Karte, ist dein Freund Tobias mitgegangen?»

Sie konnte tatsächlich eine Nervensäge sein.

«Also, ehrlich gesagt, habe ich die Karte verschenkt», gab ihr Valerie Auskunft. Das war nicht einmal gelogen. «Das ist doch besser, als wenn sie einfach verfallen wäre.»

Bevor sie weitere Verhöre über sich ergehen lassen musste, verabschiedete sie sich rasch und ging ins Bett.

«Sie hat aber nicht gesagt, an wen sie sie verschenkt hat», bemerkte Tessy enttäuscht.

«Was du dir in deinem kleinen Kopf immer so ausdenkst», lachte Elisabeth. «Auch wenn Wochenende ist, für dich wird es jetzt auch Zeit, ins Bett zu gehen.»

Vielleicht ist das der einzige Unterschied zwischen einem Teenager und einer reifen Frau, dachte sie schmunzelnd, nachdem Tessy abgezogen war: Interessieren tut es uns beide, aber die Neugier zu verbergen, das lernt man erst im Alter.

Kapitel 6

«*Meinen Glückwunsch, Herr Bergdorff.* Ich habe Sie unterschätzt. Jetzt haben Sie dem Hasen doch noch das Fell über die Ohren gezogen.»

Robert schüttelte dem alten Geschäftsmann kräftig die Hand. Dessen Fledermausohren leuchteten. Er konnte die außerordentliche Zufriedenheit über den Verkauf seiner Firma nicht verbergen. «Ein alter Fuchs ist eben erfahrener als ein junger Fox», meinte er. Robert gönnte ihm den vermeintlichen Erfolg. «Sie haben die Steiningers benutzt, um mich abzuzocken.» Das war keineswegs ein Vorwurf, sondern die höchste Anerkennung, die er Bergdorff geben konnte; und der nahm es auf, wie es gedacht war: als Kompliment. «Nun ... aber ich hatte ja auch Heimvorteil.»

Zufrieden steckte Robert den Vertrag in die Tasche. Der Preis war hoch, aber gewonnen hatten beide. Mit dieser Übernahme sanken die Chancen von Aphrodite deutlich, sich am Markt zu behaupten. Dass er Alpha nicht hatte abwerben können, war damit praktisch gegenstandslos geworden. Ohne eigenes Label konnte sie ihm keine Konkurrenz machen. Albert würde die Ausgaben im Kerngeschäft noch weiter drosseln müssen. Wie lange würde sich die Stardesignerin unter diesen Umständen bei Aphrodite wohl fühlen? Robert nahm sich vor, dieser Frage bei nächster Gelegenheit nachzugehen.

Verdammt, schoss es Albert durch den Kopf. Wie soll ich das Alpha beibringen? Entgegen seinen ursprünglichen Plänen hatte er sich nun doch für den Kauf von Bergdorffs Firma entschieden und den Seniorchef aufgesucht. Albert glaubte, er hätte das Unternehmen in der Tasche. Als er dann von dem Verkauf erfuhr, starrte er geschlagene fünf Minuten das Porträt seines Vaters auf dem Schreibtisch an. Aber auch das brachte ihm keine Eingebung. Falls es eine Brücke zum Jenseits geben sollte, hatte sein Vater ihm offenbar nichts mitzuteilen. Die sanften braunen Augen von Franz

Steininger blickten starr zurück, durch ihn hindurch, hinaus durch die Fensterscheiben ins Freie. Albert nahm das Foto und drehte es zur Regalwand, als wollte er seinem Vater die Arbeit in Erinnerung rufen, die er unerledigt hinterlassen hatte. Dann stand er auf und machte sich bedrückt auf den Weg zu Alphas Haus.

Als sie die Tür öffnete, spürte er sofort ihre Niedergeschlagenheit. Vielleicht hatte sie es schon erfahren, dachte er, unentschieden, ob es die Sache erleichtern oder erschweren würde. Sicherlich, dass Robert ihn überbieten würde, hatte er nicht voraussehen können. Aber ganz unschuldig war er an der geplatzten Übernahme nicht, schließlich hatte er dem alten Bergdorff bereits einmal eine Absage erteilt. Albert hatte es ihm nicht verdenken können, dass er das erneuerte Angebot mit Skepsis aufgenommen hatte.

Offensichtlich beruhte ihre schlechte Stimmung jedoch nicht auf diesem Vorfall. Sie blickte ihn mit ihren durchdringenden schwarzen Augen an. Kein Vorwurf lag darin, sondern etwas, das er an ihr nicht gewohnt war: Selbstzweifel, Zerknirschung. Er fand keine rechten Worte dafür. Vielleicht projizierte er aber auch nur seine eigene schlechte Laune in sie hinein.

«Willst du über meine Entwürfe reden?», fragte sie matt. Albert griff nach ihrem Arm. «Es ist etwas anderes. Ich weiß nicht, wie ich es dir sagen soll.» Dann gab er sich einen Ruck und setzte an: «Bergdorff hat verkauft. Robert ist mir zuvorgekommen.»

Alpha schloss die Augen. Ihre Mundwinkel wanderten enttäuscht nach unten.

«Es tut mir Leid, Alpha. Ich will nicht, dass du denkst, es käme mir gerade recht.» Albert wusste nicht weiter. Er hätte verstanden, wenn sie ihm kein Wort abnehmen würde. Sie öffnete die Augen und blickte ihn eindringlich an, seltsam unbewegt und ratlos.

«Rede mit mir, sag mir, was du denkst, dass du mir glaubst», bat Albert.

Stattdessen bildeten sich winzige Tränen in ihren Augen und rannen ihr hübsches Gesicht herab. Noch immer gab sie keinen Laut von sich. Er fühlte sich erbärmlich. Wenn sie laut aufgeschrien, ihn geschlagen hätte, alles hätte er besser ertragen als diese lautlose Trauer. Schließlich wischte sie sich mit dem Handrücken über die Wangen und sagte gefasst: «Es macht mir nichts aus. Es ist mir sogar recht, dass ich kein eigenes Label bekomme. Und weißt du, warum? Weil ich leer bin, völlig ausgebrannt. Ich habe Angst, Albert. Zum ersten Mal in meinem Leben habe ich Angst, dass mir nichts mehr einfällt.»

Sie schniefte, klammerte sich an ihn und begann ungeniert zu weinen wie ein kleines Kind. Er hatte keine Erklärung dafür, aber zu seiner eigenen Überraschung fühlte sich Albert erleichtert, mehr sogar: Er fühlte sich wohl, so gut wie lange nicht mehr. Er legte behutsam die Arme um sie und drückte sie fest an sich. Er roch an ihrem Scheitel. Mit seiner großen Hand strich er über ihr duftendes schwarzes Haar. Plötzlich regte sie sich an seiner Brust. Sie bewegte sich in seinen Armen, reckte sich, und ihr tränenfeuchtes Gesicht wanderte zu seinem Gesicht hinauf. Sie küsste ihn auf den Hals, tastete sich mit ihren Lippen weiter über seine Haut bis zur Wange. Diesmal bremste er sich nicht. Er folgte seinem Impuls, beugte sich herab und küsste sie auf den Mund. Großartig, das war es, er fühlte sich nicht einfach nur wohl, sondern großartig. Nein, glücklich, das war das richtige Wort.

«Komm rein.» Triumphierend drückte Karin ihm einen Kuss auf die Wange. Robert lächelte gezwungen. Mit einer schwungvollen Geste lenkte sie seinen Blick auf das Durcheinander von Kartons, Werkzeug und Farbeimern. Es war ein großzügiger, mit großen hellen Fenstern ausgestatteter Ladenraum, den sie in seinem Auftrag für World Underwear angemietet hatte. «Unser Flagship-Store», verkündetet sie stolz, «ein irrer Raum, oder? Das ist übrigens Herr Bauer, der Makler.» Karin stellte die beiden Männer einander vor. «Der Laden ist perfekt», stimmte Robert zu, «und du bist wirklich gut.» Er war zu abgelenkt, um das folgende Loblied des Vermieters auf seine glückliche Wahl aufmerksam zu verfolgen. Er dachte an den gestrigen Abend mit Valerie. Wie würde sie wohl darauf reagieren, wenn sie erführe, dass er Bergdorff übernommen hatte? Er hoffte, sie würde verstehen, dass er Geschäft und Privatleben voneinander trennte, zumindest in diesem Fall. War es übertrieben, dass er ihr einen Blumenstrauß mit einhundert Rosen hatte ins Büro schicken lassen? Er hatte ein kleines Briefchen beigelegt, in dem er ihr für den wundervollen Abend dankte, und zwei Eintrittskarten zur Aufführung von «Othello» dazu gesteckt, allerdings nicht in Wien, sondern an der New Yorker Met. Vielleicht wirkte es zu protzig, oder, schlimmer, wie eine faule Entschuldigung dafür, dass er mit ihr flirtete und gleichzeitig ihre Firma in Schwierigkeiten brachte. Andererseits: Sie war doch nur ein junges Mädchen, reizvoll, gewiss, aber nichts, was ihn und seine Pläne aus dem Gleichgewicht bringen konnte, dachte er – und spürte im selben Moment, dass es nicht die volle Wahrheit war.

Als hätte sie Gedanken lesen können, riss Karin ihn aus seinen Grübeleien. «Ich habe gehört, dass du Bergdorff gekauft hast.»

Robert reagierte unangenehm berührt. «Woher weißt du denn das schon wieder?»

«Warum habe ich es nicht von dir erfahren?», konterte sie. Robert antwortete kühl: «Ich hätte es dir schon rechtzeitig gesagt.»

Dann wandte er sich wieder dem Makler zu. Diesmal war er froh, dass der Mann über einen schier unerschöpflichen Redefluss verfügte. Er tat, als ob er ihm gebannt zuhören würde.

Wenig später traf Ralf Krause, ein junger Architekt, ein. Karin stürzte sich auf ihn, und gemeinsam besprachen sie die Inneneinrichtung. Robert mischte sich nicht ein. Er beobachtete, wie sie mit affektierter Miene die Vorschläge des jungen Mannes abwog und kommentierte. Offenbar war sie in ihrer neuen Rolle als Geschäftsführerin vollständig aufgegangen. Er ließ seinen Blick schweifen und entdeckte aus den Augenwinkeln eine Politesse, die sich die Reihe der vor der Tür geparkten Wagen entlang vorarbeitete.

«Mist. Ich stehe im Halteverbot», entfuhr es ihm. Hastig wühlte er in seinem Jackett nach dem Autoschlüssel und rannte nach draußen. Handy und Portemonnaie ließ er so liegen, wie er sie aus der Tasche gezogen hatte. Durch die Scheiben sah Karin, dass er charmant mit der Dame in Uniform plauderte und scheinbar erfolgreich um das Strafmandat herumkam. Er setzte sich in seinen

Wagen und fuhr aus der Parklücke. Die Politesse mittleren Alters lächelte und winkte ihm nach. Er musste ihr wohl ein unwiderstehliches Kompliment gemacht haben, dachte Karin und lächelte ebenfalls, wenn er nur wollte, war er darin ausgesprochen gut. Kein Wunder, dass selbst die Ordnungsmacht ins Schwärmen geriet. Dann piepste sein Handy auf dem Tisch. Neugierig nahm sie es in die Hand und sah, dass er eine Short Message empfangen hatte. Sie bestand aus einem einzigen kurzen Satz: «Danke für die Einladung nach NY. Valerie.»

Als er zwei Minuten später wieder in den Laden kam, überreichte sie es ihm mit spitzen Fingern. «Du hast eine Nachricht.»

Robert überflog die Zeilen und deponierte sein Handy wortlos in der Brusttasche seines Jacketts. Scheinbar unbefangen fragte er: «Und, habt ihr euch schon für eine Wandfarbe entschieden?»

«Also, ich könnte mir durchaus Gelb vorstellen», ließ der junge Architekt verlauten. Karin ignorierte ihn. «Ist sie nicht ein bisschen jung für dich?», fragte sie Robert mit einem zweideutigen Lächeln. Er überging die Bemerkung. «Gelb ist nicht schlecht. Ich habe Vertrauen zu euch. Denkt nur daran, dass dieses unser erster und wichtigster Laden in Europa wird.»

«New York. Ist das etwas Ernstes?», bohrte sie weiter. Karin wirkte verunsichert. Robert ging nicht auf ihre Frage ein. Stattdessen küsste er sie leichthin auf die Wange. «Ich muss leider los. Ruf mich an, wenn es etwas Wichtiges gibt. Wiedersehen.»

Und ob es etwas Ernstes war, dachte Robert. Er schwang sich in seinen Leihwagen und fuhr zum Firmensitz von Aphrodite. Er liebte diese kleinen europäischen Autos. Das SLK-Cabrio war zuverlässig und wendig. Der einzige Nachteil war, dass man das Verdeck nicht während der Fahrt öffnen konnte. Aber wozu gab es Ampeln? Beim nächsten Stopp drehte er die Zündung zurück und ließ das Dach vollautomatisch in dem Kofferraum verschwinden. Er fing einen Blick von der Fahrerin des benachbarten Autos auf und fühlte sich frei. Er dachte darüber nach, warum attraktive und sexuell großzügige Frauen wie Karin nach der Kennenlernphase in ein Stadium von Besitzdenken übergingen. Er machte ihr keine Vorschriften, und umgekehrt sollte sie begreifen, dass er nicht mit ihr verheiratet war. Nett und unverbindlich Spaß miteinander haben, das war seine Devise. Wenn es zu anstrengend wurde, sollte man sich besser voneinander verabschieden. Hatte er jemals in ihrem Zusammenhang von Liebe gesprochen? Er konnte sich nicht daran erinnern. Liebe war seiner Ansicht nach ein viel zu großes Wort für das, was erwachsene Menschen einander bedeuten können, wenn sie miteinander ins Bett gingen. Er hatte weder seine geschiedene Frau geliebt noch Karin noch Dutzende andere von Bekanntschaften. Er konnte sich gar nicht verlieben, dachte er, und musste im gleichen Augenblick über sich selbst lächeln. Warum tat er das dann jetzt? Warum setzte er sich ins Auto und fuhr sofort los, nachdem ihm ein junges, opernbegeistertes Mädchen eine Ein-Satz-SMS geschickt hatte? Vielleicht war es so, sagte er sich, weil er sich zwar nicht verlieben konnte, es aber gern wollte.

Er parkte seinen Wagen gegenüber dem Firmeneingang von Aphrodite und warf einen Blick auf seine Armbanduhr: Es war 15.30 Uhr am Freitagnachmittag. Nach und nach verließen die Angestellten ihren Arbeitsplatz. Er sah, wie Alpha und Albert aus dem Portal kamen. Sie sprachen miteinander und schienen zu scherzen. Schnell vertiefte er sich in eine Zeitung und rutschte tiefer in den Sitz. Hinter seiner Zeitung verborgen, beobachtete er, wie sie sich auf die Zehenspitzen stellte und ihm einen Kuss gab. Sie hakte sich bei ihm ein, und gemeinsam schlenderten sie die Straße hinab. Kurz darauf trat Valerie aus dem Schatten des Gebäudes und strebte zu ihrem Motorroller. Robert schwang sich aus dem Wagen und näherte sich ihr unbemerkt. «Und wann fliegen wir endlich?»

Überrascht drehte Valerie sich um, erkannte ihn und lachte.

«Othello an der Met. Glaubst du wirklich, dass ich mich so leicht beeindrucken lasse?»

Er legte die Hand auf den Lenker ihres Rollers. «Einen Versuch ist es doch wert», meinte er spitzbübisch.

«Die Karten kriegst du zurück, aber die Blumen behalte ich. Ich habe mich sehr darüber gefreut.» Sie löste die Fußraste und schob das Gefährt an. Wohl oder übel musste er loslassen. Er steckte die Hände in die Hosentaschen und schlenderte neben ihr her.

«Okay, vergessen wir das Fliegen, aber wir könnten uns doch einfach in den Wagen setzen und losfahren», sagte er nach einer kurzen Pause. Sie lachte wieder, diesmal über seine Beharrlichkeit.

«Wohin denn?», fragte sie, ohne es wirklich ernst zu meinen. Aber sie hatte Spaß an dem Spiel. Robert blieb stehen und blickte ihr tief in die Augen. «Egal. Wohin du willst. Dahin, wo es schön ist und uns keiner kennt.»

Sie legte ihre Stirn in Falten und kniff die Augen zusammen.

«Vielleicht nach Venedig. Oder Prag», setzte er nach. Sie schüttelte den Kopf und sah ihn noch einmal prüfend an. Tatsächlich horchte sie jedoch in sich hinein: kein Protest, kein ungutes Gefühl, stattdessen ein Kribbeln, das ihr bis in die Nasenspitze stieg. «Ich weiß etwas viel Besseres», sagte sie.

Am späten Abend desselben Tages erreichten sie Capri. Während des Fluges hatte Robert sie immer wieder verstohlen gemustert, hatte die Grübchen in ihren Wangen bewundert, wenn sie lachte, ihre Begeisterung nachempfunden, wenn sie aus dem Fenster schaute und unter sich das tiefblaue Meer liegen sah, ihre Nachdenklichkeit bemerkt, wenn sie über ihre Mutter und die Beziehung zu Franz Steininger sprach. Es war eine Facette aus dem Leben seines ehemaligen Widersachers, von der er nichts gewusst hatte. Er war neugierig.

«Wo sind wir hier?», fragte er, als sie das Taxi auf engen und schlecht beleuchteten Serpentinenstraßen den Berghang hinaufbrachte. «Im Paradies», sagte sie und gab ihm einen Kuss. Auf halber Höhe bog ein Feldweg ab. Der Fahrer hielt an, und Robert zahlte dem vergnügten Italiener den stolzen Preis, den er verlangt hatte. Ein Taxameter schien es nicht zu geben. Stattdessen hatte er die Sonnenblende auf der Beifahrerseite heruntergeklappt und ein leidlich offiziell aussehendes Schild enthüllt, das nur zwei Informationen enthielt. «Pronto Taxi» stand dort und «160 000 Lire». «Fixed price», teilte er ihnen mit, ließ die Zähne blitzen und rundete die Summe auf 100 Euro auf, als er auf keinen nennenswerten

Widerstand stieß. Aber Robert war von Valeries Gegenwart viel zu bezaubert, um sich über den Italiener zu ärgern.

In einigen Schritten Entfernung ragten die Umrisse eines schmiedeeisernen Tores aus der Dunkelheit. Rechts und links davon schlängelte sich eine Steinmauer den Hang entlang. Valerie bückte sich vor dem Tor und angelte einen Schlüsselbund aus einer Tonvase. Quietschend öffnete sich das Tor und gab den Blick auf ein verwildertes Stück Garten frei, über das sich der Sternenhimmel mit intensivem Leuchten spannte. Die Grashalme schimmerten in dunklem Silber. Es war kein Geräusch zu hören, nur das plötzlich wieder einsetzende Konzert der Zikaden. Ein lückenhaft gepflasterter Weg aus Natursteinplatten führte auf die Anhöhe. Gegen die nachtglänzende Bucht zeichnete sich das sanft geschrägte Dach der Villa ab. Robert ließ die Schönheit auf sich wirken, bis Valerie ihn am Ärmel zupfte und fragte: «Was ist? Hast du plötzlich Angst, mit mir allein zu sein?»

Er lächelte sie an, noch immer stumm. Sie zog ihn ins Haus hinein.

Von der Villa aus führte ein schmaler unbefestigter Weg den Hang hinab zu einer versteckten Bucht. Auf dem Strand lag das verwaiste Boot, das Barbara und Franz für ihren letzten Ausflug benutzt hatten. An den Stellen, an denen der Lack abgeplatzt war, lugte die knorrige Maserung ausgewaschener und sonnengebleichter Planken hervor. Valerie erinnerte es an die rissige alte Haut eines urzeitlichen Fossils. Es war seltsam, sich vorzustellen, dass die Dinge vollkommen unberührt von den Schicksalen der Menschen ihr eigenes Leben führten. Auch sie schienen zu altern und dahinzugehen, aber einem anderen, viel längeren Zyklus gehorchend. Im Schatten dieses Bootes hatte Valerie es sich gemütlich gemacht und war halb eingeschlafen. Ihr einziges Kleidungsstück war ein breitkrempiger Strohhut. Robert kam aus dem Wasser und schüttelte sich, sodass sie entsetzt aufschrie. Er küsste und umarmte sie mit seinem eiskalten Körper, aber sie wehrte sich, bis er nachgab und sich neben sie in den Sand fallen ließ. Er stützte sich auf die Seite und betrachtete sie verlangend. «Ich will alles», sagte er leise, «deinen Körper, deinen Geist, deine Seele. Es ist mir ernst!»

Er schlug sich theatralisch an die Stirn. «O Gott, ich fasse es nicht, dass ich so etwas zu einer Frau sage. Ich, der ich mich nie binden wollte.»

Valerie blinzelte ihn mit halb geschlossenen Lidern auffordernd an. Er raffte sich zu einer Erklärung auf, die ihm in seinem gesamten Leben noch nicht über die Lippen gekommen war.

«Also gut, es ist leider passiert. Ich kann dich leider nicht mehr hergeben. Ich will, dass wir jeden Tag und jede Nacht zusammen sind.»

«Und wie soll das gehen?», schnurrte Valerie verliebt.

«Vielleicht, wenn wir einfach hier bleiben und so tun, als gäbe es Aphrodite nicht und meine Firma genauso wenig.»

Valerie ließ sich die Vorstellung durch den Kopf gehen, nicht ernsthaft, aber um auszukosten, wie es sich anfühlen würde, wenn Träume einfach wahr werden würden. «Und wovon wollen wir leben?», sinnierte sie. Robert lächelte. «Wir könnten einen kleinen Wäscheladen aufmachen.»

«Genau das habe ich mir schon immer gewünscht: eine Wäscheboutique auf Capri», scherzte Valerie, «und jetzt komm. Wir müssen packen.»

Robert machte ein enttäuschtes Gesicht. «Ich dachte, wir wollten morgen nach Pompeji?»

«Morgen muss ich in Wien sein. Ich habe einen Job und eine Familie. Pompeji hat schon so lange auf uns gewartet. Auf ein paar Monate mehr kommt es nicht an.»

Schade, fand Robert, ausgerechnet jetzt, wo er seine romantische Ader in sich entdeckt hatte, zeigte sich Valerie von ihrer pragmatischen Seite. Dann verstand er, was sie ihm damit signalisiert hatte, und sein Gesicht hellte sich auf. «Soll das heißen, wir kommen wieder?»

Statt einer Antwort lächelte sie ihn nur an.

Am Sonntagabend kurz vor Mitternacht schloss Robert das Zimmer zu seiner Suite im Sacher auf. Die zwei Tage auf Capri waren kurz gewesen, zu kurz, aber er fühlte sich erholt und glücklich wie lange nicht mehr. Er tastete nach dem Lichtschalter, als er bemerkte, dass sich jemand in seinem Bett bewegte. Verwirrt starrte er auf seinen Schlüssel und wollte gerade zu einer Entschuldigung ansetzen, als er in der vertrauten Silhouette der Person eine junge Frau mit langen Haaren ausmachte. Verärgert schaltete er das Licht an. Karin rekelte sich nackt auf dem Bett und bedachte ihn mit einem Schlafzimmerblick, als wollte sie für ein Herrenmagazin posieren. Es war dreist und lachhaft, zumindest kam es ihm so vor, jetzt, wo er seine Gefühle für Valerie kennen gelernt hatte. Er zog ihr Kleid vom Sessel und warf es ihr achtlos über. «Du wirst dir eine Lungenentzündung holen», bemerkte er kühl. Karin richtete sich schlangenhaft auf und schmiegte sich an ihn. «Ich neige nicht zum Kränkeln», flüsterte sie. Robert wendete ihr demonstrativ den Rücken zu. «Was willst du? Gibt es Probleme im Laden?»

«Robert», säuselte sie, «wir haben doch nicht nur eine geschäftliche Beziehung.» Wieder begann sie, seine Nähe zu suchen, aber er ging rasch einen Schritt auf das Fenster zu.

«Doch, genau das haben wir. Du bist die Geschäftsführerin meines ersten Wiener Ladens, sonst nichts.»

Ihr Gesicht verzog sich zu einem spöttischen Grinsen. «Nur weil du mit der Kleinen von Steininger nach Capri fährst und mit ihr ins Bett gehst, müssen wir uns doch nicht trennen. Ich meine, okay, es ist eine große Genugtuung für dich, dass du mit der Tochter vom alten Franz herummachst. Meinetwegen! Aber wenn du genug von ihr hast, kommst du sowieso zu mir zurück.»

Robert starrte sie wutentbrannt an. Es war ihm, als sähe er Karin zum ersten Mal so, wie sie wirklich war. Sie war durchaus nicht nur ein naives Dummchen, das sich einbildete, an den Strippen der Macht ziehen zu können. Gemein, ausgekocht und offensichtlich unberechenbar, das traf auf sie zu. «Hör auf mit dem Quatsch, sonst vergesse ich mich», drohte er ihr mit gefährlich leiser Stimme.

«Aber wir lieben uns doch», beharrte sie seltsam unbewegt. Konnte oder wollte sie ihn nicht verstehen? «Unsere private Beziehung ist beendet. Mir war selten etwas ernster. Und jetzt zieh dich an und mach, dass du rauskommst», sagte er grob. Sie regte sich nicht. Robert fluchte und verließ das Hotelzimmer. Er kippte einen

Scotch an der Bar, ließ sich nachschenken und nahm sich für den zweiten eine viertel Stunde Zeit. Als er zurück auf sein Zimmer kam, war sie verschwunden. Er atmete auf und begann, seine Reisetasche auszupacken.

Karin hatte es sich nicht anmerken lassen, aber sie war tief verletzt. Ihre Liebe zu Robert war, so paradox es klang, etwas Heiliges für sie. Es hatte nichts mit sexueller Treue zu tun. Seit sie ihn kannte, hatte sie in ihm eine verwandte Seele vermutet: Er erschien ihr so schön und grausam konsequent wie sie selbst. Für Menschen ihres Schlages galten andere Regeln, davon war sie fest überzeugt. Wenn sie mit Albert geschlafen hatte, dann hatte sie dies im Bewusstsein getan, es für sie beide zu tun. Es war ein Opfer, das sie insgeheim Robert widmete, um ihrer beider gemeinsamen Ziele zu erreichen. Wenn er sie zurückwies, konnte das nur einen Grund haben: Er plante einen Schachzug, bei dem Valerie eine Rolle spielte. Soweit er dabei der kleinen Designerin vormachen musste, dass er sie liebte, konnte sie damit umgehen. Was sie nicht in diesem Bild unterbringen konnte, war, dass er sie, Karin, auch unter vier Augen zurückwies. Oder war es der notwendige Teil einer ausgeklügelten Intrige, die so brisant war, dass er sie nicht mit hineinziehen wollte? Vielleicht hatte er sie nicht in seine Pläne eingeweiht, weil er sie schützen wollte? Je länger sie darüber nachdachte, desto plausibler erschien es ihr. Er spielte ihr eine Komödie vor, weil er sich nicht sicher war, ob sie in dem neuen Komplott würde mithalten können. Etwas anderes kam nicht infrage. Schließlich hatte er sie wie versprochen zur Geschäftsführerin von World Underwear in Europa gemacht. Gemeinsam waren sie in die Firma der Steiningers eingebrochen. Sie kannte alle seine schmutzigen Tricks, die er angewandt hatte, um sich Bergdorff anzueignen. «Er beschützt mich», flüsterte sie vor sich hin, als sie zu Hause in ihrem Ein-Zimmer-Apartment auf dem Sofa saß, das Kissen wie ein ungeborenes Kind vor dem Bauch. Und noch einmal sprach sie es leise vor sich hin: «Er beschützt mich, weil er mich liebt.» Es wurde Zeit, dass sie ihm bewies, dass er sich auf sie auch in dieser heiklen Stunde verlassen konnte. Sie war es jetzt, die ihn beschützen musste. Sie nickte sich selbst zu: Ja, das war sie ihm schuldig.

Soweit sie wusste, hatte Valerie in Wien nur eine Vertrauensperson, die nichts mit den Steiningers zu tun hatte. Das war Tobias, der Eigentümer des Szenelokals «Vollmond» in der Maysedergasse in der Wiener Altstadt. Karin meinte aufgeschnappt zu haben, dass Valerie vor ihrem Berufseinstieg dort gelegentlich gekellnert hatte und dass der Kontakt nicht abgebrochen war. Vielleicht verhielt es sich inzwischen anders. Aber einen Versuch war es wert. Nicht mehr heute Abend, sagte sie sich, es war eine Aktion, die wohlüberlegt in Szene gesetzt werden musste. Sie musste nachdenken und Vorbereitungen treffen. Es würde nicht so schwer werden wie die sekundengenaue Meisterleistung in Alphas Haus. Im Grunde war es sogar recht einfach. Wenn Valerie und Tobias noch eine freundschaftliche Beziehung unterhielten, musste es auf jeden Fall gelingen.

Der Montagabend war kein klassischer Ausgehtag in Wien, aber das kam ihren Absichten nur entgegen. Tobias sollte sich schließlich um sie kümmern können und sie nicht im Trubel der Gäste übersehen. Sie machte sich dezent zurecht, wie eine Sekretärin, die nach Büroschluss noch einen Stimmungsaufheller trinken wollte. Wie sie es vorausgesehen hatte, herrschte im «Vollmond» um 20.00 Uhr noch gähnende Leere. Sie nahm auf einem der Hocker vor der Theke Platz, lächelte den schlanken, glatzköpfigen Barkeeper schüchtern an und bestellte eine Caipirinha. Der lächelte so aufrichtig zurück, wie es homosexuelle Männer scheinbar kontaktwilligen Frauen gegenüber tun können, und widmete sich mit Hingabe dem Cocktailmixen. Sie brauchte nicht lange zu warten, bis ein eintretender Gast den Wirt namentlich grüßte. Bei dem Mann hinter der Theke handelte es sich um Tobias, wie sie es vermutet hatte. Langsam füllte sich der Laden, und Tobias drehte die Musik lauter. Im hinteren Teil des Lokals, an den Bistro-Tischchen vorbei, befand sich eine kleine Tanzfläche. Einige Paare, darunter auch männliche, begannen zu tanzen. Sie nahm Blickkontakt mit einem bebrillten jungen Mann im Anzug auf. Wenig später hatte er sich genug Mut angetrunken und forderte sie zum Tanzen auf. Nach einer schicklichen Frist ließ sie sich wieder an die Theke komplimentieren und zu einem Drink einladen. Sie machte ihrem Begleiter schöne Augen und fasste ihm unauffällig in den Schritt. Der junge Mann reagierte wie gewünscht. Er beugte sich weit hinüber zu ihr, sodass seine Nase fast in ihrem Ausschnitt steckte, und flüsterte ihr ins Ohr, dass er einen besseren Ort kenne und was sie davon hielte, ihm dorthin zu folgen. Sie stieß ihn so brüsk von sich, dass seine Brille verrutschte. «Was fällt Ihnen ein?», schrie sie ihn entrüstet an. Tobias wurde aufmerksam.

«Aber ...», stammelte der unglückliche Schürzenjäger irritiert. Karin rückte von ihm ab. «Bitte lassen Sie mich in Ruhe», forderte sie ihn eisig auf. «Sag mal, das gibt's doch gar nicht», ereiferte er sich und wollte zu einer Schimpftirade ausholen. Aber Tobias unterbrach ihn. «Haben Sie nicht gehört, was die junge Dame gesagt hat? Vielleicht ist es besser, wenn Sie jetzt gehen.» Der Gast rückte seine Brille zurecht, knallte einen Geldschein auf den Tisch und verschwand. «Alles in Ordnung?», erkundigte sich Tobias bei Karin. «Tut mir Leid, wenn er Sie belästigt hat.»

Karin setzte ihr unschuldigstes Backfischlächeln auf. «Danke. Das war sehr nett von Ihnen.» Dann ließ sie ihren Blick durch das Lokal schweifen und sagte, wie um sich bei ihm für seine Ritterlichkeit zu revanchieren: «Guter Club. Ich kannte ihn gar nicht.»

Tobias lächelte geschmeichelt. «Wer hat uns denn empfohlen?»

Karin strahlte ihn an. Das war ihr Stichwort, und er hatte ihr die Mühe erspart, es ihm umständlich zu entlocken. «Mein Freund war ein paar Mal hier: Robert!»

Leider tat Tobias ihr nicht den Gefallen, sie weiter auszufragen. Aber auch darauf war sie vorbereitet. Sie platzierte ihr Handtäschchen auf der Theke und tat, als würde sie darin nach ihren Zigaretten suchen. Wie zufällig klappte die Taschenklappe nach vorn. Das Schloss klirrte gegen das Glas, es fiel zu Boden und zersprang. Dann rutschte der gesamte Inhalt hinterher: Lippenstift, Schminkspiegel, Taschentücher, Eyeliner, Nagellack, Reiniger und zu guter Letzt zwei Fotos. Karin mimte Betroffenheit. «Oh, la, la, ich glaube, ich bin etwas beschwipst.» Sie bückte sich zu den Scherben hinab.

«Lassen Sie nur. Ich mache das schon», sagte Tobias und kam mit dem Kehrblech hinter der Theke vor. Er sammelte das zersplitterte Glas auf und half ihr, ihre Utensilien zurück auf die Theke zu legen. Karin bedankte sich überschwänglich. «Ich glaube, ich sollte nicht so viel trinken.»

«Kein Problem», beruhigte sie Tobias. Er bückte sich nach den Fotos und stutzte. Den Mann darauf kannte er. Letzte Woche hatte er mit Valerie in seinem Lokal gegessen und ihr den ganzen Abend über verliebt in die Augen geschaut. Er erinnerte sich jetzt wieder genau. Es war nach dem Opernbesuch gewesen. Bis drei Uhr früh hatten sie sich hier aufgehalten. Weil sie die letzten Gäste gewesen waren, hatte er sich als guter Gastgeber und Freund von Valerie zu ihnen gesetzt. Am nächsten Tag hatte sie sich telefonisch bei ihm gemeldet und ihm von ihrer charmanten neuen Bekanntschaft vorgeschwärmt. Wenn er sich nicht irrte, hatte sie gerade das Wochenende mit ihm auf Capri verbracht. Aber es bestand kein Zweifel, der Mann auf den Fotos war Robert Fox, und an seiner Seite die glücklich strahlende junge Frau, die Tobias jetzt leibhaftig gegenüberstand. Karin zeigte ein verlegenes Lächeln und räumte ihre Tasche ein. Tobias hielt ihr die Fotos hin. Dann konnte er sich die Frage nicht verkneifen: «Sagen Sie mal, Ihr Freund, ist das der Mann auf den Fotos?»

Karin nahm die Bilder entgegen und nickte verträumt. «Er sieht gut aus, nicht wahr? Ich sage Ihnen was: Er sieht nicht nur gut aus, er ist auch ein wunderbarer Mensch.»

«Und leben Sie zusammen?», fragte er betont beiläufig. Er hoffte, dass sie sein stark gewachsenes Interesse nicht heraushören würde. Glücklicherweise schien sie keinen Verdacht zu schöpfen.

«Ja doch, sicher», bemerkte sie im Plauderton, «Robert und ich heiraten in acht Wochen. Und dann ziehe ich zu ihm in die Staaten.»

Sie lächelte ihn noch einmal warm an, hängte sich ihr Täschchen um und ging hinaus. Teil eins des Plans war erfolgreich beendet. Sie war sich sicher, dass Tobias alles exakt so verstanden hatte, wie er es sollte.

Gegen 22.00 Uhr öffnete sie mit ihrem Nachschlüssel die Tür zur Eingangshalle von Aphrodite. Sie bewegte sich vorsichtig, aber sicher durch die dunkle Halle im Nebentrakt. Als sie Valeries Büro erreichte, schaltete sie die kleine Wandleuchte an. Sie fand sofort, wonach sie suchte. In der Mappe auf dem Tisch hatte Valerie ihre neuen Entwürfe für die Kaufland-Kollektion abgelegt. Es war ein ordentlich geschichteter Stapel von mindestens einhundert Zeichnungen, die Arbeitsentwürfe eingerechnet. Karin betrachtete die kolorierten Blätter aufmerksam. Sie waren gut. Sie bedauerte, dass sie Robert die Papiere nicht mitnehmen konnte. Dann öffnete sie ihr Nagellackfläschchen und goss den Brandbeschleuniger über den Stapel. Sie arbeitete ruhig und systematisch, verteilte die benzingetränkten Papiere auch auf der Ankleidepuppe mit den Stoffmustern und dem Rollregal mit den bereits fertig gestellten Prototypen. Sie löschte das Licht. Dann entzündete sie das erste Blatt in ihrer Hand und sah zu, wie sich die bläulichen Flammen gierig durch das Papier fraßen. Sie warf es auf den Stapel und verließ das Gebäude ebenso schnell und unbemerkt, wie sie gekommen war.

Bis auf Albert und Alpha, die den Abend gemeinsam verbrachten, erfuhren alle Familienmitglieder der Steiningers im selben Moment von dem Unglück. Cleo hatte sie zur Vernissage in ihre Galerie eingeladen. Sie standen mit Sektgläsern in der Hand beieinander, als der Anruf der Feuerwehr sie erreichte. Als sie wenig später den Unglücksort erreichten, waren die Löscharbeiten bereits abgeschlossen. Der Seitentrakt, in dem das Feuer ausgebrochen war, hatte glücklicherweise keine größeren Schäden erlitten. Die Maschinen und das Stofflager waren wie durch ein Wunder verschont worden.

Als Valerie durch die zerborstene Tür in ihr Büro trat, war ihr klar, dass es jemand ausschließlich auf sie abgesehen hatte. Außer dem Metallgerippe der Ankleidepuppe und dem Fußgestänge ihres Schreibtischs, die, vom Gewicht der Holzplatte befreit, seltsam akkurat nebeneinander standen, herrschte im Rest des Zimmers ein wüstes Durcheinander aus Asche und verkohlten Stofffetzen. Der Boden war mit einer schmierigen Schicht aus rauchgeschwärzten Glasscherben und undefinierbaren Brandresten überzogen. Valerie wurde leichenblass, schlug die Hände vors Gesicht und begann leise zu weinen. «Meine Kollektion, meine Entwürfe, alles ...»

Elisabeth nahm sie in die Arme. Die Übrigen standen betreten dabei. Es gab nichts, was sie hätten ausrichten können. Es gab nicht einmal mehr Reste, die es wert gewesen wären, sie aufzusammeln.

«Sie schläft jetzt», sagte Cleo. «Ich habe ihr ein leichtes Schlafmittel gegeben. Sie ist völlig fertig, die Ärmste.» Elisabeth nickte. Es war vier Uhr morgens. Der Rest der Familie hatte sich in ihre Zimmer in der Villa zurückgezogen. Allein Cleo und sie hatten noch keinen Schlaf finden können und hielten sich in der großen Halle des Hauses auf.

«Ihre ganze Arbeit ist zerstört worden», überlegte Elisabeth laut, «den Präsentationstermin können wir vergessen.»

Cleo hatte sich eine Tasse heiße Milch gemacht, aber sie war zu unruhig, um davon zu trinken.

«Der Einsatzleiter hat angedeutet, dass es sich wahrscheinlich um Brandstiftung handelt», sagte sie.

«Brandstiftung», Elisabeth schüttelte den Kopf. «Wer sollte denn so etwas tun? Es kann doch niemand Interesse daran haben, Valerie zu schaden.»

Cleo dachte daran, wie eifersüchtig Alpha auf das Talent ihrer neuen Schwägerin reagiert hatte, verwarf den Gedanken jedoch sofort.

«Ich gehe noch einmal schnell in die Galerie, um nachzuschauen, ob alles in Ordnung ist. Es gibt später sicherlich noch eine Menge mit Aufräumen und Saubermachen zu tun. Und du solltest dich jetzt ein bisschen hinlegen.» Sie drückte ihre Mutter zärtlich und machte sich auf den Weg.

Am nächsten Morgen hatte Valerie sich so weit gefasst, dass sie den Schaden bei Tageslicht in Augenschein nehmen wollte. Aber es war wie ein schrecklicher Albtraum, aus dem es kein Erwachen gab. Sämtliche Entwürfe waren zu Asche verbrannt. Es gab nichts, an das sie hätte anknüpfen können. Die Arbeit von drei Monaten hatte sich in Rauch aufgelöst. Als sie die verbogenen Reste der Schneiderpuppe anstarrte, kam es ihr so vor, als hätte das Feuer auch sämtliche ihrer Ideen ausgelöscht. Sie konnte sich an nichts erinnern. Details von Nähten, einzelne Stoffmuster irrlichterten ihr durch den Kopf, aber sie wollten sich nicht zu einem sinnvollen Ganzen zusammenfügen.

«Sie sind sich sicher, dass es Brandstiftung war.» Carl war hinter sie getreten und legte ihr aufmunternd seine Hand auf die Schulter. «Sie werden den Schuldigen finden, Valerie.»

Sie drückte seine Hand und riss sich zusammen. Es musste weitergehen. Irgendwie ging es ja immer weiter. Carl verabschiedete sich, um nach seinem Vater zu suchen.

Gleich darauf hörte Valerie hinter sich erneut Schritte auf den Scherben knirschen. Karin trat vorsichtig zwischen den auf dem Boden verteilten Brandresten auf sie zu. Mit gespielter Bestürzung musterte sie die Verwüstung. «Um Gottes willen. Was ist denn hier passiert?»

«Ein Feuer», sagte Valerie. Sie war zu niedergeschlagen, um sich zu fragen, was Karin hier zu suchen hatte.

«Es hat gebrannt? Das ist ja furchtbar. Und Ihre Kollektion? Alles zerstört? Sie Ärmste.» Es fiel Karin offenbar nicht schwer, Anteilnahme zu heucheln. Valerie hielt ihre Tränen zurück.

«Ich habe nicht einmal Kopien. Ich habe alles verloren. Die ganze Arbeit war umsonst.»

Vor Freude machte Karin innerlich einen Luftsprung. Besser hätte es nicht laufen können. Sie war stolz darauf, dass ihr Plan so gut geklappt hatte. Das mit den Kopien war wie ein Bonus, ein unerwartetes, aber verdientes Geschenk für den Tüchtigen. Aphrodite würde Mühe haben, in diesem Jahr überhaupt noch etwas präsentieren zu können. Sie klopfte ihr auf die Schulter. «Mein Gott. Sie sind ja noch jung. Sie schaffen das sicher», tröstete sie Valerie. Sie weidete sich daran, dass ihre Rivalin restlos geschlagen war und offensichtlich nicht einmal ahnte, dass die Person, der sie diese Katastrophe zu verdanken hatte, direkt neben ihr stand. Valerie verspürte inzwischen ein Unbehagen in Karins Gegenwart.

«Wenn es Ihnen nichts ausmacht», bat sie Karin um Verständnis, «ich würde mich jetzt gern ans Aufräumen machen.»

«Ja, natürlich, ich bin schon weg, Ich wollte nur mein Zeugnis abholen. Da habe ich von dem Brand gehört. Ich bin ja eigentlich eher zufällig hier.» Karin machte ein, zwei Schritte in Richtung Ausgang und drehte sich dann noch einmal um. «Bevor ich es vergesse, bei der Gelegenheit kann ich Sie ja auch gleich zur Eröffnung meines Geschäfts einladen. Sie wissen doch, dass Robert und ich die erste World-Underwear-Filiale hier in Wien aufmachen. Ich bin die Geschäftsführerin. Kommen Sie doch vorbei. Es wird Sie sicherlich interessieren. Und Robert und ich würden uns sehr freuen.»

Valerie horchte auf. «Robert und Sie? Ich wusste gar nicht, dass ...»

«Wir sind schon lange Partner», plauderte Karin munter drauflos. «Das wussten Sie doch, oder?»

«Ich dachte, Sie hätten nichts mehr miteinander zu tun.» Valerie hatte Mühe, ihre Enttäuschung zu verbergen.

«Im Gegenteil. Wir haben mehr denn je miteinander zu tun, geschäftlich und privat», teilte ihr Karin in vertraulichem Tonfall mit. «Privat?», wiederholte Valerie ungläubig. Karin sah sie an wie ihre beste Freundin. «Ach, was soll's. Es ist ja doch kein Geheimnis mehr. Wir sind schon länger ein Paar. Wir lieben uns.»

Valerie traute ihren Ohren nicht. Für einen Augenblick war sie sprachlos. «Er liebt sie? Wer? Sie reden doch nicht von Robert Fox.»

Karin entschied sich, dass es an der Zeit war für das glorreiche Finale. «Wieso nicht?», fragte sie. Sie gab sich jetzt keine Mühe mehr, freundlich zu wirken. «Ach so, Sie meinen, weil er einmal mit Ihnen im Bett war. Mein Gott, und das haben Sie ernst genommen? Ich bitte Sie. Das kann doch nicht sein. Sie wissen doch, was für einen Hass er auf die Steiningers hat. Es war ihm sicherlich eine besondere Freude, der Tochter seines alten Widersachers den Kopf zu verdrehen.»

«Was reden Sie denn da? Hören Sie auf mit dem Blödsinn», verteidigte sich Valerie verzweifelt. Sie musste sich zusammenreißen, um nicht vor ihren Augen in Tränen auszubrechen. Karin schenkte ihr einen gnadenlosen Blick. «Sie sind ja noch naiver, als Robert Sie mir geschildert hat. Na ja, dann hängen Sie ruhig weiter Ihren Träumen nach.»

Es gab nichts, was ihren Erfolg in diesem Moment noch hätte

steigern können. Sie drehte sich auf dem Absatz um und marschierte stolz aus den Trümmern des Büros. Valerie stand wie betäubt da. Als ihr Handy klingelte, hob sie es mechanisch ans Ohr und musste erst einige Sekunden hinhören, bis ihr klar wurde, wer da sprach. Tobias' Stimme klang besorgt. «Valerie, ich muss dir etwas Wichtiges erzählen. Es geht um dich und Robert ...»

Kapitel 7

Zwar müssen wir alle sterben; wer aber an Jesus Christus glaubt, wird nach dem irdischen Tod auferstehen und lebendig gemacht werden.
1. Korinther 15,22

Fast alle Weltreligionen sprechen von einem Leben nach dem Tod. Manche glauben an eine Auferstehung im Jenseits, andere an eine tatsächliche irdische Wiedergeburt in anderer Daseinsform, zum Beispiel als Ameise. Die Rückkehr von Normalsterblichen in ihrer ursprünglichen Gestalt ist jedoch ein heikles Thema. Die Amtskirche findet dafür keinen Beleg, schließlich war Jesus Christus der Sohn Gottes. Der christliche Volksglaube erklärt sich das Phänomen damit, dass die Seelen der Verstorbenen in Form von Engeln auf die Erde zurückgekehrt sind. Sofern die Flügel dabei nicht zur Serienausstattung gehören, unterscheiden sie sich äußerlich nicht von gewöhnlichen Menschen. In Horrorfilmen wiederum wandeln die Untoten als schauerliche Spukgestalten über die Leinwand, inspiriert von tatsächlichen Begebenheiten, zum Beispiel während der Pest in Wien, als man bereits Totgeglaubte in die Grube warf. In ihre Sterbelaken gehüllt, wandelten diese Scheintoten dann tatsächlich durch die Straßen und erschreckten die Passanten.

Aber nichts von alledem traf zu, als Ulrich Steininger am Morgen nach dem Brand in der Firma an der Tür zur Villa Steininger klingelte und seine völlig fassungslose Mutter und seine ebenso entsetzte Frau mit den Worten begrüßte: «Hallo, Alpha. Hallo, Mama.»

An seiner Seite stand Calida, eine junge schwarze Frau, die beklommen lächelte. Alpha kniff die Augen zusammen. Als sie ihre Lider wieder öffnete, stand Ulrich immer noch da, und Elisabeths

Reaktion ließ keinen Zweifel daran aufkommen, dass beide dasselbe sahen.

Es war eine Tatsache: Ihr Mann war lebendig und offenbar auch bei bester Gesundheit. Seine Lachfältchen um die Augen, die grau melierten Schläfen, der verschmitzte Ausdruck im Gesicht, es war alles genauso wie früher, nur dass er etwas zugenommen hatte.

«Wo bist du all die Jahre gewesen? Wieso hast du dich nie gemeldet?», stammelte Alpha. «Fünf Jahre. Du bist für tot erklärt worden!», sagte sie beinahe vorwurfsvoll. Ulrich lächelte und zuckte entschuldigend mit den Schultern. Elisabeth hatte sich inzwischen so weit gefasst, dass sie ihren Sohn und seine Begleiterin hereinbat. Sie nahmen am Esstisch in der Halle Platz, rückten verlegen die Stühle und warteten, bis Albert aus seiner Wohnung in der oberen Etage dazugekommen war. Ulrich spürte, dass er sie nicht länger auf die Folter spannen konnte, und begann mit seiner Erklärung. «Nachdem ich damals bei Port Elisabeth an Land gespült wurde, hat es eine Weile gedauert, bis ich überhaupt wieder ansprechbar war. Ich war froh, noch am Leben zu sein. Die Erinnerung an meine Familie, an dich, Alpha: Es war alles wie weggeblasen.»

Sie nickte mechanisch und warf Albert einen schnellen Blick zu. Der betrachtete seinen zwei Jahre älteren Bruder mit gemischten Gefühlen. Sicher, er war froh, dass er wieder unter den Lebenden weilte, aber er hatte nicht vergessen, dass ihr Verhältnis niemals herzlich gewesen war. Er schämte sich dafür, aber er konnte den Gedanken nicht unterdrücken. Weitaus besser hätte es ihm gefallen, wenn Ulrich, glücklich und zufrieden, wie er schien, sein Leben auch weiterhin in Südafrika verbracht hätte.

«Aber jetzt erinnerst du dich wieder? Wie kommt das?», fragte er eine Spur zu skeptisch. Ulrich ließ sich davon nicht die Stimmung verderben. Gut gelaunt zog er eine zerschlissene Tageszeitung aus der Tasche. Sie war offenbar häufig gelesen worden. «Meine Erinnerung ist erst vor kurzem zurückgekehrt. Vor ein paar Tagen hat ein deutscher Gast die Zeitung mitgebracht. Da stand ein Artikel drin über Vaters Tod. Ich habe das Foto gesehen, und plötzlich war alles wieder da.»

Elisabeth konnte nicht länger an sich halten. Sie stand auf, wischte sich gerührt ihre Tränen aus dem Gesicht und umarmte ihn. «Sind Sie Ulrichs Freundin?», wandte sie sich freundlich an Calida.

«Nein. Ich bin seine Frau», antwortete sie mit einem charmanten Akzent in fehlerfreiem Deutsch. Sie hatte einige Jahre in Berlin verbracht, wie sich später herausstellte. Niemand hatte ihr bisher besondere Aufmerksamkeit geschenkt. Jetzt wandten sich alle ihr zu. Sie war eine schöne und stolze Shiangani. Ihre Haut war von einem makellosen kastanienbraunen Ton, und ihre dichten schwarzen Locken hatte sie zu feinen, eng am Kopf anliegenden Zöpfen gebändigt. Das weiße Trägerkleid ließ ihre schlanke Figur erahnen. Wenn sie sprach, zog sie die Blicke abwechselnd auf ihre zartgliedrigen langen Finger und ihren vollen Mund mit den perlweißen Zähnen. Als Model wäre sie sofort für jede Modenshow gebucht worden, stellte Alpha neidisch fest, und außerdem schien sie deutlich jünger zu sein als sie. Sie konnte sich ihre ablehnenden Gefühle nicht recht erklären. Erst gestern hatte sie einen wunderschönen Abend mit Albert verbracht. Im Spaß – oder hatte er es sogar ernst gemeint? – hatte Albert sie sogar gefragt, ob sie ihn nicht heiraten wolle. Und jetzt das. Sie fühlte eine kalte, gallige Eifersucht in sich aufsteigen, die sie vollkommen verwirrte.

Ulrich schien zu verstehen, was in ihr vorging. «Es tut mir so Leid, Alpha», sagte er ehrlich bekümmert zuerst an sie, dann an die ganze Runde gerichtet. «Ich wünschte, ich hätte Vater noch einmal sehen können.»

Alpha fing einen nachdenklichen Blick von Albert auf und riss sich zusammen. «Entschuldige, ich bin so durcheinander. Natürlich freue ich mich, dass du noch am Leben bist.»

Ulrich sprach aus, was in ihr vorging. «Aber es ist ein ziemlicher Schock für dich? Für euch alle. Ihr seid aber nicht die Einzigen, die geschockt sind. Immerhin ist Calida jetzt mit einem Bigamisten verheiratet.» Er bedachte die Frau an seiner Seite mit einem liebevollen Blick. «Da sind wir schon zu zweit», bemerkte Alpha trocken. Ulrich nickte zustimmend. «Deswegen müssen wir uns so schnell wie möglich scheiden lassen.»

Alpha schluckte. Ein Irrtum war ausgeschlossen: Er meinte die

Scheidung von ihr und nicht etwa von seiner kaffeebraunen Schönheit. «Ja, natürlich», stammelte sie, «die Scheidung. Ist doch logisch, oder?»

Für einen Augenblick herrschte Schweigen. Dann öffnete sich die Haustür und erlöste sie von der lastenden Stille. Valerie kam mit hängenden Schultern herein. «Hallo», sagte sie und wandte sich der Treppe ins obere Stockwerk zu. Sie schien nicht die Absicht zu haben, sich zu ihnen zu gesellen. Elisabeth stand auf und ging zu ihr.

Sie bemerkte die Niedergeschlagenheit des jungen Mädchens, erklärte es sich jedoch mit dem Verlust ihrer Entwürfe. «Valerie, Kind. Endlich mal eine gute Neuigkeit», versuchte sie ihre Stieftochter aufzuheitern. «Ulrich, mein Sohn, du erinnerst dich ...»

Valerie nickte matt. «Alphas Mann, der bei dem Segelunfall ums Leben kam.»

«Er ist am Leben», teilte ihr Elisabeth freudig mit und führte sie zum Esstisch. «Das ist Ulrich, dein Halbbruder.»

Ulrich lächelte ihr charmant zu. «Es scheint, dass nicht nur ich für Überraschungen gut bin. Hallo, Schwester.»

Valerie war außerstande, die Tragweite dieses Vorgangs zu begreifen. Die Stimmen und Geräusche drangen nur verzerrt zu ihr durch. Sie fühlte sich wie unter einer Glasglocke, betäubt und unfähig, die Gesichter und das Gesagte in einen sinnvollen Zusammenhang zu bringen. Sie begriff, dass der fremde Mann am Tisch ihr Freundlichkeit entgegenbrachte, und versuchte sie zu erwidern. Aber als sie ihm die Hand reichen wollte, spürte sie, wie ein Welle von Übelkeit in ihr aufstieg. Sie stöhnte, presste keuchend ihre Hand auf den Magen und rannte aus dem Zimmer.

Elisabeth machte ein bekümmertes Gesicht. «Das arme Kind. Es ist wohl alles ein bisschen viel für sie, die Sache mit dem Brand. Ich gehe mal hoch und sehe nach ihr.»

Albert musterte den Rest der Runde und räusperte sich. «Ich fahre in die Firma», teilte er ihnen mit. Falls es einen unfreundlichen Eindruck auf sie machen sollte, dann könnten sie es ja darauf schieben, dass er Ulrich und seinen beiden Frauen die Gelegenheit zu einer ungestörten Aussprache geben wollte, rechtfertigte er sein Verhalten vor sich selbst. Tatsächlich wollte er jedoch nicht mehr mit ansehen, wie Alpha auf ihren Mann reagierte. Schließlich hatte er Augen im Kopf und mit der Wankelmütigkeit von Frauen genug Erfahrungen gesammelt. Im Hinausgehen hörte er, wie ein Sektkorken knallte. Ulrich schien froh zu sein, dass er weiteren Erklärungen für seine erstaunliche Wiedergeburt aus dem Weg gehen konnte. «Und jetzt lasst uns auf das Wiedersehen anstoßen», ertönte seine Stimme fröhlich aus dem Hintergrund.

«Armes Kind. Die Ereignisse sind dir wohl auf den Magen geschlagen. Aber mach dir keine Sorgen. Alles wird wieder gut.» Elisabeth hielt ihrer Stieftochter den Kopf, als sie sich über der Toilettenschüssel erbrach. Valerie würgte noch einige Male trocken und spülte sich dann den Mund aus. Als sie wieder zu Atem gekommen war, sah sie Elisabeth traurig an. Sie sprach aber weder den Brand an noch Ulrichs Auftauchen. «Sag mal, Karin Schröder, Alberts ehemalige Assistentin, was hältst du von ihr?»

Elisabeth schüttelte nachdenklich den Kopf. «Karin Schröder? Na ja, was fällt mir zu ihr ein? Hübsch, ehrgeizig, vielleicht ein bisschen zu hübsch und zu ehrgeizig. Wieso willst du das wissen?»

«Ach, nur so. Es ist nicht so wichtig.»

Auch wenn sie Elisabeth sehr lieb gewonnen hatte, wollte sie sich ihr in diesem Moment nicht offenbaren. Es war nicht so, dass sie kein Vertrauen zu ihr hatte. Aber Roberts Treulosigkeit ging ihr zu nah, als dass sie sich in der Lage fühlte, mit irgendjemandem darüber zu sprechen, mit Ausnahme von Tobias. Und was der ihr berichtet hatte, trug nicht dazu bei, ihre Wunden zu heilen. Es war nur gut, dass Robert gleich heute früh nach New York fliegen musste. Vielleicht würde er im Meer abstürzen oder in Downtown Manhatten unter die Räder kommen, dachte sie. Dann müsste sie ihn nie wieder sehen, und mit der Zeit würde sie die ganze Geschichte vergessen.

Robert traf um 14.50 Uhr Ortszeit am John F. Kennedy Airport ein. Auf dem Flug hatte er geschlafen, und so kam er erst in seinem Büro im 14. Stock des Madison Avenue Office Tower dazu, die Zeitungen zu studieren. Zuerst überflog er die New Yorker Blätter, den «Observer», «Post» und «Times», dann, weniger aufmerksam, die deutschsprachigen Tageszeitungen, die er im Flugzeug eingesteckt hatte. Der «Standard» und die «Presse» berichteten auf ihren Titelseiten über das allgemeine Weltgeschehen, einzig das Boulevardblatt «Kronenzeitung» hatte es geschafft, die Meldung über den Brand bei den Steiningers noch in der Frühausgabe unterzubringen. Fast hätte Robert die Meldung übersehen. Weil es keine Verletzten gegeben hatte und das Gebäude kaum Schäden aufwies, war es nur ein kurzer Artikel mit einem kleinen Foto unten links auf der ersten Seite. Damit es dramatischer aussah, hatte der Graphiker einen Rahmen aus Flammen um das Bild gelegt. Nur diesem Umstand war es zu verdanken, dass es Robert überhaupt auffiel. «Brand bei Aphrodite – Sommerkollektion komplett zerstört» war es untertitelt. Der knappe Fließtext enthielt kaum mehr Informationen. Nur so viel ging daraus hervor, dass es keine Opfer zu beklagen gab. Robert atmete tief durch, dann griff er zum Hörer und wählte Valeries Mobilfunknummer.

In Wien war es Mitternacht. Valerie meldete sich erst, nachdem es einige Male geklingelt hatte. Sie hatte bereits geschlafen.

«Valerie, Liebling, ich habe es gerade erst gelesen. Es tut mir so Leid», begrüßte er sie. In seiner Stimme lag ebenso viel Zärtlichkeit wie Besorgnis. Sie fühlte sich elend und verstand nicht, woher er die Kraft für diese Heuchelei nahm.

«Wie geht es dir?», fragte er unruhig, nachdem es am anderen Ende der Leitung stumm blieb. Wieder herrschte Schweigen, dann schleuderte sie ihm nur ein Wort entgegen: «Beschissen.»

Robert hätte sie am liebsten in den Arm genommen. «So eine Sache ist furchtbar, bestimmt, Liebes. Aber du darfst es nicht so schwer nehmen, hörst du? Das Wichtigste ist doch, dass dir nichts passiert ist. Deine Entwürfe hast du doch noch im Kopf. Du setzt dich hin und machst sie einfach neu.»

Valerie war kurz davor, in Tränen auszubrechen. Niemals zuvor hatte sie jemand so hintergangen und erdreistete sich dann auch noch, den Unschuldigen zu spielen. «Ich muss jetzt aufhören», sagte sie knapp.

«Was? Ach so, natürlich, es ist spät bei euch. Ich bin ein Trottel, Ich wollte nur ...»

«Servus, Robert.»

«Ja, Wiedersehen, mein Liebling, bis bald. Ich wollte dir noch sagen … Valerie?»

Verwundert registrierte Robert, dass sie bereits aufgelegt hatte.

Valerie lag auf ihrem Bett, und die Tränen flossen ihr die Wangen hinab. Was hätte sie ihm sagen sollen? Dass sie nach dem Schwangerschaftstest wusste, dass sie ein Kind von ihm erwartete? Gut, das konnte ein Irrtum sein, so kurz nach ihren wunderbaren Stunden auf Capri. Aber sie spürte auch, dass etwas anders war als sonst. Ihr Körper sandte ihr Signale, unübersehbare, wie das beinahe stündliche Erbrechen, und leise, die sie nicht genau einordnen konnte. Sie hatte das Gefühl, dass sie nicht mehr allein war. Sie fühlte, dass in ihr etwas wie in einem Reagenzglas hin und her schwappte und darauf pochte, wahrgenommen zu werden. Weinend schlug sie sich auf die Bauchdecke und vergrub ihr Gesicht im Kissen.

Alpha saß auf ihrem Sofa in der Mitte des Salons ihrer Villa. Sie sog an einer Zigarette und starrte den Rauchkringeln nach. Nur das schwache Licht von der Laterne am Ende der Ausfahrt fiel durch die Sprossenglastüren. Die Lichtkegel von Autoscheinwerfern fluteten ins Dunkel des Zimmers, tauchten es für Sekunden in gleißendes Licht. Das Motorengeräusch erstarb, eine Wagentür klappte. Sie hörte Schritte, die sich der Tür näherten. Ein Schlüsselbund klirrte. Gleich darauf öffnete sich die Tür. Ulrich stand auf der Schwelle. Er versuchte, sich im nachtfinsteren Zimmer zu orientieren und bemerkte die Glut von Alphas Zigarette.

«Seit wann rauchst du?», fragte er neugierig. «Seit heute», erwiderte sie und knipste die Stehleuchte an. Ulrich schenkte ihr ein strahlendes Lächeln. Seine kleinen braunen Augen funkelten vergnügt, wie immer, genau wie damals, dachte sie. Seine Lebensfreude brauchte scheinbar niemals einen Anlass. Oder war es Selbstgefälligkeit? Selbst die augenblicklich zerfahrene Situation schien seine Stimmung nicht ernsthaft zu trüben.

«Ich hatte vergessen, wie schön du bist», sagt er leise. Alpha ignorierte seine Schmeichelei. Das Kompliment kam ihr seltsam deplatziert vor. «Fünf Jahre sind eine lange Zeit, und jetzt gibt es eine andere Frau an deiner Seite.»

Er ließ sich in den Sessel plumpsen und nickte zustimmend, so als ob sie ihm ein Lob erteilt hätte. «Wenn sie nicht gewesen wäre, wäre ich verrückt geworden nach dem Unfall. Ich hatte nichts mehr, keine Erinnerung, keine Vergangenheit. Sie hat mir so etwas wie eine Gegenwart gegeben und Zukunft.»

Alpha drückte ihre Zigarette aus. Sie war durcheinander. Obwohl ihre Gedanken seit seinem plötzlichen Auftauchen an diesem Morgen um nichts anderes kreisten als um die Frage, was sie für ihn empfand, war sie zu keinem Schluss gekommen. Es wäre um vieles einfacher gewesen, wenn er eher zurückgekommen oder für immer fortgeblieben wäre. «Wir waren sicher, dass du tot bist», sagte sie mehr zu sich selbst als zu ihm. «Ich musste einfach versuchen, dich zu vergessen.»

Wieder nickte Ulrich, scheinbar zufrieden mit dem eben Gehörten. «Und? Ist es dir gelungen?»

Alpha verzog das Gesicht. «Nicht so gründlich wie dir, denke ich.»

Er rutschte aus dem Sessel und kniete sich vor ihr nieder. «Ich hatte dich vergessen, eine Zeit lang. Aber es war nicht meine Entscheidung. Ich habe dich nicht freiwillig verlassen», sagte er und griff nach ihrer Hand. Seine Haltung und die scheinbar ehrlich betroffene Miene wirkten drollig auf sie. Er war ein Kindskopf, dachte sie. Das war er schon immer gewesen. Sie konnte ihm einfach nicht böse sein, wenn er sie mit seinen blanken Augen anstrahlte. «Und jetzt?», fragte sie.

«Jetzt bin ich hier», verkündete er zufrieden. Alpha sah ihn an und musste lächeln. Er machte einen Kussmund, und sie senkte ihr Gesicht zu ihm herab.

Draußen, im Schatten, neben dem Fenster verborgen, drückte Albert wütend seine Fäuste in die Taschen. Er hatte genug beobachtet. Auf dem Heimweg trat er das Gaspedal seines Wagens bis zum Anschlag durch. Aber nicht einmal das verschaffte seinem Groll Erleichterung. Wie war er nur auf die verrückte Idee gekommen,

Alpha würde ihn wirklich lieben? Wahrscheinlich hätte sie ihn sowieso verlassen, sobald sie ihr eigenes Label gehabt hätte. Vor Wut schrie er laut auf und schlug mit der Faust aufs Lenkrad. Dabei löste er versehentlich die Hupe aus. Das brachte ihn zur Besinnung. Er drosselte das Tempo und fuhr den Rest des Wegs stumm nach Hause.

Am darauf folgenden Morgen saß er im Büro vor seinem PC und überprüfte gerade die aktuelle Kostenaufstellung, als er plötzlich einen leichten Schlag in den Nacken erhielt. Gereizt fuhr er herum und blickte in Ulrichs vergnügtes Gesicht. Offenbar fand sein Bruder einen Heidenspaß daran, ihm einen derartigen Schrecken einzujagen «Na, wie geht's?», fragte Ulrich aufgeräumt.

«Sind wir verabredet?», knurrte Albert. Ulrich nahm es gelassen hin.

«Nicht direkt. Aber ehrlich gesagt dachte ich nicht, dass ich einen Termin brauche, wenn ich einmal nach unserer Firma sehe.»

«Du hast dich früher nie für die Firma interessiert», bemerkte Albert grimmig.

«Möglich», räumte Ulrich ein, «aber Vater war immer der Meinung, dass mein Platz in der Firma sei. Erinnerst du dich?»

«Vater ist tot.» Es gelang Albert nicht, seine schlechte Laune zu verbergen. Inzwischen hatte offenbar sogar Ulrich begriffen, dass sein Bruder nicht gerade begeistert von seinem Erscheinen war. Er schlug nun ebenfalls einen härteren Kurs ein. «Ein Viertel der Firma steht nun einmal mir zu. Ich meine, Alpha hatte sie nur, weil man mich für tot hielt.»

«Du willst Alphas Anteile? Falls du die Hoffnung hast, dass wir dich auszahlen können, bist du auf dem Holzweg: Wir sind im Moment nicht liquide.»

«Keine Angst», beruhigte ihn Ulrich. «Ich werde die Firma nicht in Schwierigkeiten bringen. Im Gegenteil, ich werde alles tun, damit wir bald wieder schwarze Zahlen schreiben.»

Auch das noch, dachte Albert, aber dieser Schlag sollte noch nicht der letzte gewesen sein.

«Komm, lass uns rausgehen», plauderte Ulrich munter drauflos. «Du musst mir von Alpha erzählen. Sie ist eine tolle Frau geworden. Ich muss alles über sie wissen, zum Beispiel, ob es einen Mann in ihrem Leben gibt. Ich meine, sie ist immer noch meine Frau. Ich habe ein Recht, alles über sie zu erfahren.»

Warum fragst du sie nicht selbst?, wollte Albert schon entgegnen, aber dann schüttelte er stumm den Kopf. Ulrich war ein hoffnungsloser Fall. Falls er tatsächlich zwischenzeitlich sein Gedächtnis verloren haben sollte, schien sein Egoismus darunter nicht gelitten zu haben.

Alpha arbeitete wie besessen an den Entwürfen für die neue Kollektion. Die einzige Chance, die Aphrodite nach dem Ausfall von Valeries Modellreihe besaß, war, dass ihre neue Luxus-Linie absolut überzeugend ausfallen würde, so überwältigend, dass niemand mehr auf die Idee kommen konnte, in der Produktpalette der Firma klaffe ein gewaltiges Loch. Sie war so in ihre Zeichnungen vertieft, dass sie Ulrich und Albert nicht hatte kommen hören.

«Alpha?», rief Albert. Sie drehte sich um und sah die beiden Männer einen Moment lang verlegen an. Ulrich warf einen zerstreuten Blick auf ihre Zeichnungen und nickte anerkennend. Ihre Qualität konnte er nicht wirklich beurteilen, daher wechselte er rasch zu einem unverfänglicheren Thema. «Albert hat mir die Firma gezeigt. In den letzten Jahren hat sich ja eine Menge getan: neue Schneiderei, neue Verpackungsanlage, nicht schlecht. Da fehlen nur noch ein paar knackige Ideen für die Vermarktung, und dann kriegen wir den Laden wieder in Schuss.»

Albert fing einen erstaunten Blick von Alpha ein und zuckte amüsiert mit den Schultern. Das klang ganz nach Alberts neunzehnjährigem Spross, dem Betriebswirtschaftsgenie Carl. «Dass du dich jemals für die Firma interessieren würdest», bemerkte sie mit einer Mischung aus Verwunderung und sanftem Spott. Ulrich missverstand es als Kompliment. Die neue Aufgabe empfand er als schwere Bürde, ohne Frage, aber er würde sich ihr stellen. «Ehrlich gesagt, ich fühle mich verpflichtet. Ich meine, ich habe die Familie sozusagen im Stich gelassen.»

«Das Wichtigste ist im Moment, dass ich mit meiner Kollektion fertig werde», stellte Alpha klar. «Also, wenn ich bitten darf, lasst mich allein.»

Mit einem charmanten Lächeln hob Ulrich seine Hände. «Ich bin schon weg. Ich möchte auf keinen Fall stören. Also dann, macht's gut. Wir sehen uns.»

Er gab Alpha einen Kuss auf die Wange, schlug Albert kameradschaftlich seine Hand auf die Schulter und verließ die Firma mit dem Gefühl, dass er die Geschäfte für diesen Tag auf einen guten Weg gebracht hatte.

Albert und Alpha blieben allein zurück. Sie beschäftigte sich mit ihrem Entwurf und vermied es, Blickkontakt mit ihm aufzunehmen. Es war nicht so, dass sie ihn vorsätzlich ignorierte, aber sie ahnte, dass Albert sie auf ihre Gefühle gegenüber Ulrich ansprechen wollte. Sie versuchte das Thema hinauszuzögern, um ihre Gedanken zu ordnen. Währenddessen ging Albert einige Schritte hinter ihrem Rücken auf und ab. «Denkst du, du bekommst deine Kollektion zustande?», fragte er schließlich so neutral wie möglich.

«Natürlich. Ich bin Profi.»

«Wenn ich mir vorstelle, du wärst zu Fox gegangen, dann könnten wir den Laden jetzt wirklich zumachen. Ich bin froh, dass du da bist.»

Alpha lächelte. «Es tut gut, das zu hören.»

Albert nickte, erwiderte jedoch nichts. Er blieb stehen und musterte ihren schlanken Nacken. Sie hatte die Haare hochgesteckt. Es tat ihm beinahe körperlich weh, ihre anmutige Schönheit vor Augen zu haben, ohne sie berühren zu können. Alpha zeichnete weiter. Sie spürte seinen Blick und drehte sich zu ihm um. Leise und mit sanfter Stimme fragte sie: «Was ist?»

Er hatte sich fest vorgenommen, sich lieber auf die Zunge zu beißen, als seine Enttäuschung zu offenbaren. Aber nun konnte er seine vorgebliche Gleichgültigkeit nicht länger aufrechterhalten.

«Wir wollten heiraten. Das ist noch nicht einmal zwei Tage her», stellte er bitter fest. «Du liebst ihn noch?» Das war mehr eine Feststellung als eine Frage. Alpha sah ihn direkt an. In ihrem Gesicht arbeitete es. «Ich weiß es nicht», erwiderte sie zaghaft, «ich bin etwas verwirrt.»

Albert zögerte, dann ging er wortlos hinaus. Wahrscheinlich hatte sie deswegen von Anfang an auf der Heimlichtuerei gegenüber der Familie bestanden, fuhr es ihm durch den Kopf. Niemand sollte wissen, dass sie ein Paar waren, weil sie ihn einfach nicht wirklich geliebt hatte. Wäre Ulrich nicht gekommen, wäre es früher oder später ein anderer Mann gewesen, der tiefere Gefühle in ihr geweckt hätte. Blind war ich, dachte er zynisch, o ja, das war er gewesen. Sie hatte ihn nur benutzt, um zu bekommen, was sie wollte, genau wie Karin. Vielleicht war er als Mann einfach nicht attraktiv genug, vielleicht war er nicht in der Lage, eine Frau an sich zu fesseln, weil es nichts Faszinierendes an ihm gab. Vielleicht war er zu plump, zu hässlich, zu dick. Weiß der Teufel, was Frauen an Männern finden, in die sie sich verlieben. Wahrscheinlich wussten sie es selbst nicht einmal genau. Nur eines stand fest: Sie liebte ihn nicht. Er schlug wütend mit der Faust auf seinen Schreibtisch, sodass der Monitor bedenklich wackelte. Sein Vater schaute ihn aus der gerahmten Fotografie scheinbar missbilligend an. Albert klappte das Bild, das er neulich schon einmal zur Wand gedreht hatte, erneut um. Dann tat er, was er schon längst hatte tun sollen. Er nahm den Hörer ab und rief bei dem Pharmakonzern an, für den er früher tätig gewesen war.

Robert hatte mehrere Male erfolglos versucht, Valerie auf ihrem Handy zu erreichen. Kaum war die Verbindung hergestellt, brach die Leitung zusammen. Es klang seltsamerweise so, als hätte sie den Hörer aufgelegt. Aber er konnte sich nicht vorstellen, dass sie ihn vorsätzlich aus der Leitung warf. Das gleiche Spiel wiederholte sich unter ihrem Festnetzanschluss im Büro. Was war dort passiert? Es beunruhigte ihn derart, dass er sich zu Albert durchstellen ließ. Der nahm das Gespräch zwar entgegen, schien jedoch äußerst schlecht gelaunt zu sein und fertigte ihn kurz ab. «Entschuldige, aber ich habe jetzt überhaupt keine Zeit. Du kannst dir sicherlich vorstellen, dass bei uns alles drunter und drüber geht.»

Auf Roberts Terminplan für die laufende Woche stand eine Reihe von wichtigen Gesprächen und Treffen. Er strich alles, was nicht unaufschiebbar war, und buchte den nächstmöglichen Flug nach Wien. Zwei Tage würde er noch warten müssen. Auch hier stand das Geschäft schließlich nicht still. Karin hatte zwischenzeitlich einige Verträge mit Lieferanten unterschriftsreif vorbereitet, deren Abschluss er sich selbst vorbehalten hatte. Und nach den Erfahrungen der letzten Zeit wollte er seiner «Geschäftsführerin Europa» lieber keine Handlungsvollmacht über größere Summen erteilen.

Am Donnerstag morgen um 9.20 Uhr Ortszeit holte Karin ihn am Flughafen ab. Aufgeregt winkte sie ihm zu, als er durch die Passkontrolle kam.

«Robert, Darling, wie schön, dass du wieder da bist. Wir fahren sofort zum Laden. Es ist ein Traum geworden.»

«Später. Erst muss ich noch etwas erledigen», sagte er unwirsch.

Ungebeten griff sie nach seiner Reisetasche. Er hielt sie jedoch fest.

«Ich hole mir selbst einen Wagen. Wir sehen uns dann im Geschäft.»

Karin blieb stehen und machte einen Schmollmund. «Wo willst du denn so eilig hin?»

Dann veränderte sich ihr Gesichtsausdruck, und mit boshaftem Lächeln sagte sie: «Falls du Frau Landau suchen solltest. Die hat sich freigenommen. Der Brand hat ihrer sensiblen Seele heftig zugesetzt.»

Robert reagierte kühl. «Du bist ja gut informiert. Weißt du auch, wo sie ist?»

«Keine Ahnung. Aber du wirst es sicher herausfinden.»

«Das werde ich», teilte er ihr knapp mit und ließ sie stehen.

«Wissen Sie, wo Valerie ist? Sie geht nicht ans Telefon. In der Firma ist sie nicht und zu Hause auch nicht.» Nach seinen erfolglosen Bemühungen, Valerie ausfindig zu machen, hatte Robert den einzigen Ort aufgesucht, wo er hoffte, etwas in Erfahrung bringen zu können: den «Vollmond». Aber Tobias schüttelte kurz angebunden den Kopf. «Tut mir Leid, ich habe keine Ahnung.»

«Aber irgendwo muss sie doch stecken.»

«Sie ist ziemlich durcheinander, wegen dem Brand und so», erwiderte Tobias verhalten.

«Wenn Sie etwas hören, sagen Sie ihr, dass sie mich anrufen soll. Ich bin die nächsten zwei Stunden in meiner neuen Boutique. Die Adresse schreibe ich Ihnen auf. Anschließend erreicht sie mich im Hotel.»

Er gab Tobias eine Karte mit der Anschrift, sah ihn bittend an und ging. Tobias wartete, bis er um die Ecke verschwunden war, dann rief er nach hinten in die Küche. «Verstecken bringt auf Dauer nichts. Der gibt nicht so schnell auf.»

Missmutig kam Valerie nach vorne an den Tresen. «Was willst du eigentlich von mir? Soll ich mich ihm um den Hals werfen und sagen: Robert, ich bin schwanger, ich verzeihe dir alles?»

Tobias kratzte sich seinen kahlen Kopf. Damit war er als Homosexueller wirklich überfragt. Zumindest diese Probleme gab es in seinen Beziehungen nicht, und dafür dankte er Gott auf Knien.

«Wenigstens reden solltest du mit ihm. Das macht man so unter zivilisierten Menschen», sagte er schließlich. Valerie nahm einen Putzlappen und rieb energisch einen imaginären Fleck auf der Theke blank. Tobias hielt ihre Hand fest.

«Bringe es wenigstens zu Ende.» Er gab ihr die Karte. «Er wartet da auf dich.»

Die neue World-Underwear-Filiale war fast vollständig eingerichtet. Auch wenn sie ihm in letzter Zeit einiges zugemutet hatte, hier hatte Karin ganze Arbeit geleistet, stellte Robert anerkennend fest. Die Wände waren in einem warmen Gelbton lackiert, an den Wänden reihten sich Metallregale. In einer Ecke war eine Kaffeebar mit einer chromblitzenden Espressomaschine aufgestellt worden. Karin rumorte hinter der Theke und schenkte zwei Sektgläser ein. Mit triumphierendem Lächeln drückte sie ihm eines in die Hand.

«Ist es dafür nicht noch ein bisschen zu früh?», fragte er skeptisch.

«Ich will nicht feiern. Ich möchte nur, dass du den Champagner probierst und entscheidest, ob wir ihn für die Eröffnung nehmen können.»

Zerstreut nahm Robert einen kleinen Schluck und nickte. «Ist okay.»

«Weißt du, wo der her ist? Vom Supermarkt. Sonderangebot. Du siehst, ich denke immer an die Kosten», lobte sie sich selbst.

«Du hast das alles in Rekordzeit hingekriegt», stimmte er ihr widerwillig zu.

«Wenn man mich nur machen lässt», ergänzte sie stolz. «Auf jeden Fall habe ich jede Menge Ideen, wie man die Presse hierher kriegt. Zur Eröffnung machen wir eine grandiose Show, mit Preisausschreiben, Foto-Wettbewerb, Feuerwerk am Ende. Hier, ich habe alles schon ausgearbeitet.» Sie führte ihn zur Theke und präsentierte ihm eine Projektmappe. Robert studierte die Aufstellung aufmerksam. So viel zu den Kosten, dachte er trocken. Plötzlich spürte er, wie sie sich von hinten an ihn schmiegte.

«Gib es zu, du hast mich unterschätzt», hauchte sie. Sie schlang ihre Arme um ihn und versuchte ihn in den Nacken zu küssen. Robert erstarrte. Für einen Moment war er vollkommen ratlos, wie er auf ihre anhaltenden Nachstellungen reagieren sollte. Aufgebracht drehte er sich zu ihr um und fing sich sofort einen Kuss auf den Mund ein. Unglückseligerweise war es gerade der Augenblick, in dem Valerie ihren Motorroller vor dem Geschäft abstellte und durch die Scheiben schaute. Sie sah, wie Karin ihren Mund auf Roberts presste und ihren Schenkel an seinem Bein rieb.

Valerie fühlte sich, als ob ihr jemand einen Schlag auf den Kopf versetzt hätte. Sie wandte sich ab. Tränen schossen ihr in die Augen. Benommen taumelte sie zu ihrem Motorroller und hielt sich am Lenker fest. Ohne einen Blick zurückzuwerfen, schwang sie sich in den Sattel und raste mit einem Kickstart davon. Was sie nicht sah, war, wie Robert sich heftig von Karin losmachte und sie brüsk wegschubste.

Es bereitete Albert Genugtuung, seinen Bruder über den Tenniscourt zu jagen. Es war ein Hartplatz, die Bälle hatten beachtlichen Drive. Ulrich hatte sich eine ordentliche Schramme eingehandelt, als er nach einem kanonenschlagähnlichen Aufschlag hechtete.

«40 zu null», verkündete Albert trocken und schlug einen weiteren unhaltbaren Ball ins linke Eck. «Spiel und Satz. Ja, Alter, streng dich mal an.»

Ulrich kapitulierte. Er wischte sich den Schweiß von der Stirn und kam schwer atmend ans Netz.

«Das hast du dir wohl alles ein wenig anders vorgestellt», frohlockte Albert grimmig. «Dachtest du wirklich, du könntest Alpha so einfach abhaken?», stichelte er weiter. Ulrich sah ihn erstaunt an.

«Ja, das habe ich gedacht. Ich meine, nicht gerade abhaken, aber ich war mir sicher, dass die Sache vorbei ist. Immerhin haben wir uns fünf Jahre nicht gesehen, und ich liebe Calida.»

Albert verkniff sich eine Bemerkung darüber, dass er seine schwarze Begleiterin ziemlich unaufmerksam in Elisabeths Obhut abgeschoben hatte. «Aber Alpha liebst du doch auch?», bohrte er weiter. Ulrich sah ihn mit seinen tiefbraunen Augen verwirrt an. «Ja. Nein. Herrgott, ich weiß es doch auch nicht. Sie ist meine Frau. Zumindest haben wir uns einmal sehr geliebt.»

Albert weidete sich an seinem Dilemma. Es kam selten vor, dass sein Bruder einmal nicht alles mit seiner zwanghaft guten Laune von sich abperlen ließ. «Und was erwartest dabei du von mir?», fragte er Ulrich. Um diese Aufforderung zu verstehen, hätte dieser allerdings wissen müssen, dass Albert eine Affäre mit seiner Frau gehabt hatte. Offensichtlich hatte Alpha ihm jedoch nichts erzählt. Warum auch?, dachte Albert, es war für sie ja bestenfalls eine drollige kleine Episode gewesen.

«Was ich von dir erwarte?», echote Ulrich perplex, «eigentlich nichts. Ich meine, ich stecke zwar in einer beschissenen Situation, aber du bist vermutlich der Letzte, der mir da heraushelfen könnte, oder?»

«Damit triffst du genau ins Schwarze, mein Lieber. Deine Probleme mit Frauen haben mich schon immer gelangweilt, schon als wir noch auf der Uni waren. Aber ich bin sicher, es wird dir etwas einfallen, wie immer.» Mit diesen Worten ließ er Ulrich stehen und ging, leidlich zufrieden mit der verabreichten Standpauke, in den Umkleideraum.

Ulrich schüttelte den Kopf. Er verstand nicht, warum Albert so aggressiv mit ihm umging, und schob es auf den Umstand, dass er sich die Geschäftsführung nun mit ihm teilen musste. Kein schöner Zug, dachte er, aber im Grunde genommen war sein Bruder ja schon immer ein unzugänglicher Eigenbrötler gewesen. «So schlimm wird's schon nicht werden», sagte er sich dann. «Albert wird sich daran gewöhnen müssen.» Und achselzuckend wandte er sich erfreulicheren Gedanken zu. Heute Abend würde in Cleos Atelier der neue Fotoband von Elisabeth vorgestellt werden. Das war eine schöne Gelegenheit, um die ganze Familie einträchtig versammelt zu sehen. Was Ulrich zu diesem Zeitpunkt nicht ahnte, war, dass Calida sich durchaus nicht damit abgefunden hatte, sich in der Villa Steininger von ihrer Schwiegermutter umsorgen zu lassen und den Entwicklungen tatenlos zuzusehen. Sie hatte sich mit Alpha getroffen und ihr eine überraschende Mitteilung gemacht.

«Herzlichen Glückwunsch, Mutter», Albert drückte ihre Hand. «Das Buch ist sehr beeindruckend.» Nachdem der offizielle Teil der Vernissage vorüber war, hatte sich der engste Familienkreis an der Bar in Cleos Galerie zusammengefunden, um privat zu feiern.

Elisabeth bedankte sich für die Gratulationen. Sie sah sich um, vermisste jedoch eine Person, die ihr inzwischen sehr ans Herz gewachsen war. «Sagt mal, ist Valerie gekommen? Ich habe ihr auf die Mailbox gesprochen.»

Alpha schüttelte den Kopf. «Sie hat wohl keine Lust auf Familie, kann man doch verstehen.»

Albert sprach aus, was die Übrigen dachten. «Warum bist du denn so aggressiv?»

Alpha funkelte ihn an. «Bin ich das? Bloß weil ich mir vorstellen kann, dass jemand nicht dauernd mit dieser Bande von Heuchlern zusammen sein will.»

Elisabeth runzelte die Stirn. «Bitte, Alpha. Nicht hier und nicht jetzt.»

«Ich höre ja schon auf, keine Sorge. Ich mach dir schon keine Schande. Ich will nur eins noch wissen.» Sie wendete sich Ulrich zu. «Warum hast du mir eigentlich verschwiegen, dass Calida schwanger ist?»

In der anschließenden Stille hätte man eine Stecknadel zu Boden fallen hören können. Ulrich lächelte verunsichert, als sich alle Blicke nun ihm zuwendeten. «Woher weißt du das? Wer hat dir das gesagt?», murmelte er hilflos. Calida war hinreißend in ihrem Zorn. Ihr brauner Hautton wurde eine Spur dunkler. «Ich finde, sie musste es wissen», teilte sie ihrem Mann mit.

«Das finde ich allerdings auch», assistierte ihr Alpha. Ulrich bereitete seine Verteidigung vor. Noch war nicht alles verloren. «Ach? Findest du? Kannst du dir nicht vorstellen, dass das ausschließlich eine Sache zwischen Calida und mir ist? Ich habe ja selbst kaum Zeit gehabt, mich an den Gedanken zu gewöhnen.»

«Aber du bist trotzdem mit mir ins Bett gegangen», ließ Alpha die Bombe platzen. Elisabeth unternahm einen hilflosen Versuch, die Wogen zu glätten. «Ich bitte euch, Kinder. Muss das jetzt sein? Sei doch vernünftig», bat sie ihre Schwiegertochter. Es hatte die gleiche Wirkung wie Benzin in offenem Feuer. Angestochen fuhr Alpha hoch. «Wieso soll ich vernünftig sein? Dein Sohn, mein Mann, schläft mit mir, sagt mir, dass er mich liebt, und verschweigt, dass er eine andere Frau geschwängert hat.»

So viel hatten die Umstehenden inzwischen auch gründlich begriffen. «Oder hast du das nur gesagt, damit ich ihn ziehen lasse?», giftete Alpha ihre Nebenbuhlerin an. «Kann es sein, dass du gar nicht schwanger bist?»

Calidas große Augen weiteten sich, schimmerten feucht und weiß in ihrem dunklen Gesicht. Aber Alpha hatte noch immer nicht genug. «Oder ist es ganz anders? Das Kind ist gar nicht von Ulrich, und du hast nur versucht, es ihm unterzujubeln? Sag schon, Calida, wer ist denn der Vater?»

Ulrich starrte seine erste Frau an. Jetzt überspannte sie den Bogen. Die Situation war ganz eindeutig unangenehm, gestand er sich ein. Und mit unangenehmen Situationen hatte er eindeutig wenig Erfahrungen. «Jetzt reicht es aber!», sagte er scharf. Aber Alpha hielt ohnehin den Mund. Sie hatte erreicht, was sie wollte. Calida lief in Tränen aufgelöst aus der Galerie. Ulrich stürzte hinter ihr her. Von der Straße ertönte das Quietschen von Reifen. Ein Wagen schlitterte direkt vor der Galerie mit quer gestellten Reifen über die Fahrbahn. Die Lichtkegel erfassten Calida, die zur Salzsäule erstarrt in die Scheinwerfer blickte. Ulrich hechtete auf sie zu und riss sie im letzten Moment zur Seite. Zitternd sank sie in Ulrichs Arme, der sie behutsam umschloss.

Zwei Tage später nahmen Ulrich und Calida Abschied von der Familie und flogen zurück nach Südafrika.

Albert hatte kurz überlegt, ob er die Einladung zur Eröffnung der neuen Filiale seines Konkurrenten annehmen sollte. Dann hatte er sich dafür entschieden. Falls Aphrodite durch Roberts Geschäftsaktivitäten Schaden nehmen sollte, hätte er es ohnehin nicht mehr verhindern können. Zum Ende des Monats würde er die Firma verlassen und einen Posten in der Schweizer Niederlassung des Pharmaunternehmens antreten, für das er bereits vor seinem Wechsel nach Wien gearbeitet hatte. Er hatte es noch niemandem mitgeteilt. Erstens weil er die Verträge noch nicht unterschrieben hatte, und zweitens wollte er einen geeigneten Moment dafür abwarten. Warum sollte zur Abwechslung nicht auch einmal er für dramatische Auftritte gut sein?, dachte er und grinste in sich hinein. Er fühlte sich frei, so frei, dass er Robert aufrichtig zum gelungenen Auftakt gratulieren konnte. Die Show konnte sich in der Tat mit den eigenen Veranstaltungen messen. Er reichte ihm die Hand. «Herzlichen Glückwunsch. Sieht gut aus.»

Robert erinnerte sich schmunzelnd daran, dass sie sich vor kurzem ganz anders gegenübergestanden hatten. Aber er war nicht in der Stimmung, darüber jetzt eine Bemerkung zu machen.

«Danke. Nett, dass du kommst. Bist du der Einzige? Ich hatte auch Alpha und Valerie eingeladen und deine Mutter.»

«Du weißt, was passiert ist», sagte Albert versöhnlich, «so richtig zum Feiern ist uns im Moment nicht zumute.»

Robert nickte. «Ja, entschuldige. Hat man den Brandstifter eigentlich gefunden? Wie geht es Valerie?», erkundigte er sich beiläufig.

«Solange man nicht weiß, wer das Feuer gelegt hat, fühlt sie sich unsicher. Ich habe ihr geraten wegzufahren. Das wird ihr gut tun.»

Robert verbarg seine Neugier. Zwar interessierte es ihn brennend, wo sie steckte, aber er vermutete, dass Albert damit nicht herausrücken würde. Der Chef von Aphrodite musste seine Schäfchen beieinander halten, wenn Robert, der böse Wolf, um die Herde schlich. Ganz verkneifen konnte er es sich aber doch nicht, Albert einen kleinen Stich zu versetzen. «Du kannst von Glück sagen, dass du Alpha hast. Sonst wärst du jetzt schwer in Bedrängnis.» Dabei lächelte er ihn so unschuldig an, als wäre es nicht er selbst gewesen, der ihr einen Arbeitsplatz in New York angeboten hatte. Genau genommen hatte er ja auch probiert, Valerie abzuwerben.

Albert reagierte wie erwartet unwirsch, allerdings nicht aus den Gründen, die Robert vermutete. Schließlich konnte sein Gegenüber nichts von seiner unglücklichen Liaison mit Alpha wissen.

«Wo ist eigentlich Karin?», fragte Albert spitz. «Ist sie nicht deine Geschäftsführerin?»

Jetzt war es an Robert, den Gleichgültigen zu spielen. Dabei hatte ihm Karin eine unfassbare Szene gemacht, als er sich ein für alle Mal jede Art von körperlicher Annäherung verbeten hatte. Unter lautem Streit hatte er sie noch am Tag vor der Eröffnung auf die Straße gesetzt.

«Unvereinbarkeit der Charaktere», sagte er jetzt lapidar, «ich bin auf der Suche nach Ersatz. Du kennst nicht zufällig jemanden?»

«Im Moment nicht. Aber ich gebe dir Bescheid, wenn ich etwas höre. Ich muss jetzt auch gehen, ich wollte dir nur Glück wünschen.»

Robert legte ihm die Hand auf die Schulter und sagte leise: «Ich wünsche euch alles Gute, ehrlich.»

Albert nickte und ließ nicht erkennen, ob er Robert Glauben schenkte oder nicht. In diesem Moment klingelte sein Handy. Er meldete sich und wurde blass. «Ja? Um Gottes willen. Wo hat man sie hingebracht? Ich komme sofort.»

Robert sah ihn beunruhigt an. «Tessy hatte einen Unfall. Sie ist im Krankenhaus», teilte ihm Albert mit.

Seine Nichte wurde derzeit noch in der Uniklinik am Währinger Gürtel operiert. Bis dorthin brauchte er keine zehn Minuten. Als er durch den Flur lief, traf er auf Cleo und Elisabeth, die voller Sorge im Wartebereich standen. «Wie geht es ihr? Was ist passiert?», fragte Albert noch im Gehen.

«Sie ist mit ihrem Pferd gestürzt. Es ist mit seinem ganzen Gewicht auf sie gefallen», teilte ihm Elisabeth mit. Der Kummer hatte tiefe Falten in ihr Gesicht gegraben.

«Sie hat offenbar innere Verletzungen. Irgendwas mit den Nieren», ergänzte Cleo und versuchte gefasst zu wirken. Doch ihre Mundwinkel zitterten, als sich die Tür zum OP-Trakt öffnete. Ein junger Arzt kam heraus und lächelte freundlich. Doch die Blutspuren auf seinem grünen OP-Kittel straften seine Miene Lügen. «Sie hat die Operation gut überstanden. Es handelte sich um eine irreparable rechtsseitige Nierenquetschung, die zu starken inneren Blutungen führte. Bei dem Eingriff haben wir leider feststellen müssen, dass auch ihre linke Niere funktionsunfähig ist. Haben Sie das gewusst?»

«Nein, um Gottes willen», entfuhr es Cleo.

«Und was bedeutet das?», fragte Albert.

«Wir mussten beide Nieren entfernen. Sie wird zunächst an ein Dialysegerät angeschlossen, das die Funktion der Nieren übernimmt.»

«Heißt das, sie wird ein Leben lang von einer Maschine abhängig sein?», erkundigte sich ihre Mutter entsetzt.

Der Arzt nickte. «Bis sie sich erholt hat, auf jeden Fall. Danach gibt es die Möglichkeit einer Transplantation, vorausgesetzt, es findet sich ein geeigneter Spender.»

«Ich stelle mich zur Verfügung», bot Cleo sofort an.

«Das könnte eine Lösung sein», stimmte der Arzt zu, «allerdings müssen wir erst die Verträglichkeit prüfen. Und wir müssen untersuchen, ob Ihre Nieren einwandfrei funktionieren.»

Inzwischen war auch Valerie eingetroffen. Sie bemerkte, wie elend Elisabeth aussah, und setzte sich zu ihr auf die Bank. Während sich Cleo mit dem Arzt unterhielt, erfuhr sie von Elisabeth, was vorgefallen war. «Und wie geht es dir?», fragte sie sorgenvoll.

«Das ist nicht wichtig. Es ist so viel über uns hereingebrochen in letzter Zeit.»

Valerie zog Elisabeths müde alte Hand an ihr Gesicht, legte ihre Wange daran und sagte leise: «Es wird wieder gut werden, bestimmt.»

«Es muss ja», erwiderte Elisabeth, «das Maß ist einfach voll. Und wie geht es dir? Wohnst du jetzt bei Tobias?»

Valerie hatte Elisabeth kürzlich von ihrer Schwangerschaft erzählt. Unbewusst strich sie sich mit ihrer Hand über den Bauch. «Ich muss mir über ein paar Dinge klar werden.»

«Aber du kommst doch zu uns zurück?»

Valerie sah sie traurig an, statt einer Antwort umarmte sie ihre Ersatzmutter heftig. Ihr Handy klingelte. Valerie hatte sich angewöhnt, die Nummer auf dem Display zu checken, bevor sie abnahm. Doch diesmal war sie zu abgelenkt, um darauf zu achten. Einen Moment später bereute sie ihren Fehler. Robert war am anderen Ende der Leitung. «Wo bist du? Jetzt hör mir mal zu. So kann das nicht weitergehen», sagte er.

«Tut mir Leid. Falsch verbunden.» Ohne ein weiteres Wort schaltete sie ihr Mobiltelefon aus.

Tatsächlich hatte sich Valerie entschieden, vorübergehend bei Tobias zu wohnen. Sie brauchte den Abstand zur Arbeit und eine Vertrauensperson, die nichts mit ihrer Familie zu tun hatte. Morgens frühstückten sie zusammen, und ab 17.00 Uhr, wenn der «Vollmond» öffnete, half sie ihm hinter der Theke. Auch wenn er mit der ganzen «Hetero-Kiste» wenig anfangen konnte, wie Tobias ehrlich einräumte, so stand er ihr doch bedingungslos bei, wenn sie sich matt fühlte, Übelkeit sie plagte oder in Sinnkrisen rutschte, weil sie sich fragte, was für eine Art Leben sie ihrem vaterlosen Kind bieten konnte. Heute war sie allerdings ausgesprochen guter Laune. In der Stadt hatte sie ein paar naturfarbene Babystrampler gekauft, die sie ihm stolz vorführte.

«Süß», begeisterte er sich, «wie winzig die sind. Ich glaube, ich will auch ein Kind.»

Valerie lachte laut auf. In diesem Moment öffnete sich die Tür, und Robert kam herein. Es war zu spät, um davonzulaufen. Hastig verbarg sie ihre Einkäufe hinter dem Tresen.

«Hallo, Valerie», sagte er mit gemischten Gefühlen. Einerseits freute er sich, sie endlich zu Gesicht zu bekommen, andererseits ließen die zahllosen vergeblichen Versuche, sie zu erreichen, keinen Zweifel daran, dass sie ihn nicht sehen wollte. Im Übrigen hatte ihm auch Tobias das bereits unmissverständlich klar gemacht. Vor zwei Tagen hatte Robert ihn endlich dazu gebracht, mit der Wahrheit herauszurücken. Jetzt zog er sich unter einem Vorwand rasch in die Küche zurück.

«Was willst du hier?», fragte ihn Valerie schroff, als sie alleine waren.

«Bitte, nur eine Minute. Das muss ich dir doch wert sein», bat er. Wortlos nahm sie ihre Tasche und steuerte in Richtung Ausgang. Robert stellte sich ihr in den Weg. «Einen Moment noch. Ich muss dir endlich erklären, wie das mit Karin war.»

Mit eisiger Miene schlüpfte sie an ihm vorbei. «Tut mir Leid. Ich muss weg. Cleo erwartet mich.»

«Ja, ja, natürlich», murmelte er verständnisvoll, «ich habe gehört, was passiert ist. Wie geht es ihrer Tochter?»

Seine Anteilnahme am Schicksal der Familie klang aufrichtig. Für einen Moment war sie versucht, sich ernsthaft mit ihm auseinander zu setzen. «Es ist nicht leicht für die beiden. Aber Tessy ist ein tolles Mädchen. Sie lässt sich nicht so schnell unterkriegen.»

Dann aber kehrte ihr Zorn zurück. Sie öffnete die Tür und stapfte nach draußen. Robert lief ihr nach. «Valerie, warte. Ich will nicht, dass es so endet. Hörst du, ich lasse es nicht einfach so enden.» Die Tür klappte vor seiner Nase zu. Er riss sie wieder auf und schrie laut auf die Straße hinaus: «Ich liebe dich.»

Einige Fußgänger blieben stehen und lächelten. Gegen ihren Willen musste auch Valerie lachen. Es sah einfach zu komisch aus, wie er da stand, den Türknauf in der Hand, mit erhitztem Gesicht und verdutzter Miene, weil ihm eine ältere Dame begeistert applaudierte. «Bravo, junger Mann.»

Sie zögerte und fragte dann: «Hat Tobias mich verraten?»

«Tobias ist ein Romantiker. Ich glaube, er weiß, dass ich nicht aufgeben werde», nahm er ihn in Schutz. Valerie blieb stehen und hörte zu, ebenso wie drei der Passanten, die gespannt darauf warteten, wie sich die kostenlose Aufführung weiterentwickeln würde. Robert ignorierte das Publikum. «Weißt du, was ich nicht verstehe? Wieso gibst du so schnell auf?»

«Du hast uns aufgegeben», verplapperte sich Valerie in ihrer Aufregung, «du hast es doch überhaupt nie ernst gemeint.»

Die Zuschauer lauschten interessiert. Offenbar schwenkten ihre Sympathien jetzt zu der jungen Frau über.

«Jetzt hör mir bitte mal zu», forderte er, «es ist wahr: Ich hatte etwas mit Karin. Hatte, Valerie, hatte! Und das zu einer Zeit, da wusste ich noch nicht einmal, dass es dich gibt.»

Die ältere Dame sah ihn missbilligend an, die beiden Männer nickten zustimmend. Aber das war ihm egal, wichtig war, wie Valerie reagieren würde.

«Aber sie hat gesagt ...», begann sie und brach ab. Sie warf den Schaulustigen einen wütenden Blick zu, und die trollten sich endlich.

«Sie wollte mehr von mir als ich von ihr. Sie war eifersüchtig, wütend, nachtragend», unterbrach Robert.

«Und der Laden?», fragte Valerie.

«Sie ist ehrgeizig und kann rechnen. Sie ist eine gute Geschäftsfrau. Da für mich unsere Affäre vorbei war, und mehr war es wirklich nicht, hatte ich kein Problem damit, sie einzustellen. Ich dachte, sie würde ihren Job gut machen. Aber sie konnte Gefühl und Job nicht trennen. Da habe ich sie entlassen.»

Valerie sah ihn prüfend an. Seine Erklärung klang aufrichtig, und er schaute sie so unglücklich an, dass sie ihm beinahe Glauben schenken wollte.

«Wieso hast du das nicht früher gesagt?», wunderte sie sich.

«Früher? Wie denn? Du hast doch nie mit mir gesprochen», echauffierte sich Robert.

Das zumindest war wahr, musste sich Valerie eingestehen. Sie hatte ihm keine Chance gegeben, sich zu erklären. Allerdings, wer hätte das in ihrer Situation? Man musste schon ein Heiliger sein, um die Szene, die sie in seiner Filiale zwischen ihm und Karin beobachtet hatte, als harmlos einzustufen. Wieder musterte sie ihn aufmerksam.

«Ich habe in Mailand einen Termin», fuhr er fort, vorsichtig auslotend, wie sie seine Worte aufnehmen würde. «Komm einfach mit. Dann können wir über alles reden. Ich habe mein ganzes Leben auf dich gewartet.»

Sie machte einen Schritt auf ihn zu und dann noch einen. Er streckte die Arme aus, und sie schmiegte sich seufzend an ihn.

Die beste Pizza in Mailand gab es auf der Via Spadari, direkt neben Pecks berühmtem Tempel der Gastronomie, zumindest behauptete das die Tafel am Eingang des Lokals, in dem sie saßen. Verliebt beobachtete Robert, wie sie sich mit gesundem Appetit die Teigstücke in den Mund stopfte und anschließend die Finger voller Wonne ableckte. Er konnte sich nicht länger zurückhalten. Unvermittelt brach es aus ihm heraus. «Heirate mich!»

«Nicht schon wieder», wies sie ihn lachend zurück.

Doch er gab nicht auf.

«Wenn deine Mutter hier wäre, würde ich bei ihr sofort um deine Hand anhalten.»

Er nahm eine Blume aus dem Tischgesteck, bog sie zu einem Ring und steckte ihn ihr an den Finger. «Bitte, Valerie, werde meine Frau.»

Sie starrte auf den Ring und schluckte. Er meinte es offenbar wirklich ernst. Allerdings gab es etwas, das er noch nicht wusste. Sie holte tief Luft. Wie sollte sie ihm beibringen, dass sie praktisch schon zu dritt am Tisch saßen?

«Es gibt da noch etwas, das ich dir sagen muss. Wer weiß, ob du mich dann noch willst», begann sie umständlich, als sie vom Klingeln ihres Handys unterbrochen wurde. «Entschuldige», sagte sie zu Robert und nahm das Gespräch an, dankbar, eine Gnadenfrist zum Überlegen bekommen zu haben. Während sie den Hörer am Ohr hatte, verdüsterte sich ihr Gesicht schlagartig. Dann klärte sie Robert auf. «Es ist wegen Tessy. Es geht ihr sehr schlecht.»

«Wir fliegen sofort zurück», entschied er, ohne zu zögern.

«Wie geht es ihr?», fragte Elisabeth den behandelnden Arzt bedrückt. Gemeinsam mit Cleo und Valerie stand sie vor Tessys Bett auf der Intensivstation. Cleos Tochter war ohne Bewusstsein. Die Wangen der Vierzehnjährigen waren mit einer wächsernen Schicht überzogen. Sie atmete unregelmäßig. Ihr Zustand schien bedenklich.

Der Arzt machte keine Ausflüchte. «Wenn wir nicht rasch transplantieren, wird es zu spät sein.»

«Wieso das?», fragte Elisabeth gefasst.

«Sie hat eine gefährliche Entzündung.»

«Aber warum können Sie denn keine meiner Nieren nehmen?», fragte Cleo verzweifelt.

Bedauernd schaute der Arzt sie an und schüttelte den Kopf. «Ihre Werte sind negativ. Sie wissen doch, dass wir alle zur Verfügung stehenden Familienangehörige getestet haben.»

«Bis auf den Vater», sagte Elisabeth leise. Es klang wie eine Feststellung, war jedoch als Aufforderung gemeint. Cleo starrte sie erschrocken an. Sie begriff, worauf ihre Mutter hinauswollte.

«Das kann ich nicht. Ich will nicht, dass er das erfährt», schluchzte sie hilflos.

«Das ist jetzt nicht mehr wichtig», sagte Elisabeth streng. «Es geht um Tessys Leben.»

Valerie stimmte ihr zu. Sie war darüber im Bilde, dass Cleo den Namen des Vaters nie preisgegeben hatte, und sie hatte es sogar verstanden, nachdem sie selbst es bis heute nicht fertig gebracht hatte, Robert reinen Wein einzuschenken. Aber dies hier war etwas anderes. «Weißt du denn, wo er ist?», fragte sie Cleo vorsichtig. Elisabeths Tochter sah erbarmungswürdig aus, als sie zögernd nickte.

«Tessys Vater ist Robert.»

«Robert Fox?», vergewisserte sich Elisabeth, aber im selben Moment wusste sie, dass es eine überflüssige Frage war.

Valerie wandte sich rasch ab. Der Schock war zu groß. «Wieso? Wieso nur?», schoss es ihr durch den Kopf. Wieso war es so, dass sie für zwei Tage Glück mit unerträglichen Schmerzen bezahlen musste? Stumm starrte sie die weiß lackierte Zimmertür an. Im oberen Drittel hatte sie einen Drahtgittereinsatz. Die Linien verliefen in regelmäßigen senkrechten und waagerechten Abständen und bildeten vollkommen gleichmäßige Vierecke. Dahinter strahlte das kalte Licht des Krankenhausflurs, ab und an unterbrochen von vorbeihuschenden Schatten. Alles ist so, wie es ist, dachte sie, vollkommen gleichmäßig und vollkommen sinnlos. Wenn man daraus ausbrechen will, kann man voller Zorn und Wut an die Banden springen. Man kann in seinem kleinen Kästchen gegen den Strom schwimmen und die Fläche schräg oder in Schlangenlinien durchqueren. Aber es änderte nichts daran, dass die Grenzen oben und unten, rechts und links in unerschütterlichem Gleichmut in immer dem gleichen Abstand verliefen. Sie wischte sich heimlich eine Träne aus dem Auge. Es war gut gewesen, dass sie außer Tobias niemandem etwas über ihr Verhältnis erzählt hatte. Sie folgte ihrem Impuls, ging auf den Flur und rief Robert an.

«Du musst sofort kommen. Es ist wichtig. Es geht um deine Tochter.»

Kapitel 8

«Ich werde weggehen aus Wien.» Valerie sah Elisabeth traurig an. Es tat ihr weh, sich von ihr zu verabschieden. Von allen Menschen, die sie in der Villa kennen gelernt hatte, stand ihr Franz' Witwe am nächsten. Aber sie hatte sich fest entschlossen, eine Stelle in Mailand anzunehmen, dort, wo sie weit weg von Robert und seiner neuen glücklichen Familie mit Tessy und Cleo war. Elisabeth bückte sich zu dem Margeritenstrauch hinab und zupfte die verwelkten Blüten ab. Sie ließ sich Zeit mit einer Erwiderung. Gartenarbeit strengte sie körperlich an, aber sie mochte die einfache Tätigkeit nicht missen. Es beruhigte sie zu sehen, wie die Pflanzen heranwuchsen und blühten, wenn man sich nur geduldig ihrer Pflege widmete. Es schien ihr, als ob hier alle Mühe Erfolg hatte, die im Leben der Menschen versagte. Schließlich richtete sie sich langsam auf und bedachte sie mit einem warmen Blick. «Du liebst ihn, ja?» Valerie brauchte sich nicht zu verstellen. Es war klar, dass sie Robert meinte.

«Das ist im Moment nicht wichtig. Tessy braucht ihn jetzt», sagte sie.

«Weiß er von dem Kind?» Da Valerie nicht antwortete, fuhr sie fort. «Wenn man dich kennt, sieht man es schon.»

Unwillkürlich fasste sich Valerie an den Bauch. Es hatte wirklich keinen Sinn, Elisabeth etwas vorzumachen. «Ich werde es ihm nicht sagen», murmelte sie.

«Die Geschichte soll sich also wiederholen? Cleo hat ihm nichts von seinem Kind gesagt. Du willst es ihm nicht sagen. Aber deine Situation ist anders.» Elisabeth hütete sich, ihr Ratschläge zu geben. Es wäre so, als ob man den Pflanzen vorschreiben sollte, wohin sie zu wachsen haben.

«Genau», sagte Valerie trotzig, «meine Situation ist anders. Er ist nicht frei. Ich würde Cleo wehtun und Tessy den Vater wegnehmen, den sie gerade erst bekommen hat.»

Dann drehte sie sich um und marschierte davon. Später, als sie auf ihrem Zimmer ihre Sachen packte, piepste ihr Handy. Es war eine SMS: «Ich habe Sehnsucht, Robert.»

Sie starrte das Display an, dann antwortete sie mit einem Wort: «Adieu». Sie schickte die Botschaft ab und schaltete das Handy aus.

Auf der Terrasse im Garten hinter der Villa der Steiningers saßen Cleo und Robert mit ihrer gemeinsamen Tochter zusammen. Sie blätterten in Tessys Fotoalben: die erste Zahnlücke, Einschulung, das Pferd Moritz, das sie beinahe getötet hatte und nun selbst schon Geschichte war. Tessy wollte, dass ihr Vater alles sah. Sie war stolz auf ihn. Und Robert fühlte sich großartig, so als hätte er endlich einmal in seinem Leben etwas richtig gemacht, als hätte er etwas zustande gebracht, das schön und lebendig war. Er war nicht gläubig, aber bei Tessys Anblick empfand er Demut. Es war wie ein kostbares Geschenk, das ihm unverhofft in den Schoß gefallen war, so als hätte ihn jemand beobachtet, eine höhere Macht, Gott, der Weltgeist, wer oder was auch immer das Schicksal lenken mochte, und ihn nach eingehender Prüfung für wert befunden, die Verantwortung für ein so wundervolles Geschöpf zu übernehmen. Er fühlte sich reif und erwachsen. Die beständige Jagd nach dem Geld, der geschäftliche Erfolg, die zahllosen Affären mit Frauen, das alles erschien ihm jetzt kindisch angesichts des Glücks, das er empfand. Er lächelte sie an; sie strahlte verliebt zurück und entblößte dabei ihre funkelnde Zahnspange. Das war so schön, dass er es gleich noch einmal probierte. Und wieder war er genauso entzückt.

Ab und zu warf er einen Blick zu Cleo hinüber und erntete auch von ihr ein sanftes Lächeln. Cleo gegenüber empfand er keine Liebe, aber er schätzte sie ganz einfach deshalb, weil sie die Mutter von Tessy war. Liebe, das spürte er jetzt ganz intensiv, war ein selbstloses Gefühl, die Freude darüber, einem anderen Menschen Glück zu schenken. Das hatte er getan, als er sich sofort bereit erklärt hatte, seine Niere zu spenden. Und nachdem die Operation glücklich verlaufen war, war dies seine Belohnung gewesen. Das hinderte ihn nicht daran, an Valerie zu denken. Aber es machte ihn ruhig und weniger fordernd. Wenn es eines Tages dazu kommen sollte, dass sie sich wieder unter die Augen treten konnten, dann würde er geschehen lassen, was immer geschehen sollte. Bis dahin wollte er ausschließlich für seine Tochter da sein. Sie spielten ihr Spiel: Er lächelte sie an, sie lächelte zurück. Sofort hätte er sie wieder in die Arme reißen und küssen können.

Elisabeth brachte eisgekühlten Fruchtsaft auf einem Tablett und setzte sich zu ihnen. So, in trauter Eintracht beieinander, wirkten sie fast wie das Muster einer perfekten Familie, die, im Schatten der zweigeschossigen Villa, geborgen von dem Wohlstand ihrer Vorväter, in eine gemeinsame, in eine sorglose Zukunft blickten. Die Sonne brannte vom blauen Himmel herab, kein Wölkchen war zu sehen.

Kies knirschte in der Auffahrt. Ein Auto fuhr vor. Gleich darauf bog Karin um die Ecke. Sie stieg aus dem Wagen und schlenderte wie selbstverständlich auf die Gruppe zu, die vor Schreck erstarrte.

«Hallo, allerseits», begrüßte sie die Anwesenden mit einem aufgesetzten Lächeln. Robert hatte sich als Erster gefasst und sprang wutentbrannt hoch. «Sieh zu, dass du Land gewinnst», fuhr er sie an. Sie reagierte mit einem höhnischen Grinsen.

«Tja, da hast du es ja endlich geschafft. Du gehörst zu den Steiningers, deinen alten Feinden. Nachdem es nicht über die kleine Valerie geklappt hat, nimmst du jetzt eben den Weg über Cleo. Superclever! Was hast du vor, willst du sie von innen heraus sprengen?»

Grob fasste Robert sie am Arm und zerrte sie zurück zum Auto. Sie widersetzte sich und rief laut über die Schulter zurück. «Sie wissen doch, dass er ein Verhältnis mit Valerie hatte? Hat er Ihnen das nicht erzählt?»

Robert war kurz davor, ihr eine Ohrfeige zu verpassen. Er ließ sie los, nur damit sie in ihren Wagen steigen konnte. Sie lächelte ihn mit verzerrter Miene an. Wut, Trauer und Sehnsucht spiegelten sich gleichzeitig in ihrem Gesicht. «Na dann, schönen Tag noch!», wünschte sie ihm. Aber es klang, als ob sie einen Fluch ausstoßen würde.

«Moment mal, Frau Schröder.» Elisabeth hatte sich dem Wagenschlag genähert. «Irgendetwas stimmt doch nicht. Sie sind gekränkt, nicht wahr? Wütend auf Albert, auf Robert, auf Valerie. Sagen Sie, kann es sein, dass Sie sich rächen wollen?»

Indem sie bewusst die offensichtlichen Tatsachen resümierte, löste sie in Karin aus, was unter ihrer Oberfläche schwelte. Voller Hass zischte sie zurück: «Wenn Sie damit fragen wollen, ob ich den Brand gelegt habe. Ja, das war ich. Aber machen Sie sich keine Hoffnungen, beweisen wird man es mir nie.»

Dann schlug sie die Tür zu und fuhr mit quietschenden Reifen davon.

Elisabeth und Robert sahen sich fassungslos an. «Sie war das?», versicherte er sich bei Elisabeth, ob sie dieses unglaubliche Geständnis ebenso gehört hatte wie er. «Karin hat den Brand gelegt?» Er zog sein Handy aus der Tasche. «Ich rufe sofort die Polizei an.»

Elisabeth legte ihre Hand auf seine. «Das mache ich.» Sie ging ins Haus, langsam, die Beine machten ihr zu schaffen, aber das wollte sie sich nicht nehmen lassen. Robert setzte sich wieder zu Cleo und seiner Tochter.

«Valerie?», fragte Tessy, «ich wusste gar nicht, dass du Valerie kennst.»

Cleo sah ihn aufmerksam an. Er versuchte sich zu beruhigen, dann lächelte er seine Tochter an. «Flüchtig», sagte er leise, «nur ganz flüchtig.»

Im Eckzimmer des ersten Stocks der Villa hatte Cleo sich vor kurzem ein Atelier eingerichtet. Die Fenster gingen nach zwei Seiten hinaus. So konnte sie den Ausblick auf den Garten genießen und gleichzeitig beobachten, wie sich der Wind in den Baumkronen der Allee an der Westseite fing. Sie malte abstrakt, daher bot die Landschaft keine Motive für sie. Aber die Harmonie des Bildes beruhigte ihre sensiblen Nerven. Es schien geradezu so zu sein, dass sie auf die äußere Idylle, auf den Seeleneinklang zwischen Natur und Empfinden mit eruptiver Kraft auf der Leinwand reagierte. Sie stand an der Staffelei und musterte die wilden Schwünge, die sie auf ihr Gemälde aufgetragen hatte, als es klopfte und Elisabeth eintrat. Sie stellte sich neben ihre Tochter und versuchte erst gar nicht, eine Übereinstimmung zwischen der Szene draußen und Cleos Bild herzustellen. Sie war Fotografin. Alles, was nicht realistische Wiedergabe war, fiel für sie automatisch in den Bereich einer Kunst, die sie nicht verstand, aber inzwischen sehr wohl akzeptieren konnte.

«Du malst wieder. Schön», sagte sie schlicht.

«Schön? Du warst immer dagegen, dass ich male», erinnerte sie Cleo.

«Ich wollte immer, dass du Pianistin wirst. Dein Talent als Malerin konnte ich nicht einschätzen.»

Cleo lächelte. Sie vermutete zu Recht, dass Elisabeth nicht gekommen war, um mit ihr über Kunst zu sprechen.

«Ich muss dir etwas sagen», hob ihre Mutter an. «Es geht um Robert. Liebst du ihn eigentlich? Ich meine, willst du dein Leben mit ihm verbringen ...?»

Die Frage hatte sich Cleo auch bereits gestellt und wie so vieles in ihrem Leben einfach unbeantwortet gelassen. Was sollte sie auch dazu sagen? Sie waren eine Familie. Robert hatte einige Tage gemeinsam mit ihnen unter einem Dach verbracht. Zu Zärtlichkeiten war es zwischen ihnen dabei nicht gekommen. Weder hatte sie es vermisst, im Gegenteil, sie hätte es als aufgesetzt empfunden, noch hatte er irgendwelche Anstalten unternommen, sich ihr zu nähern.

«Na ja, also» begann sie zögernd, «Tessy ist ganz vernarrt in ihn. Und er in sie. Und wenn Tessy eine Familie haben will ...»

Sie beendete den Satz nicht.

«Liebst du ihn?», fragte Elisabeth direkt.

«Wir sind gute Freunde, so wie damals, als uns das mit Tessy passiert ist.»

Cleo war unsicher, wie ihre Mutter es aufnehmen würde, aber zu ihrem Erstaunen schien sie zufrieden zu sein.

«Gut, das wollte ich wissen. Es ist nämlich so, es gibt da jemanden.»

Und dann weihte sie Cleo in das Verhältnis zwischen Robert und Valerie ein.

Eine Stunde später bat Cleo Robert, sie auf einem Spaziergang durch den Garten zu begleiten. Sie gingen nebeneinander her, ohne sich zu berühren.

«Was gibt's denn so Wichtiges? Ist was mit Tessy?», brach er schließlich das Schweigen.

«Nein, Tessy geht es gut. Es geht um Valerie. Du liebst sie doch, oder?»

Robert erschrak. Er fühlte sich ertappt. «Valerie?» Er warf ihr einen nervösen Blick zu. Aber sie schien nicht die Absicht zu haben, ihn mit Vorwürfen zu konfrontieren. Zögernd stammelte er ein paar Worte, dann entschloss er sich, die volle Wahrheit zu sagen. «Ja. Ich liebe sie wirklich. Ich bin nervös, weil ich nicht weiß, wo sie ist. Ich wollte sie heiraten, und vielleicht ist es gut, dass du es jetzt weißt.»

Cleo nickte ihm aufmunternd zu. Sie fühlte sich von seinem Geständnis nicht unter Druck gesetzt. «Es muss dir nicht Leid tun», beruhigte sie ihn, «ich freu mich für dich. Und für Valerie.»

Robert verstand, was sie damit sagen wollte. Sie bot ihm ihre Freundschaft an.

«Aber sie will mich nicht sehen», erklärte er ihr, nun sicher, dass sie ihm nicht schaden wollte, sondern sogar helfen würde, wenn sie es konnte. «Ich habe es hundertmal probiert. Ich weiß nicht mal, wo sie steckt.»

Cleo blieb stehen. «Robert, dieses Mal musst du es richtig machen. Du darfst nicht zulassen, dass sie einfach aus deinem Leben verschwindet.»

«Aber wo ist sie?», insistierte Robert.

«Ich habe gehört, sie will nach Italien abreisen», teilte ihm Cleo ruhig mit. «Sie möchte, dass euer Kind auf Capri zur Welt kommt.» Robert stand für einen Moment reglos da. Hatte er richtig gehört? Valerie erwartete ein Baby? Ein heißes Prickeln fuhr seinen Rücken hinauf. Grußlos lief er davon und stieg in seinen Wagen.

Gerade noch rechtzeitig erwischte er sie auf dem Flughafen. Sie stand bereits am Check-in des Alitalia-Counters. Ohne Rücksicht auf die Schlange der Wartenden zu nehmen, drängte er sich vor.

«Das kannst du nicht machen», rief er ihr schon von weitem zu. «Du kannst nicht einfach abhauen.»

Valerie zuckte zusammen und versuchte ihren leicht gerundeten Bauch unter ihrer schmalen Handtasche zu verbergen. Atemlos schloss er zu ihr auf. Sie drehte sich weg, nicht, weil sie ihn nicht anschauen wollte, sondern weil sie sich bewusst war, dass sie ihren körperlichen Zustand nicht verheimlichen konnte, wenn sie ihm direkt gegenüberstand.

«Tut mir Leid, mein Flieger», sagte sie hastig über die Schulter gewandt. In der Reihe vor ihr befanden sich nur noch drei Passagiere. Robert griff nach ihrer Hand. «Ich lass dich nicht gehen. Ich liebe dich. Und du liebst mich auch. Gib es zu, Valerie. Du liebst mich doch.»

Das erinnerte sie an die Szene, die er ihr vor Tobias' Lokal geliefert hatte. Wie damals wandten sich die Umstehenden interessiert dem Paar zu. Es waren Italiener, die sich sofort für die Liebesgeschichte erwärmten. Ein Lächeln flog über ihr Gesicht. Dann sagte sie hastig: «Ja, Robert, ja, aber es hat keinen Sinn. Du gehörst zu Tessy und zu Cleo.»

«Ich gehöre zu dir», beharrte er.

«Verdammt, nein. Tessy braucht dich. Mensch, Robert, ich weiß doch, wie das ist, ohne Vater aufzuwachsen. Das darfst du Tessy nicht antun.»

Er sah sie traurig an. «Und unserem Kind soll ich es antun? Ja? Unser Kind soll ohne Vater aufwachsen?»

Für einen Augenblick sah sie ihn fassungslos an. Woher wusste er von dem Kind? Das war ein überwältigender Punktsieg, etwas, das sie überhaupt nicht leiden konnte. Schon deswegen musste sie ihn zurückweisen, zur Not auch ohne schlagende Argumente. «Ich muss gehen. Ich habe einen Vertrag. Mein Flieger ...»

Robert gab ihre Hand frei. Sehr ernst und sehr traurig zugleich sagte er zu ihr: «Valerie. Es geht nicht mehr nur um dich. Verdammt nochmal. Ich werde Tessy nicht verlassen, aber unser Kind auch nicht.»

Sie zögerte, blickte auf ihre Schuhspitzen und erwiderte ebenso leise. «Tut mir Leid. Ich kann das nicht.»

Er zuckte die Schultern und grinste. «Na gut, dann eben anders.» Dann wandte er sich der Frau am Flugschalter zu. «Gibt es noch freie Plätze?»

Wenn sie etwas von ihrer Auseinandersetzung mitbekommen haben sollte, dann verbarg sie jede Regung hinter einem professionellen Lächeln. Sie tippte auf ihre Computertastatur und nickte. Und während Robert zum Ticketschalter rannte, sorgte sie unauffällig dafür, dass er den Platz neben ihr bekam.

Kapitel 9

Wenn sie es einrichten konnte, joggte Alpha jeden Morgen eine halbe Stunde durch den Park. Für Läufer gab es in und um Wien eine Reihe interessanter Strecken: die Promenade am Donaukanal entlang, die Donauinsel selbst, Stadtpark, Prater, Schlosspark Schönbrunn. Prater und Donauinsel boten flache, «schnelle» Strecken für sämtliche Trainingsansprüche. In der Lobau luden ebene Kies- und Sandwege zum entspannenden Langzeit-Jogging ein. Die Wanderwege in den Wienerwaldhügeln wiederum reizten vor allem Bergläufer. Alphas Lieblingsstrecke verlief jedoch durch den Türkenschanzpark. Der Name der Anlage erinnerte an die erfolgreiche Verteidigung der Stadt gegen das überlegene osmanische Heer unter Führung des Großwesirs Kara Mustafa. Im Jahre 1683 hatten sich die Türken hier verschanzt. Eine militärische Torheit, wie sich später herausstellte, denn zwischen dem eigenen Belagerungsring, den sie dicht um Wien gezogen hatten, und dem äußeren Verteidigungsgürtel, den sie gegen die heranrückende allerchristlichste Streitmacht des polnischen Königs Johann Sobieski errichtet hatten, entstand eine Todeszone. Sie kostete den Großwesir fast seine gesamte Arme und ihn selbst das Leben. Weil es ihnen gelungen war, der erdrückenden Übermacht zwei Monate lang zu widerstehen, fühlten sich alle Wiener über Nacht als Helden. Dass sie dabei von anderen gerettet worden waren, übersahen sie im allgemeinen Freudentaumel großzügig. Böse Zungen behaupten, dass das den Volkscharakter der Wiener, ihre Spottlust, ihre Großmannssucht und ihr Faible für morbiden Humor, kurz den «Wiener Schmäh», bis heute kennzeichnet.

Der Natur der Sache folgend, lag das Gelände damals noch vor den Toren der Stadt. Heute bildet es wegen seiner Teich- und Bachanlagen, Wasserfälle und Springbrunnen ein beliebtes Ausflugsziel inmitten des 18. Bezirks. Alpha mochte den Park, weil er dicht an ihrem Zuhause lag und weil er einen überschaubaren hügeligen Parcours für «die kleine Jogging-Runde zwischendurch» bot. Albert kannte ihre Vorliebe und hatte sich daher auf eine Bank nahe des Aussichtsturms gesetzt, um sie abzufangen. Seit Ulrichs überstürzter Abreise hatten sie kein Wort mehr über ihr Verhältnis verloren, soweit es Alpha betraf aus Scham und Unsicherheit, Albert wiederum war zu verletzt und anschließend zu stolz gewesen, um einen Schritt auf sie zuzumachen. Heute verhielt es sich jedoch anders. Er hatte den Vertrag mit dem Baseler Pharmaunternehmen in der Tasche. Lediglich seine Unterschrift fehlte auf dem Papier. Diesen Akt wollte er bewusst vollziehen, bei einem Glas gutem Bordeaux im Büro seines Vaters. Das war es in Gedanken inzwischen wieder für ihn geworden, und zwar nachdem er reinen Tisch gemacht hatte. Erst wollte er der Reihe nach allen Familienmitgliedern seine Entscheidung erläutern, dann handeln. Er gestand es sich selbst nicht ein, aber natürlich diente diese selbst gesetzte Verpflichtung dazu, seinen Abschied von der Firma hinauszuzögern. Da er es ausnahmsweise einmal nicht mit «objektiven Zwängen» zu tun hatte, die andere ihm zumuteten, hatte er sich schlicht selbst in die vertraute Lage manövriert.

Geduldig saß er auf der Bank und nahm mit seinem bulligen Äußeren zwei Drittel der Sitzfläche ein. Selbst aus einiger Entfernung war er so wenig für Alpha zu übersehen wie umgekehrt sie für ihn. Letzteres allerdings, weil er mit dem Fernglas der verschmähten Liebe nach der Ursache seines Kummers Ausschau hielt. Tatsächlich erkannte ihn Alpha schon von weitem. Sie stutzte, gab sich dann jedoch einen Ruck und trabte zu ihm hinüber.

«Zufall?», begrüßte sie ihn, erhitzt vom Laufen.

«Ich kenne deine Route seit Jahren», gestand er sofort, denn er hatte sich bereits zurechtgelegt, was er sagen wollte. «Ich hatte gehofft, in Zukunft würden wir hier zusammen laufen. Aber dann ist ja alles anders gekommen.»

Alpha verkniff sich die Vorstellung, wie sein massiger Körper wohl in einen Jogging-Anzug gezwängt wirken würde.

«Du hast einen Trainingsrückstand», zog sie ihn gutmütig auf. Er sah sie traurig an. «Ich habe überall einen Rückstand, nicht nur beim Joggen.» Dann riss er sich zusammen und kam auf sein An-

Die erfolgreiche Designerin Alpha Steininger *(Barbara Wussow)* im Kreise ihrer Models.

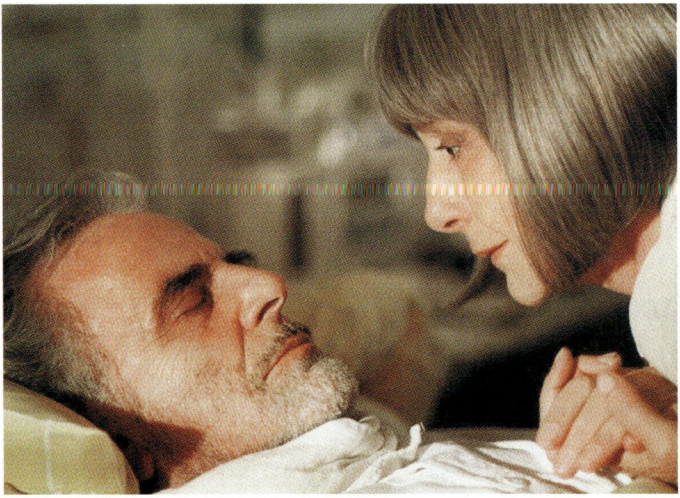

Am Sterbebett ihres Mannes *(Maximilian Schell)* muss Elisabeth Steininger *(Rosemarie Fendel)* einer bitteren Wahrheit ins Gesicht sehen.

Um die Firma «Aphrodite» in seine Hände zu bekommen, würde Robert Fox *(Philipp Brenninkmeyer)* alles tun.

Mit dem Tod des Firmenpatriarchen ändert sich einiges im Hause «Aphrodite» *(im Bild: Christian Kohlund, Rosemarie Fendel, Julia Thurnau)*.

Valerie Landau *(Denise Zich)* lädt Robert Fox zu einem Wochenende ins Haus ihrer Mutter nach Capri ein.

Karin Schröders Intrige ist aufgegangen: Cleo Steininger *(Marion Mitterhammer)* trifft ihren Freund Rüdiger *(Yngve Gasoy-Romdal)* und ihre Schwägerin Alpha in einer verfänglichen Situation an.

Calida *(Dennenesch Zoudé)* glaubt, in Ulrich Steininger *(Robert Giggenbach)* ihre große Liebe gefunden zu haben. Doch ihr steht eine böse Überraschung bevor.

Durch die Heirat mit Valerie Landau gehört nun auch Robert Fox zur Familie.

Die verführerischsten Dessous, die man sich vorstellen kann – sie sind das Kapital der Firma «Aphrodite».

Dicke Luft im Hause Steininger *(Denise Zich, Jeanne Tremsal, Andrea Eckert)*

Vom Hausbankier der Steiningers *(Martin Brambach)* lässt sich Barbara Landau *(Barbara Sukowa)* eingehend über Maximilian Fox informieren.

Wer ist der Vater von Cleo Steiningers Tochter *(Stephanie Meier-Stauffer)*?

Der Steininger-Clan *(Jeanne Tremsal, Andrea Eckert, Stephanie Meier-Stauffer, Philipp Brenninkmeyer, Denise Zich, Rosemarie Fendel, Marion Mitterhammer, Christian Kohlund, Barbara Wussow, Florian Fischer)*

liegen zu sprechen. «Ich wollte dir etwas sagen, was du zuerst erfahren sollst: Ich habe ein Angebot aus Basel. Sie wollen mich als Chef der Forschungsabteilung.»

Alpha sah ihn ungläubig an. «Du willst weggehen? Und was ist mit mir?»

Sie hatte bisher keinen Grund gesehen, den Schwebezustand zwischen ihr und Albert zu klären. Aber dass er sich einfach so, hinter ihrem Rücken, davonstehlen wollte, schlimmer noch, dass er sich offenbar leichten Herzens gegen sie entschieden hatte, das verletzte ihren Stolz.

«Du hast gesagt, dass du mich liebst. Schon lange. Hört das bei dir einfach so wieder auf?», fragte sie empört.

«Gegen die erste große Liebe hat man einfach keine Chance», gab sich Albert philosophisch. Aber er hatte durchaus angenehm berührt registriert, dass sein Fortgang ihr Kummer bereitete. Mehr noch: Sie hatte ihn an ihre gemeinsame Liebe erinnert. Na ja, vielleicht nicht an ihre gemeinsame, aber zumindest an seine Gefühle ihr gegenüber.

«Du kämpfst nicht einmal», sagte Alpha enttäuscht und machte ein Gesicht, als wäre er es gewesen, der sie verschmäht hatte, und nicht etwa umgekehrt. Innerlich hüpfte Albert das Herz vor Freude, aber er verbot sich selbst, zu früh in Jubelschreie auszubrechen.

«Ich bin Realist», teilte er ihr heroisch mit. «Sag mir, dass ich eine Chance habe, und ich bleibe und kämpfe.»

Dabei sah er sie staatsmännisch an. Sie erwiderte seinen Blick. Es fiel ihr jedoch nichts ein, was ähnlich souverän geklungen hätte. Stattdessen schloss sie einfach die Augen und ließ ihre Mundwinkel ein wenig zittern. So wartete sie ab, bis sein Kuss sie aus der feenhaften Verzauberung erlösen würde. Als nach einer Weile nichts geschehen war, klappte sie die Lider wieder auf. Zu ihrer Verwunderung stellte sie fest, dass Albert bereits ein gutes Stück des Wegs zwischen sie gebracht hatte. Was sie auf die Entfernung nicht sehen konnte, war, dass er schluchzte. Er hatte das unfassbare Glück einfach nicht aushalten können.

Zurück im Büro, öffnete Albert die Bordeaux-Flasche. Es war ein 90er Beychevelle, aus St-Julien: guter Wein, gutes Jahr. Er schenkte sich ein Glas ein und betrachtete es nachdenklich. Dann prostete er dem Bild seines Vaters zu, der begütigend lächelte, und kostete einen Schluck. Vielleicht sollte er einfach einmal alles anders machen, dachte er, während die samtweichen Merlot- und Sauvignon-Aromen seinem Gaumen schmeichelten. Trinken am Arbeitsplatz war kein schlechter Anfang. Er legte den Vertrag mit dem Schweizer Unternehmen auf die Schreibtischplatte und ließ die Seiten durch seine Finger gleiten, seine Zukunft: ein Stapel Papier. Eine Zukunft von mehreren möglichen, korrigierte er sich in Gedanken selbst. Er schloss die Augen und stellte sich die Alternativen vor. Er stellte sich Alpha vor, wie sie ihm verlangend den Mund entgegenstreckte, und hatte sich im selben Augenblick entschieden, auch wenn es ihm selbst noch gar nicht bewusst war. Er verstaute den Vertrag, so wie er war, ohne Unterschrift, in der Schreibtischschublade.

Er machte einen Rundgang durch die Werkshalle, beobachtete, wie Stoffbahnen über den Zuschneidetisch gezogen wurden, die Näherinnen sich über die Maschinen beugten, begrüßte Valerie, die immer noch jeden Tag fleißig an ihren Entwürfen arbeitete, obwohl ihre Schwangerschaft ihr zunehmend zu schaffen machte, und ließ sich von seinen Schritten unbewusst zu Alphas Büro leiten. Er lugte hoffnungsvoll hinein, musste aber feststellen, dass sie noch nicht eingetroffen war. Kurz entschlossen zog er sein Handy aus der Jacketttasche und tippte ihre Nummer ein. Sie meldete sich sofort.

«Ich bin's», stotterte er, «ich wollte, Gott, ich wollte dir nur sagen …»

«Ja?» Ihre Stimme klang nicht abweisend. Albert holte tief Luft.

«Ich wollte dir sagen, dass ich dich vermisse. Ich weiß nicht, wie ich ohne dich leben soll. Ich sehne mich nach dir, Tag und Nacht.»

So, dachte er erleichtert, jetzt war es heraus. Sollte sie mit dieser Erklärung machen, was sie wollte. Er war es jedenfalls los.

«Ja, Albert, ich sehne mich auch nach dir.»

Er presste den Hörer ans Ohr, damit er jedes einzelne Wort von ihr in seiner ganzen köstlichen Bedeutung aufsaugen konnte.

«Ich will nicht mehr ohne dich sein», sagte sie, ihre Stimme klang jetzt ganz nah und gar nicht mehr wie aus der Hörmuschel des Telefons. Sie stand hinter ihm im Eingang des Büros. Albert drehte sich um und lächelte. Wie eine zauberhafte Erscheinung schwebte sie über den Boden auf ihn zu. Aber sie war es leibhaftig. Für einen Augenblick standen sie verlegen dicht voreinander. Dann küssten sie sich, lang und innig.

«Beinahe hätte ich zu früh aufgegeben», sagte Albert leise.

«Die Firma braucht dich», erwiderte sie schnippisch.

«Nur die Firma?»

Alpha zögerte. «Hast du keine Angst, nur der Ersatz für Ulrich zu sein?»

«Das hängt ganz von dir ab», sagte er sehr ernst. Alpha zog seinen Kopf zu sich herunter und gab ihm einen weiteren Kuss. Zärtlich hauchte sie: «Und ich hatte schon befürchtet, dass ich in die Schweiz ziehen muss.»

«Frau Künast, bitte schicken Sie meinen Sohn zu mir.» Albert bedachte seine Sekretärin mit einem freundlichen Blick und zog sich wieder in sein Büro zurück. In der letzten Zeit hatte sich ihr Verhältnis entscheidend gebessert. Er hatte herausgefunden, dass er nur «den Alten» spielen musste, verbindlich, höflich, aber auch absoluten Gehorsam gewohnt. Dann schnurrte sie wie ein Uhrwerk. Kurz darauf steckte Carl seinen Kopf zur Tür herein. «Du wolltest mich sprechen?»

«Setz dich», forderte Albert ihn auf. «Ich wollte mit dir über deine Zukunft reden.»

Carl nahm Platz und sah ihn erwartungsvoll an. Er hatte damit gerechnet, dass sein Vater ihn zu einem Gespräch bitten würde, nachdem er sein Ausscheiden aus der Firma angekündigt hatte.

«Willst du immer noch nach Paris?», fragte ihn Albert ohne Umschweife.

Carl druckste herum. Paris hatte einige Vorteile. Er würde im Ausland geschäftliche Erfahrungen sammeln, was seine Chancen auf dem heimischen Arbeitsmarkt deutlich steigern würde, sollte er eines Tages zurückkehren. Ein simples Diplom als Betriebswirt bot schon lange keine Garantie mehr für einen gehobenen Posten im Management. Und er konnte bei seiner Mutter wohnen, die dort gemeinsam mit seiner Halbschwester Bernadette in einem luxuriösen Apartment im 19. Arrondissement, mit Blick auf den Park Bouttes Chaumont, residierte. Ganz geheuer war ihm sein Vorhaben jedoch nicht. Genau genommen war es ein Testballon, um zu sehen, wie sein Vater darauf reagieren würde.

«Ich weiß es nicht», begann er diplomatisch, «manchmal denke ich, es wäre besser. Wenn ich bei Aphrodite bleibe, werde ich immer nur der Sohn von Albert Steininger sein.»

Sein Vater schmunzelte. Das Gefühl kannte er gut.

«Ist es so schlimm, mein Sohn zu sein?»

«Nein», beteuerte Carl verlegen, «so meine ich es nicht.»

Albert blätterte in der Akte, die er sich auf dem Tisch zurechtgelegt hatte. Dann blickte er ihn geradeheraus an. «Ich würde dich gern behalten. Ulrich ist weg. Alpha und Valerie sind nur für das Kreative zuständig. Einen zweiten Mann in der Geschäftsleitung können wir durchaus gebrauchen.»

Geschäftsführer mit Anfang zwanzig, das konnte sich sehen lassen. Carls Gesicht verfärbte sich vor Aufregung. Dabei hatte er sich fest vorgenommen, möglichst «cool» zu wirken.

«Bitte verstehe mich nicht falsch», pokerte er jetzt, «aber ich möchte nicht für den Rest meines Lebens dafür sorgen müssen, dass Spitzenunterhöschen von A nach B kommen.»

Albert verzog das Gesicht. Carl war sich nicht sicher, ob sein Vater amüsiert oder betroffen war.

«Hier, das ist vielleicht etwas für dich», sagte Albert ruhig und schob ihm die Aktenmappe zu. Auf der Deckseite prangte der Schriftzug «Aphrodite Accessoires». Carl sah ihn erstaunt an.

«Das ist nur so eine Idee von mir», erklärte ihm Albert gelassen, «eine Tochterfirma, aber auch ein zweites Standbein mit einer Menge von Möglichkeiten: Parfüm, Brillen, Schmuck, Taschen.»

Überrascht blickte ihn sein Sohn an. Dann dämmerte ihm die Tragweite des Vorschlags. Er blätterte zögernd, dann immer begeisterter in den Unterlagen. Die Chance, die Albert ihm gab, bedeutete, dass er sein eigener Chef werden sollte, mit einem eigenen, ausschließlich von ihm zu verantwortenden Geschäftsbereich. Bevor er seinem Vater danken konnte, klopfte es an der Tür.

Frau Künast wartete, bis sie Alberts «Ja» gehört hatte – eine der positiven Folgen seiner gewachsenen Autorität –, und trat ein. «Alpha hat angerufen», teilte sie ihm mit, «sie lässt ausrichten, dass sie bereits heute in der Steiermark übernachtet.»

Albert nickte. Die Hochzeit von Valerie und Robert sollte im Schlosshotel Thannegg-Moosheim an der Enns stattfinden. Alpha hatte ihrer Schwägerin einen Traum von Brautkleid versprochen und war zur Anprobe bereits vorgefahren.

Nachdem Frau Künast gegangen war, kehrten Vater und Sohn zu ihrem Thema zurück.

«Überlege es dir», sagte Albert. «Ich könnte dir einen kleinen Entwicklungsetat zur Verfügung stellen.»

Aber Carl musste gar nicht mehr überzeugt werden, so begeistert war er.

«Vater, das wäre großartig. Das würdest du wirklich machen?»

Albert nickte gerührt. Das war sein Sohn. So hatte er es sich gewünscht. «Ich habe alles durchkalkuliert. Man müsste natürlich klein anfangen.» Auf ein wenig väterliche Strenge konnte er jedoch nicht verzichten. «Aber es ist kein Spiel, Carl. Ich hoffe, du bist dir dessen bewusst.»

«Du kannst dich auf mich verlassen», erklärte er stolz. «Hundertprozentig.»

Per Handschlag besiegelten sie ihre Vereinbarung.

Valerie strahlte vor Glück. Aus dem «Hochzeitszimmer» des historischen Schlosses hatte sie einen ungehinderten Ausblick auf das idyllische Ennstal. Ritter Rudolf von St. Michael hätte sich für die Grundsteinlegung im Jahre 1150 keinen besseren Platz aussuchen können. Die Anlage lag auf einem kleinen Hügel. Von hier aus konnte man sowohl den geschwungenen Flusslauf beobachten als auch die sanft ansteigenden Höhenzüge. Damals schützte die strategisch günstige Lage Burg und Kirche vor heranrückenden Feinden. Heute schuf sie einen zauberhaften Rahmen für Feste und Veranstaltungen, die im Schloss stattfanden. An der schwelgenden Schönheit der Landschaft konnte Valerie sich nicht satt sehen. Sie machte Tobias auf die Herzkirschenbäume im Hof aufmerksam.

Mit einem lachenden und einem weinenden Auge stimmte er in ihre Freude ein. Es lag ihm viel an ihr, und sosehr er sich für sie freute, machte es ihn traurig, dass sie mit dieser Hochzeit unvermeidlich ein Stück weit von ihm wegrücken würde.

«Robert und ich werden zwischen New York und Wien pendeln, soweit das mit dem Baby möglich ist», beruhigte sie ihn. Er verstand es als Zeichen ihrer Zuneigung, auch wenn ihre Worte kaum danach klangen, dass sie sich künftig häufig sehen würden. Tapfer sagte er: «Ich konnte mir sowieso nicht vorstellen, dass du ganz weggehst.»

«Nein?»

«Nein», erwiderte er und lachte. Er kannte sie lange genug, länger als alle Angehörigen der Familie Steininger zusammen.

«Der Job in Mailand war eine Schnapsidee», stimmte sie ihm zu und dachte versonnen an die Tage, die Robert und sie sich stattdessen auf Capri gegönnt hatten, das zweite Mal innerhalb kurzer Zeit. Dass es schließlich zur Versöhnung gekommen war, verdankte sie vor allem Tobias. Sie fragte sich, ob sie ihm jemals genügend für seine Unterstützung würde danken können.

«Ich bleibe hier, bei dir und bei Aphrodite. Soll ich dir mal was verraten? Am liebsten würde ich heimlich heiraten. Nur Robert und ich. Keine Einladung, kein Büfett, keine Presse.»

«Du gehörst jetzt zu den Prominenten. Da musst du nun durch», zog Tobias sie auf. «Außerdem wäre ich total beleidigt, wenn ich nicht dabei wäre. Und deine Mutter kommt doch auch, oder?»

Sie nickte. «Heute Abend. Sie ist selbst schon ganz aufgeregt.»

«Na, siehst du. Und für das Alleinsein gibt es später die Hochzeitsreise.»

Mit dem Hochzeitskleid hatte Alpha sich selbst übertroffen. Es war ihr gelungen, aus den klassischen Materialien weiße Seide, Perlen und Samtbänder ein ganz und gar unkonventionelles Kleid zu entwerfen, etwas, das Kritiker vielleicht tatsächlich als Dialog aus beiden schöpferischen Systemen Kunst und Mode bezeichnet hätten.

«Du bist ein Genie», schmeichelte ihr Valerie und vollführte anmutig eine kleine Pirouette. Alpha musterte den Faltenwurf kritisch. Seit dem letzten Maßnehmen hatte Valerie um Hüfte und Bauch zugelegt. Ihre Schwangerschaft ließ sich wirklich nicht mehr verleugnen.

«Ein paar Kleinigkeiten müssen wir noch ändern. Aber heute Abend ist es fertig.»

Valerie lächelte sie an. Auch sie wusste inzwischen nur zu gut, dass Alpha niemals wirklich zufrieden mit ihrer Arbeit war. Solange sie nicht auch noch in der Kirche mit Nadel und Faden hinter ihr laufen würde, konnte sie es jedoch leicht verschmerzen.

«Du hast dich um so viel gekümmert, ohne dich wäre ich aufgeschmissen», sagte sie dankbar. «Ich werde mich revanchieren, wenn du Albert heiratest.»

«Das wird wohl nicht so bald passieren», seufzte sie.

Valerie wunderte sich. «Aber Ulrich hat doch selbst gesagt, dass er die Scheidung will.»

«An Ulrich liegt es nicht. Die Scheidung ist praktisch durch. Er hat mir sogar die Anteile an Aphrodite überschrieben. Er will sich ganz auf sein neues Leben konzentrieren. Calida erwartet nächsten Monat ihr Baby.»

«Schön», freute sich Valerie für sie. Alle Geschichten, in denen Babys vorkamen, erinnerten sie automatisch an ihr eigenes, so kurz bevorstehendes Glück. Alpha nickte, machte dann jedoch ein sorgenvolles Gesicht.

«Es liegt an Alberts Frau. Er hat sich nie mit Brigitte einigen können; sie haben alles so weiterlaufen lassen. Brigitte pflegt einen ziemlich aufwendigen Lebensstil. Wenn er die Scheidung will, muss er sich ihre Zustimmung erkaufen. Du wirst sie kennen lernen; sie kommt auch zur Hochzeit.»

«Ist das eine gute Idee?», fragte Valerie.

«Ja. Albert und sie können dann endlich einmal persönlich über die Scheidung reden. Und Carl sieht seine Mutter und Bernadette auch mal wieder. Immerhin war er sehr lange nicht mehr in Paris.»

«Ach, stimmt! Er hat ja noch eine Schwester», erinnerte sich Valerie.

«Halbschwester», stellte Alpha richtig. «Bernadette ist die Tochter von Brigittes Lebensgefährten.»

Zur selben Zeit wartete Carl auf die Ankunft seiner Mutter und Bernadettes am Flughafen. Er freute sich, sie wiederzusehen, auch wenn ihn mit Brigitte wenig verband. Schon als Kind hatte er verstanden, dass sie es gewesen war, die die Familie verlassen hatte. All das, was ihm vertraut, was richtig und gut gewesen war, hatte sie überstürzt über Bord geworfen, um mit ihrem französischen Freund zusammenzuleben. Zumindest hatte er es damals so empfunden. Als Junge hatte er doppelt darunter gelitten, zum einen, weil er sich selbst dafür verantwortlich fühlte. Er wusste damals nicht, dass es nahezu allen Trennungskindern so geht. Mit der schrecklichen Tatsache konfrontiert, dass die heile Welt über Nacht auseinander gebrochen war, und ohne jede Erklärung damit allein gelassen, jedenfalls ohne eine Art von Erklärung, die Kinder verstehen können, blieb nur ein möglicher Schuldiger: er selbst, weil er mit seinen Ansprüchen, der beständigen Aufmerksamkeit, die er einforderte, seinen Ängsten und natürlich den unzähligen kleinen Malheurs, die Kindern in seinem Alter nun einmal unterlaufen, seine Eltern in einen Zustand vollkommener Gefühlstaubheit füreinander getrieben hatte. Zum anderen, weil sein Papa Albert, das große Vorbild, der Held, nun ziemlich haltlos und verzweifelt dagestanden hatte, ein brüchiges Denkmal in Schieflage und ohne Sockel, wie die Lego-Türme, die ihm regelmäßig zusammenstürzten, wenn er zu viel Steine aufeinander gesetzt hatte.

Es hatte lange gedauert, bis Carl diesen Schock überwunden hatte. Später hatte er seine Mutter in den Ferien besucht. Die Croissants waren prima, der Eiffelturm weniger aufregend, als er sich vorgestellt hatte, seine Halbschwester Bernadette ein Biest mit Zahnlücken, und Louis, der Freund von «Maman», sie liebte die französischen Einsprengsel, selbst die einfachsten Worten wirkten elegant, ihr «Copain» also, war von übersprudelnder Oberflächlichkeit. Mit den Augen eines Erwachsenen betrachtet, tat er die Erinnerungen nun als «Kinderkram» ab. Er verbat sich selbst jede Kritik an «Maman», weil er der Ansicht war, dass es sich für einen Zwanzigjährigen nicht gehörte, die Entscheidung seiner Eltern in Liebesdingen zu kritisieren. Kurz: Er hatte begriffen, dass Erwachsene nichts anderes waren als Kinder mit Schulden.

Brigitte konnte er schon von weitem ausmachen. Sie trug einen schwarzen Hut mit weit ausladender Krempe, besser gesagt, sie führte ihn spazieren, und ein elegantes helles Kostüm. An ihrer Seite befand sich ein auffallend hübsches junges Mädchen, das wie Brigittes jüngere Schwester wirkte. Als seine Mutter ihn erkannte, winkte sie ihm mit ihren bis zum Ellbogen reichenden Handschuhen derart affektiert zu, dass sich die halbe Wartehalle nach ihr umsah. Carl lief eilig auf die beiden zu und schloss rasch seine Halbschwester in die Arme. Sie gab ihm auf jede Wange ein Küsschen. «Hey, lange nicht gesehen», begrüßte sie ihn mit einem reizenden französischen Akzent in der Stimme.

Dann umarmte er seine Mutter. Sie drückte ihn und schob ihn ein Stück von sich weg. «Lass dich anschauen, mon petit. Gut siehst du aus.»

«Ihr aber auch, alle beide», erwiderte Carl artig. Besonders Bernadette, schmunzelte er in sich hinein. Die Ankunft einer persischen Königin mit ihrer Hofdame hätte kaum weniger Aufmerksamkeit erregt. Auch die Berge von Gepäck waren majestätisch: zwei voll beladene Wagen mit Riesenkoffern, Taschen, Hutschachteln, Schminkkoffern und weiteren Utensilien, deren Zweck Carl nur erahnen konnte.

«Das Auto steht direkt am Eingang», sagte Carl und schnappte sich den schwereren der beiden Gepäckwagen. Bernadette schob den anderen hinter ihm her. Sie schenkte ihm ein strahlendes Lächeln.

«Ich hätte nie gedacht, dass du es so lange hier aushältst.»

«Ich auch nicht.»

«Was ist das eigentlich für eine komische Hochzeit?»

Den Rest der Fahrt ins Hotel verbrachte Carl damit, den beiden die in der Tat recht unüberschaubar gewordenen Familienverhältnisse zu erklären.

Offenbar waren Brigitte und Bernadette an Dienstboten gewohnt, die sich um die alltäglichen kleinen Nichtigkeiten kümmerten. Es war an Carl, dem Portier ein Trinkgeld in die Hand zu drücken, und auch am Empfang wartete seine Mutter mit unschuldigem Lächeln ab, bis er seine Kreditkarte zückte, um die Anmeldung abzuschließen.

Auf ihrer Etage angelangt, natürlich waren sie standesgemäß in einer Suite mit Doppelzimmer untergebracht, hatte sich Carl schon daran gewöhnt und entlohnte den Hotelboy, der unter der Last des Gepäcks fast zusammengebrochen wäre, mit einem Geldschein.

«Warum ist Louis eigentlich nicht mitgekommen?», erkundigte er sich beiläufig.

«Louis?», erwiderte sie, als müsse sie sich mühsam an den Namen erinnern. «Ach, du kennst ihn doch!»

«Ja, eben.» Im Hinblick auf seine bedenklich geschwundene Barschaft im Portemonnaie wollte sich Carl mit dieser Auskunft nicht zufrieden geben. Sie sah ihn ungnädig an. «Heute so, morgen anders. Er geht mir im Moment total auf die Nerven.»

Sie schnappte sich ihr Beauty-Case und stolzierte ins Bad. Bevor sie hinter der Tür verschwand, rief sie ihm zu: «Ach, Carl, könntest du wohl Bernadette ein paar Euro leihen? Ich finde meine Kreditkarte nicht so schnell. Sie hat nichts Passendes zum Anziehen dabei.»

Carl klopfte an der Verbindungstür zu Bernadettes Zimmer und trat ein. Sie hatte sich gerade die Haare aufgesteckt und räumte ihre Sachen in den Schrank. Sie lächelte entschuldigend und widmete sich wieder ihren Taschen. Carl ließ sich auf das Bett plumpsen und sah ihr einen Augenblick zu.

«Würdest du mich bitte aufklären, was mit Mama los ist?», fragte er dann geradeheraus. Bernadette schien nur darauf gewartet zu haben. Sie legte den Finger auf den Mund und schloss die Tür. Erst dann antwortete sie leise: «Louis hat eine Neue. Er hat Maman vor die Tür gesetzt.»

«Heißt das, ihr habt keine Wohnung mehr in Paris?», fragte Carl entsetzt.

«Es kommt noch viel schlimmer. Maman weiß nicht, wovon sie leben soll. Kein Louis heißt auch kein Geld mehr.»

«Und was ist mit dir?»

«Ich sollte ein Volontariat bei ‹Paris Match› machen. Aber daraus wird jetzt wohl nichts.»

Carl brauchte einen Augenblick, um die Nachricht zu verdauen. Dann fiel ihm ein, dass seine Kreditkartennummer als Sicherheit für ihren Aufenthalt im Hotel hinterlegt war. Genau genommen war es nicht seine persönliche, sondern eine Firmenkarte von Aphrodite. Als angehender Geschäftsführer musste er aber sehr wohl für alle Abbuchungen Rede und Antwort stehen.

«Und wer soll das hier alles bezahlen?», fragte er. Auch wenn es unhöflich klingen sollte, musste er sich schließlich Klarheit verschaffen.

«Keine Ahnung», gestand ihm Bernadette kleinmütig. «Albert hoffentlich.»

Carl schlug die Hände über dem Kopf zusammen.

Elisabeth stand mit Robert in der Dunkelkammer der Villa und packte ihre Fotoausrüstung zusammen. Ihr Blick fiel auf einige Aufnahmen, die sie zum Trocknen auf die Leine gehängt hatte. Sie zeigten Familienszenen, einige hatte sie zu Porträts vergrößert: Cleo, Tessy, lächelnd mit Zahnspange, strahlend im Arm ihres Vaters, Valerie ernst, Valerie lachend. Von der Warte ihres Alters aus betrachtet, schien es ihr, als ob sich die Stationen des Lebens immer wiederholen würden. Man wuchs auf, heiratete, bekam Kinder und starb. Alles war ein endloser Kreislauf. Was blieb, war die Erinnerung an ein paar schöne Familienfeiern. Selbst die Ängste, Hoffnungen und Probleme schienen immerfort dieselben zu sein, nur die Gesichter wechselten. Wehmütig sah sie ihren künftigen Stiefschwiegersohn an. «Wie fühlt man sich so kurz vor der Hochzeit?», fragte sie ihn.

«Schrecklich», sagte er und kniff ein Auge zusammen.

«Stimmt es, dass dein Vater kommt?»

Robert nickte. «Ja, schließlich bin ich sein einziger Sohn.»

Elisabeth zögerte. «Das wird sicherlich spannend», sagte sie, aber es klang eher beunruhigt. Robert verstand, worauf sie anspielte.

«Ich hoffe doch, dass ihr nach vierzig Jahren euren Familienstreit endlich beenden könnt.»

«Ist das wirklich schon vierzig Jahre her?», sinnierte sie. «So wie Albert manchmal tut, war es erst gestern», stichelte Robert. Elisabeth verzieh ihm diesen kleinen Seitenhieb auf ihren Sohn. Sie wollte auf etwas anderes hinaus. «Du weißt, dass dein Vater und ich uns sehr nahe gestanden haben?», fragte sie ihn. Erstaunt sah Robert sie an. Er wunderte sich, dass sie ausgerechnet jetzt an diese alten Geschichten rührte. «Maximilian redet nicht über Gefühle. Das kann er nicht, das will er nicht. Aber ich weiß, dass Franz und er sich wegen dir zerstritten haben.»

«Diese beiden Dickköpfe in einer Firma. Das konnte sowieso nicht gut gehen», tat sie das Thema ab. Inzwischen war jedoch Roberts Neugier geweckt worden. «Maximilian hat immer gesagt ...»

Elisabeth schien ihn nicht gehört zu haben. Zielsicher hatte sie einen kleinen Ordner aus dem Regal gezogen und präsentierte ihm eine aufgeschlagene Seite. «Schau her, das waren wir. Dein Vater und ich.»

Robert war fasziniert. Von diesem Leben hatte er so gut wie nichts gewusst, und Fotos aus der Wiener Zeit seines Vaters gab es zu Hause nicht. Zumindest hatte er noch nie welche zu Gesicht bekommen. Es waren alte Schwarzweißaufnahmen, entsprechend der Mode der Zeit mit einem gezackten weißen Bildrand versehen. Sie zeigten Elisabeth im Alter von zwanzig, fünfundzwanzig Jahren und seinen Vater als jungen Mann. Sie waren ein fesches Paar. Sie trug einen Sonnenhut und ein knielanges Kleid, er eine schwarze Röhrenhose zum weißen Hemd. Die gegelten Haare hatte er wie ein Teddyboy nach hinten gekämmt. Eine kecke Locke fiel auf seine Stirn. Sie standen irgendwo im Grünen. Vermutlich im Prater oder im Stadtpark. «Das waren meine ersten Versuche als Fotografin», erklärte sie.

«Nicht schlecht.» Robert schmunzelte. Die «jungen Wilden» der fünfziger Jahre wollten alle wie Elvis Presley aussehen, wirkten jedoch ausnahmslos wie verunglückte Peter-Kraus-Kopien: der Verschnitt des Verschnitts. Gerade wollte Elisabeth in dem Album weiterblättern, als Tessy den Kopf zur Tür reinsteckte. Sie tauschten ihr Vater-Tochter-Lächeln aus, und schon sprudelte Tessy los. «Ich dachte, du bist schon in der Steiermark.»

Er streichelte ihren Kopf. «Noch nicht. Ich muss erst noch etwas mit dir besprechen. Komm, lass uns rausgehen.»

Tessy brannte vor Neugier, allerdings beschäftigten sie andere Fragen als Robert. «Wo werdet ihr denn wohnen?», wollte sie wissen.

«Halb hier, halb in New York. Es geht nicht anders.» Schuldbewusst sah Robert sie an. Er musste zugeben, dass das nicht nach einem treusorgenden Vater klang. Zumal Cleo bereits mit ihrer Tochter geklärt hatte, dass sie sich für ein Jahr eine Auszeit in New York nehmen wollte, um ihre Kunststudien wieder aufzunehmen. «Du kannst auch bei Valerie und mir bleiben», fügte er daher rasch hinzu, auch wenn das praktisch unmöglich war, allein schon aus schulischen Gründen. Vernünftig, wie sie war, hatte sich Tessy für ein Internat entschieden.

«Nein, wirklich. Ich gehe gern dorthin», erklärte sie. «Ich habe mir das Internat selbst ausgesucht. Eine Freundin von mir ist schon seit dem letzten Jahr dort.»

Robert nickte. Er nahm ihr ab, dass sie es ernst meinte. Dass sie sich in Zukunft nur sporadisch sehen würden, stimmte ihn trotzdem traurig. Allerdings hatte er noch einen weiteren heiklen Punkt mir ihr zu klären.

«Du bist jetzt Miteigentümerin von Aphrodite. Weißt du, was das heißt?»

«Klar», erwiderte sie stolz. «Wenn ich mit der Schule fertig bin, studiere ich und steige dann in die Firma ein.»

«Du weißt auch, dass ich deine Anteile verwalte, bis du volljährig bist?»

«Ja, ja. Ist doch gut so. Außerdem bist du doch mein Vater.» Vertrauensselig strahlte sie ihn an. Noch vor ein paar Monaten hätte sich Robert ins Fäustchen gelacht und das Anteilsrecht an Aphrodite ohne Zögern zu seinem Vorteil ausgenutzt. Jetzt spürte er ein warmes Gefühl im Bauch, etwas, was man nur mit einem sehr altertümlichen Vokabular beschreiben konnte: Wonne. Es war eine Wonne zu sehen, wie bedingungslos sie ihm vertraute. Und er war fest entschlossen, niemals etwas zu tun, das dieses wundervolle Gefühl gefährden könnte.

Kapitel 10

Albert wartete angespannt im Besprechungszimmer seiner Hausbank. Er hatte Unterlagen mitgebracht, die belegen sollten, dass die geplante Erweiterung von Aphrodite auf sicheren Füßen stand. Es war ein ambitioniertes Projekt, keine Frage, Albert war bekanntlich jedoch alles andere als eine Hasardeur. Wenn er die Kalkulation durchsah, konnte er keinen Denkfehler entdecken. Aber Banker hatten gelegentlich doch eine andere Sicht der Dinge. In den letzten Jahren waren die Kreditvergaberichtlinien verschärft worden. Kein Wunder, nachdem die Geldinstitute einige spektakuläre Firmenzusammenbrüche in der «Old Economy» erlebt hatten und bei der Finanzierung der Internet-Start-ups gleich Milliardensummen in den Sand gesetzt hatten, nicht ihr eigenes Geld natürlich, nur das ihrer Anleger. Das machte ihre vornehme Zurückhaltung bei Kreditengagements ihrer treuen Kunden umso zynischer, fand Albert. Andererseits, beruhigte er sich, wollte er keine Wolkenkuckucksheime finanziert haben, sondern grundsolide Ware-gegen-Geld-Geschäfte. Was sollte dabei schief gehen? Für die Bank jedenfalls, er als Kreditnehmer haftete ohnehin mit dem Vermögen der gesamten Firma.

Die Tür öffnete sich, und zwei Bankmitarbeiter in dunklen Geschäftsanzügen betraten den Raum. Herr Weidinger, der Ältere der beiden, war ihm gut bekannt. Sie schüttelten sich die Hände.

«Ich dachte, Herr Klinger wollte heute dabei sein», sagte Albert. Mit seismographischem Gespür hatte er registriert, dass in Gestalt von Weidingers Begleiter offenbar eine weitere Prüfungsinstanz zu diesem Gespräch hinzugezogen wurde. Ein schlechtes Zeichen: Neue Sachbearbeiter neigten im Allgemeinen dazu, doppelt vorsichtig bei Geldgeschäften vorzugehen.

«Herr Klinger ist bedauerlicherweise nicht mehr bei uns, Herr Steininger. Dafür haben wir nun Herrn Kutschera.» Weidinger deutete auf seinen Kollegen. «Er ist jetzt hier im Haus für die Kreditvergabe verantwortlich.»

Der lächelte dünn und reichte Albert die Hand. Dann blätterte er in den Unterlagen. Kutschera mochte um die vierzig Jahre alt sein. Er hatte schütteres blondes Haar, einen blässlichen Teint und wasserblaue Augen.

«Wir haben Ihre Bilanzen genau studiert, Herr Steininger», eröffnete Weidinger die Runde. Kutschera nickte zustimmend. «Das sieht so weit wirklich gut aus. Sie denken jetzt also an eine Expansion ins Ausland sowie an die Gründung einer Tochterfirma, die Accessoires vertreibt.»

«Es wäre dumm von uns, den aufstrebenden Markt nicht zu bedienen. Unsere Luxus-Linie ist ein großer Erfolg, auch in finanzieller Hinsicht. Die Nachfrage steigt. Aphrodite hat die Möglichkeit, sich zu erweitern, und diese möchte ich nutzen.» Nichts an dem, was Albert sagte, war falsch, und dennoch fühlte er sich unbehaglich.

«Wie hoch wäre denn die Summe, die Sie benötigen?», erkundigte sich Weidinger. Albert war gut vorbereitet. «Die Kosten für die Expansion, einschließlich des größeren Produktionsvolumens und den damit einhergehenden höheren Personalkosten und Mieten, belaufen sich auf zirka 4,5 Millionen Euro. Die Kosten für die Tochterfirma auf etwa eine Million.»

«5,5 Millionen Euro insgesamt», resümierte Kutschera mit ausdruckslosem Gesicht.

«Richtig.»

Für einen Augenblick herrschte Stille. Dann raffte sich Weidinger zu einer lauwarmen Erklärung auf. «Wir werden Ihre Kalkulation und die Sicherheiten natürlich überprüfen müssen.»

«Natürlich», erwiderte Albert und lächelte gezwungen. Die Unterlagen hatte die Bank bereits seit vier Wochen, die Sicherheiten waren bekannt. Schließlich waren die Steiningers seit fast einem halben Jahrhundert Kunden. Offensichtlich war ihnen die Größe des Kreditrahmens eine erneute Prüfung wert. Kutschera setzte ein freundliches Lächeln auf. «Eigentlich sehe ich keine weiteren Schwierigkeiten. Es würde mich freuen, wenn wir Ihnen helfen können.»

«Auf gute Zusammenarbeit», Weidinger reichte ihm die Hand.

«Wir sehen uns dann ja morgen bei der Hochzeit», erwiderte Albert. Als langjähriger Finanzberater hatte Weidinger selbstverständlich eine Einladung erhalten. «Vielleicht möchte Ihr Kollege die Gelegenheit ja auch nutzen, uns ein wenig näher kennen zu lernen.»

Das galt Kutschera. Der Angesprochene lächelte überrascht. Offensichtlich hatte er sich noch nicht daran gewöhnt, als Kreditgeber hofiert zu werden. Man trennte sich in freundschaftlichstem Einvernehmen, das es zwischen Gläubiger und Schuldner geben kann.

Eilig durchquerte Robert die imposante Eingangshalle des Hotel Imperial und steuerte die Rezeption an.

«Guten Tag. Fox. Mein Vater hat bei Ihnen eine Suite reserviert.» Die Empfangsdame sah im Computer nach. «Maximilian Fox. Die Vivaldi-Suite. Ab heute.»

«Mein Vater wird erst morgen ankommen.»

«Kein Problem», erwiderte sie.

«Gut, dann ...», begann er, aber ein auffallend hübsches junges Mädchen trat an den Counter und wandte sich an die Hotelangestellte, ohne ihn zu beachten. «Können Sie mir sagen, wo man hier in der Nähe gut einkaufen kann? Ich suche ein Kleid für einen festlichen Anlass.»

Bernadette hatte von Carl das Geld bekommen, um sich ein Kleid für die Hochzeit zu kaufen. Robert trat einen Schritt zur Seite und musterte sie verstohlen. Ihr Akzent verriet ihm, dass sie Französin war. Ihr Alter konnte er jedoch schwer einschätzen, sie war perfekt geschminkt. Währenddessen gab ihr die Empfangsdame eine Einkaufsempfehlung. «Wenn Sie aus dem Haus kommen, links und nochmal links. Dort finden Sie die Fußgängerzone mit etlichen kleinen Boutiquen.»

«Fußgängerzone? Gibt es da auch gescheite Läden?»

Eine kapriziöse kleine Pariserin, dachte Robert amüsiert. «Was verstehen Sie denn unter gescheit?», mischte er sich ein. Bernadette drehte sich temperamentvoll um und schlug einen Augenblick später die Augen nieder. Robert gefiel ihr sofort. Eine zarte

Röte überzog ihre Wangen. «Na ja, ein bisschen ausgefallen, nicht so konventionell», hauchte sie verlegen. Robert war amüsiert. «Und Sie haben Angst, dass Sie in Wien nichts finden?»

«Ich weiß nicht, ich war schon so lange nicht mehr hier.»

Er lächelte sie harmlos an. «Wenn Sie wollen, ich muss sowieso in die Richtung. Ich kann Ihnen zeigen, wo man ‹gescheit› einkauft.»

Sie schlenderten die Kärntner Straße entlang. Wie selbstverständlich hatte sie sich bei ihm eingehakt. Robert führte sie ins «Zaza», eine Boutique mit exquisiten Markenartikeln und ebensolchen Preisen. Nach ihrem Auftritt im Hotel zerbrach er sich allerdings nicht den Kopf über das atemberaubende Preisniveau. Falls es doch ein wenig teurer war, als sie gedacht hatte, dann geschieht es ihr nur recht, schmunzelte er in sich hinein, vielleicht wird sie dann das nächste Mal ein wenig zurückhaltender auftreten. Galant hielt er ihr die Tür auf. «Hier drinnen werden Sie bestimmt etwas finden.»

«Wollen Sie nicht mitkommen und mich beraten?»

Robert schluckte trocken. Bernadette schien keinerlei Hemmungen zu entwickeln, ungeniert mit ihm zu flirten. Sie war hübsch, keine Frage, aber er war so gut wie verheiratet. Lächelnd schüttelte er den Kopf. «Ich entschuldige mich vielmals, aber ich habe leider noch zu tun.»

«Hätten Sie wenigstens heute Abend Zeit? Auf einen Drink?»

Robert konnte es kaum fassen. Er war einiges gewohnt, aber das hier war …, ihm fiel kein passendes Wort dafür ein, es war außergewöhnlich. Wenn sie weniger hübsch gewesen wäre, hätte er ihr Verhalten sicherlich als aufdringlich empfunden. So schrieb er es ihrer Jugend zu. Wie alt mochte sie sein?, fragte er sich, vermutlich nicht einmal zwanzig, vielleicht vier, fünf Jahre älter als Tessy. Bei dem Gedanken wurde ihm ganz unbehaglich. «Wir werden sehen, ich kann es Ihnen nicht versprechen», sagte er zögernd.

«Oh, bitte, sagen Sie ja.» Wie ein Backfisch fiel ihm Bernadette um den Hals. Er spürte, wie ihre festen Brüste an sein Jackett drückten. Irgendwer sollte einmal ein ernstes Wort mit ihr reden, schoss es ihm durch den Kopf.

In der Zwischenzeit war Valeries Mutter auf Schloss Thannegg eingetroffen. Barbara hatte sich seit Franz' Tod in die Arbeit gekniet, um ihren Schmerz zu vergessen und weil sie wusste, dass sie sich selbst eine neue Lebensperspektive schaffen musste. Als bei ihrer Zeitung eine volle Stelle vakant wurde, wechselte sie von der freiberuflichen Kulturberichterstattung zum Status einer festen Redakteurin im Wirtschaftsressort. Das verschaffte ihr nicht nur ein gesichertes Einkommen, sondern auch die Möglichkeit, häufig ins Ausland zu reisen. Der einzige Wermutstropfen war, dass sie ihre Tochter kaum sah, selbst bei ihrer Hochzeit.

«Ich kann leider nur bis morgen Abend bleiben», erklärte sie Valerie. «Ich muss am nächsten Tag ganz früh in der Redaktion sein. Am Montag findet die OPEC-Sitzung statt.»

Scherzhaft drohte Valerie ihr mit dem Finger. «Mama, du gönnst dir keine ruhige Minute.»

«Da bist du ja auch nicht anders als ich», verteidigte sich Barbara. «Elisabeth hat mir gesagt, dass du nächste Woche noch arbeitest. Normalerweise geht man auf Hochzeitsreise.»

«Natürlich. Das machen wir ja auch: Florenz, Siena, Rom, Neapel und natürlich Capri. Tobias hat alles organisiert. In zehn Tagen geht es los, Ehrenwort.»

Barbara lachte. Gleich darauf wurde sie ernst. «Ich war schon ein bisschen überrascht, dass du Robert gleich heiraten willst. Kannst du dir wirklich vorstellen, dein ganzes Leben mit ihm zu verbringen?»

«Ja», kam es aus vollem Herzen. «Ich würde ihn am liebsten immer neben mir haben: morgens, mittags, abends, nachts!»

Barbara strich ihrer Tochter liebevoll übers Haar. «Aber dafür muss man doch nicht unbedingt heiraten», sagte sie nachdenklich.

«Mama, ich weiß, du hältst mich für altmodisch. Aber ich will Roberts Frau sein, auch auf dem Papier. Es ist nicht leicht, auch für uns beide. Seine Firma und Aphrodite sind Konkurrenten.»

«Und du meinst, diese Probleme lösen sich durch eine Urkunde?», fragte Barbara skeptisch. «Nein. Natürlich nicht», seufzte Valerie, «aber ich glaube, die gesamte Familie Steininger akzeptiert Robert besser, wenn wir verheiratet sind.»

«Ich hoffe, du hast Recht», sagte ihre Mutter und ärgerte sich gleichzeitig über sich selbst. So überkritisch, wie sie sich gab, musste ihre Tochter den Eindruck gewinnen, sie wollte ihr Robert ausreden, und das einen Tag vor der Hochzeit. «Ich wollte ja nur hören, ob du wirklich sicher bist», fügte sie beschwichtigend hinzu.

Valerie nickte: «Ich bin mir sicher. Ganz sicher!»

Gegen 20.30 Uhr erhielt Valerie einen Anruf von Robert. Sie hatte bereits eine Weile darauf gewartet, dass er sich melden würde. Von Wien aus betrug die Fahrzeit dreieinhalb Stunden. Selbst wenn er sich sofort ins Auto setzen würde, wäre er nicht vor Mitternacht da.

«Wann kommst du?», fragte sie ihn.

«Morgen, ganz früh. Es geht leider nicht anders. Aber zum Frühstück bin ich da.» Er klang so traurig, wie sie sich fühlte.

«Was ist denn da für ein Lärm bei dir?», wunderte sie sich. Robert ignorierte die kleine misstrauische Spitze in ihrer Frage.

«Ich habe gerade noch eine Besprechung.»

Danach hörte sich das fröhliche Stimmenwirrwarr im Hintergrund zwar nicht an, fand Valerie, aber sie verzichtete darauf, ihn weiter auszuhorchen. «Arbeite nicht zu viel», gab sie ihm mit auf den Weg, «denk dran: Morgen musst du ausgeschlafen sein.»

«Versprochen», flüsterte er zärtlich in den Hörer, «bis gleich.» Das war zwar eine ziemlich kräftige Übertreibung, aber es sollte sich so anhören, als ob er praktisch drauf und dran war loszufahren. «Bis gleich», flüsterte sie glücklich zurück.

Robert klappte das Handy zu und wandte sich lächelnd seinem «Geschäftstermin» zu. Bernadette hatte für beide einen Gin Tonic bestellt und prostete ihm zu.

Gegen drei Uhr morgens wachte er auf. Ein hämmernder Kopfschmerz drückte gegen seine Schläfen, und die Augen brannten in den Höhlen. Er brauchte einen Augenblick, um sich zu orientieren. Dann erkannte er im grauen Dämmerlicht die vertrauten Umrisse seines Hotelzimmers. Beruhigt schlug er die Augen zu und riss sie gleich darauf entsetzt wieder auf. Neben dem Bett lag ein rosa Spitzenunterhöschen. An seiner Seite räkelte sich Bernadette und schlief, selig wie ein Kind in die Kissen gedrückt. Mit einem Ruck sprang er auf. Er tastete nach seinen Sachen und schlich sich vorsichtig aus der Tür.

«Wie hast du dir das eigentlich vorgestellt? Ohne Geld hier aufzukreuzen, im Imperial zu wohnen?» Carl sah seine Mutter mit verhaltener Empörung an. Sie saßen im Frühstücksraum des Hotels. Brigitte hatte sich bereits das zweite Glas Champagner an den Tisch bringen lassen. Sie nippte daran und stellte es geziert zurück. «Hat Bernadette also wieder einmal ihren Mund nicht halten können», stellte sie entrüstet fest. Carl verdrehte die Augen. «Und nach der Hochzeit? Gehst du nach Paris zurück?»

«Weiß ich noch nicht», teilte sie ihm ungnädig mit.

«Mutter, du musst doch irgendeine Vorstellung davon haben, wie es in deinem Leben weitergeht.» Wenn er daran dachte, dass er vor kurzem noch geplant hatte, bei ihr in Paris zu wohnen, wurde ihm regelrecht schlecht. Er sah sie auffordernd an. «Sicher habe ich eine Vorstellung», teilte sie ihm nach einer großzügigen Bedenkzeit mit.

«Und wie sieht die aus?», bohrte er weiter. Sie gönnte sich ein Schlückchen Champagner, bevor sie ihn ihre Antwort wissen ließ.

«Das kommt ganz auf Albert an. Schließlich sind wir immer noch verheiratet. Entweder er zahlt mich aus, oder, wer weiß, vielleicht habe ich ja Lust auf eine Versöhnung.»

Carl begann langsam, an dem Verstand seiner Mutter zu verzweifeln. Aber vielleicht tat sie ja nur so naiv, sagte er sich im nächsten Moment. Die Vorstellung, dass Albert und sie wieder zusammenkommen würden, konnte sie nicht einmal ansatzweise ernsthaft in Betracht gezogen haben. «Glaubst du, er hat die ganze Zeit auf dich gewartet?», fragte er. «Vater hat längst eine neue Beziehung.»

Diese Mitteilung schien Brigitte kurzzeitig aus dem Konzept zu bringen, doch gleich darauf lehnte sie sich wieder entspannt zurück.

«Ach, lass ihn doch ruhig eine kleine Freundin haben.»

«Es ist Alpha, Mutter!» Diese kleine Gemeinheit konnte er sich nicht verkneifen. Bei den wenigen Gelegenheiten, an denen die beiden Frauen zusammengetroffen waren, war ihr Verhältnis von einer spontanen gegenseitigen Abneigung geprägt gewesen.

«Alpha?», schluckte Brigitte. «Etwa *die* Alpha? Ulrichs Frau?» Seine Mutter genoss ihre kleine theatralische Darbietung. Sie wandte die Augen zum Himmel, zerknüllte ihre Serviette und verfiel schließlich in ein gackerndes Lachen. Die Blicke der übrigen Frühstücksgäste wanderten zu ihrem Tisch. Carl wünschte sich, er hätte heute Morgen einen weißen Kittel angezogen. Dann hätte er sich als ihr Pfleger ausgeben können. Bevor sie an ihrem Lachanfall ersticken konnte, erreichte Bernadette den Tisch. Abrupt stellte Brigitte ihren Heiterkeitsausbruch ein.

«Wo warst du denn?», begrüßte sie ihre Tochter streng. «Du hast nicht in deinem Zimmer geschlafen.»

«Ich habe eine Freundin getroffen», erwiderte sie unschuldig und rutschte auf ihren Stuhl. Aber natürlich war die Inquisition noch nicht vorbei.

«Seit wann hast du in Wien eine Freundin?»

«Seit gestern», teilte sie ihrer Mutter mit und ließ keinen Zweifel daran, dass das die letzte Auskunft in dieser Sache gewesen war. Brigitte schnaubte verächtlich und trank ihren Champagner in einem Zug aus. Dann stand sie auf und erwartete von ihrer Tochter offensichtlich dasselbe. «Los. Los, beeil dich, wir müssen noch zum Friseur.»

Tatsächlich trafen sie noch rechtzeitig zur Trauungszeremonie in der St.-Michaelis-Kirche ein. Es war Roberts Vater, der sich verspätete. Mitten in das feierliche Gelöbnis der Brautleute, einander zu lieben zu ehren und sich treu zu sein, bis dass der Tod sie scheide, mischte sich das Quietschen des Kirchenportals. Gut die Hälfte der anwesenden Gäste konnte der Versuchung nicht widerstehen und schaute sich um, verstohlen zwar, aber doch so, dass die Neugier befriedigt wurde. Maximilian Fox und seine Begleiterin schlüpften rasch in die hinterste Kirchenbank. Alpha und Elisabeth hatten jedoch erkannt, wer da an der Seite des gut gekleideten grauhaarigen Seniors in die Kirche gekommen war. Alpha tippte Albert ans Bein und flüsterte: «Du wirst es nicht glauben ...»

«Sie dürfen die Braut jetzt küssen», intonierte der Pfarrer vorne am Altar. Langsam wendete Albert seinen Kopf und spähte nach hinten. Zwischen den Reihen der gespannt nach vorne blickenden Zuschauer erhaschte er einen flüchtigen Blick auf ein vertrautes Gesicht. Es war nur ein schemenhafter Eindruck, das Profil einer jungen blonden Frau im Anschnitt, aber es reichte aus, um Albert zusammenzucken zu lassen. «Gott segne und behüte euch. Er begleite euch auf all euren Wegen und schenke euch ewigen Frieden. Amen.»

«Amen», murmelte Albert grimmig und wandte ruckartig den Kopf wieder nach vorne.

Im Blitzlichtgewitter der Fotografen verließen die Brautleute die Kirche. Draußen wartete bereits ein Spalier von weiteren Gästen, die begeistert klatschten. Reiskörner flogen durch die Luft. Valerie warf ihren Brautstrauß in die Menge. Ein hübsches junges Mädchen hatte sich in die erste Reihe der Gratulanten gedrängt und fing ihn unter den Beifallrufen der Umstehenden auf. Robert sah sie und war schockiert: Es war Bernadette. Rasch wandte er den Blick ab. Alpha drückte ihn an ihre Brust. «Wer ist das?», flüsterte er ihr ins Ohr. Alpha folgte seinem Blick. «Das, oh, das ist die Tochter von Alberts Frau aus ihrer Beziehung nach der Ehe mit Albert.»

Eine stille, kleine Hochzeit, im engsten Kreis der Familie, mit diesem Gedanken hatten Valerie und er gespielt, als sie sich überlegten, wie sie die Feier ausgestalten wollten. Warum, verdammt nochmal, hatte er dazu nicht ja gesagt? Wieso eigentlich hatten sie gemeint, Rücksicht nehmen zu müssen auf die vielen Freunde, Verwandte und Bekannte, einschließlich der Geschäftspartner und der Presse? Warum mussten über fünfhundert Leute an diesen abgelegenen Flecken kommen, um Zeugen zu werden, wie er sich blamieren würde? Wenn es einen Gott gab, dachte Robert, dann verstand er offensichtlich keinen Spaß mit Männern, die ihrer Braut in seiner Kirche ewige Treue schworen, nachdem sie aus dem Bett einer anderen geklettert waren.

Er erhielt einen Knuff an die Schulter. Albert hatte sich zu ihm vorgekämpft und lächelte ihn mit verkniffenem Mund an. «Dein

Vater ist angekommen. Er hat eine Überraschung für dich», sagte er mit mühsam unterdrückter Wut. Gleich darauf bahnte sich Maximilian Fox einen Weg durch die Menge. Im schwarzen Cut wirkte er wie ein Parlamentsmitglied des britischen Oberhauses. Seine hoheitsvolle Ausstrahlung bewirkte, dass man ihm bereitwillig Platz machte. «Mein Junge», sagte er mit standesgemäßer Zurückhaltung, «ich wünsche dir, euch beiden, alles Gute, Gesundheit und ein langes Leben.»

Erst schüttelte er Robert die Hand, dann Valerie, wobei er sie freundlich musterte. «Du hast mir nicht gesagt, wie schön deine Frau ist», meinte er anerkennend. Sein Sohn lächelte dünn. «Es sollte ja auch eine Überraschung werden.»

Maximilian wandte steif seinen Kopf nach hinten und winkte die Frau herbei, mit der er gekommen war. «Darf ich euch meine Begleiterin vorstellen.»

Fassungslos starrten Robert und Valerie sie an.

«Es freut mich, euch zur Hochzeit gratulieren zu dürfen.» Karin formte jedes einzelne Wort wie eine kleine schimmernde Perle, die sie ihnen zuhauchte. Valerie schluckte und rang sich zu einer Erwiderung durch. «Sie sind sich wohl für nichts zu schade», sagte sie leise. Dann raffte sie ihr Kleid hoch, drehte sich um und tauchte sofort in der Menge unter. Maximilian hob erstaunt die Augenbrauen. Robert nahm kein Rücksicht auf ihn. «Wieso läufst du eigentlich noch frei herum?», fuhr er sie böse an und erntete ein triumphierendes Lächeln. «Wieso?», fragte sie unschuldig. «Es gab doch keinerlei Beweise. Ich hatte nichts zu tun mit dem Brand.»

«Da habe ich anderes gehört», erwiderte Robert trocken. Sein Vater hatte genug von den dunklen Andeutungen. «Kann mir mal jemand sagen, was hier gespielt wird?»

«Das erzähle ich dir später», antwortete Robert mit eisiger Miene, «obwohl, deine neue Freundin hier kann es dir bestimmt auch erklären.»

Mit diesen Worten ließ er seinen Vater stehen und wandte sich den übrigen Hochzeitsgästen zu. Maximilian machte ein verdutztes Gesicht. «Was hat er denn?», fragte er Karin. Sie drückte ihm einen flüchtigen Kuss auf die Wange. «Zwischen der Familie

Steininger und mir gab es ein paar unbedeutende Differenzen. Vermutlich hat dein Sohn sich auf ihre Seite geschlagen.»

Maximilian Fox war kein Mann, der sich mit solchen diffusen Äußerungen zufrieden gegeben hätte. Bevor er jedoch auf Aufklärung bestehen konnte, gesellte sich Elisabeth zu ihnen.

«Maximilian, willkommen», sagte sie mit einem seltsamen Unterton in der Stimme.

«Elisabeth», sagte er berührt und beugte sich hinab, um ihr einen formvollendeten Handkuss zu geben. Sie entzog sich ihm jedoch sofort und maß seine Begleiterin mit einem kühlen Blick. «Fräulein Schröder, Sie überraschen uns immer wieder mit Ihren ...», sie machte eine bedeutsame Pause, «... zündenden Ideen.»

Karin lächelte maskenhaft.

Alpha hatte sich um die gesamte Organisation der Veranstaltung gekümmert. Jetzt stand sie am Eingang zur Ritterhalle und wies den hereinströmenden Gästen ihre Plätze an den Tischen zu.

Brigitte ergriff mit gespielter Begeisterung ihre beiden Händen und drückte sie. «Es freut mich ja so, Sie zu sehen. Gut sehen Sie aus. Haben Sie das selbst gemacht?» Die Frage galt Alphas schwarzem Seidenkostüm, das sie jetzt ungeniert mit den Fingern prüfte.

«Guten Tag, Brigitte. Ihr Platz ist an Tisch eins, ganz rechts.» Alpha verlor kein weiteres Wort und wandte sich dem nächsten Gast zu. Mit ihren Kindern Bernadette und Carl im Schlepptau rauschte Brigitte an ihr vorbei. Dann traten Maximilian und Karin ein.

«Herr Fox, nicht wahr?», begrüßte ihn Alpha, wobei sie die Frau an seiner Seite geflissentlich ignorierte. «Ganz richtig», bestätigte er.

«Leider haben wir am Brauttisch nur einen Platz für Sie alleine reserviert.» Alpha log, ohne rot zu werden. «Wenn Sie gern mit Ihrer Begleiterin zusammensitzen möchten ...» Sie deutete auf einen Tisch am anderen Ende der Halle, die Strafbank, wo sie bereits Herrn Weidinger und Herrn Kutschera vom Kreditinstitut platziert hatte. «Dort hinten wäre noch etwas frei.»

«Wie großzügig», giftete Karin zurück.

«Ich wollte sowieso nicht zwischen den ganzen Steiningers sitzen», verkündete Maximilian, hakte sie ein und ging gemessenen Schrittes in die zugewiesene Ecke.

Robert fühlte sich wie ein Delinquent vor der Hinrichtung, wie ein Verräter, der aufgrund einer Verwechslung zum König gekrönt wurde und nun den lauernden Meuchelmördern im Saal in der Hoffnung zuprostete, sie würden ihr Vorhaben noch ein wenig hinauszögern, wenn er ihnen nur genug Freundlichkeit bewies. Also lächelte er, bis sich sein Kinn schmerzhaft verspannte, warf begeisterte Blicke in die Runde, nickte grüßend und zuckte dann doch zusammen, als Bernadette zurückstrahlte und Karin sich mit einem zuckersüßen Gesichtsausdruck revanchierte.

«Nimmt dein Vater eigentlich immer deine abgelegten Freundinnen?», flüsterte ihm Valerie von der Seite zu.

«Er wusste sicher nicht, wer sie ist», gab er leise zurück.

«Aber sie wusste, wer er ist», stellte sie klar.

«Mit Sicherheit. Ich werde mit ihm reden», versprach er und lächelte seinen Gästen erneut mit verzweifelter Heiterkeit zu.

Später am Abend hatte Albert Gelegenheit, mit Brigitte unter vier Augen zu reden. Sie trafen sich im Schlosshof unter den Herzkirschenbäumen. Aus dem Innern der Gemäuer wehte Tanzmusik herüber. Aus den Sprossenfenstern des alten Gemäuers drang schwacher Lichtschein und spiegelte sich matt in ihren Gesichtern. Es war, als hätten sie hier draußen unter dem Sternenhimmel ihre Masken abgenommen und verhandelten wie erschöpfte, abgeschminkte Schauspieler ihre Honorarverträge. Nur dass Albert die Rolle des Prinzipals der Truppe innehatte und Brigitte die der verwöhnten alternden Diva. Affektiert sog sie an einer Zigarette mit Mundstück. Wie hatte er diese Frau nur jemals lieben können?, fragte sich Albert. Sie war ihm fremder als der Mond und gleichzeitig unendlich vertraut mit der Summe all ihrer abstoßenden Verhaltensweisen. «Ich will die Scheidung, Brigitte. Und zwar so schnell wie möglich», stellte er unmissverständlich klar.

«Die Scheidung?» Damit hatte Brigitte offenbar nicht gerechnet.

«Ja. Es wird ja auch Zeit nach so vielen Jahren. Ich liebe Alpha, und wir wollen heiraten.»

Seine Frau änderte ihren Tonfall; sie wurde hart. «Wenn du mich auszahlen kannst, kein Problem. Du weißt, dass mir die Hälfte von deinem Firmenanteil und die Hälfte deines Anteils an der Villa zustehen.»

«Die Villa gehört meiner Mutter.»

«Aber du erbst ein Viertel.» Sie ließ ihm kein Schlupfloch. «Wenn du mich auszahlen möchtest, dann muss das selbstverständlich berücksichtigt werden. Wenn ich es mir überlege, komme ich etwa auf ...» Sie ließ sich Zeit damit, eine konkrete Summe zu nennen. Zunächst wollte sie seine Unruhe bis zum Ende auskosten. «Ich dachte an 7 Millionen.»

«Euro?», Albert stöhnte dumpf auf.

«Was dachtest du denn? Schilling? Lire?»

«Niemand hat so viel Geld flüssig», erwiderte er knapp. Sie gab einen spitzen Lacher von sich. «Ich habe mich erkundigt. Dem Unternehmen geht es gut. Ihr wollt expandieren. Warum sollte ich mich mit einem Almosen abspeisen lassen?»

«Davon spricht niemand. Aber es nutzt auch nichts, wenn du mit deinen Forderungen unsere Firma ruinierst. Denk an Cleo, Alpha, Valerie. Ihnen gehört Aphrodite genauso wie mir.»

Brigitte trat dicht an ihn heran und sah ihm mitleidslos in die Augen. «Es wäre nicht das erste Mal, dass jemand etwas opfern muss, um frei zu sein.»

Sie zog den Zigarettenstummel aus dem Halter und schnippte ihn in die Hecke. Dann drehte sie sich um und stolzierte zum Eingang der Halle zurück. Albert folgte ihr in angemessenem Abstand. Es raschelte leise hinter der Hecke, dort, wo Brigitte ihre Zigarette hingeworfen hatte. Vorsichtig trat Karin aus dem Schatten. Es lohnt sich immer, ein paar Grundregeln im Umgang mit Feinden zu beachten, dachte sie und war sehr zufrieden mit sich selbst. Regel Nummer eins lautete: Kenne seine Pläne, aber lasse ihn im Dunklen über deine Absichten.

Regel Nummer zwei: Teile deine Informationen mit den Menschen, die deinem Widersacher schaden können. Es war eine gute Idee von Alpha gewesen, sie an einen Tisch mit den Hausbankern zu setzen. Dieser Kutschera schien interessiert daran, Näheres über die Firma zu erfahren.

Am Champagner-Stand fing Brigitte die Zukünftige ihres Mannes ab. Alpha half die Gläser der trinklustigen Gäste zu füllen. Herausfordernd streckte ihr Brigitte einen leeren Sektkelch entgegen. «Schade, dass Sie so viel zu tun haben. Sie können das Fest ja gar nicht genießen.»

Alpha stellte sich vor, wie sie eine Flasche schütteln und den Inhalt samt Korken in ihr Gesicht platzen lassen würde. «Ich mache es gern», erwiderte sie und zwang sich, Brigittes Glas mit ruhiger Hand aufzufüllen. Alberts Frau nippte daran und fuhr fort, sie auf elegante Weise zu provozieren. Scheinheilig zog sie Alpha ins Vertrauen. «Albert hat mir erzählt, dass Sie beide jetzt zusammen sind.»

«Ach, hat er das?»

«Mein Mann und ich haben keine Geheimnisse voreinander. Wir haben lange miteinander geredet.»

«Wieso haben Sie Ihren Freund Louis eigentlich nicht mitgebracht?», erkundigte sich Alpha mit ebenso falscher Freundlichkeit. «Ich hätte ihn gern kennen gelernt.»

«Er hasst Familienfeiern.» Abrupt drehte sich Brigitte um und verschwand.

Bernadette hatte gewartet, bis Robert den Weg zur Toilette eingeschlagen hatte. Dann folgte sie ihm heimlich und postierte sich in dem dunklen Gang vor der Tür. Als er wieder heraustrat, lief er ihr direkt in die Arme. Sie hielt ihn fest.

«Meinst du nicht, wir sollten miteinander reden?»

Robert machte sich los und ließ sich gegen die gegenüberliegende Mauer fallen. «Doch», sagte er matt. Es war klar, dass es so kommen musste, und es war sinnlos, davonzulaufen. Bernadette sah ihn traurig an. «Wieso hast du mir nicht gesagt, dass du heiratest? Dann wäre das alles nicht passiert.»

Er lockerte den Schlips und stützte seinen Rücken an der Wand ab. Sie war kalt und rissig. Es gab nichts, was er in dieser Situation zu seiner Ehrenrettung hätte sagen können, jedenfalls nichts, was irgendwie plausibel geklungen hätte. «Es tut mir Leid. Ich war gestern so durcheinander. Ich konnte überhaupt nicht mehr klar denken. Und dann kamst du. Ich wusste ja nicht, wer du bist.»

«Macht das einen Unterschied?» Bernadette schien erstaunlich reif zu sein für ihr Alter. Nein, gestand sich Robert ein, es machte überhaupt keinen Unterschied. Er hatte sich wie ein Schwein benommen, als er die Mutter seines ungeborenen Kindes, seine Braut, am Tag vor der Hochzeit mit einer Zufallsbekanntschaft betrog.

«Ich dachte, wir verbringen einen schönen Abend zusammen, mehr nicht», murmelte er. Bernadette trat auf ihn zu und sah ihn mit schimmernden Augen an. «Und es war doch auch sehr schön. Das hast du selbst gesagt», flüsterte sie mit erstickter Stimme.

Robert schob sich ein Stück weit die Wand hoch. «Ja. Es war sehr schön. Aber es war ein Fehler. Ich liebe Valerie.»

«Wirklich?», entrüstete sich Bernadette. «Und warum betrügst du sie dann?»

Robert sah sie jämmerlich an. «Ich weiß es nicht», stammelte er, «ich weiß es wirklich nicht.»

«Denk einfach einmal darüber nach.» Tränen stiegen ihr in die Augen. Sie drehte sich um und lief davon. Robert atmete auf. Fürs Erste schien die Hinrichtung vom Spielplan gestrichen zu sein. Falls er hier ungeschoren davonkäme, schwor er sich, dann würde er für alle Zeiten die Finger von anderen Frauen lassen.

Wer immer sein stilles Gelöbnis gehört haben mochte, wollte ihm offensichtlich Glauben schenken. Gab es eigentlich einen Gott, der speziell für die Stoßgebete treuloser Ehemänner zuständig war? Wenn ja, dann drückte er beide Augen zu, oder vielleicht langweilten ihn die haltlosen Schwüre der triebhaften Spezies Mann auch nur zu Tode. Lange nach Mitternacht trug er Valerie auf seinen Armen über die Schwelle des Hochzeitszimmers ins Bett. Er war noch aufmerksamer und zärtlicher zu ihr als sonst. Auch das konnte Misstrauen hervorrufen, sagte er sich, als er ihr einen langen liebevollen Kuss auf den Mund drückte und sie sanft auf das Kissen bettete. Aber darauf musste er es ankommen lassen.

«Wir müssen uns wohl entscheiden, Expansion oder Scheidung?», fragte Alpha beklommen. Nach dem Wochenende in der Steiermark ging der Alltag wie gewohnt weiter, mit Sorgen und dem ständigen Nervenkrieg um den Erhalt der Firma. Nachdem sie von Albert erfahren hatte, wie viel Brigitte für die Scheidung verlangte, machte sie sich wenig Hoffnungen, jemals ihre Designer-Linie auf einen erfolgreichen Kurs zu führen. Unruhig ging Albert in ihrem Büro auf und ab. Jetzt blieb er stehen. «Nein. Ich habe nachgedacht. Es kommt nicht infrage, dass Aphrodite sich wegen Brigitte diese Chance versauen lässt.»

«Wirklich?» Alpha strahlte.

«Wirklich. Vielleicht müssen wir hinsichtlich der Kosten umdenken. Dieser Bellini, den du kennst. Kann der uns tatsächlich weiterhelfen?»

Albert sprach damit an, was sie ihm vorgeschlagen hatte. Auf der letzten Modemesse in Mailand hatte sie ihren ehemaligen Arbeitgeber aus ihrer Anfangszeit als Designerin getroffen und vorsichtig die Möglichkeit einer Kooperation ausgelotet. «Ich bin nicht sicher. Er besitzt Immobilien in ganz Italien. Modegeschäfte in Rom, Mailand und Florenz, außerdem eine Fabrik für Designermöbel. Er kannte Aphrodite natürlich und klang interessiert.»

«Wir sollten ihn so schnell wie möglich treffen», schlug Albert vor.

«Wann hast du Zeit?»

«Wie wäre es mit Ende dieser Woche?»

Alpha klappte ihren elektronischen Terminkalender auf und suchte Bellinis Nummer heraus. Gespannt verfolgte Albert das Gespräch. Es war schön, Alpha zuzuhören, wenn sie Italienisch sprach. Leider verstand er so gut wie nichts, aber die Melodie ihrer Stimme bezauberte ihn. Er war glücklich und entschlossen, dieses Glück mit Zähnen und Klauen zu verteidigen. «Si, pronto. Signor Bellini, non c'è? Posso parlare con lui?»

Zwei Minuten später war die Verabredung unter Dach und Fach. «Bellissima», radebrechte Albert und küsste ihr auf die Stirn.

Schwungvoll betrat Maximilian Fox das neue Wiener Büro seines Sohnes. Robert hatte es kostenbewusst in der Oberzellergasse nahe dem Frachtbahnhof eingerichtet. Sein Vater begrüßte die Sekretärin, May Li, die er bereits aus New York kannte.

«Ist er da?»

«Ja», bestätigte sie und führte ihn ins Hinterzimmer.

Robert erhob sich von seinem Schreibtischstuhl und gab ihm die Hand. Dann bat er ihn, Platz zu nehmen. «Gut, dass du kommst. Ich muss mit dir reden.»

Maximilian zeigte ein joviales Lächeln. «Ich bin stolz auf dich, mein Junge. Scheint ja alles bestens zu laufen in Europa.» Dann wurde er ernst. «Jedenfalls war es ein kluger Schachzug von dir, diese Valerie Landau zu heiraten. Dadurch sind wir der Übernahme von Aphrodite einen Riesenschritt näher gekommen. Wie viel der Firma gehört deiner Frau? Ein Viertel?»

Aufmerksam musterte Robert seinen Vater. Es war an der Zeit, ein paar Dinge klarzustellen. «Dad, ich habe Valerie nicht aus geschäftlichen Gründen geheiratet, sondern weil ich sie liebe. Falls du weißt, was das ist.»

Maximilian runzelte die Stirn. «Liebe? Mein Junge, du willst mir doch nicht weismachen, dass du dich dadurch von unserem Vorhaben abbringen lässt?»

«Deinem Vorhaben», korrigierte ihn Robert.

Maximilian sah ihn mit undurchdringlichem Blick an. Auch er dachte, dass es an der Zeit für Klarstellungen war. «Ich habe beschlossen, mich wieder etwas mehr um die Firma zu kümmern.»

«Du willst wieder einsteigen?»

«Ich war nie draußen. Mir gehört immer noch die Hälfte von Fox & Fox. Wir sind gleichberechtigte Geschäftsführer: Meine Unterschrift gilt genauso wie deine. Das wirst du doch nicht vergessen haben.»

Robert nickte. Das war eine Tatsache, genauso wie der Umstand, dass sein Vater von seinem Stimmrecht jahrelang keinen Gebrauch gemacht hatte. «Was hast du vor?»

Maximilian lächelte beruhigend. «Mach dir keine Sorgen, mein Junge. Ich werde nichts veranlassen, mit dem du nicht einverstanden bist.»

«Gut. Ich würde in jedem Fall verhindern, dass du deine Position benutzt, um Aphrodite auszuschalten.»

Sein Vater ließ nicht erkennen, ob ihn diese Kampfansage berührte.

«Du scheinst wirklich sehr verliebt zu sein», lenkte er ab. Robert ersparte sich eine Antwort darauf. «Hat dein Entschluss, wieder mitzumischen, etwas mit einer gewissen Karin Schröder zu tun?», fragte er stattdessen.

«Wie kommst du darauf?»

«Diese Frau ist kriminell, Vater.»

«Kriminell?» Maximilian schüttelte abfällig den Kopf. Robert schlussfolgerte daraus, dass ihm das Vorleben seiner neuen Begleiterin entweder unbekannt war oder es ihm unwichtig oder sogar nützlich schien. Wahrscheinlich traf Letzteres zu, nach allem, was er von seinem Vater wusste.

«Karin benutzt alles und jeden, um an Macht und Geld zu kommen. Unterschätze sie nicht», warnte er ihn. Sein Vater lächelte überlegen. «Das tue ich ganz sicher nicht. Karin hat herausgefunden, dass Albert seiner Exfrau eine riesige Abfindung zahlen muss. Dieses Geld, die Firmenerweiterung und das Projekt seines ehrgeizigen Sohnes. Wie will er das alles aufbringen?»

Robert war ehrlich überrascht. «Man kann auf dem Markt nicht bestehen, wenn man nur an Rache denkt. Das solltest du doch inzwischen kapiert haben», sagte er langsam und war sich gleichzeitig unangenehm bewusst darüber, dass das im Widerspruch zu seinem gesamten früheren Verhalten stand. Sein Vater nickte zustimmend und ließ seine makellosen Zähne blitzen.

«Bella, bellissima, come stai?» Bellini kam mit weit ausgebreiteten Armen wie ein Opernsänger auf ihren Tisch zu, küsste Alpha auf die rechte und linke Wange und drückte sie so heftig, dass Albert begann, sich unbehaglich zu fühlen. Andererseits, an den Nachbartischen des Cafés auf der Piazza Navona, in dem sie sich verabredet hatten, hatte er solche Szenen ebenfalls mehrfach beobachten können. Man begrüßte sich hier nicht einfach, sondern man trat auf und schien einen ganzen Akt lang nichts anderes zu inszenieren als das Stück mit dem Titel «Die große Wiedersehensfreude nach Jahren der Trennung», auch wenn sie sich nur fünf Minuten zuvor verabschiedet hatten, um Zigaretten zu holen. Bellini schüttelte ihm herzlich die Hand, verzichtete aber darauf, ihn in den Arm zu nehmen. Vermutlich wollte er vermeiden, dass es aussähe, als würde er mit einem Bären ringen. Er strich sein feines Brioni-Jackett zurecht und lächelte, als ob er dem Staatspräsidenten persönlich gegenüberstände. «Signor Steininger, wie geht es Ihnen?»

Erleichtert registrierte Albert, dass er ein passables Deutsch sprach. Bellinis lässig elegante Erscheinung, die dunklen, an den Schläfen ergrauten Haare, die sicherlich sündhaft teure Uhr, die an seinem Handgelenk funkelte, all das signalisierte Albert, dass er es mit einem überaus erfolgreichen Geschäftsmann zu tun hatte. Bellini setzte sich und winkte nach einem Ober, der erstaunlich eilfertig zu ihrem Tisch sprang. Sekunden später hatten sie eine Flasche eisgekühlten Prosecco vor sich und prosteten sich zu.

«Sie möchten also mit Ihrer Firma Italien erobern», kam Bellini auf den Grund ihres Zusammentreffens zu sprechen.

«Wir denken darüber nach», bestätigte ihm Albert.

«Ihr Anruf kam nicht ungelegen. Ich habe vor kurzem eine Modekette eröffnet.»

So wie Bellini es vortrug, klang es wie eines von vielen kleinen Engagements seines Konzerns, die er nebenbei betrieb. «Kleine Shops mit ausgewählter Designerware. Jeder Designer hat eine bestimmte Fläche dort zur Verfügung. Für Dessous und Bademoden habe ich bis jetzt noch keine Verträge geschlossen.»

«Du meinst, wir hätten keine eigenen Läden, könnten aber unter dem Label Aphrodite bei dir verkaufen?», fragte Alpha. Albert nahm still zur Kenntnis, dass sich die beiden duzten. Bellini nickte. «È così. So ist es.»

«Was bedeutet das hinsichtlich der Kosten?», erkundigte sich Albert. Bellini reagierte, als ob ihm mit dieser Frage ein besonderer Gefallen getan worden wäre. «Sie werden zufrieden sein, mehr als zufrieden, wirklich. Über die Details können wir später noch verhandeln. Wichtig ist der Einstieg. Ihre Präsentation muss in aller Munde sein, sonst geht in Italien gar nichts.»

«Was heißt das?», fragte Albert.

Die großen Modefirmen präsentieren ihre Kollektionen in der Regel auf der Spanischen Treppe. Albert schluckte. Die Spanische Treppe mitten im Zentrum von Rom zählte sicherlich zu einem der bekanntesten und exklusivsten Orte in der ganzen Welt. Er hatte gar nicht gewusst, dass man sie überhaupt für solche Zwecke anmieten konnte.

«Es ist der sicherste Weg zum Erfolg, die Treppe zum Ruhm, wie Sie sagen würden», bestätigte Bellini.

«Und der teuerste», vermutete Albert trocken. Bellini machte eine abfällige Handbewegung. «Machen Sie sich darüber keine Gedanken. Mein Sohn hat eine Werbeagentur, die unter anderem solche Veranstaltungen organisiert. Das könnte die Kosten zumindest reduzieren.»

Nachdem er sich verabschiedet hatte, sah Albert seine «Bellissima» nachdenklich an. Eine Frage brannte ihm unter den Nägeln. «Ist dieser Bellini wirklich seriös?»

«Er ist der beste Partner, den wir finden können», bekräftigte Alpha. «Reiche römische Familie. Altes Geld, viele Kontakte. Er hat seine Finger fast überall drin.»

Ob das für seine Integrität sprach, ließ Albert fürs Erste außer Acht. In Wahrheit beschäftigte ihn etwas ganz anderes. «Und wie kommt es, dass du diesen Spaghetti-Adel so gut kennst?», fragte er sie und war sich zu seinem eigenen Ärger bewusst, dass blanke Eifersucht in seiner Formulierung steckte. Wie nicht anders zu erwarten, reagierte Alpha empört. «Was soll denn das heißen?»

«Ihr habt scheinbar schon eine Menge miteinander erlebt. Sonst würde er uns doch nicht derart entgegenkommen.»

Albert biss sich auf die Zähne, aber es war unmöglich, das einmal Gesagte zurückzunehmen.

«Na, und? Darf ich keine Vergangenheit haben? Was ist denn mit dir? Dauernd telefonierst du mit deiner Brigitte!»

«Das ist etwas anderes.»

«Bei Männern ist es immer etwas anderes», wies ihn Alpha ironisch zurecht. «Du lässt dich von ihr umgarnen, fühlst dich auch noch geschmeichelt, und ich soll meinen Segen dazu geben.»

Sie war jetzt richtig wütend, stellte Albert seufzend fest, sie war ungerecht, aber wütend. Es hatte keinen Zweck, mit langatmigen Gegendarstellungen zu kommen. Er versuchte es mit dem guten alten Appell an das Wir-Gefühl. «Dass wir uns streiten, ist doch genau das, was sie erreichen will.»

Er näherte sich ihr sanft von der Seite, setzte einen liebevollen

Blick auf und drückte ihr einen Kuss auf die Wange. Das beschwichtigte sie offensichtlich. Nach einer kleinen Trotzpause rückte sie mit der Sprache heraus. «Als Anfängerin habe ich in einer von Bellinis Modeboutiquen gearbeitet. Durch ihn habe ich das Volontariat bei Valentino machen können.»

Sie kniff ihn in die Wange und drückte ihren Kopf an seine Schulter. In diesem Moment klingelte Alberts Mobiltelefon. Er nahm ab, horchte gespannt und wurde gleich darauf puterrot. «Das kann doch nicht wahr sein. Ja, gut, natürlich komme ich.»

Nachdem er das Gespräch beendet hatte, blickte ihn Alpha fragend an. «Ich muss morgen früh mit der ersten Maschine zurück», sagte er.

«Was ist denn los?»

«Die Bank spielt verrückt. Sie wollen uns den Kredit nicht geben.»

Kapitel 11

Wieder saß Albert im Besprechungszimmer den Herren Weidinger und Kutschera gegenüber. Wieder fühlte er sich unbehaglich, allerdings mit dem Unterschied, dass es diesmal kein diffuses Gefühl war, sondern ein sehr konkreter Ärger, der ihn bewegte. Die Bank müsse den beantragten Kredit überdenken, hatten sie ihm eröffnet, aus alter Verbundenheit mit dem Haus Steininger könne man natürlich gern über eine gemeinsame Lösung des aktuellen Finanzbedarfs reden. Albert machte sich nichts vor: Im Klartext bedeutete das, seine Bonität rangierte unterhalb der eines Straßenkehrers, und er musste sich schon etwas sehr Spektakuläres einfallen lassen, um die Gunst der Herren des Geldes wiederzuerlangen. Weil er die Gründe für diesen Stimmungswechsel nicht kannte, war er wütend, und weil er wusste, dass Wut in diesem Fall nichts bewirken würde, fühlte er sich ohnmächtig. Und Wut gepaart mit Ohnmacht trieben ihn nachgerade zur Weißglut.

Kutschera blätterte in einem Dossier, das vor ihm auf dem Tisch lag, schüttelte den Kopf und sah ihn mit der kummervollen Miene eines Richters an, der einen notorischen Wiederholungstäter vor sich hat. «Wie stellen Sie sich das vor, Herr Steininger, sieben Millionen?»

Das war exakt die Summe, die Brigitte von ihm verlangt hatte. Albert war fassungslos. «Woher wissen Sie das?»

«Nun, sagen wir mal, es ist unsere Pflicht, alles zu wissen, was eine Kreditrückzahlung negativ beeinflussen könnte.» Kutschera mimte den Überparteiischen, aber Albert war sich sicher, dass er seinen plötzlichen Informationsvorsprung im Stillen genoss. Weidinger ging sogar noch weiter als sein Kollege. Er schien regelrecht sauer zu sein. «Sie haben behauptet, Sie bräuchten das Geld für eine Geschäftserweiterung. Tatsächlich haben Sie den Bedarf, um Ihre Frau auszuzahlen. Das ist Vorspiegelung falscher Tatsachen», sagte er mit drohendem Unterton.

«Zu dem Zeitpunkt, als ich den Kredit beantragt habe, wusste ich noch nichts von den Forderungen meiner Frau», gab Albert gereizt zurück. Kutschera übernahm und parierte den Einwurf gelassen.

«Spätestens als Sie es erfuhren, hätten Sie uns davon aber in Kenntnis setzen müssen.»

«Sie reden hier von fiktiven Zahlen!» Albert wurde jetzt laut. Es war falsch, aber er konnte nichts daran ändern. «Ich habe überhaupt nicht die Absicht, Brigitte eine derart hohe Summe auszuzahlen.»

Jetzt war wieder Weidinger an der Reihe. «Sie haben keine Gütertrennung. Das könnte ein Problem werden.» Albert durchschaute ihre Taktik. Immer der, der angegriffen wurde, schwieg, und sein Kollege schlug zurück.

«Ich werde mich mit meiner Frau schon einigen», behauptete er fest. «Da wären Sie einer von ganz wenigen.»

Unter anderen Umständen hätte Albert Kutscheras Einwand durchaus witzig finden können. Im Grunde sprach er nur aus, was Albert, was alle Männer in Trennungssituationen dachten. Aber hier ging es schlicht um die Zukunft von Aphrodite.

«Jedenfalls», gedehnt formulierte Kutschera seine Absage, «wird dieses Bankhaus Ihnen unter den gegebenen Umständen keinen Kredit zur Verfügung stellen, weder für eine Tochterfirma noch für eine Expansion.»

Albert stand auf und umfasste seine prankengleichen Hände. «Ich bin seit zwanzig Jahren Kunde bei Ihrer Bank. Und Sie bauen auf Gerüchte.»

Weidinger erhob sich ebenfalls, sein Kollege tat es ihm nach.

«Die Börse lebt von Gerüchten, Herr Steininger, guten Tag.»

Wortlos drehte sich Albert um und ging.

«Irgendjemand hat der Bank von Brigittes Forderungen erzählt», berichtete er Alpha am Telefon, als er in sein Büro zurückgekehrt war.

«Wer?», fragte sie. Ihre Stimme klang abgehackt und war von Störgeräuschen überlagert. Sie unternahm zusammen mit Bellini gerade eine Besichtigungstour seiner Läden in Rom.

«Keine Ahnung ... ich sagte: keine Ahnung!», brüllte Albert gegen das Rauschen im Äther an. «Aber das bekomme ich noch raus. Jedenfalls, die Bank gibt uns keinen Cent mehr.»

«Du musst schnellstens mit Brigitte reden», kam es zurück.

«Sie wohnt jetzt bei Mutter.»

«Was?» Es klang, als ob Alpha der Hörer aus der Hand gefallen war.

«Es ist mir ganz recht so», fuhr Albert fort. «Dann haben wir sie wenigstens unter Kontrolle. Finanziell, meine ich.» Wenn er an die Kreditkartenabrechnung vom Hotel Imperial dachte, wurde ihm jetzt noch schwarz vor Augen.

«Soll ich zurückkommen?», hörte er Alphas dünne Stimme.

«Nein ... ich sagte: nein! Lass uns nichts überstürzen. Ich lass mir doch nicht von ein paar Schreibtischtätern das Geschäft verderben.»

Er wusste nicht, ob sie das Letzte verstanden hatte. Die Leitung war nun endgültig abgerissen. Er knallte den Hörer auf, und weil es ein so befriedigendes Geräusch war, wiederholte er es gleich noch einmal und dann noch ein drittes Mal. Das tat ihm gut. Er drehte einige Runden vor dem Schreibtisch, bis er sich ein wenig beruhigt hatte. Ein Gedanke nahm Gestalt an und schwebte wie eine schillernde Seifenblase vor ihm in der Luft. Nein, das konnte er nicht tun, verscheuchte Albert ihn wieder. Aber die Idee wich elegant nach oben aus und hielt sich hartnäckig. Warum eigentlich nicht? Es wäre unkonventionell, undenkbar, genauer gesagt, jedenfalls bis vor kurzem, aber in seiner Situation einen Versuch wert, sagte er sich. Egal, wie es ausginge, auf jeden Fall wüsste er dann, woran er war mit seinem smarten Schwager. Er nahm den Hörer und tippte Roberts Mobilfunknummer ein. «Fox!», meldete der sich sofort.

«Robert, ich bin's. Albert. Hör zu, ich will nicht lange um den heißen Brei herumreden, aber hättest du Zeit für einen geschäftlichen Termin?»

«Jetzt sofort?», fragte Robert verwundert. Albert schwieg in der Hoffnung, dass sein Gegenüber es als Zustimmung werten würde.

«Geht es um Aphrodite?»

«Ja, genauer gesagt, um unsere Zukunftspläne. Da Valerie ein

Viertel der Firma gehört, nehme ich an, dass du daran interessiert bist. Schließlich hat sie dich ja mit der Verwaltung beauftragt.»

Wie Recht du hast, dachte Robert, zumal ihm nicht nur seine Frau, sondern auch Tessy ihre Anteile anvertraut hatte. Davon schien Albert offenbar nichts zu wissen.

«Wie wäre es mit morgen Vormittag?», fragte Robert.

«Gut, das passt mir.»

«Okay. Dann um zehn bei mir in meinem neuen Büro. Du weißt, wo das ist? Oberzellergasse.»

«Am Frachtbahnhof, gegenüber der alten Kaserne», sagte Albert.

«Genau, und das Finanzamt ist auch gleich um die Ecke», lachte Robert.

Im Einbrechen hatte es Karin zu einiger Kaltblütigkeit gebracht. Solange sie die Schlüssel besaß, war es ein Spaziergang, egal, ob es sich um Alphas Wohnung, die Firma oder Roberts Büro handelte. Für Letzteres hatte sie die Schlüssel und den Auftrag dazu von Maximilian erhalten. Streng genommen handelte es sich dadurch nicht einmal um ein Verbrechen. Schließlich gehörte dem Alten die Hälfte der Firma. Auch Roberts Schreibtischschrank stellte kein größeres Problem dar. Die Schubladenschlösser ließen sich mit einem gebogenen Stück Draht und etwas Geschick in weniger als einer Minute öffnen. Die Mappe mit seinen persönlichen Unterlagen fand sie im dritten Fach von oben. Mit einer kleinen Taschenlampe leuchtete sie die Seiten an. Da war die Abschrift der Notariatsurkunde über die treuhänderische Verwaltung der Firmenanteile von Valerie. Es verhielt sich so, wie Maximilian es vermutet hatte. Bis auf Widerruf der Anteilseignerin hatte Robert die Verfügungsgewalt über ein Viertel von Aphrodite. Sie stöberte weiter und entdeckte den Ordner mit den Unterlagen von Tessy. Leise pfiff sie durch die Zähne: fünfundzwanzig Prozent, auch diese unter Roberts Verwaltung. Sie schaltete den Kopierer ein und machte Duplikate von allen Seiten. Anschließend legte sie die Originale wieder so in die Schublade zurück, wie sie gelegen hatten, und verriegelte das Fach. Abends um elf war sie mit Maximilian in einer Bar verabredet. Sein erfreutes Gesicht konnte sie sich schon jetzt ausmalen.

Gut gelaunt betrat Maximilian am folgenden Tag das Büro. Robert hatte zunächst gezögert, ihn zu dem Termin mit Albert hinzuzubitten. Da sein Vater seit seiner Ankunft in Wien offenbar jedoch keine Anstalten unternahm, Aphrodite zu schaden, wollte Robert ihm keinen Vorwand liefern, sein Geschäftsgebaren zu kritisieren. Im Gegensatz zu Maximilian war er finsterster Stimmung. Als er Elisabeth gestern in der Villa besucht hatte, war ihm Bernadette über den Weg gelaufen. Robert hatte nicht gewusst, dass sie mit ihrer Mutter dort zu Gast war. Das junge Mädchen hatte einen günstigen Moment abgewartet, ihn alleine abgepasst und sich ihm an den Hals geworfen. Diesmal war Robert klug genug gewesen, sie zurückzuweisen. Aber Elisabeth hatte ihren Teil mitbekommen und ihn anschließend unter vier Augen zur Rede gestellt. Sie würde schweigen, dessen war er sich sicher. Was er nicht wusste, war, ob Bernadette den Mund halten würde.

«Weißt du, was Albert will?», riss ihn sein Vater aus den trüben Gedanken. Robert schüttelte den Kopf. «Er meinte, es sei dringend.»

Maximilian räkelte sich zufrieden in seinem Stuhl. «Er wird Geld brauchen», stellte er nüchtern fest.

«Möglich, aber ich möchte, dass du mir die Sache überlässt.»

Maximilian winkte ab. «Ich habe nichts dagegen, wenn du ihm Geld leihst. Je abhängiger er von uns ist, desto besser.»

Robert musterte seinen Vater, der ihm sein strahlendes Gebiss zeigte, die Arbeit eines prominenten Zahnchirurgen aus San Francisco.

«So habe ich das nicht gemeint», korrigierte er Maximilians Vorstellungen. «Ich will nicht, dass du die finanzielle Notlage der Steiningers benutzt, um ihnen zu schaden.»

«Versprochen», lenkte sein Vater ein und verlor kein Wort mehr über die Angelegenheit, bis Albert eintraf.

Es gab sicherlich eine Menge Menschen mit mehr diplomatischem Geschick als den amtierenden Geschäftsführer von Aphrodite. Was sich Albert gleich zu Beginn der Unterredung leistete, war allerdings eine ausgesprochene Dummheit und damit der Beginn einer wunderbaren Feindschaft. «Ich wusste nicht, dass Sie auch dabei sind», bemerkte er mit Blick auch den Seniorchef, als er sich bullig durch die Tür schob.

«Ich bin der erste Fox von Fox & Fox», stellte Maximilian klar. «Ich werde mich um Roberts Geschäfte kümmern, solange er auf Hochzeitsreise ist.»

Albert ließ sich in den angebotenen Sessel fallen. «Nun denn, am besten, ich fasse mich kurz. Ich brauche kurzfristig einen größeren Kredit. Die Bank macht nicht mit. Dabei habe ich alle nötigen Sicherheiten.»

Er blätterte seine Unterlagen wie Trümpfe auf den Tisch. Robert überflog sie, ohne sie näher zu prüfen. «Ich kenne die Bilanzen von Aphrodite. Das sieht eigentlich viel versprechend aus. Was ist denn das Problem?»

«Meine Exfrau», gestand Albert freimütig. «Sie besteht auf einer hohen Abfindung. Es wäre kein reiner Geschäftskredit.»

Robert ließ sich die Worte einen Moment durch den Kopf gehen. «Du wirst Brigitte bezahlen müssen», meinte er schließlich.

«Ich habe mit meinen Anwälten gesprochen. Natürlich steht Brigitte ein größerer Betrag zu, aber keine sieben Millionen.»

«Wie viel würden Sie denn insgesamt benötigen?», mischte sich Maximilian ein.

«Die Abfindung plus die Firmenerweiterung, alles in allem etwa zehn Millionen.»

«Zehn Millionen, das ist nicht gerade wenig.» Robert blickte seinen Vater an, der zeigte jedoch keine Regung. Darauf setzte Albert alles auf eine Karte. «Ich kann es auch bei einer anderen Bank versuchen. Aber ein privater Kredit würde vieles erleichtern.»

«Es wäre ja fast ein Familiendarlehen», überlegte Robert laut. «Zehn Millionen, die üblichen Zinsen. Wenn die Absicherungen stimmen, wieso nicht?»

«Klingt nach einem guten Geschäft», meldete sich Maximilian zu Wort. Robert und Albert sahen ihn gleichermaßen überrascht an, und beide aus demselben Grund. Sie hatten nicht vermutet, dass es so einfach werden würde, seine Zustimmung zu erhalten.

«Wir machen es», sagte Robert erleichtert. Er schaute auf die Uhr. «Ich habe leider wenig Zeit. Tessy kommt heute ins Internat, und ich habe versprochen, sie hinzufahren.»

Maximilian winkte ihm gönnerhaft zu. «Geh nur. Wir sind uns doch einig. Ich werde mit Herrn Steininger noch die Vertragsbedingungen durchgehen.»

Robert horchte auf, aber sein Vater machte ein harmloses Gesicht. Albert nickte zustimmend.

«Freut mich, dass wir dir helfen konnten», sagte Robert und schüttelte ihm die Hand. Als er gegangen war, wandte sich Maximilian aufgeräumt seinem neuen Geschäftspartner zu.

«Ich habe da einen Vorschlag, wie wir die Sache mit den Sicherheiten ganz einfach regeln können», sagte er und setzte ein beinahe gütiges Lächeln auf.

«Und der wäre?», fragte Albert.

«Wie sieht es denn mit einer geringfügigen Anteilsbeteiligung aus? Ich meine, nur vorübergehend, für die Dauer der Laufzeit des Kredits.»

Albert nickte. Das hatte er befürchtet.

Brigitte sonnte sich in einem Liegestuhl am Pool hinter der Villa. Es war ein herrlicher Flecken Erde. Zu schade, dass das Anwesen Elisabeth zugesprochen war, dachte sie. Sie hätte sich lieber als Hausherrin denn als Gast hier gesehen. Niemand erwartete Dankbarkeit von ihr, aber allein die Tatsache, dass sie es im Zweifelsfall tun könnten, trübte ihren Genuss. Sie konnte sich nie sicher sein, wann jemand von den Steiningers auftauchen und ihr durch die Blume oder auch offen zu erkennen geben würde, dass sie hier nur geduldet war, nicht aber willkommen. Albert schied glücklicherweise aus. Der hatte sich aus seiner Wohnung im ersten Stock zurückgezogen und wohnte fast ständig bei Alpha. Und die Nähe zu ihr schien er selbst bei seinen Stippvisiten bei seiner Mutter Elisabeth nicht gerade zu suchen. Carl allerdings lebte noch dort. Nachdem er sie, ihrer Meinung nach unsanft, aus dem Hotel Imperial ausquartiert und hierher verfrachtet hatte, aus Kostengründen, wie er sich auch noch erdreistet hatte zu bemerken, war er für sie auf die andere Seite gewechselt. Zwar hatte sie ihn unter Schmerzen geboren, sein Charakter jedoch spiegelte offensichtlich ganz die kleinkrämerische Veranlagung ihres Mannes wider. Das Leben war ungerecht, dachte sie voller Selbstmitleid, der kleine

«Chou Chou» war groß geworden und hatte das Bild seiner liebenden Mutter ganz aus seinem kalten Herzen verbannt. Kaum hatte sie die Erinnerung an ihn wachgerufen, kam er auch schon über den Rasen auf sie zugelaufen. Sie nahm die Sonnenbrille aus dem Haar und setzte sie sich auf.

«Wenn du mitten am Tag hier aufkreuzt, gibt es ein Problem», begrüßte sie ihn, noch zornig wegen der Gedanken, die sie eben gehegt hatte.

«Bingo», sagte Carl.

«Lass mich raten, du fungierst als Unterhändler?»

Carl setzte sich ungebeten auf den Rand des Liegestuhls. «Richtig.»

«Meine Forderungen stehen fest», teilte Brigitte ihm knapp mit und vertiefte sich wieder in das Glamour-Magazin, das sie an die Seite gelegt hatte. Carl drückte die Zeitschrift herunter und lugte sie über den Rand hinweg an. «Würdest du auch einmal an jemand anderen denken als nur an dich? Zum Beispiel an mich?»

Da war es wieder, was Brigitte an seinem Verhalten so aufgestoßen war. Ihr Sohn war ganz und gar respektlos gegenüber seiner Mutter.

Seufzend legte sie das Heft beiseite und nahm die Sonnenbrille ab. «Ich denke doch nur an dich und Bernadette. Mit sieben Millionen können wir uns ein schönes Leben machen.»

«Wie ich dich kenne, bringst du sie mit irgend so einem Bademeister an der Côte d'Azur innerhalb kürzester Zeit durch.»

Auf den Mund gefallen war er jedenfalls nicht, stellte sie empört fest.

«Du bist ziemlich unverschämt geworden, seit du in Wien bist.»

«Nein, nur erwachsen», erwiderte er ungerührt. «Ich wollte dir einen Vorschlag machen.»

«Ich höre», sagte sie ungnädig.

«Du weißt, dass Albert sich nur ungern von seinem Geld trennt. Ich habe eine Idee, wie es ihm leichter fallen könnte.»

Jetzt wurde sie aufmerksam. «Wie?»

«Du investierst einen Teil deiner Auszahlung wieder in die Firma, genauer gesagt in eine Tochterfirma: Aphrodite Accessoires.

Deren Geschäftsführer bin ich. Albert wird zufrieden sein, denn das Geld bleibt in der Firma und in der Familie.»

«Und was hätte ich davon?»

Carl hatte sich gut vorbereitet. «Monatlich eine Gewinnbeteiligung. Im Gegenzug würde ich dafür sorgen, dass Albert möglichst schnell einwilligt.»

Brigitte dachte nach. «Klingt nicht schlecht», räumte sie ein, «wo ist der Haken?»

«Du müsstest einen kleinen Abstrich in der Höhe deiner Forderung machen.» Den wahren Pferdefuß verriet er seiner Mutter lieber nicht. Albert hatte nach der Kreditabsage bei der Bank das Projekt «Aphrodite Accessoires» sofort auf Eis gelegt. Das war der Grund für Carls immenses Engagement. Brigitte ließ sich in den Liegestuhl zurückfallen. «Ich werde darüber nachdenken», teilte sie ihm hoheitsvoll mit. Carl lächelte, er wusste, dass seine Mutter angebissen und den Köder samt Leine geschluckt hatte.

Am nächsten Morgen brachen Valerie und Robert zu ihrer Hochzeitsreise nach Italien auf. Sie starteten von der Villa der Steiningers aus mit dem Auto. Maximilian und Elisabeth bildeten das Abschiedskomitee. Zum Schluss umarmte der Vater seinen Sohn und gab Valerie einen formvollendeten Handkuss. Als Robert bereits hinterm Steuer saß, ging ihm ein letzter geschäftlicher Gedanke durch den Kopf. Er ließ die Fensterscheibe herunter. «Mit Albert ist alles klargegangen?»

Sein Vater nickte. «Mach dir keine Sorgen. Es ist alles geregelt, so wie wir es besprochen haben.»

Nachdem der Wagen hinter der Auffahrt verschwunden war, wandte er sich mit einem charmanten Lächeln an Elisabeth. «Lädst du mich zu einem Tee ein?»

Sie musterte ihn amüsiert. So viel Zeit war vergangen seit ihrem letzten Rendezvous, mehr als vierzig Jahre. Sie wollte keine alten Gefühle wiederaufleben lassen, aber sie war neugierig auf den Mann, den sie einmal geliebt hatte.

«Warum nicht?», sagte sie schlicht.

Maximilian sah sich in der Halle der Villa um. «Ich hätte nie gedacht, dass ich dieses Haus noch einmal freiwillig betreten würde. Es ist fast wie früher.»

«Nur dass Franz nicht mehr lebt.» Elisabeth wies ihm einen Platz an der großen Tafel zu und schenkte ihm eine Tasse Tee ein. «Albert hat mir erzählt, dass Robert und du uns helfen wollt. Warum tust du das?»

Maximilian winkte ab, als ob die zehn Millionen ein unbedeutender Kleinkredit wären. «Immerhin hat mein Sohn in eure Familie eingeheiratet.»

«Und du hast dabei gar keine Hintergedanken?» Elisabeth milderte das Misstrauen, das aus ihrer Frage sprach, mit einem sanften Lächeln ab. Er schüttelte den Kopf und lenkte geschickt auf ein anderes Thema. «Ich habe oft an dich gedacht, drüben, in Amerika», behauptete er. «Dein Bild war immer in meinem Kopf, deine Augen, dein Lachen.»

Er schenkte ihr einen wehmütigen Blick. Seine Komplimente waren durchsichtig, trotzdem fühlte Elisabeth sich geschmeichelt. Es tat einfach gut, etwas Liebes zu hören, auch wenn er nicht von ihr, der tatsächlichen Elisabeth im Hier und Heute sprach, sondern einer längst verflossenen Erinnerung Reverenz erwies. Als er ihr dann auch noch tief in die Augen schaute, war es allerdings an der Zeit, ihn ein wenig zu bremsen. «Du hast doch jetzt dieses Fräulein Schröder», erinnerte sie ihn.

«Karin?», Maximilian zuckte gelangweilt die Schultern. «Die hat ein paar nützliche Eigenschaften.»

«Wenn du Lügen, Betrügen und Intrigieren für nützlich hältst, dann kann ich dir zustimmen», erwiderte Elisabeth spitz. Maximilian tat erstaunt. Aber natürlich war es nicht das erste Mal, dass er Schlechtes über Karin gehört hatte. Und schließlich hatte er selbst gemerkt, wie leicht es war, sie zu der fragwürdigen Informationsbeschaffung in Roberts Büro anzustiften. «Frauen wie Karin kommen und gehen», gab er sich philosophisch. «Das sollte doch zwischen uns beiden kein Thema sein.»

In Gedanken an Karins jungen, frischen Körper lächelte er in sich hinein. Sie ging gewiss davon aus, dass sie Maximilian in sexuelle Hörigkeit getrieben hatte. Der Lolita-Effekt: Alter Mann verliebt sich rettungslos in blutjunges Mädchen. Wie erstaunt würde sie sein, wenn er ihr heute Nachmittag den Laufpass geben würde. Eigentlich hatte er sich dafür noch ein wenig Zeit lassen wollen, aber aufgrund der raschen, erfolgreichen Verhandlung mit Albert war sie vollkommen überflüssig geworden. Mit ihrer Tüchtigkeit hatte sie sich selbst wegrationalisiert. Ab sofort barg der Kontakt mit ihr mehr Risiken als Vorteile. Sie war ein Stolperstein in der Beziehung zu den Steiningers, ein hübscher zwar, aber einer, der aus dem Weg geräumt werden musste.

Am zweiten Tag ihrer Reise erreichten Valerie und Robert Sirmione, die malerische Halbinsel an der Südseite des Gardasees. Sie hatten sich Zeit gelassen und waren der klassischen Einfallroute nach Italien gefolgt: über den Brennerpass mit Übernachtung in Bozen. Das Vier-Sterne Hotel Broglia befand sich mitten im historischen Zentrum der Stadt. Von der Terrasse aus bot es einen wunderschönen Blick auf die Scaliger-Burg im antiken Osthafen und die Kirche Santa Maria Maggiore. Valerie schloss begeistert die Augen, streckte die Arme aus und atmete tief durch. Es war herrlich. Sie konnte nachempfinden, warum römische Cäsaren und weltberühmte Dichter wie Catull und Dante Sirmione, die «Perle des Gardasees», zu ihrem Lieblingssommersitz erkoren hatten.

Robert hatte die ganze Fahrt über am Steuer gesessen und schlüpfte unter die Dusche. Valerie machte sich ans Auspacken. Sie sortierte die Wäschestapel im Schrank und hängte Roberts Jackett an den Haken. Liebevoll strich sie darüber und drückte ihre Nase an den Stoff. Sie mochte den Duft seines Parfüms. In der unteren Innentasche knisterte etwas, ein Stück Papier, ein Zettel. Sie fühlte daran und sagte sich, dass es ungehörig sein würde nachzusehen, worum es sich dabei handelte. Umgekehrt würde sie es jedenfalls nicht schätzen, wenn er heimlich in ihren Taschen wühlte. Aber da sie einander vertrauten, gab es eigentlich keinen Grund, warum sie nicht doch nachschauen sollte, rechtfertigte sie mit typisch weiblicher Logik ihre Neugier. Sie zog ein schmales, in der Mitte gefaltetes Blatt heraus und klappte es auf. In rundlicher Handschrift stand dort nur ein einziger Satz: «Ich liebe dich trotzdem – Bernadette.»

Valerie starrte den Zettel an und fühlte, wie ihr die Beine unter dem Körper einzuknicken drohten. Sie tastete nach dem Sessel und ließ sich hineinfallen. Ihr Kind meldete sich in ihrem Unterleib, Krämpfe durchfuhren sie, sie legte die Hand auf den prallen Bauch. Genau so fand Robert sie vor, als er, nur mit einem Handtuch bekleidet, aus dem Bad kam. Sofort kniete er sich besorgt neben sie. «Schatz, was hast du? Geht es dir nicht gut?»

Mit Tränen in den Augen reichte ihm Valerie den Zettel. Ihre Stimme zitterte. «Kannst du mir bitte einmal erklären, wie das hier in deine Tasche kommt?»

Robert nahm das Stück Papier und wurde abwechselnd weiß und rot. Er hatte tatsächlich keine Ahnung von dieser kompromittierenden Nachricht, geschweige denn, wie sie in seine Tasche gelangt war. Da er nicht antwortete, fuhr sie bitter fort. «Ist das *die* Bernadette, Brigittes Tochter?»

Leugnen war hier offensichtlich sinnlos, entschied Robert. Das kleine Luder musste ihm den Zettel heimlich zugesteckt haben, als er in der Steininger-Villa zu Besuch war. «Ich weiß nicht, was das soll», stammelte er. «Schon auf der Hochzeit hat sie mich die ganze Zeit angestarrt. Ich kenne diese Bernadette genauso wenig wie du. Sie hat sich in mich verliebt, ja. Aber bitte glaube mir, sie bedeutet mir nichts.»

Das war wenig überzeugend, gestand er sich ein, und erhielt postwendend die Strafe.

«Habt ihr miteinander geschlafen?»

«Wie kommst du darauf?», fragte er entsetzt. Er brauchte es nicht einmal zu spielen: Robert stand tatsächlich kurz davor, panisch zu werden. Schnell versteckte er seinen Kopf in ihrem Schoß und rieb sein Gesicht an ihrem Bauch. Dahin wäre er jetzt gerne zurückgekrochen und hätte mit seinem ungeborenen Kind getauscht. Das Baby dankte es ihm mit einem kleinen Tritt gegen die Bauchdecke. «Ich liebe nur dich», sagte er.

Unschlüssig fuhr sie mit ihren Fingern durch seine Haare.

Es schellte ungeduldig an der Tür zur Villa Steininger. Elisabeth öffnete, und Albert stürmte mit hochrotem Gesicht in die Halle.

«Ist etwas passiert?», fragte sie beunruhigt.

«Das kann man wohl sagen.» Gerade hatte er von seiner Schwester erfahren müssen, dass Tessy ihre Anteile Robert übertragen hatte. Die Tragweite der Entscheidung hatte sie absolut nicht begriffen. «Was ist so schlimm daran?», hatte sie gefragt. «Schließlich ist er doch mein Vater.»

Albert nahm sich ein Glas und goss es randvoll mit Cognac.

«Robert Fox hat uns in der Tasche. Er ist der Treuhänder von Valeries und Tessys Anteilen», klärte er seine Mutter auf. Die verstand sofort. «Das heißt, er kontrolliert die Hälfte von Aphrodite.»

Zerknirscht ließ Albert den Kopf hängen. «Nein, Mama, es kommt noch schlimmer. Ich habe Fox & Fox zusätzlich fünf Prozent überschrieben, als Gegenleistung für den Kredit.»

Elisabeth sah ihn stumm an.

«Maximilian hat darauf bestanden. Er hat sicher alles gewusst, als wir den Vertrag unterzeichnet haben. Bei allen Entscheidungen haben sie jetzt die Mehrheit: 55 Prozent. Ich bin nur noch der Hampelmann der Familie Fox.»

«Dass Robert die Anteile verwaltet, bedeutet nicht, dass er die Situation ausnutzt», wandte sie ein. Albert riss sich zusammen, um nicht die Beherrschung zu verlieren. «Mutter, bitte, sei nicht so naiv.»

Sie traf eine rasche Entscheidung. «Ich werde mit Maximilian reden.»

«Und ich mit Robert», versprach ihr Albert grimmig. Elisabeth zog ihm das Glas aus der Hand. «Aber nicht in diesem Zustand», sagte sie resolut. «Morgen ist auch noch ein Tag.»

Die Sonne ging auf und verwandelte den Gardasee in einen leuchtenden Spiegel. Valerie war früh wach geworden, das Ziehen im Bauch hatte sie aufgeweckt. Sie betrachtete Robert, der wie ein Kind zusammengerollt im Bett lag und schlief. Dann öffnete sie die Tür zum Balkon und trat hinaus. Zu dieser Stunde war noch niemand auf der Straße zu sehen. Mit ihren verwinkelten Gässchen, dem Gewirr von Torbögen, Glockentürmen, Zinnen und Säulenhallen wirkte das Städtchen, als sei die Zeit vor fünfhundert Jahren stehen geblieben. Weit draußen dümpelte ein Fischerboot in der flirrenden See.

Das Klingeln ihres Handys riss sie aus der Betrachtung. Verwundert sah sie auf die Uhr. Es war Viertel nach sechs. Sie meldete sich. «Hallo? ... Albert! ... Du willst Robert sprechen? Nein, der schläft noch.» Gleich darauf wurde sie für eine Weile still.

«Ja, okay, er ruft dich zurück», versprach sie ihm und spürte, wie sich ein Ring um ihre Brust legte. Warum hatte Robert ihr nichts von den Anteilen erzählt, die er für Tessy verwaltete? Er schlief immer noch, als sie ins Zimmer zurückkehrte. Sie beobachtete, wie die ruhigen Atemzüge seinen Rücken gleichmäßig hoben und senkten. Er wirkt unschuldig, dachte sie, wie alle Betrüger, wenn sie schlafen.

Auf der Weiterfahrt nach Florenz hüllte sie sich in kalte Zurückweisung. Robert seinerseits hielt es offenbar auch nicht für notwendig, die Situation zu klären. Sie sah ihn von der Seite an. Er machte ein nachdenkliches Gesicht und konzentrierte sich auf die kurvenreiche Straße.

«Wieso rufst du ihn nicht zurück?», fragte sie schließlich kühl.

«Herrgott, Valerie. Ich muss doch erst einmal darüber nachdenken, was das bedeutet.»

«Es bedeutet, dass du mein Vertrauen missbraucht hast», erwiderte sie scharf. Jetzt wurde er ungehalten. «Ich wusste nichts davon! Solange ich dabei war, war keine Rede von fünf Prozent. Maximilian hat mich hintergangen. Leider ist seine Unterschrift auch alleine gültig. Und was Tessys Anteile betrifft: Ich bin davon ausgegangen, dass Albert das wusste, spätestens, als er mit uns in Verhandlung trat.»

«Deswegen brauchst du mich nicht gleich anzuschreien», entgegnete Valerie, ebenfalls lauter als notwendig.

«Ich schreie ja gar nicht», verteidigte sich Robert, «ich stelle nur fest, dass du mir nicht glaubst, wenn ich sage, dass ich damit nichts zu tun habe.»

«Hör doch auf mit diesen Geschichten. Du und dein Vater: Ihr steckt doch unter einer Decke!»

«Ich habe es satt, mich dauernd vor dir zu rechtfertigen. Mein eigener Vater hat mich betrogen. Ich wusste nichts von der Fünf-Prozent-Klausel, und wenn du mir nicht glauben willst, dann lass es. Ich dachte, meine Frau hält zu mir.»

Er hätte sich noch weiter in Rage geredet, aber in diesem Augenblick piepste sein Handy. Gereizt riss er es aus der Brusttasche seines Jacketts. Es war kein Anruf, nur eine SMS. Robert beugte sich vor, um die Zeilen auf dem Display zu entziffern.

«Wer war das?», fragte Valerie. Er runzelte die Stirn und wusste nicht, was er antworten sollte. «Ich liebe dich – Bernadette», lautete die Botschaft.

Valerie schrie auf. Sie hatte nicht auf das Display geschaut, sondern auf die Straße. Ein orgelnder Hupton ertönte. Roberts Kopf fuhr blitzschnell nach oben. Er hatte nicht auf die Fahrbahn geachtet. Sein Wagen befand sich schon fast vollständig auf der Gegenfahrbahn. Die Kühlerfront eines Lkw wuchs vor ihm in die Höhe wie der Schatten eines Tiefseehais. Das gellende Hupkonzert machte ihn für Sekunden taub. Er riss das Steuer herum, sein Wagen brach aus. Er versuchte gegenzulenken, merkte aber im selben Moment, dass er die Gewalt über das Fahrzeug verloren hatte. Schlingernd schoss er an dem Lkw vorbei und streifte einen Pfosten. Es knallte, Metall schrammte scheppernd über den Asphalt. Valerie schrie immer noch. Der Kotflügel bohrte sich in den rechten Vorderreifen. Das abrupte Bremsen bewirkte einen Rückstoßeffekt, Valeries Kopf schnellte nach vorne und schlug auf das Armaturenbrett, das in eine weiße Wolke gehüllt war. Das war das Letzte, was Robert sah, bevor seine Stirn das Lenkrad rammte und er das Bewusstsein verlor.

Rom, die Stadt mit den sieben Hügeln, in der Antike der Nabel der Welt, bis heute das Zentrum der Christenheit: Seit alters wetteiferte jede abendländische Nation darum, ihre eigene Kirche in der alten Stadt am Tiber zu errichten. In Blickweite des Mausoleums des römischen Imperators Augustus ließ König Ludwig XII. von Frankreich im fünfzehnten Jahrhundert die Kirche Trinità dei

Monti erbauen. Der pompöse Aufstieg über die breiten Travertin-Stufen zur zweitürmigen Kirche verdiente folglich den Namen «Französische Treppe». Weil jedoch die damalige Großmacht Spanien ihre Botschaft neben der Stiege errichtete und auch im diplomatischen Ränkespiel erfolgreicher war, kam es dazu, dass einer der schönsten Plätze in der Tiber-Stadt «Spanische Treppe» genannt wurde.

Alpha war mit Bellinis Sohn Alessandro durch die mondäne Einkaufsstraße Via Condotti geschlendert, an deren Ende sich die Piazza di Spagna, mit der Fontana della Barcaccia, dem Barkenbrunnen, und ebendie «Spanische Treppe» befand. Was sie vor sich hatte, war zweifelsohne eines der meistfotografierten Urlaubsmotive. Auf den Stufen wimmelte es von Touristen.

Skeptisch blickte sie Bellinis Sohn an. Alessandro war ganz sicher ein hinreißend attraktiver junger Mann von knapp dreißig Jahren, die Idealbesetzung eines männlichen Models, krause Locken, dunkelbraune Augen und Dreitagebart. Aber sie bekam doch leise Zweifel, ob sein Verstand ebenso prächtig entwickelt war wie sein gutes Aussehen. «Und Sie sind sicher, dass wir hier eine Genehmigung für unsere Modenschau bekommen?», fragte sie ihn.

Alessandro nickte freundlich. «Wenn nichts Unvorhergesehenes dazwischenkommt, ja.»

Alpha schirmte die Augen mit der Hand ab und blickte zweifelnd auf die Massen, die sich rings um den Brunnen schoben und dann wie ein Zusammenfluss zweier Meere die Treppe hinauf- und hinabströmten. Er musste es ja wissen, sagte sie sich. Aber sie hatte lange genug in Italien gearbeitet, um zu durchschauen, dass es hier zum guten Ton gehörte, prinzipiell erst einmal alles für machbar zu erklären. Selbst eine spontane Privataudienz beim Papst hätte er zu arrangieren versucht; für ein Treffen mit dem lieben Gott hätte er sich vermutlich zehn Minuten Vorlaufzeit erbeten.

«Gehen wir hoch?», fragte er. Sie überlegte, ob sie sich das Gedränge auf den unzähligen Treppenstufen ernsthaft zumuten wollte, als ihr Handy klingelte. Es war Albert, der ihr in heller Aufregung mitteilte, dass Valerie und Robert verunglückt waren.

Robert hatte ihn vom Krankenhaus aus angerufen. Er war völlig verzweifelt gewesen und hatte nicht sagen können, wie es um Valerie stand.

«Wo, sagst du, liegt sie?»

«In Florenz, im Ospedale di Santa Maria Nuova. Das muss in der Nähe des Domplatzes sein.»

«Ich rufe Robert an und lasse es mir erklären», versprach Alpha.

«Ist etwas passiert?», erkundigte sich Alessandro mitfühlend, nachdem sie aufgelegt hatte.

«Meine Schwägerin», erklärte sie ihm, «sie hatte einen Verkehrsunfall hier in Italien, in der Nähe von Florenz.»

«Das tut mir sehr Leid.» Seine Worte klangen ehrlich. Alessandro schien doch über mehr Gaben zu verfügen, als sie gedacht hatte. «Wenn Sie gleich aufbrechen, können Sie in weniger als drei Stunden dort sein. Die Spanische Treppe läuft uns nicht davon.»

«Nein», erwiderte sie. «Ich weiß Ihre Rücksichtnahme zu schätzen. Aber ich werde erst morgen gemeinsam mit Albert Steininger dort hinfahren.»

«Sind Sie sicher?»

Sie nickte, holte tief Luft und mischte sich unter seiner Führung in die schwarze Traube der Sightseeing-Touristen.

Robert hatte nur eine Platzwunde an der Stirn. Sie war rasch verarztet worden, und nach einer Routineuntersuchung auf versteckte innere Verletzungen wurde er entlassen. Valerie hingegen musste sofort operiert werden, und es dauerte fast eine Stunde, bevor ihm ein Mitarbeiter des Krankenhauses Auskunft über ihren Gesundheitszustand geben konnte. Schließlich trat ein Arzt auf ihn zu und versuchte ihm in gebrochenem Deutsch die Situation zu erklären. Soweit Robert es verstand, wollte er ihm klar machen, dass Valerie außer Lebensgefahr war, aber das Bambino, ihr Kind, das Baby im Mutterleib, den Unfall leider nicht überstanden habe. Dann winkte er ihn in das Zimmer, in das Valerie verlegt worden war.

Mit dieser Last auf den Schultern betrat Robert den kleinen Raum. Seine Frau war bei Bewusstsein. Valerie sah blass aus und atmete flach. Äußerlich schien sie keine Verletzungen davongetragen zu haben. Aber der Sicherheitsgurt hatte sich beim Unfall wie ein breiter Draht in ihren Unterleib geschnürt. Gepaart mit dem Schock und dem Blutverlust, hatte es dazu geführt, dass der kleine Mensch, der in ihrem Bauch im Entstehen war, der knapp zwei Pfund leichte und nur einen halben Brotlaib kleine Fluchtpunkt all ihrer Sehnsüchte, von seiner Nabelschnur getrennt worden war. Nachdem keine Herztöne mehr festgestellt werden konnten und die Blutungen nicht aufhören wollten, blieb keine andere Wahl: Sie mussten Valeries Gebärmutter ausschaben.

Robert trat leise ans Bett und drückte ihr einen zarten Kuss auf die Wangen. Er fühlte sich unendlich schuldig, ohne Hoffnung auf Erlösung. «Wie geht es dir?», fragte er. Sie sah ihn mit verschwommenen Augen an. Offensichtlich stand sie noch unter dem Einfluss starker Schmerzmittel. «Nicht besonders», murmelte sie. Roberts Augen wurden feucht. «Es ist alles meine Schuld! Ich hätte besser aufpassen müssen.»

Sie warf ihm einen abwesenden Blick zu. «Weißt du es schon?»

Er nickte. «Die Hauptsache ist, dass dir nichts passiert ist», erwiderte er und war sich gleichzeitig der Unsinnigkeit seiner Feststellung bewusst. Natürlich war ihr etwas passiert, ihnen beiden. Sie hatten das verloren, was sie ein Leben lang zusammenhalten sollte.

In der Villa der Steiningers war die Stimmung ähnlich gedrückt. Elisabeth, Brigitte und ihre Tochter saßen am Esstisch. Martha, die neue Haushaltshilfe, trug das Abendessen auf. Außer Bernadette hatte jedoch niemand Appetit. Elisabeth schob ihren Teller zurück. «Immer noch keine neuen Nachrichten», seufzte sie. Den ganzen Nachmittag hatte sie auf einen erlösenden Anruf aus Italien gewartet.

«Immerhin lebt sie noch», stellte Bernadette trocken fest. Es war nicht taktlos gemeint gewesen, wirkte jedoch wie eine Ohrfeige. Sie fing sich einen strengen Blick von beiden ein.

«Entschuldigung», sagte Bernadette, «ich dache nur ...» Der Rest ihrer Erklärung erstarb in Verlegenheit. Brigitte reagierte ungewöhnlich scharf. «Manchmal ist es besser, wenn du einfach den Mund hältst.»

Die Tür ging auf, und Albert kam herein. Als er Brigitte sah, verfinsterte sich seine Miene. Wie angewurzelt blieb er stehen. «Komm, setz dich zu uns», forderte Elisabeth ihn auf. Albert schüttelte den Kopf. «Ich wollte mich nur verabschieden. Ich fliege morgen früh nach Rom und fahre dann nach Florenz ins Krankenhaus.»

Elisabeth spürte, dass er in Gegenwart seiner Frau nicht reden wollte. Sie stand auf, und gemeinsam gingen sie in die Vorhalle. Nachdem er sicher war, dass er von Brigitte nicht mehr gehört werden konnte, sagte er: «Mama, verzeih mir. Aber im Moment ertrage ich ihren Anblick nicht.»

«Ich denke, ihr habt euch über die Abfindung geeinigt?»

Das war zwar richtig, Carls Vorschlag hatte den gewünschten Erfolg gezeigt. Brigitte hatte sich mit vier Millionen zufrieden gegeben, die sie zur Hälfte wieder in die Firma einbringen wollte, aber ob er ihr die Summe würde zahlen können, stand nun auch in den Sternen. «Noch habe ich das Geld von Fox nicht», sagte Albert leise. «Und unter den gegebenen Umständen will ich es auch nicht.»

«Meinst du wirklich, dass es gut ist, wenn du ausgerechnet jetzt mit Robert darüber sprichst?»

Albert nickte finster. «Ich muss es tun. Wir haben uns zu weit vorgewagt, um die Aktion in Italien einfach wieder abzublasen. Machbar wäre es zwar, aber nicht ohne größere Verluste. Also brauche ich das Geld von Fox.»

«Ich habe morgen Abend eine Verabredung mit Maximilian.» Elisabeth wusste, dass sie ihren Sohn damit überraschen würde. Unter anderen Vorzeichen hätte sie über das Treffen auch kein Wort verloren. «Vielleicht bekomme ich heraus, was er plant. Falls er tatsächlich vorhat, uns zu schaden, müsste Robert sich auch gegen seine Frau entscheiden. Und das wird er nicht tun.»

Albert war weniger optimistisch als seine Mutter. «Ich hoffe, dass du damit Recht behältst.» Er umarmte sie zum Abschied.

«Ruf mich sofort an, wenn du bei Valerie gewesen bist», gab ihm Elisabeth mit auf den Weg.

Kapitel 12

Am nächsten Morgen stand Brigitte gedankenverloren am Küchenfenster der Villa. Sie nippte an einer Tasse Kaffee und dachte nicht das erste Mal darüber nach, wie es sich anfühlen würde, wenn alles, was sie sah, ihr gehören würde. Vielleicht war es ein Fehler gewesen, Carls Vorschlag so eilig zuzustimmen. Andererseits war ihre finanzielle Situation nicht dazu angetan, auf Zeit zu spielen. Sie brauchte Geld, und zwar dringend. Als sie hinter sich im Flur Schritte hörte, drehte sie sich um. Es war Carl, ihr gewiefter Sprössling. Er hatte Verhandlungsgeschick bewiesen. So viel gestand sie ihm neidlos zu. Im Grunde verspürte sie sogar ein wenig Stolz auf seine Hartnäckigkeit. Aber abgerechnet wird zum Schluss, dachte sie, und das Spiel war noch nicht zu Ende.

«Morgen, Mutter!», begrüßte er sie.

«Guten Morgen, Carl», erwiderte sie und setzte eine besorgte Miene auf. «Gibt es irgendwelche Neuigkeiten von Valerie?»

«Interessiert dich das wirklich?»

Ihrer Meinung nach hatte sie sich redlich Mühe gegeben, ein normales Gespräch mit ihm zu führen. Aber entweder war ihr Sohn ein schrecklicher Morgenmuffel geworden, oder seine Kampfeslaune schien bereits vor dem Frühstück zu Höchstformen aufzulaufen. Er schenkte sich Kaffee aus der Warmhaltekanne ein und schlürfte vernehmlich ein paar Schlucke. Sie schwieg angewidert.

«Was hast du eigentlich vor, Mutter?», fragte er sie unvermittelt. Beleidigt spielte sie den Ball zurück. «Das hängt ganz von deinem Vater ab.»

«Es soll Leute geben, die für ihren Lebensunterhalt arbeiten», provozierte er altklug.

«Worauf willst du hinaus?», zischte Brigitte.

«Du könntest zum Beispiel schon einmal anfangen, dir in Paris eine neue Wohnung zu suchen», schlug er ihr ohne jedes Zartgefühl vor. Sie fand, dass es an der Zeit war, ihn in die Schranken zu weisen. «Wer sagt denn, dass ich zurück nach Paris gehe?»

«Sondern?», wollte Carl überrascht wissen.

«Ich habe gedacht, dass ich in eurer Nähe bleibe. Ich muss mich doch um unsere Firma kümmern.»

Dabei lächelte sie bewusst vieldeutig. Carl schluckte. So hatte er sich das Ganze nicht vorgestellt. «Du bist lediglich stille Gesellschafterin bei Aphrodite Accessoires. Mehr nicht!»

Scheppernd stellte er die leere Kaffeetasse auf dem Tisch ab und ging.

Valerie hatte unruhig geschlafen. Im Traum war ihr ein Kind erschienen, das seine blutigen Ärmchen nach ihr ausstreckte. Was sie an dem Bild am meisten erschreckt hatte, war das Gesicht. Es war uralt und hässlich gewesen, eine böse Fratze, die ihr Angst eingejagt hatte. Als ob sich das Wesen seiner abstoßenden Wirkung bewusst gewesen wäre, hatte es jämmerlich gewimmert. Sie fühlte, dass es Mitleid von ihr erpressen wollte, vielleicht auch verdient hatte, und schämte sich gleichzeitig für die Abscheu, die sie bei seinem Anblick empfunden hatte. Als es sich immer noch klagend von ihr entfernte, verspürte sie den Impuls, ihm zu folgen, blieb aber stehen.

Als sie endlich die Augen aufschlug, klopfte ihr Herz rasend schnell, und kalter Schweiß stand auf ihrer Stirn. Sie hatte Mühe, sich zu orientieren. Erst als sie Robert auf dem Stuhl neben ihrem Bett erkannte, fiel ihr ein, was geschehen war. Der Albdruck, der nach dem Erwachen für glückliche Sekunden von ihr gefallen war, kehrte mit ganzer Wucht zurück. Es war wahr: Sie hatten einen Unfall gehabt, bei dem sie ihr Kind verloren hatte. Der Mann auf dem Stuhl, Robert, schien ihr plötzlich fremd zu sein. Er hatte keinen Anteil an dem, was in ihr vorging.

«Hast du hier geschlafen?», fragte sie ihn, als ob er etwas sehr Seltsames, beinahe Ungehöriges damit getan hätte.

Robert richtete sich auf und lächelte zaghaft. «Ich wollte dich nicht alleine lassen. Wie geht es dir?»

Die Frage erschien ihr widersinnig. «Wie soll es mir gehen? Wir haben unser Kind verloren, du betrügst mich.»

Robert schwieg betroffen.

«Hast du mich nur geheiratet, um Aphrodite zu bekommen?», forschte sie weiter.

«Nein», erwiderte er, «so war es nicht. Mein Vater hat mit Albert etwas ausgehandelt, von dem ich nichts wusste.»

Sie glaubte ihm kein Wort. «Und ich bin auch noch so blöd und setze dich als Treuhänder ein.»

Robert hielt es nicht länger aus. Er sprang von seinem Stuhl auf. Sie hatte ein Recht darauf, die Dinge so zu sehen, sie hatte Recht damit, ihn anzuklagen. Und er fühlte sich schuldig, unendlich schuldig. Er war bereit zu büßen. Aber tief im Inneren wusste er, dass, wenn er tat, er für das Richtige Abbitte leisten wollte. Der Fehler war seine grausame Leichtherzigkeit gewesen, mit der er Bernadette ins Bett gefolgt war. Da war etwas geschehen, das er ihr nicht eingestehen konnte und wollte, nicht jetzt jedenfalls, weil sie es nicht als die maßlose Dummheit auffassen würde, die es gewesen war, sondern als einen bewussten Angriff auf ihre Person und ihr Vertrauen in ihn. Und das, sagte er sich, das war es bei Gott nicht gewesen. So wehrte er sich verzweifelt gegen den einzigen Vorwurf, der nicht zutraf. «Wie kannst du nur denken, ich würde dich ausnutzen, um mir Aphrodite unter den Nagel zu reißen? Vertraust du mir denn jetzt gar nicht mehr?»

Vorwurfsvoll schaute sie ihn an. «Ich glaube, es ist besser, wenn du mich alleine lässt», sagte sie. Sie drehte den Kopf zur Seite und schloss sie die Augen.

«Valerie?» Er wartete einen Augenblick, aber sie ignorierte ihn. Er presste seine Fäuste an die Schläfen, dann stürmte er aus dem Zimmer.

Nach ein paar Schritten erreichte Robert den Domplatz. Die ersten Cafés öffneten bereits ihre Pforten. Wahllos betrat er das nächstliegende zu seiner Rechten und setzte sich an die Bar. Zwei, drei ältere Italiener plauschten bei ihrem morgendlichen Cappuccino.

Der betagte Mann hinter der Bar polierte mit Hingabe seine Gläser. Er trug eine Brille für extrem Sehschwache, die seine Augen eulenhaft vergrößerten. «Che cosa desidera, signore?»

«Whisky!», orderte Robert in der Hoffnung, dass er die Aufforderung richtig verstanden hatte.

«Scusi?»

«Whisky!», wiederholte Robert. «Doppio.» Er hob zwei Finger, um anzuzeigen, dass er einen doppelten wünschte. Sein Gegenüber wandte sich mit steifem Hals um und stierte unverhohlen auf die große Uhr an der Wand hinter ihm. Es war kurz vor zehn. Er schüttelte den Kopf und schenkte Robert ein halbes Wasserglas voll.

Zehn Minuten nach neun traf Albert am Flughafen Fiumicino ein. Alpha erwartete ihn bereits in der Ankunftshalle. Sie hatten sich hier verabredet, weil sie sich so den langen Weg nach Rom hinein und wieder heraus sparen konnten. Sie fiel ihm um den Hals und gab ihm einen innigen Kuss. «Lass uns gleich zu Valerie fahren», schlug sie vor. «Der Leihwagen steht schon vor der Tür.»

Albert nickte abwesend.

«Alessandro und ich sind mit den Vorbereitungen schon fast fertig. Er hat geniale Ideen», versuchte sie ihn aufzumuntern. Doch außer einem kurzem «Hm» zum Zeichen, dass er sie verstanden hatte, war ihm keine Gefühlsregung zu entlocken. Alpha blieb stehen. «Kannst du mir mal sagen, was eigentlich mit dir los ist?», fragte sie verärgert. «Erzähl ich dir auf der Fahrt!», knurrte er. Er setzte sich ans Steuer und gab Gas. Dann weihte er sie in den fatalen Vertragsabschluss ein, den er mit Maximilian ausgehandelt hatte.

Um die Mittagszeit hatten sie Florenz erreicht. Der Ringverkehr um den Dom war ein verwirrendes und wohl nur für Einheimische zu durchschauendes Chaos. Parkplätze gab es nicht. Weite Straßenabschnitte waren für normale Fahrzeuge gesperrt, was viele Verkehrsteilnehmer jedoch souverän ignorierten. Albert hingegen wurde regelmäßig von den Carabinieri herausgewinkt und umgeleitet. Nachdem sie den Dom dreimal umrundet hatten, parkte er den Wagen fluchend in einer Seitengasse. Sie stiegen aus und machten sich zu Fuß auf den Weg zur Piazza di S. Maria Nuova. Alpha hatte einen Blumenstrauß und eine Zeichenmappe besorgt. Albert versuchte sich anhand der Straßenschilder zu orientieren. Sie passierten die Uffizien und nahmen den Weg, der über den Domplatz führte. Plötzlich stoppte er. Auf der Terrasse vor dem

Kaffee zu seiner Linken saß Robert an einem kleinen Tischchen und winkte mit fahriger Bewegung einen Ober zu sich heran. Albert sah auf den ersten Blick, dass er getrunken hatte. Seine sonst so korrekte Kleidung war zerknittert, der Hemdkragen stand weit offen. Aus der Seitentasche des Jacketts lugten die Zipfel seines Binders. Er hatte weder Albert noch Alpha bemerkt, und nach einem kurzen Wortwechsel mit dem Kellner starrte er trübsinnig vor sich hin.

«Geh du schon mal vor», raunte Albert ihr zu. «Ich will zuerst mit Robert sprechen.»

Alpha folgte seinem Blick und erkannte erst jetzt, dass es Robert war, der dort in der prallen Sonne saß und trank.

«Viel Glück!», sagte sie und ging weiter.

Albert setzte sich auf den Stuhl neben ihm. Robert kniff die Augen zusammen, erkannte sein Gegenüber, schien sich aber nicht zu wundern, woher der so plötzlich aufgetaucht war.

«Hallo, Albert. Auch 'n Whisky?», begrüßte er ihn mit schwerer Zunge. Albert winkte ab. «Ich muss mit dir reden!»

Robert schlug ihm etwas zu kräftig auf die Schulter: «Und ich mit dir.»

Erst jetzt bemerkte Albert, wie weit Robert sich schon von jeder Realität entfernt hatte. «I'm a fuckin' idiot.»

Dem konnte Albert vorbehaltlos zustimmen. Es schien ihm wie ein Wunder, wie es Robert gelungen war, in seinem Zustand unauffällig einen weiteren Drink zu ordern, denn gleich darauf hatte auch Albert ein Wasserglas voll Whisky vor sich stehen.

Anstandshalber nahm er einen kleinen Schluck davon.

«Valerie redet nicht mehr mit mir», teilte Robert ihm oder einem unsichtbaren Doppelgänger mit, der sich irgendwo in der unmittelbaren Nähe aufhalten musste.

«Kann ich gut verstehen.»

Die Zustimmung ermutigte Robert. Er schnappte sein Glas, stellte fest, dass es leer war, und eignete sich wie selbstverständlich Alberts an. «Ich musste doch. Tessy, Tessy musste ins Internat. Und er, er war doch in ... er hat ein Haus, auf Long Island.»

Daran war sicherlich viel Wahres, dachte Albert, wenn er nur herausbekäme, wovon die Rede war. «Wer? Dein Vater?»

«Hat sowieso keine Ahnung mehr, der Alte. Gut, dass er raus war. Ich, ich hab nicht aufgepasst.»

Albert bestellte sich einen Cappuccino, dann wandte er sich wieder Robert zu. «Was habt ihr denn mit Aphrodite vor?»

«Sie hat das Kind verloren. Wegen dieser Bernadette.»

Albert nickte ihm zu. Er verstand überhaupt nichts. Die einzige Chance, die er sah, war, dass er geduldig warten musste, bis irgendwelche Sinnzusammenhänge in größeren Brocken aus Roberts alkoholvernebeltem Hirn herauspurzeln würden.

«Bernadette? Robert, bitte, es ist wichtig! Was habt ihr mit Aphrodite vor?»

«Tut gut, mit dir zu reden, wirklich.»

«Robert! Weiß dein Vater, dass du über Tessys Anteile verfügst?»

Robert schaute Albert jetzt hellsichtig an. Dann flüsterte er ihm ins Ohr, als ob er ihn in ein Geheimnis einweihen wollte: «Es war Karin! Ganssssicher.»

Albert gab auf. Er nippte an seinem Cappuccino, schüttelte den Kopf und winkte den Kellner herbei. «Ich glaube, ich brauche auch einen!»

Er zeigte auf Roberts Glas. Der Kellner verstand.

«Karin», wiederholte Robert und schüttelte den Kopf.

Als Alpha eintrat, lag Valerie in ihrem Bett und starrte aus dem Fenster. Unwillig drehte sie den Kopf, als sie hörte, dass die Tür sich öffnete. Doch es war nicht Robert, wie sie befürchtet hatte, sondern Alpha. Ihr Gesicht hellte sich auf. Alpha stellte den Blumenstrauß in eine Vase und trat an ihr Bett. Mühsam richtete sich die Kranke auf. Obwohl sie gleich früh bei der Tablettenausgabe starke Schmerzmittel bekommen hatte, fühlte sich ihr Unterleib an, als hätte jemand einen Sack Rasierklingen darin zum Platzen gebracht. «Lieb von dir, dass du gekommen bist», sagte sie und lächelte schwach. Alpha umarmte sie und setzte sich zu ihr. «Albert kommt später nach.»

Valerie nickte. «Danke für die schönen Blumen.»

«Ich hab dir noch etwas mitgebracht», sagte Alpha und legte die Zeichenmappe auf die Bettdecke.

«Deine neuen Entwürfe?»

«Nein.» Alpha schüttelte den Kopf. «Für dich. Damit du ein bisschen Ablenkung bekommst.»

Valerie betrachtete die Mappe: leere Blätter und Zeichenstifte. Sie erschienen ihr wie Dinge aus einer anderen Welt, mit der sie nichts mehr zu tun hatte. «Das ist lieb von dir, vielen Dank, aber ich glaub, ich kann das nicht im Moment.»

Stumm nahm Alpha sie in den Arm.

«Es ist nicht nur wegen des Kindes. Robert und ich haben uns gestritten. Und dabei ist der Unfall passiert. Ich ...», Valerie machte eine Pause, bevor sie die erdrückende Wahrheit aussprach, «ich glaube, er hat mich betrogen.»

Schluchzend verbarg sie ihr Gesicht in den Händen. Alpha streichelte ihr bewegt über den Kopf, immer wieder, wie einem kleinen Kind, das untröstlichen Kummer hat.

Albert legte den Kopf in den Nacken und spähte den 84 Meter hohen Glockenturm hinauf. Der weiße Marmor des Campanile strahlte im gleißenden Sonnenlicht und überragte die Kuppel des sich daneben erstreckenden Doms um einiges. Albert schwankte aufgrund der Hitze und des Alkohols, und wie um sich festzuhalten, umklammerte er sein Jackett, das er sich umgehängt hatte. Im Großen und Ganzen konnte er zufrieden sein, dass er es geschafft hatte, Robert im Hotel Duomo einzuquartieren. Es waren zwar nur knapp zweihundert Meter Fußweg vom Café bis zur Unterkunft, aber aus irgendeinem vertrackten Grund hatten sie sich auf der Piazza San Giovanni immer wieder verlaufen. Der Dom hatte einen klangvollen Namen, Santa Maria del Fiore, war aber ganz entschieden zu lang und vollkommen unübersichtlich gebaut. Er war ständig im Weg und prallte ihnen förmlich entgegen, während alle Passanten, die sie nach der Richtung fragen wollten, aus unerfindlichen Gründen vor ihnen zurückwichen. Schließlich stiegen sie in ein Taxi, das sie unter fröhlichem Hupkonzert eine halbe Stunde lang durch das Zentrum von Florenz fuhr, um sie, zumindest kam es ihnen so vor, nicht weit von dort, wo sie eingestiegen waren, wieder ins Freie zu entlassen. «Das hätten wir nie gefunden», ächzte Robert, «das war ja viel zu weit weg.» Albert besaß immerhin noch so viel Erinnerungsvermögen, dass ihm die Gegend bekannt vorkam. Er half Robert, seinen Ausweis und die Kreditkarten einzusammeln, die ihm vor dem Empfangstresen des Hotels auf den Boden gefallen waren, und füllte auch das Anmeldeformular für ihn aus, so gut es eben ging. Dann wankte Albert ins Freie und erinnerte sich, dass er den Turm schon einmal gesehen hatte, und wie durch ein Wunder lichtete sich plötzlich die Sicht, und er erkannte das Café, das einen Steinwurf entfernt dahinter lag.

Alpha saß an einem der Tische und schien bereits eine Weile auf ihn gewartet zu haben. «Da bist du ja endlich. Ich hab überall nach dir gesucht», empfing sie ihn.

Er begrüßte sie mit einem flüchtigen Kuss und erntete zum Dank ein angewidertes Gesicht. «Du hast getrunken.»

«Ja.»

Verwundert registrierte Alpha, dass er es so unumwunden zugab. Sie beschloss, es zu ignorieren. «Was hat Robert gesagt?»

«Aus dem war heute kein Wort herauszukriegen. Er hat die Bar leer getrunken.» Albert war ein bisschen stolz darauf, dass er sich im Gegensatz zu seinem Zechkumpan so gut gehalten hatte. Die Masse macht's, dachte er und war ausnahmsweise einmal dankbar für seinen kräftigen Körperbau.

«Anscheinend hatte er dabei Verstärkung», erwiderte Alpha spitz. Doch dann fing sie sich. «Vielleicht ist alles nur ein großes Missverständnis», sagte sie und ließ dabei offen, ob sie das Gelage der beiden Männer meinte oder den Verdacht, den sie gegen Roberts heimliches Geschäftsgebaren hegte.

«Vielleicht ist die Erde eine Scheibe», polterte Albert, was die Dinge nur bedingt klarer machte, aber eindrucksvoll klang. Wortlos zog sie ihn von seinem Stuhl hoch, hakte ihn ein und steuerte in Richtung der Gasse, in der sie das Auto abgestellt hatten.

«So einen Treuhandvertrag kann man doch rückgängig machen?», griff sie unterwegs das Thema erneut auf. Das Laufen an der frischen Luft schien Albert inzwischen einigermaßen wiederhergestellt zu haben. Die sinnvollen Sentenzen seiner Sätze wurden länger. «Sicher. Aber mit Tessy habe ich schon gesprochen. Ohne Erfolg, sie vergöttert ihren Vater. Außerdem ist sie noch nicht volljährig. Und Cleo, die sitzt irgendwo in New York in einem Atelier und malt. Die ist froh, dass sie die Verantwortung um Aphrodite los ist. Ich muss mit Valerie reden.»

«Du solltest damit warten, bis es ihr besser geht», wandte Alpha ein. Was sie jedoch eigentlich meinte, war, dass sich sein Zustand entscheidend verbessern sollte, bevor er solche Gespräche aufnahm. Albert blieb stehen. «So viel Zeit habe ich nicht!»

Sie zog ihn sanft mit sich. Hätte er sich ernsthaft geweigert weiterzugehen, hätte sie keine Chance gehabt. Genauso gut hätte sie am Glockenturm ziehen können. Also versuchte sie es mit Diplomatie. «Aber bitte nicht heute, Albert. Du musst verstehen, dass sie ziemlich durcheinander ist.»

Alpha konnte ihm förmlich beim Nachdenken zusehen, dann nickte er. Erleichtert schob sie ihn weiter.

Der Prater zählt zur Heurigen-Seligkeit wie die Donauwalzer und die kultische Verehrung für die tragische Kaiserin Sissi. Als der volksnahe Herrscher Joseph II. das kaiserliche Jagdgebiet Mitte des 18. Jahrhunderts für die Allgemeinheit öffnete, ahnte er vermutlich nicht, dass er damit den Grundstein für einen der ältesten Vergnügungsparks der Welt legte. Angeblich soll er ohnehin nicht viel geahnt und noch weniger gewusst haben, wie der Wiener Volksmund mit seiner typisch bräsigen Häme kolportierte, vermutlich, weil er ein Vierteljahrhundert lang als Kaiser und König unter der Fuchtel seiner gestrengen Mama, der berühmten Regentin Maria Theresia, verbrachte. Das hinderte die Wiener aber nicht daran, das Gebiet in der Nordstadt mit Begeisterung in Besitz zu nehmen. Bald darauf fand sich eine Reihe von Karussellen, Schießbuden und Imbissständen ein, gepaart mit Sensationen wie der Abnormitätenshow. Liliputaner, Haarmenschen, siamesische Zwillinge und andere kuriose Gestalten traten hier auf, wie die dicke Prater-Mitzi oder der aus Russland stammende Rumpfmensch Kobelkoff. Spätestens 1854, als Basilio Calafati die Figur des «Großen Chinesers» als Wahrzeichen aufstellte, hieß es nur noch: «Gehen wir zum Kalafatti.» Die Figur existiert bis auf den heutigen Tag und hat ihren Standplatz neben dem berühmten Riesenrad. Ebendorthin, zum «Kalafatti», hatte Carl seine Halbschwester Bernadette ausgeführt, um ihr Wien aus der luftigen Höhe von 64 Meter zu zeigen. Sie stiegen in eine der possierlichen Gondeln, die noch immer den Charme der vorvergangenen Jahrhundertwende verströmten. «Es ist schön, einmal alleine mit dir zu sein!», schwärmte sie. «Fast so wie früher, als wir noch Kinder waren.»

In diesem Moment drängte sich ein weiterer Fahrgast mit in die Kabine. Es war Karin, ausnahmsweise in hochgeschlossenem, dezentem Kostüm. «Na, so ein Zufall!», kommentierte Carl ihr Auftauchen trocken. Sie zeigte ihr bezauberndstes Lächeln. «Ich hoffe, ihr habt nichts dagegen.»

Mit diesen Worten nahm sie Platz, und schon schwebten sie zu dritt nach oben. Carl beschloss, sie zu ignorieren. Unbeirrt machte Karin ein freundliches Gesicht. Bernadette fühlte sich in ihrer Gegenwart zunehmend unwohl. Sie hatte sich auf den Ausflug mit ihrem Halbbruder gefreut und nahm sich vor, Karins aufdringliches Erscheinen gebührend zu bestrafen. «So ganz alleine heute, ohne Herrn Fox senior?», versuchte sie es mit einer Spitze.

Karin seufzte viel sagend. «Wir sehen uns in letzter Zeit selten!» Das war eine glatte Untertreibung. Maximilian hatte sie mit boshafter Genugtuung an die Luft gesetzt. Rasch wechselte sie das Thema. «Stimmt es, dass Valerie eine Fehlgeburt hatte?»

«Sie und Robert hatten einen Autounfall», teilte ihr Bernadette kurz angebunden mit und hoffte, dass sie ihr damit die Lust auf weitere Nachfragen ein für alle Male genommen hatte. Aber es stachelte sie im Gegenteil nur an. «Das ist ja ganz furchtbar», sagte sie und machte eine betroffene Miene. Carl verdrehte die Augen. «Bitte, übernehmen Sie sich nicht.»

«Es tut mir wirklich Leid», bekräftigte Karin mit scheinbar ehrlicher Bestürzung. Carl konnte einfach nicht einschätzen, woran er mit ihr war. Zumindest eine Antwort hatte sie sich für ihr gekonntes Mienenspiel verdient. «Zum Glück ist Valerie und Robert nichts weiter passiert!»

«Na, in Roberts Fall würde ich sagen, Unkraut vergeht nicht.»

Ihre Schlagfertigkeit brachte Carl zum Schmunzeln. Bernadette setzte jedoch sofort zu Roberts Verteidigung an. «Wie man hört, sind Sie ja eine seiner Abgelegten.»

Die beiden Frauen fixierten sich. «Jugendsünde», konterte Karin, «aber Sie sind ja auch noch ziemlich jung, oder?»

«Worüber redet ihr eigentlich?», mischte sich Carl ein. Das ließ sie schlagartig verstummen. Das Riesenrad war am Scheitelpunkt angelangt.

«Alles wird so unwichtig, wenn man es von hier oben aus betrachtet», philosophierte Karin leichtgewichtig und lächelte Carl zu. Wie unabsichtlich rutschte dabei ihr Oberteil ein wenig zur Seite und gestattete einen offenherzigen Einblick. Als sie es zu bemerken schien, schob sie es schnell wieder an die richtige Stelle. Carl grinste und schaute wieder nach unten.

Als sie erneut festen Boden unter den Füßen hatten, streckte Karin freundlich ihre Hand aus: «Es hat mich sehr gefreut.»

Carl erwiderte den Gruß. Bernadette übersah die Geste bewusst und nickte nur kühl. Sie wartete ab, bis Karin hinter dem Ausgang verschwunden war, und wandte sich dann Carl zu. «Ich finde, es ist zu früh, um nach Hause zu gehen. Ich geh noch ein bisschen in die Stadt, kommst du mit?»

Carl schüttelte den Kopf. «Mach deine Shoppingtour ruhig allein. Ich hole mir schnell noch was zu essen und fahre danach nach Hause.»

«Na, dann», sagte sie, winkte zum Abschied und verschwand in der Menge.

Carl schlenderte zu einer der zahlreichen «Wurschtlbuden», um sich etwas zu bestellen, da bemerkte er, dass Karin nur ein paar Meter entfernt von ihm stehen geblieben war und ihn beobachtete. Sie winkte mit einem Autoschlüssel. «Kann ich Sie irgendwohin mitnehmen?»

Es klang harmlos, aber er spürte sofort, dass mehr dahinter steckte. Warum eigentlich nicht?, dachte er, warum sollten immer nur die anderen Spaß haben? Außerdem war er nie sonderlich erfolgreich gewesen, was die Kontaktaufnahme mit Frauen betraf. Selbst die Models, die für die Firma arbeiteten, schienen in ihm nur ein geschlechtsloses Faktotum zu sehen, bestenfalls eine pubertierende Nervensäge. Und noch etwas reizte ihn daran, etwas, das er sich jedoch nie offen eingestehen wollte. Er wusste, dass

Karin die Geliebte von Robert, Albert und Maximilian gewesen war, mit Letzterem sogar immer noch verkehrte. Mit ihr anzubandeln, bedeutete für ihn, ebenbürtig in ihrer Riege aufgenommen zu werden.

«Du siehst großartig aus», begrüßte Maximilian sie, als Elisabeth vom Ober an den Tisch geleitet wurde. Das Figlmüller, in der Wollzeile 5 im 1. Bezirk, war berühmt für seine Wiener Schnitzel. Was anderen Ortes ein fader Touristensnack sein mochte, war hier noch ein mit Liebe zubereitetes Stück Fleisch in knuspriger Teighülle, das rechts und links über den Tellerrand hinausragen musste, so verlangte es das Selbstverständnis des Besitzers. Maximilian freute sich darauf, weil er niemals in den Staaten ein ähnlich zubereitetes Gericht gefunden hatte und es darüber hinaus ein gelungener Auftakt zur Erinnerung an die gute alte Zeit zu werden versprach.

Galant stand er auf und gab Elisabeth einen kleinen Kuss auf die Wange. «Schön, dass du da bist. Das ist das erste Mal überhaupt, dass wir beide uns in der Öffentlichkeit treffen», stellte er übertrieben fest.

«Na ja. Jedenfalls nachdem ich verheiratet war», sagte sie verlegen. «Das schickte sich damals nicht. Und jetzt ist es beinahe langweilig.»

«Du findest mich langweilig?»

«Nein, nicht dich», schmunzelte sie. «Ich meine, sich heimlich zu treffen, ist eben aufregender.»

Maximilian nutzte die Vorlage. «Ich finde dich immer noch aufregend», beteuerte er mit treuherzigem Blick. Elisabeth musste lachen. «Schmähtandler!»

Er zog jetzt alle Register. «Ich habe nie verstanden, warum du dich damals für Franz entschieden hast.»

«Ich war mit ihm verheiratet! Er war mein Mann», erwiderte sie schlicht.

«Aber wir haben uns geliebt.»

Das traf Elisabeth, weil es stimmte. Und weil es die Wahrheit war, konnte sie es nicht zugeben. «Ihr habt mich dazu benutzt, einen Grund für eure geschäftlichen Streitereien zu haben!»

Maximilian schüttelte den Kopf. «Geschäftliche Streitereien? Franz war eifersüchtig, deswegen hat er mich schlicht und einfach hinausgedrängt.»

«Weil du nicht nur seine Frau, sondern auch die Firma für dich alleine haben wolltest.» Ihre eigene Rolle dabei spielte sie absichtlich hinunter.

«Das ist Franz' Version der Geschichte!», behauptete er.

Das war richtig, sie kannte nur die Darstellung ihres Mannes, und Franz hatte einiges hinter ihrem Rücken getrieben, wie sie sich eingestand. Sie war neugierig auf das, was Maximilian zur Aufklärung beitragen konnte. «Er hat mir nie verraten, warum du damals so plötzlich verschwunden bist.»

«Interessant. Das hat er dir nie gesagt?»

«Nein, nie! Verrate du es mir.»

Maximilian dachte kurz nach. Dann entschied er sich für die harmloseste aller Varianten. «Da gibt es nicht viel zu erzählen. Ich war eifersüchtig und unglücklich. Es war einfach besser zu gehen!»

Ein Kellner brachte Champagner.

«Auf dich! Auf uns!» Sie prosteten einander zu.

Elisabeth trank einen Schluck aus ihrem Glas und lächelte ihn an. Aber das war nur die hübsche Verpackung für einen wohl überlegten Überraschungsangriff. «Hast du eigentlich gewusst, dass dein Sohn Valeries und Tessys Anteile verwaltet, als du Albert weitere fünf Prozent abgepresst hast?»

Maximilian gefror das Lächeln. Mit einem Ruck stellte er sein Glas ab.

«Wie bitte?»

«Du verstehst mich sehr gut. Also?»

Er versuchte Zeit zu gewinnen und vermied eine direkte Antwort.

«Du hast dich schon immer in die Geschäfte deiner Familie eingemischt.»

«Nicht genug, scheinbar», stellte sie fest.

Inzwischen hatte sich Maximilian gefangen und gab seine vorher einstudierte Version zum Besten. «Ich war dagegen, dass

Robert euch das Geld leiht. Zehn Millionen Euro nimmt auch Fox & Fox nicht so einfach aus der Portokasse. Aber Robert wollte es unbedingt. Wir brauchten eine Sicherheit! Und die fünf Prozent erscheinen mir angemessen.»

Aber sie ließ ihn nicht von der Angel. «Besonders, wenn ihr dadurch die Mehrheit bei Aphrodite erhaltet.»

«Ich habe nicht gewusst, dass Robert Treuhänder für Valerie und seine Tochter ist.» Er log ebenso schamlos wie überzeugend. «Ich wusste ja bis vor kurzem noch nicht mal, dass ich eine Enkeltochter habe. Mein Sohn und ich, wir reden leider wenig miteinander.»

Vielleicht sagt er doch die Wahrheit, überlegte Elisabeth.

«Ich glaube, du machst dir viel zu viele Sorgen», fuhr er mit neu gewonnener Sicherheit fort. «Fox & Fox geht es gut. Warum sollte ich mich da mit Aphrodite belasten?»

«Ich kenne dich, Maximilian. Du bekommst nie genug!»

«Das war vielleicht einmal so», begann er, bemerkte dann aber, dass ihre Aufmerksamkeit von etwas anderem gefesselt wurde. Sie saß mit dem Gesicht zur Eingangstür gewandt. Als er sich steifnackig umdrehte, konnte er jedoch nichts Auffälliges entdecken. Elisabeth hingegen hatte genug Zeit gehabt, um Karin in Begleitung von Carl hereinkommen zu sehen. Sie war sich sicher, dass es sich umgekehrt genauso verhalten hatte, denn nach einer Schrecksekunde verschwanden die beiden wieder nach draußen.

Tatsächlich war es jedoch nur Karin gewesen, die die Situation erfasst hatte. Bevor Carl seine Großmutter entdecken konnte, hatte sie ihn aus der Tür gezogen. «Zu voll! Lass uns lieber woanders hingehen!», entschied sie eilig.

«Wir können doch auch auf einen Tisch warten», sagte er verwundert. Statt eine Antwort zu geben, deutete sie auf das Fenster. Erst jetzt bemerkte er Maximilian und Elisabeth, die sich offenbar sehr angeregt unterhielten. Fox senior hatte sogar nach ihrer Hand gegriffen und sie gedrückt. Verwirrt schaute Carl seine Begleiterin an. Sein letzter Wissensstand war, dass Maximilian nach wie vor eine Beziehung mit ihr hatte. Karin schien seine Gedanken lesen zu können. «Wir sind nicht mehr zusammen», erklärte sie.

«Aber was macht er hier mit Großmutter?»

«Sie waren mal ein Liebespaar. Wusstest du das nicht?»

«Nein!»

«Du scheinst einiges nicht zu wissen über deine Familie», stellte sie fest.

«Sie sorgt jedenfalls immer wieder für Überraschungen», sagte Carl leise. Karin hakte sich bei ihm ein und zog ihn vom Fenster weg.

Das Thema schien sie auf einmal nicht mehr zu interessieren – schließlich hatte sie erreicht, was sie wollte.

«Komm jetzt. Ich hab Hunger!»

Karin schob sich das letzte Stück Sushi in den Mund. Sie hatte Carl ins «Osaka» in der Wiedner Hauptstraße 101 gelotst. Zum einen war die asiatische Kost gut für die Linie, zum anderen konnte sie ihre Wohnung von hier aus zu Fuß erreichen. Sie sorgte dafür, dass er stets ein volles Glas hatte. Mit Erfolg: Der Alkohol und ihre Schmeicheleien begannen ihm zu Kopf zu steigen. Alles lief nach Plan, wieder einmal.

«Albert war nie ein besonders guter Geschäftsführer. Das weißt du doch auch. Er ist kein kreativer Mensch», machte sie ihm weis, was ungefähr das Letzte war, was einem neutralen Beobachter zu seinem Vater eingefallen wäre. Aber Carl schluckte auch dies. «Aphrodite braucht einen jungen Kopf. Jemanden wie dich.»

Das gefiel ihm zwar, aber der Form halber startete er eine kleine Ehrenrettung für Albert, auch wenn er dafür die Tatsachen auf den Kopf stellen musste. «Uns geht es blendend», behauptete er, «wir expandieren gerade ins Ausland. Das hat alles mein Vater geschafft.»

Karin gab einen amüsierten Lacher von sich. «Du meinst Italien? Das habe ich noch vorbereitet, als ich dort gearbeitet habe. Glaube mir, ich kenne die Firma besser als du. Franz hat sich am Schluss um nichts mehr gekümmert, und ich habe für Albert die Geschäfte geleitet.»

Sie goss Carl aus dem Tonkrug Sake nach und lächelte ihn verführerisch an. «Du bist der Einzige, der zu den Arbeitern und Näherinnen Kontakt hält, Material bestellt und die Abläufe organisiert. Ich hoffe, Albert weiß, was er an dir hat.»

Er nahm einen großen Schluck aus seinem Sakebecher und fand, dass sie so ganz Unrecht nicht hatte. Allerdings hatte sie noch ein paar seiner Meriten vergessen zu erwähnen. «Zurzeit baue ich mein eigenes Label auf und manage die gesamte Inlandsproduktion.»

Sie lehnte sich scheinbar unabsichtlich vor, sodass ihre Brüste auf der Tischplatte ruhten. «Ein junger Mann wie du sollte nicht nur arbeiten!», flüsterte sie besorgt. Diese Aufforderung zumindest begriff Carl sofort. Er blickte sie an und fand, dass sie sehr schön aussah in diesem Moment, besonders vom Hals ab abwärts.

«Sondern?», fragte er scheinheilig und kam sich dabei sehr weltmännisch vor. Karin lächelte unzweideutig.

Am dritten Tag nach der Operation war Valerie gestattet worden, aufzustehen und ein paar Schritte zu laufen. Sie nutzte es und setzte sich im Bademantel auf eine der Ruhebänke im Garten des Krankenhauses. Seit der Gründung im 13. Jahrhundert war das Ospedale di Santa Maria Nuova ein Hort der Wissenschaft und der Kunst, mit angeschlossener Bibliothek, Chirurgenschule und botanischem Garten. Das war dem ersten medizinischen Leiter zu verdanken: Folco Portinari, dem Vater von Beatrice. Ihr zu Ehren verfasste der italienische Nationaldichter Dante Alighieri «Die Göttliche Komödie» und schuf so ein literarisches Denkmal ihrer unsterblichen Schönheit und seiner grenzenlosen Liebe. Die Angebetete mochte wohl auch diesen Rasen betreten haben, dachte Valerie. Der Ort strahlte einen stillen Frieden aus. Sie fühlte sich unglücklich, aber gefasst. Auch damals war die bedingungslose Liebe sicherlich nur eine Fiktion gewesen, etwas, in das man sich künstlich hineinsteigerte, um ihr in einem Buch, einem Sonett, einem Bild einen Raum zu schaffen, der nichts mit dem wirklichen Leben zu tun hatte. Auch sie musste lernen, von ihrer Liebe Abstand zu nehmen und die Realität anzuerkennen. Ihre Beziehung mit Robert war, kaum dass sie geheiratet hatten, gescheitert. Sie musste sich damit abfinden. Und es würde ihr gelingen, nahm sie sich fest vor. Schließlich gab es auch andere Dinge, über die man sich freuen konnte. Ihre Mutter hatte angerufen und ihr mitgeteilt, dass sie heute noch eintreffen würde. Sie hatte Barbara lange nicht mehr gesehen. In der letzten Zeit war sie für ihre Zeitung überwiegend im Ausland unterwegs. Sie nahm ihren Beruf sehr ernst, und der Preis dafür war, dass sie kaum noch Zeit für ihre Tochter hatte. Als sie jedoch von Valeries Unfall erfuhr, nahm sie den erstbesten Flieger, der sie von Südamerika nach Italien brachte, und jetzt stand sie leibhaftig vor ihr.

«Mama!» Valerie sprang auf und umarmte ihre Mutter stürmisch.

«Na, na, sei vorsichtig!», ermahnte diese liebevoll und legte die Arme fest um sie.

«Es geht mir schon wieder besser!», sagte Valerie nach einer Weile.

Barbara sah das blasse Gesicht ihrer Tochter, die eingefallenen Wangen mit den spitz hervortretenden Jochbeinen. «Was hat der Arzt gesagt?»

«Es ist alles in Ordnung. Ich kann jederzeit wieder ein Baby bekommen», beruhigte Valerie sie.

Barbara atmete auf. «Gott sei Dank!»

«Ich weiß aber nicht, ob ich das noch möchte, nach allem.»

Die beiden Frauen sahen sich an, traurig, hilflos. Barbara ahnte, dass es mit Robert nicht zum Besten stand. Valerie berichtete ihr in Kurzform, was vorgefallen war.

Als Robert wenig später dazukam, klammerte sich ihre Tochter Schutz suchend an sie. Barbara war bewegt, versuchte jedoch, normal zu reagieren.

«Guten Morgen», sagte er verlegen, sichtlich irritiert, neben Valerie auch deren Mutter vorzufinden.

«Hallo, Robert.»

Barbara schaute zwischen den beiden hin und her. Niemand sagte ein Wort. Schließlich löste sie sich von Valerie.

«Ich glaube, ihr beide solltet alleine miteinander reden.»

Sie nickte Valerie zu, die ihr einen unglücklichen Blick zuwarf, und schritt den Kiesweg hinab. Nach einer Pause begann Robert zu sprechen. «Valerie, es tut mir alles so Leid!»

Valerie nickte. Sie spürte, dass Robert es aufrichtig meinte, auch wenn diese Ehrlichkeit nur beinhaltete, dass er zugab, ihr Schmerzen zugefügt zu haben. «Es fällt mir so schwer, dir noch zu glauben», erwiderte sie matt.

«Aber den anderen, Albert, Bernadette, denen glaubst du?», fragte er niedergeschlagen.

«Kannst du nicht verstehen, dass ich durcheinander bin?», erwiderte sie leise. «Ich komme mir vor wie mitten in einem Albtraum. Unser Baby ist tot, ich weiß nicht mehr, wem ich vertrauen darf, und unsere Ehe hat noch nicht einmal begonnen.»

«Ich bin auch durcheinander», sagte er. «Ich habe mich genauso auf das Kind gefreut und auf ein Leben mit dir. Stattdessen habe ich Ärger mit meinem Vater, du willst mich nicht sehen, und deine Familie betrachtet mich als Feind.»

Valerie sah ihn unsicher an. Sie spürte nichts, nicht einmal Zorn oder Ärger, als er sprach. «Gib mir einfach noch eine Weile Zeit», bat sie.

«Wann kannst du hier raus?»

«Übermorgen. Ich wollte dann noch ein paar Tage mit meiner Mutter in Rom bleiben.»

Robert schluckte. Er sah ein, dass er Valerie zu nichts bewegen konnte, jetzt nicht und vielleicht sogar niemals mehr.

«Ich fliege nach Wien zurück und versuche noch einmal, mit Albert und meinem Vater zu reden. Ruf mich an, wenn du zurück bist.»

«Ja», erwiderte sie, aber er fühlte, dass das kein Versprechen war.

Mit schnellen Schritten verließ er den Garten des Krankenhauses.

Während Roberts Abwesenheit hatte sich Maximilian angewöhnt, im Wiener Büro auf dem Chefsessel seines Sohnes Platz zu nehmen. Er fand ihn bequemer und seiner wahren Rolle in der Firma angemessener als den kleinen Stuhl ohne Lehnen, der ihm sonst angeboten wurde. Außerdem hatte er von hier aus die Tür direkt im Blick. Er blätterte oberflächlich in den Geschäftspapieren. Ihren Inhalt kannte er bereits; er wollte lediglich beschäftigt aussehen, wenn sein Sohn hereinkommen würde. Ihr letztes Telefonat hatte im Streit geendet, also stellte er sich auf einen Machtkampf ein. Es klopfte an der Tür. Ohne das «Herein» seines Vaters abzuwarten, betrat Robert den Raum. Maximilian schaute auf und wies ihm einen Stuhl vor dem Schreibtisch zu. Offenbar zog sein Sohn es jedoch vor, stehen zu bleiben. Genüsslich zündete sich Maximilian eine Zigarre an. Beiden war klar, dass sie hier ein Spiel spielten, das beiden in der Eröffnungsphase abverlangte, sich möglichst unbeeindruckt zu zeigen. «Ich dachte, du hast aufgehört zu rauchen», sagte Robert.

«Stimmt, seit zehn Jahren», erwiderte Maximilian gelassen und paffte ungerührt weiter. Robert kam näher und setzte sich ungefragt auf die Kante des Schreibtischs. «Ich möchte den Vertrag mit Albert sehen, bitte.»

Maximilian zog ihn aus der Schublade und warf ihn achtlos auf den Tisch. Robert blätterte ihn rasch durch. Er brauchte nicht lange zu suchen, bis er die fragliche Fünf-Prozent-Klausel fand.

«Vielen Dank. Damit hast du erreicht, dass Albert Steininger die gesamte Familie gegen mich aufhetzt, dass meine Frau mir nicht mehr vertraut und meine Tochter demnächst wahrscheinlich auch nicht mehr.»

Demonstrativ ruhig klopfte Maximilian die Asche von seiner Zigarre ab. «Du lässt dir da eine Riesenchance entgehen.»

«Ich habe Valerie ein Versprechen gegeben. Und das werde ich auch halten», erwiderte Robert ebenso ruhig wie kalt.

«Du bist viel zu sentimental.»

Robert war vom ersten Moment an klar gewesen, dass sein Vater es darauf angelegt hatte, ihn zu provozieren. Gerade weil er ihm den Triumph nicht gönnte, ihn aus der Haut fahren zu sehen, zwang er sich zu beherrschter Sachlichkeit. Das Ergebnis war mäßig glaubwürdig. «Du riskierst unseren guten Ruf, nur um dich an dem alten Franz zu rächen, der längst tot ist. Ich jedenfalls werde an deinem albernen Monopoly-Spiel gegen die Steiningers nicht teilnehmen.»

In Maximilians Gesicht arbeitete es. Er legte die Zigarre beiseite und wurde noch eine Spur ungemütlicher. «Glaubst du, dass du im Ernstfall auf diese Familie zählen kannst? Glaubst du ernsthaft, dass sie dir helfen werden, wenn du sie brauchst?»

Robert schwieg verunsichert. Sein Vater nutzte die Chance.

«Was ist, wenn Albert die Expansion in den Sand setzt? Dann sind unsere zehn Millionen futsch.»

«Erstens gibt es eine Rückzahlungsvereinbarung. Und zweitens habe ich Einblick in die Bücher von Aphrodite», widersprach Robert.

«Noch! Deine Tochter wird bald volljährig sein. Und was passiert, wenn Valerie sich von dir trennt? Bleibst du dann ihr Treuhänder?»

«Was soll das, Vater?»

«Ich will nur, dass du nachdenkst. Wie ich höre, steht es um eure Beziehung nicht zum Besten!»

Maximilians Bemerkung traf ins Schwarze. Robert zuckte zusammen.

«Du weißt, dass du ohne mich nichts unternehmen kannst», stellte er schwach klar.

«Ich weiß», erwiderte sein Vater schroff. «Aber die Zeit arbeitet für mich.»

Die beiden Männer sahen sich an. Die Audienz war beendet.

Kapitel 13

Eine halbe Autostunde südlich von Rom lag die Sommerresidenz des Papstes am Albaner See. Große Teile des Areals waren Hoheitsgebiet des Kirchenstaats und für die Öffentlichkeit nicht frei zugänglich. Wer dennoch in Sichtweite des Castel Gandolfos ein Anwesen besaß, hatte in dieser wie wahrscheinlich auch in jener späteren, jenseitigen Welt gute Karten. Pietro Bellini zählte offensichtlich zu den Glücklichen, und sein Landhaus spiegelte den Reichtum und die Eleganz seines Besitzers. Das Hauptgebäude war im römischen Landhausstil errichtet: nach außen abweisende, ockerfarbene Wände, mit schießschartengroßen Fenstern, um die Tageshitze fern zu halten. Hinter dem Portal an der Frontseite des Hauses öffnete sich jedoch ein paradiesisches Atrium mit Springbrunnen und Palmen, ringsherum beschützt von den Seitenflügeln des Gebäudes. Alpha und Albert waren der Einladung des Hausherrn gefolgt, saßen im Schatten eines Baldachins und tranken die sanfte Kaffeevariante Latte Macchiato. Als perfekter Gastgeber spielte Pietro Bellini die Bedeutung seiner Residenz herunter. «Im Sommer ist es in der Stadt eigentlich viel zu heiß. Ich fahre nur für die wichtigsten Geschäftstermine noch dorthin. Darum habe ich mir dieses kleine Haus gekauft.»

«Seit wann wohnst du hier?», fragte Alpha. Bellini machte eine achtlose Handbewegung. «Noch nicht allzu lange. Drei, vier Jahre vielleicht.»

Die oberflächliche Konversation erschöpfte sich schnell. Schweigend sahen die beiden Männer sich an, schließlich räusperte sich Bellini. «Sie sind doch sicher hergekommen, um etwas mit mir zu besprechen!»

«Ich sage es ganz ehrlich: Ich habe Probleme mit einem Geschäftspartner. Nun suche ich jemanden, der ihn ablöst», bekannte Albert offen.

«Das heißt, Sie brauchen Geld.»

«Zehn Millionen.»

Bellini schien die Summe nicht zu beeindrucken. Er stand auf und wandte sich höflich an Alpha: «Würdest du uns bitte einen Moment alleine lassen, cara?»

Im ersten Augenblick dachte Alpha, sie hätte nicht richtig gehört. Doch dann wurde ihr klar, dass er es ernst meinte. Hier ging es um Geschäfte, und er schien offensichtlich der Ansicht zu sein, dass Frauen dabei nichts zu suchen haben. Hilfe suchend blickte sie Albert an, doch der machte keine Anstalten, ihr beizuspringen. Sie schluckte die Kränkung hinunter, erhob sich und ließ die Männer alleine.

Als Albert nach einer halben Stunde aus dem Portal trat, hatte sich ihr lauwarmer Ärger in kochende Wut verwandelt. Im Wagen ließ sie ihre Stimmung an Albert aus. «Das ist ja das reinste Mittelalter: Die Erwachsenen reden, und Frauen und Kinder werden vor die Tür geschickt.»

«Was hätte ich denn tun sollen? Es ist sein Haus, es sind seine Regeln», verteidigte er sich schwach. Das entfachte Alphas Zorn nur noch mehr. «Frauen sind bei denen entweder Mütter oder Prostituierte.»

«Ich prostituiere mich doch auch für die Firma, seit Jahren schon.»

Es war als Beschwichtigung gemeint, erzielte jedoch die genau gegenteilige Reaktion. «Du musst doch dafür mit niemandem ins Bett gehen», fuhr sie ihn an. Ungerührt goss Albert Öl ins Feuer. «Ich frage mich manchmal, was besser ist.»

«Was soll denn das heißen?», erwiderte sie. «Willst du damit andeuten, ich sollte mal eben schnell mit Pietro schlafen, damit du deinen Kredit bekommst?»

«Wir, nicht ich. Der Kredit ist für uns alle», stellte er richtig und war sich scheinbar nicht bewusst, was er mit dieser trotzigen Antwort anrichtete. Und wennschon?, dachte er. Sollte sie ihn doch ruhig einmal falsch verstehen. Sie konnte ihm ja wohl kaum ernsthaft unterstellen, dass er sie Pietro zuführen wollte. «Außerdem hat er sich Bedenkzeit ausgebeten», setzte er nach einer kleinen Pause hinzu. Alpha schwieg beleidigt und schaute demonstrativ aus dem Fenster.

«Bellini möchte dir morgen Abend seine Entscheidung mitteilen», ließ Albert beiläufig fallen. Ungläubig starrte sie ihn an und beschloss, überhaupt nichts mehr zu sagen.

«Bin ich zu spät?» Mit untröstlicher Miene kam Pietro auf sie zu. Zu einem Termin vor über einer Stunde hatte er sie in dieses Nachtcafé bestellt, um ihr seine Entscheidung mitzuteilen. Ihr Glas war leer, die Blicke von den Männern an der Bar hatte sie gründlich satt, und ihre Laune war auf dem Nullpunkt. Freundlichkeit konnte er unter diesen Umständen nicht von ihr erwarten. «Ich sitze hier seit einer Stunde und warte. Gibt es dafür einen Grund?»

«Scusi, tut mir Leid!» Bedauernd hob er die Hände und setzte sich.

«Und?»

«Was, und?», stellte er sich dumm.

«Das Geschäft. Der Kredit! Bist du interessiert?» Das hatte noch gefehlt, dachte sie, plötzlich tat er so, als könne er sich an den Grund ihrer Verabredung gar nicht mehr erinnern. Aber natürlich konnte er das sehr wohl. «Das kommt darauf an!», sagte er zweideutig und lächelte sie verschmitzt an. Alpha war kurz davor, ihre Beherrschung zu verlieren. «Auf was? Dass ich jetzt nett zu dir bin?»

Entrüstet streckte Bellini die Arme aus. «Was denkst du von mir?»

«Ich denke, ihr Italiener unterscheidet kaum zwischen Arbeit und Vergnügen.»

Mit dieser Aussage konnte sich Bellini problemlos anfreunden. Wie zum Beweis ihrer Unterstellung lieferte er gleich eine kleine Kostprobe davon ab. «Alpha, carissima, du bist eine schöne Frau. Ich begehre dich. Natürlich möchte ich mit dir schlafen, sonst wäre ich kein Mann. Aber ...»

«Was, aber?», unterbrach ihn Alpha. «Willst du bei uns einsteigen oder nicht?»

Pietro lächelte und legte ihr beruhigend den Arm auf die Schulter. Dann gab er dem Kellner ein Zeichen. Sofort brachte der eine Flasche Champagner und Gläser.

«Auf eine gute Zusammenarbeit!», sagte Bellini und hielt ihr sein Glas entgegen.

«Das heißt, du machst es?», vergewisserte sich Alpha und stieß mit ihm an.

«Wenn eure Präsentation ein Erfolg wird, ja, dann mache ich es.»

«Vertraust du uns nicht?»

«Ich vertraue dir», sagte Pietro und nahm einen Schluck von seinem Champagner. «Können wir das Geschäftliche damit für heute vergessen?»

«Sehr gern», antwortete Alpha verführerisch.

Zur selben Zeit saß Carl in Wien in seinem Büro und ging zum wiederholten Mal die Kalkulation durch. Aphrodite Accessoires sollte zunächst mit vier Artikeln an den Start gehen: Brillen, Handtücher, Ledergürtel und Taschen. Dass die Qualität der Produkte über jeden Zweifel erhaben sein musste, stand außer Frage. Die Gewinnmargen würden aus diesem Grund allerdings schmal ausfallen, und das auch nur unter günstigen Absatzerwartungen. Wie er es auch drehte und wendete: Carl hatte ein Problem, und insgeheim verfluchte er bereits seine Vollmundigkeit, mit der er seinem Vater das Versprechen gegeben hatte, die Tochterfirma binnen kurzem zum Erfolg zu führen. Ganz zu schweigen davon, dass auch ein Teil der Abfindung seiner Mutter in den Finanzierungspool wandern sollte.

Ein Geräusch ließ ihn aufschrecken. Im Halbdunkeln außerhalb des Lichtkegels seiner Schreibtischlampe erkannte er Karin.

«Wie bist du reingekommen?», flüsterte er erstaunt. Sie lächelte geheimnisvoll und legte den Finger auf den Mund. «Ich kenne mich hier aus!»

«Hoffentlich hat dich niemand gesehen! Was willst du?»

Voller Verlangen schaute sie ihn an. «Was denkst du?»

Auch wenn es vielleicht nicht richtig war, was er nun tun würde, er hätte sich ohnehin nicht zur Wehr setzen können. Er starrte sie an wie das Kaninchen die Schlange. Sie glitt auf ihn zu und schlang die Arme von hinten um seinen Nacken. Ihre Fingernägel ritzten seine Brust und krallten sich in seine bebende Bauchdecke. Sie knöpfte sein Hemd auf und biss in seine Brustwarzen. Der Schmerz ließ ihn aufstöhnen und versetzte ihm einen Adrenalinstoß, der von der Schädeldecke bis zu den Zehen schoss. Er zog ihren Kopf über seine Schulter und grub seine Zähne in ihren Nacken, erst vorsichtig, tastend und schmeckend, dann nimmer wilder, bis sie aufschrie. Er riss sie herum und drückte ihren Körper auf die Schreibtischplatte. Mit einer raschen Bewegung streifte sie ihren Slip hinunter. Er nahm sie, ungestüm, ungeschickt, aber mit der ganzen Energie seiner Jugend. Während er stöhnte, umarmte sie ihn, bettete seinen Kopf auf ihre Brüste und lächelte hinter seinem Rücken, nicht befriedigt, aber sehr zufrieden mit sich selbst.

Sie stand auf und zog ihren Slip wieder an. Carl versuchte hektisch, die Papiere zu ordnen, die bei ihrem Liebesspiel auf dem Schreibtisch durcheinander geraten waren. In diesem einen hellsichtigen Moment kam es ihm so vor, als ob die Unordnung in der Firma, das gesamte Durcheinander in seinem Leben, von ihr versucht worden wäre, so, als hätte er selbst keinen Anteil daran. Das war natürlich Quatsch, sagte er sich, was tat sie denn schon, das er nicht insgeheim auch wollte? Und was sollte daran falsch sein, wenn zwei Menschen sich wild und hemmungslos begehrten? Und brauchte es nicht gerade diese Unordnung, um sich gegenseitig tabulose Lust zu schenken? Wie sollte man Grenzen respektieren, wenn man auf der Suche nach schrankenloser Sexualität war?

«Aphrodite Accessoires? Sieht gut aus.» Interessiert beugte sich Karin über die Entwürfe, bevor Carl sie aufeinander gestapelt hatte.

«Ja. Aber leider wird alles viel teurer, als ich gedacht hatte!»

«Dann musst du das Geld woanders einsparen.»

«Ich wüsste nicht, wo», sagte Carl.

«Aber ich!» Karin lächelte. Es war alles so einfach, beinahe beschämend einfach für einen Profi wie sie. Carl schaute sie skeptisch an. Sie nahm die Unterlagen und tat, als ob sie Zahlenkolonnen aufmerksam prüfen würde. «Du kümmerst dich jetzt doch um die Materialbestellungen, oder? Bestimmt kaufst du bei den gleichen Lieferanten ein wie dein Vater vorher: gut, zuverlässig, gediegen und teuer.» Carl nickte.

«Altmodisch, wie alle Steiningers. Du musst billiger einkaufen», sagte sie. «Alles, was du auf der einen Seite sparst, kannst du auf der anderen mehr ausgeben. Kauf die Textilien günstig ein, dann kannst du deine Gürtel und Brillen vernünftig kalkulieren.»

Was meinte sie mit billig einkaufen? Asien, Hongkong, China? Das war ein alter Hut. Carl schüttelte enttäuscht den Kopf. «Das ist nicht kontrollierbar», sagte er, «die ganze Logistik macht mehr Ärger, als es einbringt, und es gibt keine Garantie für gleich bleibende Qualität.»

«Richtig», stimmte ihm Karin zu, «ich meine aber Lieferanten vor Ort, hier in Wien. Ich habe einen guten Bekannten, Strobl, er vertreibt dieselben Marken wie eure Zwischenhändler. Nur dass er immer direkt bei den Herstellern einkauft. Dadurch ist er billiger.»

Das klang so einfach, dass ein Haken daran sein musste, dachte Carl. Die Idee, Produkte direkt beim Erzeuger einzukaufen, um den Profit zu maximieren, war so alt wie der Handel selbst. Deswegen waren ja schon in der Steinzeit Händler über die Alpen gewandert. «Woher kennst du ihn?», fragte er.

«Du kannst ihn selber kennen lernen. Wenn du möchtest, können wir uns seine Waren gemeinsam ansehen.»

Carl schaute zweifelnd. «Ich weiß nicht, Albert wird nicht wollen, dass wir unsere Lieferanten wechseln.»

«Denk an dich. Du willst doch, dass Aphrodite Accessoires ein Erfolg wird.»

Am nächsten Tag begleitete er Karin zu Strobls Import-und-Export-Firma. Es war eine schlichte Lagerhalle im Gewerbegebiet, mit einer Laderampe für Lkws an der Frontseite. Rechts hinter dem Rolltor befand sich ein Verschlag, der als Büro diente. Der Rest der Fläche war offensichtlich ziemlich wahllos mit einer bunten Warenmischung angefüllt, auf Paletten gestapelt, in Regale gestaut, teils in Kartons verpackt, teils offen herumliegend. Das Sortiment reichte vom Farbfernseher bis zur Teppichbrücke. Auch einige Stoffballen konnte Carl in dem Durcheinander entdecken.

Im Gegensatz zu seinem Sammelsurium in der Lagerhalle machte Alfred Strobl jedoch einen absolut gepflegten Eindruck. Er war groß und schlank und wirkte trotz seiner etwa fünfzig Jahre sehr jugendlich. Seine blonden Haare hatten einen modischen Schnitt mit ausrasiertem Nacken. Zum bordeauxroten Sportjackett trug er Polohemd, Bundfaltenhose und Segelschuhe. «Alfred Strobl, Carl Steininger von der Firma Aphrodite», machte Karin die beiden Männer miteinander bekannt. «Herr Steininger sucht Material für Bademoden.»

Strobl nickte Karin erfreut zu und reichte Carl die Hand. «Herzlich willkommen. Es ist das erste Mal, dass mir jemand aus Ihrer Familie die Ehre erweist», sagte er höflich. «Was genau suchen Sie denn?»

Carl hatte sich gut vorbereitet und reichte ihm eine Liste. «Das sind die Stoffe, die wir normalerweise in Frankreich bestellen.»

«Caffarel, Soleil-Tex, Bruni. Okay, ein paar habe ich hier auf Lager. Die anderen müsste ich besorgen.» Er zog einen Stoffmuster-Katalog aus dem Regal und zeigte sie Carl. «Wenn Sie mir ein paar Tage Zeit geben, liefere ich Ihnen auch den Rest der Ware.»

«Wir müssen erst einmal über die Konditionen reden», erinnerte ihn Carl. «Natürlich», erwiderte Strobl, «ich bin sicher, dass ich Ihnen ein sehr zufriedenstellendes Angebot machen kann.»

«Eine Einsparung von dreißig Prozent.» Carl starrte ungläubig auf den Computerausdruck, den Strobl ihm zum Abschied mitgegeben hatte.

«War ein guter Tipp von mir, nicht wahr?», lobte sich Karin selbst und startete den Wagen.

«Aber da kann doch irgendetwas nicht stimmen», beharrte er. Karin erklärte es ihm noch einmal geduldig wie einem Kind. «Strobl kauft einfach günstiger ein als die anderen. Er umgeht die Zwischenhändler, frag mich nicht, wie. Aber er liefert wie bestellt, akkurat und pünktlich. Und das ist doch die Hauptsache.»

«Und was sage ich Albert?» Inzwischen bekam er Angst vor seiner eigenen Courage.

«Wenn du möchtest, kommt Strobls Rechnung von seiner Dependance in Paris, mit französischem Briefkopf, Handelsregistereintrag und allem, was dazugehört.»

«Ich weiß nicht», murmelte Carl. Die Sache war ihm unheimlich.

«Das ist das ganz normale Leben», beruhigte ihn Karin. «Wenn man nur in Villen wohnt und in Chefetagen arbeitet, kommt man damit natürlich nie in Kontakt.»

Das saß. Carl schluckte. Offenbar hatte er noch eine ganze Menge zu lernen auf dem Weg zum erfolgreichen Geschäftsführer.

Zur gleichen Zeit erhielt Maximilian Fox einen Anruf von einem alten Bekannten, der ihm eine geldwerte Information anbot. Über den Preis waren sie sich schnell einig, als der Name Aphrodite fiel.

«Carl Steininger war gerade bei mir», teilte ihm Strobl mit. «Er steht kurz vor einer Großbestellung.»

Maximilian notierte sich Stoffe und Mengen. Er brauchte nicht lange zu überlegen, um dahinter zu kommen, was das bedeutete. Eine größere Partie, vielleicht die komplette Kollektion in einer Sparte, sollte mit Material aus Strobls dunklen Kanälen bestückt werden. Da Albert den Einkauf nicht selber vornehmen wollte – das würde er bei dieser Quelle auch niemals getan haben –, musste es sich um einen Alleingang seines Sohnes handeln. Maximilian lächelte zufrieden. Es lohnte sich immer, den Kontakt zu gewissen Leuten nie ganz abbrechen zu lassen.

Bellinis Sohn Alessandro war ein cleverer Organisator. Sein Vorschlag, die Premieren-Präsentation der Aphrodite-Kollektion auf der Spanischen Treppe abzuhalten, war durchaus kein Hirngespinst gewesen. In Absprache mit der Geschäftsleitung von Aphrodite hatte seine Agentur alle erforderlichen Schritte in die Wege geleitet, eine Galashow konzipiert und die Presse seit Tagen auf diesen Termin «heiß gemacht». Was Alessandro allerdings nicht voraussehen konnte, war, dass der amerikanische Präsident zum fraglichen Termin einen Überraschungsbesuch in Rom ankündigte. Natürlich stand der weltberühmte Ort auf der Programmliste, auch wenn er vielleicht nur in die McDonald's-Filiale rechter Hand der Treppe hereinschauen würde. In jedem Fall bedeutete es maximale Sicherheitsvorkehrungen. Tage vorher eine Rampe und Bühnenlicht aufzubauen, war vollkommen ausgeschlossen. Terminverschiebung oder ein anderer Ort: Das waren die beiden Alternativen. Bei keiner von ihnen hätte er die Entscheidung alleine treffen können. Er nahm den nächsten Flug nach Wien, um die schlechte Nachricht zu überbringen und persönlich Rede und Antwort stehen zu können. Außerdem hatte er bereits eine Ausweichmöglichkeit im Kopf. Wenn er sie überzeugend genug vortragen konnte, würde er nicht nur das Projekt retten, sondern auch das damit verbundene Honorar.

Auch Valerie war inzwischen nach Wien zurückgekehrt. Sie hatte sogar wieder mit ihrer Arbeit begonnen. Es lenkte sie ab, und das tat ihr gut. Sie brauchte Zeit zum Nachdenken, Zeit, in der sie Robert nicht sehen wollte. Albert bat sie, an der in seinem Büro anberaumten Besprechung teilzunehmen.

«Ich habe es erst vorgestern erfahren. Es ist noch nicht einmal offiziell bekannt gegeben worden. Aber es steht fest», resümierte Alessandro die Situation. «Mir ist da jedoch eine noch viel bessere Idee gekommen.»

Er breitete die Fotos eines alten römischen Adelspalastes auf dem Tisch aus. «Man muss aus der Not eine Tugend machen. Diesen Palazzo können wir mieten. Das hat obendrein den Vorteil, dass wir unabhängig vom Wetter wären.»

«Mir war das mit der Spanischen Treppe sowieso nie geheuer», brummte Albert. Es war schwer zu entscheiden, ob er seine Skepsis auch auf den neuen Veranstaltungsort übertrug. Alpha und Valerie schienen dem jungen Italiener allerdings sehr wohl wollend zuzuhören. Alessandro schilderte die Vorzüge in leuchtenden Farben. «Was halten Sie davon: Aphrodite im antiken Rom! Ich dachte an eine Dekoration wie bei einem Fest der alten Kaiser. Hübsche Mädchen mit Fackeln an den Aufgängen, ein paar zahme Panther oder Geparden, üppiges Büfett, Palmen, Blumen, als Legionäre verkleidete Statisten ...?»

Albert verkniff sich die Frage, was römische Soldaten aus der Antike vor einem italienischen Palast aus dem 15. Jahrhundert verloren hatten. Das war Hollywood in Rom. Aber nicht die historische Genauigkeit stand zur Debatte, sondern der Event-Charakter. Ihm schauderte vor den Kosten.

«Panther, nackte Mädchen, ist das nicht ein bisschen gewagt?», fragte er vorsichtig.

Alessandro bebte vor Leidenschaft für die neue Idee. «Ma scusi, was präsentieren wir? Dessous! Keine Backkringel. Ein bisschen Erotik kann nicht schaden.»

«Ich finde es großartig», stimmte Alpha ihm zu. Valerie lächelte, das erste Mal seit langer Zeit. «Wer wagt, gewinnt», sagte sie und schenkte Alessandro einen freundlichen Blick. Albert wusste, warum er Filme mit italienischen Gigolos nicht mochte. Sie hatten ihn zwar überstimmt, aber nicht überzeugt.

Valerie begleitete Alessandro vor die Tür. «Sie haben ihn ja regelrecht überrannt», sagte sie ihm mit einem bezaubernden Augenaufschlag. Diese Südländer sahen einfach unverschämt gut aus. Alessandro gab sich bescheiden. «Es wird eine Menge Arbeit, Signora. Wir haben nicht mehr viel Zeit.»

«Wann fahren Sie denn zurück?», erkundigte sich Valerie.

«Gleich morgen früh. Was halten Sie davon, wenn Sie mir heute Wien bei Nacht zeigen?»

Valerie machte eine kleine Anstandspause, um so zu tun, als müsse sie in Gedanken ihren übervollen Terminkalender durchgehen. Dann sagte sie: «Ich glaube, ich könnte es einrichten.»

Es wurde ein schöner Abend. Alessandro war charmant, aufmerksam und brachte sie zum Lachen. Er tat verliebt, aber Valerie ordnete seine glühenden Blicke unter der Sparte italienische Männer-Folklore ein. Das Flirten lag ihnen einfach im Blut. Scheinbar saugten sie es mit der Muttermilch auf, und als erwachsene Männer versprühten sie es ebenso unschuldig wie feurig und gedankenlos. Sie waren hinreißende Machos mit unverschämtem Balzverhalten und gleichzeitig absolut authentisch. «Schweine mit Flügeln», wie in dem Kultroman von Rocco und Antonia.

Alessandro brachte sie mit seinem Leihwagen bis zur Einfahrt der Villa Steininger. «Gute Nacht», sagte sie und hielt sich am Türgriff fest. Alessandro beugte sich über sie, um ihr einen Kuss zu geben, aber Valerie drehte den Kopf zur Seite. «Ich möchte nicht, dass es zwischen uns kompliziert wird.»

«Du bist kompliziert», stellte Alessandro fest.

«Vielleicht.»

Er nutzte ihre Verwirrung und küsste sie wenigstens auf die Wange. «Alla prossima volta. Bis bald in Rom.»

Der Applaus brandete über die Freifläche des Palazzos, brach sich an der gegenüberliegenden Häuserfront und rauschte wie eine gegenläufige Welle zurück über die Reihen der Gäste, den Pulk der Fotografen, die Kette der Gratulanten und landete schließlich wieder dort, wo alles seinen Ausgang genommen hatte, auf der Bühne. Bellini stand inmitten der hübschen Models, die ihn ausnahmslos um eine Kopflänge überragten. Er verbeugte sich und winkte Alpha zu sich.

«Sag mir, dass es wahr ist», flüsterte sie.

«Es ist wahr», bestätigte er. Mit einer großartigen Gebärde lenkte er die Aufmerksamkeit auf die Stardesignerin des Abends. Der Beifall steigerte sich noch einmal. Ein Blitzlichtgewitter prasselte auf sie nieder. Pietro klatschte ihr demonstrativ zu. Dann trat er dicht an sie heran und legte den Arm um sie. Wieder blitzten die Kameras auf und verewigten den triumphalen Moment, an dem Aphrodite den Siegeszug auf dem italienischen Markt beginnen sollte.

Es war Albert eine Herzensfreude, die er sich nicht nehmen lassen wollte. Nachdem Bellini den Kreditvertrag über zehn Millionen unterzeichnet hatte, vereinbarte er ein Treffen mit Maximilian im Wiener Fox-&-Fox-Büro. Robert hielt sich in den Staaten auf, das würde den Glanz des Augenblicks ein wenig trüben. Aber Albert war sich sicher, dass er auch so auf seine Kosten kommen würde.

Auch Maximilian bereitete sich auf einen bedeutsamen Moment in seinem Leben vor. Er hatte Roberts Sekretärin gebeten, eine Flasche Champagner kalt zu stellen. Damals, mein Gott, wie lange war das her, war es ihm nicht gelungen, die Firma zu übernehmen. Nicht einmal Elisabeth war eine verlässliche Größe im Spiel gewesen. Obwohl sie vorgab, ihn zu lieben, hatte sie Franz nie verlassen. Er hatte Geld unterschlagen, ja, aber es waren «Peanuts» im Vergleich zu den Summen, die er heute verdiente. Er betrachtete es als eine Art Abfindung für seine enttäuschten Hoffnungen. Und natürlich hatte er das Geld benutzt, um seine neue Existenz in Amerika aufzubauen. Was hätte er auch anderes machen sollen, nachdem Franz Strafantrag gestellt hatte? Welcher Geschäftsmann hätte nicht ebenso gehandelt? Sollte er sich in Ketten legen lassen, um dafür zu büßen, dass er die Frau seines Geschäftspartners begehrte? Und was war der Unterschied zwischen einer großzügig geschönten Unternehmensbilanz, um Steuern zu sparen, einer Spezialität seines ehemaligen Kompagnons Franz Steininger, und dem beherzten Griff in die Firmenkasse, um die eigene Existenz zu sichern? Er hatte Arbeitsplätze geschaffen, Hunderte weltweit. Sie alle zahlten brav ihre Steuern und Sozialabgaben und entrichteten von dem kargen Lohn ihrer Mühsal ihren Obolus, um den Traum von einer solidarischen Gesellschaft am Leben zu erhalten: eine Farce, in der korrupte Politiker sich von Lobbyisten bestechen ließen, um Entscheidungen zu treffen, die ausnahmslos gegen die Interessen derer gerichtet waren, die sie auf diesen einträglichen Posten gewählt hatten. Es gab ein Unten und ein Oben. Daran würde sich nie etwas ändern. Maximilian hatte sich dafür entschieden, oben mitzuspielen. Die Regeln waren allen Eingeweihten bekannt. Und die erste lautete: Es gib nur eine wahre Macht, die unumschränkte, grenzenlose, deren Hunger niemals gestillt ist, bis jeder Rivale vernichtet war. Eine Macht, die auf Kompromissen und Absprachen beruhte, war eine jämmerliche Veranstaltung, und sie war im Grunde die Verkehrung ihrer selbst in simple Ohnmacht. Heute jedoch war der Tag der Macht. Maximilian gedachte ihn angemessen zu zelebrieren.

Die Gegensprechanlage summte. Roberts Sekretärin teilte ihm mit, dass Herr Steininger eingetroffen war.

«Bitten Sie ihn herein. Und denken Sie an den Champagner.»

Albert betrat den Raum. Er begrüßte Maximilian wortlos, der

hinter seinem Schreibtisch thronte, und ging langsam immer weiter auf ihn zu, bis er dicht vor der Tischplatte stehen blieb. Er genoss es, vor ihm aufzuragen wie ein Turm, auf ihn herabzuschauen und ihn zu zwingen, den Kopf nach oben zu wenden, wenn er ihm in die Augen sehen wollte. In Verkennung der Umstände wertete Maximilian es als hilflose Gebärde eines Geschlagenen, der seine Niederlage nicht anerkennen wollte. Es amüsierte ihn. Die Schlacht war vorüber, der Sieger stand fest. Er war sogar bereit zu anständigen Übernahmeverhandlungen.

«Aber bitte, setzen Sie sich doch», sagte er. Albert folgte der Aufforderung bereitwillig. Die Sekretärin brachte den Champagner und Gläser.

«Haben Sie einen Grund zum Feiern?», fragte Albert.

Maximilian grinste. «Das will ich wohl meinen. Ich wollte mit Ihnen auf unsere Firma anstoßen.»

«Wieso unsere?»

Maximilian legte ein Formular auf den Tisch. «Hier ist der Überweisungsauftrag. Meine New Yorker Bank wird das Geld morgen anweisen.»

«Das trifft sich gut. Ich wollte Ihnen nämlich mitteilen, dass ich auf Ihren Kredit und an die daran gebundenen Bedingungen verzichte.»

Er nahm das Formular, zerriss es und ließ die Schnipsel genussvoll zu Boden rieseln. «Unser Vertrag tritt erst in Kraft, wenn ich über Ihr Geld verfüge. Davon nehme ich hiermit dankend Abstand.»

Maximilian war fassungslos. «Sie bluffen doch. Ich weiß, dass Sie den Kredit brauchen.»

«Nicht mehr. Ich habe einen seriösen Kreditgeber gefunden. Tut mir Leid für Sie!»

«Wie haben Sie das geschafft, Steininger?»

«Ist das nicht egal?», fragte Albert. Das war es in der Tat, dachte Maximilian, aber es änderte wenig daran, dass Aphrodite ohne seine Einwilligung keinen Stoff mehr kaufen konnte, zumindest, wenn sein Sohn mitspielen würde. «Da hat Ihnen also jemand geholfen. Na gut.» Maximilian legte eine Pause ein, bevor er fortfuhr. «Die fünf Prozent kann ich mir abschminken. Aber mein Sohn Robert verwaltet immer noch fünfzig Prozent der Anteile.»

«Falsch», korrigierte ihn Albert. «Valerie war vorhin beim Notar. Der Treuhandvertrag ist aufgelöst.»

Maximilian sah ihn mit versteinerter Miene an.

«Danke für den Champagner», sagte Albert und stand auf, «aber ich möchte Ihre Feier nicht weiter stören. Bemühen Sie sich nicht, ich finde den Ausgang.»

Kapitel 14

Zur Feier des Tages hatten sich Steiningers mit Ausnahme von Cleo, die sich noch immer in New York aufhielt, und Carl, der Termine vorschützte, nach Büroschluss zu einem Umtrunk im «Rosenberger» verabredet, direkt an der Fußgängerzone, in der Kärntner Straße. Der Champagner, den Albert in Maximilians Büro ausgeschlagen hatte, floss hier umso reichlicher. Sie waren mehr als angeheitert, als sie das Taxi zu Hause absetzte. Albert schloss die Tür auf. «Jetzt habe ich aber einen Riesenhunger», verkündete er fröhlich und blieb im selben Moment wie angewurzelt stehen. In der Halle ertappte er seinen Sohn in inniger Umarmung mit einer Person, die er in seinem ganzen Leben nicht mehr wiedersehen wollte, allenfalls vor Gericht, um ihre Untaten zu bezeugen. «Ich dachte, ihr seid etwas trinken», stammelte Carl verlegen. Albert ignorierte ihn. «Was machst du hier?», fuhr er die Frau an seiner Seite an. Karin lächelte unschuldig. «Ich wollte Carl etwas mitteilen.»

«Sofort verlässt du dieses Haus.» Albert war angetrunken genug, um seiner Aufforderung notfalls auch handgreiflich Nachdruck zu verleihen.

«Du wirst doch nicht die Mutter deines künftigen Erben vor die Tür setzen.» Maliziös klimperte sie mit den Augenwimpern. Fassungslos musterte Albert seinen Sohn. Er sah wie das personifizierte schlechte Gewissen aus. «Das hast du nicht getan.»

Carl konnte sich zu keiner Antwort aufraffen.

«Es wird ein Junge», verkündete Karin triumphierend. Elisabeth und die anderen hatten stumm zugehört. Mehr als ein Kopfschütteln brachten sie aber auch jetzt nicht zustande. Albert fasste Carl scharf ins Auge. Das konnte nicht sein Sohn sein, schoss es ihm durch den Kopf, so dämlich konnte sich niemand verhalten, den er in die Welt gesetzt hatte. Das waren Brigittes Gene, gepaart mit der Veranlagung von irgendwelchen Kretins. Nur gut, dass er sie vor einigen Tagen aus der Villa ausquartiert hatte. Sonst hätte er unverzüglich auf einem späten Vaterschaftstest bestanden. «Komm mit», befahl er Carl und deutete auf die Tür zum Nebenzimmer. Sein Sohn folgte ihm mit weichen Knien. Für eine Sekunde dachte Carl tatsächlich, ihm sollte der Hosenboden strammgezogen werden, so wie damals als kleiner Junge, als er die wundervoll glänzenden Weißwandreifen von Papas Oldtimer als Dartscheibe benutzt hatte. Aber Albert steuerte die Hausbar an, goss sich einen Cognacschwenker halb voll und stürzte ihn in einem Zug hinunter. Dann atmete er tief durch. «Ich hätte nicht gedacht, dass du so blöd bist.»

«Ich? Wer war denn vorher mit Karin zusammen?», verteidigte sich Carl in einer Aufwallung von Trotz.

«Man könnte meinen, dass du vergessen hast, dass diese Frau Feuer in unserer Firma gelegt, Valeries Kollektion vernichtet und obendrein auch noch für Fox spioniert hat.»

«Die Brandstiftung konnte ihr nie nachgewiesen werden. Und ob sie Informationen an Fox geliefert hat, ist auch fraglich. Sicher ist nur, dass sie sich zu dir ins Bett gelegt hat, zu welchem Zweck auch immer!»

Bevor er die verfolgte Unschuld noch weiter in Schutz nehmen konnte, hatte ihm Albert eine schallende Ohrfeige verpasst. Carl rieb sich die feuerrote Wange und blieb stolz stehen. Alberts Zorn hatte durch den Wutausbruch einen Dämpfer bekommen. Er bedauerte, dass er seinen Sohn geschlagen hatte, aber das Resultat seiner Dummheit stand unwiderruflich fest. «Nun hat sie ja einen Trottel gefunden, der ihr Eintritt in unsere Familie verschafft hat.»

«Sie will Geld verdienen und Erfolg haben», erwiderte Carl kühl, «aber wollen wir das nicht alle? Sie ist ehrgeizig. Bist du dir so sicher, dass du dich nicht in ihr täuschst?»

«So ein Blödsinn! Karin will nicht nur Geld. Sie will Macht. Glaubst du, sie ist mit dir zusammen, weil sie dich liebt, oder vielleicht doch viel eher, weil du ein Steininger bist?»

Die Frage hatte sich Carl auch schon gestellt. Und er hatte eine eindeutige Antwort darauf gefunden. «Sie bekommt ein Kind. Mein Kind!» Wer sich so an ihn und an sein Leben binden wollte, konnte nicht grundsätzlich schlecht sein.

«Wir werden uns um dein Kind kümmern, vorausgesetzt, du bist tatsächlich der Vater.» Alberts Ton wurde unerbittlich. «Ansonsten verlange ich, dass du diese Frau nicht mehr siehst.»

Carl schüttelte den Kopf. «Das kannst du nicht tun.»

«Du bist erwachsen, du musst dich entscheiden, entweder für deine Familie, für unsere Firma, oder für Karin Schröder. Im zweiten Fall heißt das, dass du hier ausziehst und dir einen neuen Job suchst.»

Damit war das Gespräch beendet.

«Robert, Ihre Frau hat versucht, Sie zu erreichen», teilte ihm seine Sekretärin May Li mit. Sie legte ein Fax auf den Tisch. «Und das hier ist von Ihrem Vater aus Wien. Albert Steininger verzichtet auf den Kredit.»

Robert starrte die knapp gefasste Nachricht an. Es war keine gute Idee gewesen, Maximilian allein zurückzulassen. Der Alte hatte genug Schwierigkeiten verursacht und war offenbar mühelos in der Lage, weiteres Unheil zu stiften. Aber Robert hatte es nicht fertig gebracht, in Valeries Nähe zu bleiben, ohne sie sehen und sprechen zu können. Mit einem quälenden Gefühl der Ohnmacht war er nach New York zurückgekehrt und hatte sich in die Arbeit gestürzt. Warum wollte sie ihn so plötzlich sprechen? Er schob den Gedanken zur Seite. Er würde sie zurückrufen, aber das war nicht für die Ohren seiner Sekretärin bestimmt.

«Aber Albert Steininger braucht doch das Geld», wunderte er sich. May Li war gut informiert. «Ein gewisser Pietro Bellini hat ihm zehn Millionen Euro gegeben.»

«Wer ist das?»

Sie schob ihm wortlos einen Stapel Zeitungsausschnitte der europäischen Tagespresse zu. Der Artikel im «Corriere della Sera» berichtete am ausführlichsten über die Präsentation der Aphrodite-Kollektion in Rom. Auf den Fotos erkannte er Alpha, umarmt von Bellini. Andere zeigten seinen Sohn Alessandro, den Organisator der spektakulären Veranstaltung, an seiner Seite eingehakt und ihn offensichtlich begeistert anhimmelnd: Valerie. Roberts Puls beschleunigte sich.

«Und noch etwas», sagte May Li. «Aphrodite will neuerdings bei Strobl kaufen.»

«Das kann ich mir nicht vorstellen.» Der Name Strobl war ihm ein Begriff aus den früheren Schattengeschäften seines Vaters. Es hatte Robert einige unangenehme Gespräche gekostet, die Geschäftsverbindung zu beenden.

«Die Information ist zuverlässig», sagte May Li in einem Tonfall, der keinen Zweifel zuließ.

«Versuchen Sie, noch mehr herauszubekommen», wies er sie an.

Als die das Büro verlassen hatte, studierte er erneut die Zeitungsmeldungen. Sein Italienisch war miserabel. Aber was die Bildunterschrift «Amica nuova di Allessandro Bellini?» bedeutete, konnte er sich auch so zusammenreimen. Außerdem bedurfte es dazu auch nur eines Blickes auf Valeries strahlendes Gesicht. Er entschloss sich, sie nicht anzurufen. Stattdessen buchte er einen Flug nach Wien.

Carl lag in Karins Bett und ließ seinen Blick durch den Raum streifen. Das Ein-Zimmer-Apartment war in warmes Kerzenlicht getaucht. Es war gemütlich, aber es würde eindeutig zu klein sein für eine junge Familie mit Kind. Ihn erwartete eine ganz neue Art von Verantwortung, Babywäsche, Wickeltisch, Heizstrahler: Es schien eine Unzahl von Spezialartikeln zu geben, die notwendig waren, um den Einstieg eines neuen Erdenbürgers auch nur annähernd passabel zu gestalten. Und wenn er alles besorgt hätte, würde es nicht einmal zur Hälfte hier hereinpassen. Es musste eine andere Lösung geben. Im Moment fiel Carl jedoch keine ein.

Karin liebkoste ihn zärtlich.

«Weiß Albert, dass du hier bist?»

«Nein! Er würde ausflippen.»

«Warte nur ab. Wenn das Baby erst mal da ist, wird er sich schon beruhigen», sagte sie mit der Gelassenheit, die offenbar nur werdende Mütter aufbringen konnten. Carl war sich nicht so sicher, ob der kleine Quäker, dieses erstaunliche Wunder der Natur, mit dem ersten Schrei den Verstand aller Familienangehörigen außer Kraft setzen würde. Karin dachte jedoch praktischer. «Valerie hat ihr Kind verloren. Unser Baby ist im Moment der einzige Nachwuchs der Familie Steininger!»

Irritiert richtete Carl sich auf. «Ist es nur das, was du in dem Kind siehst? Den Erben?»

«Jetzt tu doch nicht so, als hättest du nicht auch schon daran gedacht.»

Carl klang ungewohnt hart. «Nein. Nicht ein einziges Mal.»

«Jetzt sei doch nicht so.» Karin versuchte, ihn wieder an sich zu ziehen.

«Wie bin ich denn? Ich sitze zwischen allen Stühlen. Du hast mir geschworen, dass du nicht schwanger werden kannst, jetzt bist du es. Okay, das kann passieren. Aber meine Familie macht einen großen Bogen um mich. Obendrein werde ich vermutlich Aphrodite verlassen müssen, und die ganze Mühe war umsonst.»

«Dein Vater wird dich nicht hinauswerfen. Ganz sicher nicht!»

«Und wenn?»

Karin biss sich auf die Lippen. Carl bemerkte, dass ihr dieser Gedanke unangenehm war. «Würde das an unserer Beziehung etwas ändern?», hakte er nach. Prüfend schaute er Karin an. Sie verzog ihren Mund zu einem schiefen Lächeln. «Nein. Natürlich nicht.»

Als Robert, begleitet von seiner Sekretärin, in Wien eintraf, erwartete ihn ein dicker Stapel Post im Büro. Offenbar war sein Vater seit einigen Tagen nicht mehr dort gewesen. Ein Umschlag stach ihm sofort ins Auge. Stempel und Schrift des Notars waren ihm gut bekannt. Es handelte sich um ein Schreiben des Juristen, der Valeries Anteilsübertragungen beurkundet hatte. Mit unguten Vorahnungen öffnete Robert den Brief. Ein Dokument kam zum Vorschein, vom Notar und von Valerie unterzeichnet. Der Betreff prangte in großen Lettern auf dem Kopf der Seite: Rücknahme der Stimmrechtsübertragung.

Roberts Augen verengten sich zu Schlitzen. Er zerknüllte die Urkunde und warf sie auf den Fußboden. May Li hatte inzwischen die eingegangenen Faxe sortiert und brachte sie ihm ins Zimmer.

«Was gibt's?», knurrte Robert. Sie blickte ihn an, bemerkte den Brief auf dem Fußboden, enthielt sich jedoch eines Kommentars. Stattdessen reichte sie ihm die Faxe. «Es ist so, wie wir vermutet haben. Aphrodite hat bei Strobl einen Kostenvoranschlag eingeholt: Material für Bademoden, vermutlich für die neue Kollektion Ihrer Frau.»

Das weckte sein Interesse. Er nahm die Faxe und studierte sie aufmerksam. «Und Strobls Bezugsquellen sind die alten: Diebesgut, Hehlerware, interne Verkäufe», murmelte er halblaut. «Albert Steininger würde so etwas nie tun. Das kann er sich nicht leisten. Schon aus Prinzip nicht. Irgendjemand in seinem Betrieb arbeitet da an ihm vorbei.»

Alessandro hatte sich vor dem Hotel Minerva postiert und wartete ungeduldig auf Valeries Ankunft. Sie hatte angekündigt, dass sie die Fotoserien der neuen Kollektion mitbringen würde, um die Eröffnungskampagne in Italien vorzubereiten. Aber das war es nicht, was ihn in erster Line interessierte. Sie gefiel ihm als Frau außerordentlich gut, und ihre Zurückhaltung machte sie in seinen Augen nur noch begehrenswerter.

Mit einiger Verspätung traf das Taxi vom Flughafen endlich ein. Er sprang zum Wagenschlag und öffnete ihn. Valerie stieg aus. «Tut mir Leid. Die Maschine musste drei Schleifen über Rom fliegen.»

«Ich hatte schon Angst, du kommst nicht mehr, cara.»

Valerie lächelte. «Ich dachte, wir haben eine berufliche Verabredung?»

«Ja», sagte er gedehnt und machte ein enttäuschtes Gesicht. Unter anderen Umständen hätte sie ihn sofort in die Arme schließen können. Warum hatte sie ihn nicht kennen gelernt, bevor sie Robert geheiratet hatte? Ganz aufgeben wollte sie die Hoffnung allerdings auch nicht – weder für Alessandro noch für sich selbst. «Erst das Geschäft, dann sehen wir weiter.»

Jetzt lächelte er wie ein Junge vor dem Weihnachtsbaum. «Primo il lavoro e poi ...»

Alessandro nahm ihr Gepäck, Valerie ihre Zeichenmappe und den Fotoordner. Als sie im Foyer eingecheckt hatte, lud er sie auf einen Drink ein. «Hast du Lust?»

«Unbedingt!»

Robert stieg aus dem Wagen und blickte mit gemischten Gefühlen an der Villa Steininger hoch. Vielleicht hätte er doch vorher anrufen sollen, sagte er sich, aber wahrscheinlich hätte ihn Valerie ohnehin nur mit dürftigen Erklärungen abgespeist und ein persönliches Treffen abgelehnt. Wenn sie sich von ihm trennen wollte, und etwas anderes war kaum zu vermuten, nachdem sie ihm die treuhänderische Vollmacht entzogen hatte, dann sollte sie auch den Mut haben, es ihm direkt ins Gesicht zu sagen. Immerhin waren sie noch verheiratet.

Er klingelte an der Tür. Es war jedoch Elisabeth, die ihm öffnete. Im ersten Moment schien sie zu erschrecken. Dann begrüßte sie ihn mit einem warmen Lächeln und einer Umarmung. «Schön, dass du zurück bist!» Sie zog ihn ins Haus und bat ihn ins Wohnzimmer.

«Ich wollte Valerie überraschen. Ist sie da?»

«Valerie? Nein! Die ist ...» Sie überlegte kurz, was sie sagen sollte. Dass Alessandro und ihre Stieftochter mehr als nur ein geschäftliches Interesse verband, war ihr nicht entgangen. Sie war zwar alt, aber hatte doch Augen im Kopf. Und dass Alessandro vor kurzem erst seine Abreise um zwei Tage verzögert hatte, um sich von Valerie Wien bei Nacht, bei Tag und wieder bei Nacht zeigen zu lassen, sprach weniger für die kulturelle Leidenschaft des jungen Italieners als dafür, dass er ein ganz anderes Feuer gefangen hatte. «Sie musste geschäftlich nach Rom», sagte sie schließlich so unverfänglich wie möglich.

Robert hatte Elisabeths Zögern bemerkt. «Davon hat sie mir nichts gesagt!», stellte er fest. Kunststück, wenn sie nicht miteinander reden, dachte Elisabeth, schwieg aber, weil es sie nichts anging. Sie entschied sich für demonstrative Freundlichkeit. «Komm, setz dich. Leiste mir ein wenig Gesellschaft. Ist in letzter Zeit manchmal ziemlich einsam hier in der Villa.»

Zeit vergeuden war das Letzte, was er im Augenblick wollte, aber Elisabeth schien etwas auf dem Herzen zu haben. Also setzte er sich zu ihr und zwang sich, nicht laufend auf die Uhr zu sehen. Er war nicht gefasst auf das, was er nun zu hören bekam. Dass Karin von Carl ein Kind erwartete, klang so abenteuerlich, dass es ihn vorübergehend von seinen Problemen vollkommen ablenkte.

«Jetzt hat Karin geschafft, was sie immer wollte», sagte er, «sie gehört auf irgendeine Art zu euch.»

Elisabeth nickte bekümmert. «Albert tobt.»

«Was wird er unternehmen?», fragte er. Rätselhaft wie das Orakel von Delphi erwiderte sie: «Es gibt für alles eine Lösung.»

«Wie wahr!», stimmte Robert ihr zu. Dann sprang er auf. «Tut mir Leid. Ich muss dringend noch ins Büro.»

Wehmütig blickte ihn Elisabeth an. «Du hättest nicht nach New York fahren dürfen, Robert.»

Er zuckte die Schultern. Es war zu spät, etwas daran zu ändern. Was er jetzt tun konnte, war, hinter ihr herzufliegen, sie in Rom ausfindig zu machen und ihr zu sagen, dass sie es nicht so enden lassen sollten. Es hatte doch noch nicht einmal richtig begonnen. Es war kein perfekter Start gewesen, das sicherlich nicht, aber in seinen Augen war das Glas halb voll und nicht halb leer.

Nachdem er gegangen war, suchte Elisabeth die Nummer von Valeries Hotel in Rom heraus. Sie wählte, aber am anderen Ende hob niemand ab.

Die Ereignisse der vergangenen Tage hatten Carl in extreme Anspannung versetzt. Es war schlimm genug, dass er privat mit seiner Familie über Kreuz lag. Wenn irgendetwas, auch nur das kleinste bisschen, mit der Materialbestellung bei Strobl schief laufen sollte, würde er auch geschäftlich geliefert sein. Noch hatte er nicht unterschrieben. Das, was er bisher erhalten hatte, war ein Kostenvoranschlag und ein paar Meter Musterware, um Prototypen der Badeanzüge herzustellen, nicht mehr und nicht weniger. Ein Anruf würde genügen, um die Maschinerie zu stoppen.

Er machte Karin so nervös mit seinen Bedenken, dass sie ein weiteres Mal mit ihm zur Lagerhalle hinausfuhr. Strobl begrüßte sie freundlich und zeigte Carl geduldig Seite für Seite die Auftragspapiere. Es schien alles in bester Ordnung zu sein.

«Und Sie werden wirklich nächste Woche liefern?», fragte Carl noch einmal, obwohl er sich bewusst war, dass er langsam anfing, eine Lachnummer für den gestandenen Geschäftsmann abzugeben. Er wirkte ganz sicher nicht wie der souveräne Manager einer

Firma mit internationalem Auftritt, gestand er sich ein. Aber lieber wollte er hier in der Lagehalle den Trottel spielen als nachher in der Firma.

Strobl tat, als würde er Carls Unsicherheit nicht bemerken. «Das ist überhaupt kein Problem», beteuerte er ihm. Karin lächelte Carl aufmunternd zu. Zögernd setzte er seine Unterschrift auf den Vertrag. Strobl nahm das Papier entgegen, nickte zufrieden und sperrte es in seine Schreibtischschublade. «Wenn Sie mich jetzt entschuldigen wollen, ich sehe nach, was ich auf Lager habe, und gebe den Rest dann in die Bestellung. Wir wollen ja, dass Sie Ihre Ware pünktlich bekommen.»

Draußen umarmte Karin Carl und drückte ihm einen Kuss auf die Wange. «Auf jeden Fall haben wir jetzt genug Geld, um für Aphrodite Accessoires anständiges Material einzukaufen.»

«Und du bist sicher, dass die Ware in Ordnung sein wird?», fragte er.

«Natürlich! Du hast sie doch selber geprüft. Und die Prototypen habt ihr doch auch schon damit angefertigt, oder?»

Carl nickte. «Wir sind schon mitten in der Fotoproduktion. Die Werbekampagne startet Ende des Monats.»

«Na also!»

Strobl wartete, bis er den Wagen wegfahren hörte. Dann holte er den Vertrag und die Auftragspapiere aus der Schublade und wählte die Nummer von Maximilian Fox. «Sie haben tatsächlich bestellt. Bleibt es bei unserer Absprache?»

Maximilian lehnte sich zufrieden zurück.

«Natürlich. Schick ihnen die Billigware. Falls du Schwierigkeiten bekommst, sorge ich dafür, dass man dich nicht belangen kann!»

Der Abschied von der Villa war Brigitte schwer gefallen. Aber nachdem ihre Tochter Bernadette mit wilden Hoffnungen im Herzen nach New York geflogen war, offiziell, um in Cleos Künstleratelier zu sich selbst zu finden, insgeheim aber natürlich, um wie zufällig Robert über den Weg zu laufen – ein lächerliches Unterfangen, wie auch ihre Mutter es bereits vorausgesagt hatte –, nachdem sie also allein gegen alle Steiningers stand, sah sich Brigitte außerstande, die Stellung in dem herrschaftlichen Haus weiterhin zu halten. Was aber nicht bedeutete, dass sie ihren Auszug kampflos geschluckt hatte. Albert hatte in die Tasche langen müssen, damit sie sich ein standesgemäßes Domizil in Wien zulegen konnte, praktisch im Vorgriff auf die ausgehandelte Abfindung.

Heute war sie mit ihm verabredet, um endlich ihre Unterschrift unter den Vertrag zu setzen. Als Albert zum vereinbarten Termin läutete, richtete sie ihr Haar vor dem Spiegel, überprüfte den Sitz ihres neuen Kleides und ging dann gemessenen Schrittes zur Tür. Schließlich bekam sie nicht einfach nur Besuch, sondern sie empfing Gäste.

«Ich habe dich schon erwartet», begrüßte sie ihn im stolzen Gefühl, uneingeschränkte Herrscherin des Hauses und aller Anschaffungen zu sein, die er bezahlen musste. Albert setzte sich vorsichtig auf eines der neuen teuren Benz-Sofas und holte die vorbereiteten Dokumente aus seiner Aktenmappe. «Das sind die Papiere: deine Abfindung, die Zahlungsmodalitäten, deine Einverständniserklärung!»

Brigitte nickte beiläufig, als würde es sich um Petitessen handeln. «Champagner?», fragte sie.

«Es ist zwar noch ein bisschen früh», schmunzelte Albert, «aber warum nicht?»

Sie schenkte ein, reichte ihm ein Glas und nahm neben ihm Platz.

«Wo muss ich unterschreiben?»

Albert zeigte ihr die Stelle. Ohne einen Blick auf das komplizierte Regelwerk zu verschwenden, setzte sie schwungvoll ihren Namen auf das Papier.

«Willst du es nicht noch einmal durchlesen?», fragte Albert verwundert. Sie schüttelte den Kopf. «Ich vertraue dir», erwiderte sie. Die zahllosen Paragraphen hätten sie ohnehin nur gelangweilt. Außerdem wusste sie, dass sie sich auf ihn verlassen konnte. In Geldangelegenheiten war er schon immer ermüdend korrekt gewesen. Wichtig war, dass sie sich den Lebensstil, der sie umgab, sorglos leisten konnte und dass er dafür einstand. Sie stießen miteinander an. Zufrieden gab sie ihm einen Kuss auf die Wange.

«Auf das Ende unserer Streitereien.»

Beide tranken einen Schluck, sahen sich an und lächelten. So harmonisch war es selten zwischen ihnen gewesen, dachte sie. Eigentlich war es schade, dass sie so einen großzügigen Mann freigeben musste. Er war störrisch und wenig charmant, aber schließlich hatte sie doch von ihm bekommen, was sie wollte. Zumindest gemessen daran, dass sie vollkommen mittellos aus Paris gekommen war und hier die Ernte von sehr weit zurückliegenden Jahren einfuhr. Zum Glück hatte sie aber bereits Ersatz gefunden. Nicht ganz ohne Hintergedanken hatte sie ihren neuen Freund zur gleichen Zeit bestellt wie Albert. Er musste jeden Augenblick erscheinen, und tatsächlich klingelte es in diesem Moment an der Tür. Etwas eiliger als zuvor schritt sie zum Eingang und öffnete.

«Hallo!», begrüßte sie den neuen Gast mit Schmelz in der Stimme.

Jetzt erkannte auch Albert, um wen es sich handelte.

«Darf ich?», fragte Maximilian Fox galant und überreichte ihr einen Blumenstrauß.

«Albert ist gerade da», sagte sie, und es klang, als sei ihr Mann überraschend auf einen Sprung vorbeigekommen. «Wir haben die Scheidungsvereinbarung unterschrieben.»

Albert erhob sich und blieb steif stehen, ohne eine Hand zu rühren. «Guten Tag», sagte Maximilian, wenig begeistert darüber, ihn hier vorzufinden.

«Guten Tag», erwiderte Albert förmlich. Er sah Brigitte fragend an. Sie lächelte unschuldig. «Maximilian und ich sind zum Essen verabredet.»

«Ich verstehe», sagte Albert. Offensichtlich hatte sie es sich nicht nehmen lassen, ihm zum Abschied noch einen Denkzettel zu verpassen. Er nahm die Urkunde und seine Aktentasche und verabschiedete sich. «Dann will ich mal nicht länger stören.»

Brigitte begleitete ihn zur Tür. «Jetzt brauchst du mein Geld ja gar nicht mehr», flüsterte er ihr zu. Sie tat entrüstet. «So weit sind wir noch gar nicht.»

Albert lächelte anzüglich, drehte sich um und ging.

Carl lag in Karins Bett und beobachtete, wie sie mit nassen Haaren aus der Dusche kam. Ihr Bauch hatte sich bereits ein wenig gerundet. Wer sie nicht kannte, würde es übersehen haben, aber Carl hatte inzwischen ein feines Gespür für die Veränderungen an ihrem Körper entwickelt. Sie rubbelte sich mit einem Handtuch den Kopf ab und lächelte ihn an. «Hast du noch einmal mit Albert geredet?»

«Nein.»

Ihre Gesichtszüge froren ein. «Du bist feige!»

«Ich bin realistisch. Albert hat klipp und klar gesagt, dass ich mich entscheiden muss. Ich werde diese Kollektion zu Ende begleiten und mich dann von Aphrodite trennen.»

«Du willst auf das verzichten, was dir zusteht? Denk an dein Kind.»

«Genau deswegen werde ich es tun. Ich kann jederzeit einen anderen Job finden», erwiderte Carl etwas zu großspurig. Das raubte ihr die Beherrschung. «Bist du total verrückt? Du wirst in einer anderen Firma nie wieder solche Möglichkeiten haben wie jetzt. Irgendwann können wir gemeinsam Aphrodite leiten. Willst du darauf verzichten?»

Carl blieb ruhig. Ein Gedanke beschäftigte ihn, den er bisher weit von sich gewiesen hatte, nicht zuletzt, weil sein Vater ihn damit vertraut gemacht hatte. «Kann es sein, dass dir mehr an der Firma und dem Geld liegt als an mir?»

Normalerweise hatte sie ihr Mienenspiel fest im Griff, aber jetzt konnte Carl ihr deutlich ansehen, dass er ins Schwarze getroffen hatte. Eine Weile sagte keiner von beiden etwas. Schließlich stellte Carl bitter fest: «Ich war so dumm und dachte, du hättest dich in mich verliebt. Und ich dachte, dass auch ich dich lieben würde. Aber vielleicht habe ich mich geirrt, in beidem.»

Karin zündete sich eine Zigarette an. Sie hatte sich vorgenommen, mit dem Rauchen aufzuhören, aber eine Packung lag immer griffbereit. «Du hast gesagt, dass du mich liebst. War das also eine Finte? Oder hast du nur das Kind gemeint?», fragte sie in sachlichem Tonfall.

«Vielleicht habe ich mich wirklich geirrt», wiederholte er mehr für sich selbst.

Sie stand auf und warf die Zigarette aus dem Fenster. Es war immer dasselbe, dachte sie desillusioniert. Sie hängte sich an einen Mann, schenkte ihm ihren Körper, half ihm bei seinen Plänen, und dann wurde sie einfach so zur Seite geschoben. Sie hatte Gefängnisstrafen riskiert, um ihre Liebhaber zufrieden zu stellen, sie hatte sich schwängern lassen, um endlich ein unverbrüchliches Band zwischen sich und der Welt der Wohlhabenden, Einflussreichen und Mächtigen zu knüpfen. Sie war nicht dumm, aber sie hatte nur ihren Körper, aus dem sie Kapital schlagen konnte, einen Körper, der sich zusehends in einen reifen Kürbis verwandeln würde. Und da lag dieser Schnösel, der auf Kosten von Papas Geldkonto alberne Anzüge kaufte, der sich morgens den Kaffee von einer Zugehfrau ans Bett bringen ließ, falls er es nicht vorzog, die Nacht zu einem Schäferstündchen auswärts zu verbringen.

Dieser bornierte kleine Möchtegern-Geschäftsführer von Papas Gnaden erzählte ihr, dass er sich «vielleicht geirrt hatte», als er sich mit apfelroten Bäckchen in ihren Leib gebohrt und dabei ein Kind gezeugt hatte. Er verstand nichts von der wirklichen Welt, er hatte niemals Existenzsorgen gehabt. Und wenn er Erfolg hatte, dann nur, weil das Heer der duckmäuserischen Untergebenen ihm die Steine aus dem Weg räumte. Und als Dankeschön erhielten sie die Kündigung. Sie sah ihn an. Er war nicht einmal ein guter Liebhaber. Aber darum ging es jetzt nicht. «Ohne mich bist du ein Nichts in der Firma!», fauchte sie verächtlich. Carl schoss das Blut ins Gesicht. «Das meinst du nicht ernst? Oder?»

Karin blieb ihm die Antwort schuldig. Er zog sich rasch seine Hose an und ging Richtung Ausgang.

«Du wirst noch sehen, wie weit du ohne mich kommst», rief sie ihm nach.

«Über das Sorgerecht für das Kind reden wir noch!», erwiderte er nur und ließ die Tür ins Schloss knallen.

«Wie war's?», fragte Alpha. Sie hatte zu Hause auf Albert gewartet, unruhig, nachdenklich. Mit Brigittes Zustimmung zur Scheidung war der Weg für ihre gemeinsame Zukunft frei. Wie sie ihn gestalten wollten, lag jetzt allein in ihrer beider Verantwortung. Wenn es schief laufen sollte, konnten sie niemand anderem mehr die Schuld dafür geben. Die Tür klappte, und Albert kam mit einem strahlenden Gesicht herein. «Sie hat unterschrieben.»

Alpha sprang auf und umarmte ihn. «Ein Wunder!»

«Kein Wunder.» Er lächelte viel sagend. «Sie hat einen neuen Liebhaber: Maximilian Fox!»

«Das wird auch nicht lange halten», sagte sie sarkastisch.

«Brigitte kann mit Männern wie Fox umgehen», erwiderte er halb scherzhaft.

Ein Loblied auf seine Noch-Ehefrau war nicht gerade das, was Alpha jetzt hören wollte. «Na und? Ist sie dadurch etwas Besonderes?»

Albert schmunzelte. «Überhaupt nicht. Es gibt keinen Grund zur Eifersucht. Du solltest dich freuen. Ich bin ein geschiedener Mann, frei und zu allen Schandtaten bereit.»

Alpha schmiegte sich an ihn und gab ihm einen Kuss. «Das klingt wild und gefährlich.»

«Was hältst du von einer kleinen spontanen Reise? Nur du und ich. Eine Woche Karibik?», fragte er.

Sie schüttelte den Kopf. «Ich fürchte, das geht nicht.»

«Wieso?»

Alpha zog seinen Kopf herunter und flüsterte es ihm ins Ohr. Er machte ein ungläubiges Gesicht, dann verzog sich sein Mund zu einem breiten Grinsen. Mühelos hob er sie mit seinen starken Armen hoch und wirbelte sie durch die Luft.

Am nächsten Tag im Büro fiel seiner Sekretärin Frau Künast seine gute Laune sofort auf. Sein Lächeln trug er wie eine Standarte vor sich her, sein Gang war beschwingt, seine Augen funkelten. «Guten Morgen», sang er mehr, als dass er es aussprach. Sie freute sich für ihn, und gleichzeitig tat er ihr Leid, denn sie hatte eine unangenehme Überraschung für ihn. «Herr Steininger.»

«Ja?»

«Frau Schröder wartet in Ihrem Büro. Sie ließ sich nicht aufhalten.»

Albert sackte in sich zusammen, wie ein Ballon, aus dem alle Luft entweicht. «Gute Arbeit, Frau Künast, wirklich!», kommentierte er ihre Nachricht bissig. Beleidigt zog sie sich hinter ihren

Schreibtisch zurück. Allerdings haderte sie ohnehin mit sich selbst. In all den langen Jahren als Chefsekretärin war niemand ohne ihr Einverständnis an ihr vorbei ins Büro gelangt. An Karin Schröder war sie gescheitert. Leider ließ Albert hinter sich geräuschvoll die Tür zufallen, was ein unmissverständliches Zeichen dafür war, dass er keinen stillen Zuhörer duldete. Wehmütig dachte sie an die Zeiten, als Franz Steininger dort residiert hatte. Er hatte die Tür mitunter sogar weit aufgelassen.

Karin saß auf dem kleinen Ledersofa an der Seite des Schreibtischs und lächelte Albert freundlich an, als er hereinkam. Davon ließ er sich jedoch nicht beeindrucken. «Was willst du?», fragte er knapp. Sein Auftreten schien sie nicht einzuschüchtern. «Ich würde gerne ein paar Details mit dir besprechen!»

«Ich bin wahnsinnig gespannt!», erwiderte er und lächelte nun ebenfalls, allerdings grimmig.

«Ich dachte, wir könnten ein paar finanzielle Dinge klären. In einem halben Jahr kommt der Erbe der Steiningers zur Welt. Da sind ein paar Anschaffungen nötig: eine größere Wohnung, Kinderwagen, Kleidung», zählte sie auf.

«Du willst Geld?», brachte er es auf den Punkt.

«Es geht hier nicht um mich», widersprach sie, «es geht um die Zukunft meines Kindes, deines Enkels.»

«Natürlich!», pflichtete er ihr ironisch bei. Sie drohte ihm jetzt offen. «Du willst doch sicher nicht, dass die Presse erfährt, dass die Familie Steininger ihren Erben verleugnet?»

Albert rieb seine großen Hände und legte sie dann flach auf den Tisch. «Meine liebe Karin. Selbstverständlich wird mein Sohn sein Kind nicht verleugnen, falls es seines ist.»

«Daran besteht kein Zweifel.»

«Wie schön!» Albert suchte in einer seiner Schubladen und reichte ihr einen Vertrag und seinen Füllfederhalter. «Hier. Dieses Schreiben hat mein Anwalt vorbereitet. Das Kind hat Anspruch auf Unterhalt. Dieser bemisst sich an Carls Gehalt, nicht am Familienvermögen der Steiningers.»

Karin betrachtete das Schriftstück. Sie schien nicht damit gerechnet zu haben, dass Albert sich umfassend vorbereitet hatte.

«Falls du dich entschließt, Carl das Sorgerecht zu überlassen ...», fuhr er fort und wartete ab, ob sie Einwände vorbringen würde, «nein? Nun, in diesem Fall besteht die Möglichkeit, auch dir eine entsprechende Abfindung zu zahlen. Natürlich nur, wenn du unsere Bedingungen akzeptierst.»

Karin wurde aschfahl. «Mein ... unser Kind wird der einzige Nachkomme der Familie Steininger sein. Meinst du nicht, du solltest mich etwas besser behandeln?»

Albert gab sich keine Mühe, seine Schadenfreude zu verbergen. «Du irrst dich, meine liebe Karin. Erstens kann Valerie jederzeit wieder ein Kind bekommen, und zweitens erwartet Alpha Ende des Jahres ein Baby.»

«Du bluffst!», sagte Karin erschrocken.

Statt einer Antwort schüttelte Albert nur langsam den Kopf. Karin starrte das Schreiben des Anwalts an.

«Ich möchte, dass du jetzt gehst», verabschiedete sie Albert. «Lies dir das durch, nimm dir meinetwegen einen Anwalt, und gib mir Bescheid.»

Karin steckte den Vertrag in ihre Handtasche und ließ den Füllfederhalter unbemerkt dazugleiten. Ihr war aufgefallen, dass es sich um ein sehr teures Schreibgerät handelte, das Alberts Monogramm trug. Wortlos stand sie auf und öffnete die Tür. Um ein Haar hätte Frau Künast ihre Neugier mit einer Beule an der Stirn bezahlt. Karin zog beleidigt ab.

Albert war hinter ihr herausgetreten und erfasste die Situation sofort. Er lächelte die Sekretärin an. Die suchte nach einem passenden Gesichtsausdruck, um ihr Lauschen zu entschuldigen. Es hatte keinen Sinn, sich zu verstellen. «Ist das wahr? Sie bekommen ein Kind?», fragte sie.

«Sie dürfen mir gratulieren, Frau Künast!», erwiderte Albert und schloss fröhlich pfeifend die Tür zu seinem Büro.

Am Vormittag hatten sich Alessandro und Valerie auf der Hotelterrasse zusammengesetzt, um die Werbekampagne für die neue Bademodenkollektion zu besprechen. Alessandro betrachtete ihre Entwürfe, verglich sie mit den Fotos und sagte dann anerkennend: «Und die hat wirklich alle deine Großmutter gemacht?»

«Sie ist nicht meine Großmutter, eigentlich bin ich gar nicht mit ihr verwandt, leider!»

Alessandro schmeichelte ihr. «Wie haltet ihr das nur alle aus in eurer Familie, verwandt oder nicht verwandt, einer ist begabter als der andere.»

Valerie lachte. «Es ist nicht so einfach, wie es aussieht!»

Sie reichte ihm ein weiteres Foto. Wie unabsichtlich berührten sich dabei ihre Hände. «Ich weiß, dass es nicht einfach ist», sagte Alessandro leise und blickte ihr in die Augen. Valerie wurde verlegen und schaute zu Boden. Sie fühlte, dass sie ihm eine Erklärung schuldig war. «Ich kenne mich im Moment selber nicht. Vor ein paar Wochen noch war in meinem Leben alles klar. Robert und ich waren glücklich, alles schien ganz einfach zu sein. Dann kam die Hochzeitsreise, der Unfall, die Fehlgeburt, und jetzt, im Moment, weiß ich wirklich nicht ...» Hilflos brach sie ab. Er nahm ihre Hand und streichelte sie sanft. «Und wieso probierst du es nicht einfach mal aus?»

Sie sah ihm verzweifelt in die Augen. «Für dich ist es viel einfacher als für mich.»

«Hast du Angst, dass du deine Gefühle nicht unter Kontrolle hast?»

«Ja!», erwiderte sie leise. Behutsam beugte er sich zu ihr und küsste sie. Sie spürte seine Lippen an ihrer Schläfe und wich zurück. «Alessandro, bitte, nicht!»

Ein Anruf in Bellinis Büro hatte ausgereicht, um Valeries Hotelunterkunft in Rom zu erfahren. Robert fragte an der Rezeption nach seiner Frau und wurde auf die Terrasse verwiesen. Er bog gerade in dem Moment um die Ecke, als Alessandro bittend ihre Hand an seine Brust zog. Robert traute seinen Augen nicht. Den jungen Mann an der Seite seiner Frau erkannte er sofort wieder. Er hatte die Zeitungsartikel mit der Fotoserie über die Mode-Gala lange genug betrachtet. Ohne Zweifel handelte es sich um den Sohn von Pietro Bellini. Er machte zwei, drei rasche Schritte auf den Tisch zu. Sein Schatten fiel auf ihr Gesicht. «Valerie?» In seiner Stimme lag ein scharfer Unterton.

Sie erschrak und stieß ihren Tischnachbarn zurück. Alessandro blickte erst Robert an, dann Valerie, und verstand. «Dein Mann?»

Valerie nickte. Er schluckte seine Enttäuschung herunter. «Ich lasse euch jetzt wohl besser alleine», sagte er und erhob sich.

Valerie nickte ihm dankbar zu. Alessandro verließ die Terrasse, ohne dass Robert ihn eines weiteren Blickes gewürdigt hatte. Seine Frau stand auf und ging an die Balustrade. Sie mochte Robert nicht in die Augen sehen. «Was machst du hier?», fragte sie ihn halb über die Schulter gewandt. Robert antwortete mit unterdrücktem Zorn. «Ich wollte nur sichergehen, dass ich richtig vermutet habe!» Dass sie ihm den Rücken zuwandte, empfand er als zusätzliche Kränkung.

«Du irrst dich», sagte sie, mehr nicht. Robert lachte bitter auf.

«Die Situation ist wohl ziemlich eindeutig.»

Sie drehte sich zu ihm um. «Robert, bitte, es ist nicht so, wie du denkst.»

«Wie ist es denn?»

«Alessandro und ich ...» Sie brach ab. «Robert, wieso hast du mich nicht zurückgerufen?»

Doch Robert hörte ihr gar nicht richtig zu. Das, was er gesehen hatte, bestätigte seine schlimmsten Befürchtungen. Er kam immer mehr in Rage.

«Du redest doch sowieso nicht mehr mit mir. Ich musste von deinem Anwalt erfahren, dass du mir das Stimmrecht entzogen hast. Du verlangst Vertrauen von mir? Und was ist mit dir?»

Über Valeries Gesicht lief eine Träne. «Das mit dem Stimmrecht war wegen deines Vaters.»

Er sah sie kalt an. «Tut mir Leid. Ich glaube dir kein Wort mehr.»

Sie rannte los, an Robert vorbei, und verschwand im Innern des Hotels. Hemmungslos weinend bedeckte sie ihr Gesicht mit den Händen. Alessandro hatte im Foyer gewartet. Er griff nach ihrem Arm, doch sie riss sich los und verschwand nach draußen. Robert folgte ihr in kurzem Abstand. «Lass deine Finger von ihr!», zischte er Alessandro im Vorbeigehen zu und tauchte auf der Straße unter.

Auf dem Platz vor dem Pantheon holte er sie ein. Er hielt sie am Arm fest und zwang sie, sich umzudrehen. «Lass mich los!», schrie sie ihn an. Einige Passanten blieben stehen. Robert kochte, doch seine Stimme klang gefährlich ruhig. «Okay!»

Er gab ihren Arm frei und blickte ihr mitleidslos in das tränenverschmierte Gesicht. Dann drehte er sich um und ging.

Kapitel 15

«Sie war wirklich bei dir und hat Geld gewollt?», fragte Carl. Albert nickte. Carl konnte es kaum glauben. «Beinahe wäre ich so dumm gewesen und hätte alles hingeschmissen.» Nach dem Streit mit Karin hatte er sich mit seinem Vater zu einer Aussprache in einem Heurigenlokal verabredet. Sie hatten jeder einen Viertel Weißen vor sich. Genau genommen, hätten sie sich aber auch gleich zwei Flaschen Wein bestellen können, denn auf so viel hatten sich die kleinen Karaffen bereits summiert. Aufgrund der jüngsten Ereignisse war Albert versöhnlicher Stimmung. «Ist ja nochmal gut gegangen», brummte er und stützte den schweren Kopf ab. «Ich werde mich um das Kind kümmern», beteuerte Carl mit leicht eingetrübtem Blick, «wie immer das gehen soll.»

Sein Vater betrachtete ihn milde. «Eigentlich ist es fast schon wieder komisch. Papa und Sohnemann werden zu gleicher Zeit Vater.»

«Stimmt», lachte Carl, «die Kinder, Onkel und Neffen spielen zusammen im Sandkasten.»

Albert boxte ihm freundschaftlich an die Schulter. «Ich bin froh, dass du bei uns bleibst. Deine Accessoires gefallen mir ausgesprochen gut. Es wäre eine furchtbare Vorstellung, dich bei der Konkurrenz zu wissen.»

Das Lob richtete Carl innerlich und äußerlich auf. Er nutzte den günstigen Augenblick, um seinen Vater an sein Versprechen zu erinnern. «Bleibt es dabei, dass einige Sachen zusammen mit Valeries Bademodenkollektion in den Verkauf kommen?»

«Vom Erfolg von Valeries Kollektion hängt ziemlich viel ab. Meine ganze Kalkulation baut darauf auf. Die Verkaufszahlen müssen stimmen, sonst kommen wir mit unseren Verpflichtungen ins Schleudern.»

«Da mache ich mir wenig Sorgen», begeisterte sich Carl. «Valeries neue Kollektion ist genial.»

Albert schmunzelte, sein Sohn, das war er in Gedanken wieder geworden, sein Sohn hatte den Feuereifer der Jugend. Er war anders als er. Während Albert sich erst mühsam in sein Schicksal gefügt hatte, um widerstrebend die Leitung der Firma zu übernehmen, schien Carl seine Rolle von Anfang an in den Schoß gefallen zu sein. Er war ein geborener Kaufmann. Er würde eines Tages die Geschicke von Aphrodite leiten, und vermutlich besser als er selbst.

Zur gleichen Zeit suchte Karin Strobl im Gewerbegebiet auf. Die Geschäftszeiten waren längst vorüber, das wusste sie, aber der Im- und Exportkaufmann war in vieler Hinsicht ein unorthodoxer Mann mit ungewöhnlichen Öffnungszeiten. Suchend betrat sie die Lagerhalle. Sie hatte sich nicht geirrt. Im Hintergrund brannte Licht. Alfred Strobl stand vor einem Containerschrank und ordnete Stempel mit unterschiedlichen Firmenbezeichnungen.

«Alfred?», rief sie. Schnell ließ er die Stempel im Schrank verschwinden und zog die Rollgitter hinunter. «Frau Schröder, zu so später Stunde? Wie komme ich zu der Ehre?», fragte er betont gestelzt. Seine Stimme hatte etwas Lauerndes. Der fade Schein der Glühlampe verlieh seinem blonden Haar einen grünlichen Stich. Es wirkte wie eine Perücke.

«Ich muss dringend etwas mit dir besprechen», sagte sie.

«Was gibt's denn so Eiliges?»

Sie lächelte hintergründig. «Ich würde gerne noch etwas an unserer Bestellung ändern.»

«Wie stellst du dir das vor? Das Zeug wird morgen früh geliefert!»

Karin setzte sich auf einen Holzstuhl und zündete sich eine Zigarette an. Er konnte ihr nichts vormachen. Seine Empörung wirkte genauso künstlich wie seine Haare. Sie stieß den Zigarettenqualm aus.

«Ich wollte dir ein Geschäft vorschlagen! Die Stoffe, die wir bestellt haben, dafür gibt es doch sicher auch noch billigere Imitate?»

Strobl unterdrückte ein Grinsen. Sie war nicht die Erste, die ihn danach fragte. Er lehnte sich zurück. «Sicher», sagte er beiläufig, «sogar vom gleichen Hersteller. Auf den ersten Blick sind sie nicht voneinander zu unterscheiden. Auch nicht auf den zweiten Blick. Allerdings ist die Qualität eine andere.»

«Ich wäre daran interessiert», sagte Karin kurz angebunden. Strobl mimte den Unbestechlichen. «Kommt nicht infrage. Da verdiene ich nicht genug dran. Und außerdem, dein lieber Carl wollte ausdrücklich Qualitätsware. Ich versaue mir ja das nächste Geschäft.»

«Er wird nächstes Jahr sowieso nicht mehr bei Aphrodite sein», teilte sie ihm kühl mit. «Und wer sagt denn, dass du Geld verlierst?»

Sie lächelte ihn charmant an. Er nickte. «Das klingt vielleicht doch nach einem guten Geschäft!»

«Einem sehr guten Geschäft», bekräftigte sie. «Und du bist sicher, dass es beim Verarbeiten keiner merkt?»

Entrüstet hob er die Arme. «Ich bin doch kein Amateur!»

Er entblößte seine Zähne und zeigte ein unangenehmes Lächeln. Karin war froh, dass er zu den Kontakten zählte, die keine sexuellen Vergünstigungen von Frauen verlangten. Wenn sie ein Mann gewesen wäre, hätte die Sache vielleicht anders ausgesehen.

Nach seiner Rückkehr aus Rom war Robert als Erstes in sein Büro gegangen. Er studierte die aktuellen Bankauszüge. Der neue Fox-&-Fox-Verkaufsshop in Wien lieferte bescheidene Ergebnisse. Aber das musste ihn nicht beunruhigen. Neueröffnungen brauchten immer eine Weile, bis sie vom Publikum angenommen wurden und sich ein fester Kundenstamm bildete. Es klopfte an der Tür, und Maximilian betrat das Zimmer.

«Welcome back!», begrüßte sein Vater ihn mit aufgeräumter Miene. Robert war wie immer in letzter Zeit relativ förmlich.

«Hallo, Dad!», sagte er trocken und widmete sich wieder seinen Unterlagen. Da ihm kein Stuhl angeboten wurde, nahm Maximilian ungefragt Platz.

«Sag mal ... ist bei dir irgendwas nicht in Ordnung?», erkundigte er sich, nachdem er ihm eine Weile zugesehen hatte.

«Das kann man so sagen.»

«Ich höre?»

Robert überlegte, ob er sich seinem Vater anvertrauen sollte.

Schließlich entschied er sich dafür, weil Maximilian es vermutlich sowieso erfahren würde, falls er es nicht ohnehin schon wusste. «Meine Ehe ist wohl schon im Anfangsstadium gescheitert. Und du bist daran nicht ganz unbeteiligt! Valerie hat mir die Vollmacht entzogen und vergnügt sich mit einem Gigolo in Rom.»

Maximilian nahm die Neuigkeit zufrieden zur Kenntnis, versuchte jedoch, es sich nicht anmerken zu lassen. Er gab einen gespielten Seufzer von sich. «Glaubst du mir jetzt, dass man den Steiningers nicht trauen kann?»

«Ich glaube, dass man überhaupt niemandem mehr trauen kann.»

Maximilian fühlte sich in seinem Element. Misstrauen war die Grundlage jedes guten Geschäftsmannes. «Du musst endlich lernen, dich nicht mehr von Gefühlen leiten zu lassen.»

Offenbar wollte Robert nicht länger seine Emotionen sezieren lassen. Rasch wechselte er das Thema. «Du bist mit Brigitte Steininger gesehen worden.»

«Eine tolle Frau», schwärmte Maximilian. «Brigitte ist temperamentvoll und selbständig.»

«Und, siehst du eine Möglichkeit, doch noch an Alberts Firmen heranzukommen?», feixte Robert. «Immerhin ist sie Teilhaberin bei Aphrodite Accessoires.»

«Ein netter Nebeneffekt.» Maximilians Lachen klang aufrichtig.

«Wie schön für dich», erwiderte sein Sohn ironisch.

Maximilian holte zu einer Retourkutsche aus, aber in diesem Moment öffnete die Sekretärin die Tür. «Albert Steininger fragt, ob er sich mit Ihnen treffen kann.»

«Sagen Sie ihm, ich bin auf dem Weg.»

Robert griff nach seiner Jacke. «Der weiß gar nicht, worauf er sich da eingelassen hat.»

Als er aus der Tür war, lächelte sein Vater zufrieden. «Na, endlich!»

Er hatte gewusst, dass die Zeit für ihn arbeitete. Jetzt standen alle Fahnenflüchtigen wieder dort, wo sie hingehörten, und die Schlachtreihen waren geordnet. Er liebte Auseinandersetzungen, wenn er die besseren Karten hatte. Und mit Strobl hatte er einen Trumpf in der Hand, den er noch gar nicht aufgedeckt hatte.

Robert stürmte grußlos an Frau Künast vorbei in Alberts Büro. Sie wollte ihn aufhalten, doch er war schneller. Obendrein hatte sie sich an der Schreibtischkante eine Laufmasche in den Strumpf gerissen.

Langsam werde ich zu alt dafür, sagte sie sich, als sie traurig an ihr Telefon schlich und den Besuch meldete, der bereits in Alberts Büro stand.

Ohne Albert zu begrüßen, setzte sich Robert auf den Stuhl, der seinem Tisch gegenüberstand. «Du wolltest mich sprechen. Was gibt's?»

«Ich wollte mit dir über ein paar Dinge reden.»

«Ich höre», sagte Robert. Albert verlor ebenfalls keine Zeit mit Höflichkeitsfloskeln. «Ich möchte, dass du dich in Zukunft aus allem heraushältst, was Aphrodite betrifft.»

«Ach, endlich sagst du es mir mal ins Gesicht.»

«Was meinst du damit?», erkundigte sich Albert.

«Jetzt tu doch nicht so unschuldig. Du hast es doch schon geschafft, dass Valerie mich hintergeht. Wahrscheinlich hast du sie auch mit diesem südländischen Casanova verkuppelt?»

«So ein Quatsch. Ich habe ihr bloß die Wahrheit gesagt, über dich und deinen Vater.»

«Die Wahrheit?», äffte Robert ihn nach. «Die Wahrheit ist, dass du und deine Familie es geschafft habt, meine Ehe zu zerstören.»

Albert hatte genug. Er richtete sich hinter seinem Schreibtisch zu voller Größe auf. «Du heiratest meine Schwester, und wir alle müssen zusehen, wie du sie dazu benutzt, dich hier einzuschleichen. Aber das wird nicht passieren. Ich werde dafür sorgen, dass du auch Tessys Anteile an jemand anderen überträgst.»

Robert lachte verächtlich. «An wen denn, bitte? Etwa an dich?» Auch er stand jetzt auf und baute sich drohend vor Albert auf. Sein Scheitel reichte allerdings nur bis an Alberts Nasenwurzel heran.

«Weißt du überhaupt, was du willst? Vor zwei Wochen bettelst du mich um einen Kredit an, dann brauchst du ihn auf einmal nicht mehr. Meinst du, dieser Bellini hat dir das Geld aus Freundschaft geliehen?»

Albert genoss es, auf ihn herabzusehen und ihm direkt ins Ohr zu brüllen. «Mit Sicherheit hat er weniger Hintergedanken als du.»

«Wie gut, dass du so vertrauensselig bist», höhnte Robert. «Mit dir als Geschäftsführer muss Aphrodite ja Bankrott gehen. Du merkst ja noch nicht einmal, was in deiner eigenen Firma hinter deinem Rücken passiert.»

«Das sagt der Richtige. Wenn du wenigstens auf deinen Vater aufpassen könntest.»

«Wenn er Aphrodite leiten würde, wäre das Erbe meiner Tochter immerhin gesichert.» In seiner Wut glaubte Robert für einen Moment sogar, was er sagte.

«Dein Vater ist ein Verbrecher», stellte Albert fest.

«Du bist auch nicht viel besser.»

Albert wurde hochrot im Gesicht «Verlass sofort mein Büro!»

«Gerne! Aber komm nicht wieder angekrochen, wenn du Hilfe brauchst. Ich werde nämlich keine Rücksicht mehr auf eure Scheißfirma nehmen.»

«Raus!»

Robert stürmte aus der Tür und donnerte sie Frau Künast fast an den Kopf. Entsetzt blickte sie zu Albert und hörte klar und deutlich, was er in dieser Sekunde vor sich hin murmelte: «Den bring ich um.»

Aufgebracht kehrte Robert in sein Büro zurück. «Ich möchte sofort alles auf meinem Tisch haben, was wir über die jüngsten Entwicklungen bei Aphrodite wissen», wies er seine Sekretärin May Li an. Sie nickte und brachte eine viertel Stunde später einen Stapel Unterlagen an seinen Tisch: Bilanzen, Presseberichte, der hinfällige Kreditvertrag, all das war Robert bekannt. Aber einige Faxblätter erregten seine Aufmerksamkeit. Es handelte sich um Kopien von Strobls Bestell-Listen, als Kunde hatte Carl Steininger unterzeichnet. «Wo haben Sie die her?», fragte er.

Sie lächelte stolz. «Ich kenne jemanden, der gelegentlich für Strobl arbeitet.»

Für einen Moment schaute Robert sie überrascht an. «Und?»

«Ich hatte noch keine Zeit, sie mir anzusehen», schützte sie vor.

Offensichtlich war ihr die Brisanz der Papiere jedoch bewusst. Schließlich hatte sie ihn bereits vor einigen Tagen auf die prekäre Geschäftsverbindung zwischen den Steiningers und Strobl aufmerksam gemacht. Bisher war es nur ein unbestätigtes Gerücht gewesen. Hier aber lag der Beweis nun schwarz auf weiß. Robert fragte sich, inwieweit May Li Einblick in die Geschäftspraktiken seines Vaters hatte. Wie lange war sie jetzt in der Firma? Sicherlich über zehn Jahre. Es konnte durchaus sein, dass sie Strobl von früher kannte und tatsächlich eine Informationsquelle in seinem Haus angezapft hatte. Genauso gut mochte es sich allerdings auch so verhalten, dass sie in seiner unmittelbaren Umgebung fündig geworden war. Dafür käme nur eine Person infrage: sein Vater. Er musste auf der Hut sein.

Die Listen enthielten auf den ersten Blick nichts Außergewöhnliches: Stoffarten, Preise und Mengen waren darin verzeichnet. Am Rand des zweiten Blattes entdeckte er jedoch eine handschriftlich vermerkte Mobilfunknummer. Robert stutzte. Er blickte May Li an, doch die schien seine Reaktion nicht bemerkt zu haben. Schnell klappte er die Papiere zusammen. «Leider bringt uns das im Moment auch nicht weiter», ließ er mit gespielter Gleichgültigkeit fallen. Nachdem sie gegangen war, zog er die Seite mit der Telefonnummer hervor: kein Zweifel. Er kannte sie auswendig und brauchte gar nicht hinzusehen, als er sie anwählte.

«Hallo?», hörte er am anderen Ende der Leitung.

«Hier ist Robert Fox», meldete er sich.

«Wer? Ach, wirklich?» Karins Stimme klang ironisch. Aber gleich darauf wurde sie wärmer. Robert, ihr Robert wollte sich mit ihr treffen. Sie zierte sich ein wenig, erinnerte ihn an seine gebrochenen Versprechen, ließ sich umschmeicheln und sagte dann zu. Sie hatte immer gewusst, dass sie aus dem gleichen Holz geschnitzt waren. Ausnahmemenschen begegnen einander immer wieder im Leben. Er konnte gar nicht anders, als zu ihr zurückzukehren. Was für ein Jammer, dass sie schwanger war, dachte sie, aber auch das könnte man noch ändern, wenn Robert es wünschte. Das Kind war nützlich, solange es eine Eintrittskarte in Steiningers Firma darstellte. Falls er, wie angekündigt, an der endgültigen Übernahme von Aphrodite arbeitete, war es ein Ballast. Trotzdem, diesmal würde sie ihn zappeln lassen, nahm sie sich vor. Er sollte ruhig spüren, dass er es mit einer begehrenswerten Frau zu tun hatte, die er nicht mit einem Fingerschnippen aus- und wieder einschalten konnte. Sie wählte ihr schönstes Kleid aus, das rote, und machte sich auf den Weg.

Robert erwartete sie am Eingangstor des Parks. «Du siehst umwerfend aus», begrüßte er sie, «lass dich anschauen.» Er griff nach ihren Händen und musterte sie scheinbar bewegt. «Aphrodite Accessoires, die neuen Modelle sind da», lachte sie und schob die originelle Sonnenbrille in ihr Haar. Um die Hüften hatte sie sich lässig ein Schaltuch gebunden. Auch das stammte aus der neuen Kollektion. «Wie komme ich zu der Ehre, dass Herr Fox sich mit mir treffen möchte?», fragte sie spöttisch.

Robert lächelte charmant. «Ich hatte Sehnsucht.»

«Quatsch!», sagte sie und ließ die Sonnenbrille wieder auf die Nase rutschen. Er hakte sie ein, und gemeinsam spazierten sie den Weg im Park entlang. Robert bemühte sich, aufrichtig zu klingen. «Meine Ehe mit Valerie funktioniert nicht so, wie ich es mir gedacht habe», begann er stockend. Karin forschte in seinem Gesicht. Leise sagte er: «Vielleicht habe ich mich geirrt, als ich dich damals weggeschickt habe.»

«Was meinst du damit? Dass du einfach so wiederkommen kannst, und alles ist vergessen?», fragte sie. Traurig schüttelte er den Kopf. «Nein. Aber ich kann mich entschuldigen.»

«Du hast mich ziemlich mies behandelt», stellte sie fest.

«Du hast auch ein ziemlich mieses Spiel gespielt.»

Sie blieb stehen und lächelte ihn an. «Dann sind wir ja quitt.»

Roberts Mundwinkel zuckten, er lächelte und beugte sich zu ihr herab. Dann küsste er sie. In der Ferne läuteten die Glocken vom Stephansdom, Ruprechtkirche und «Maria am Gestade» fielen ein. Ihr wurde schwindelig vor Glück, und gleichzeitig schämte sie sich ein wenig für ihre Gefühle. «Vom Winde verweht»: So musste sich Scarlett O'Hara gefühlt haben, als Rhett Butler sie endlich in die Arme schloss, nach Krieg, Brandschatzung und Vertreibung. Das waren auch die Stationen ihrer Liebe gewesen, dachte sie, zumindest fast. Was sie dabei ausblendete, war, dass der Krieg um Aphrodite nicht mit Schusswaffen geführt wurde, sie den Brand selbst gelegt hatte und sie sich auch den Rauswurf aus der Firma selbst zuzuschreiben hatte.

Eine Weile gingen sie Hand in Hand stumm nebeneinander her. Dann sagte er beiläufig, so als sei es ihm gerade eben in den Sinn gekommen: «Wie man hört, arbeitest du wieder bei Aphrodite?»

«Wer sagt das?», fragte sie verblüfft.

«Alfred Strobl. Wir waren neulich zusammen etwas trinken.» Das war ein Bluff. Aber Robert war sich sicher, dass er damit durchkommen würde. Misstrauen ist die Grundlage jedes Geschäftsmannes. Angenommen, zwischen Karin und Strobl bestand ein reger Informationsaustausch, sagte er sich, so konnte der windige Kaufmann ihr trotzdem aus gutem Grund verheimlicht haben, dass er sich mit Robert getroffen hatte. Was zwar nicht der Fall war, aber praktisch niemals glaubwürdig widerlegt werden konnte. Das war der Vorteil in der Zusammenarbeit mit Betrügern. Karin reagierte wie gewünscht und räumte den Kontakt ein. Allerdings spielte sie ihre Rolle drastisch herunter. «Ich habe Carl Steininger bei seiner neuen Linie Aphrodite Accessoires geholfen. Er kennt sich noch nicht so gut aus, da habe ich ihm ein paar Tipps gegeben.»

«Und dafür eine nette Provision kassiert, wie ich dich kenne.» Robert grinste komplizenhaft.

«Genau», bestätigte sie ihm.

Robert blickte auf die Uhr. «Ich habe heute Nachmittag noch Termine. Aber wie wäre es: Hast du Lust, mit mir essen zu gehen heute Abend?»

«Mal sehen», erwiderte sie unschlüssig. Tatsächlich glühte sie vor Glück. Es bedurfte keiner Zusage mehr, sein Abschiedskuss besiegelte die Verabredung. «Ich rufe dich so gegen sieben an!»

Angespannt verfolgte Carl die Entladung der Lkws mit den Stoffballen. Die Arbeiter verrichteten ihr Handwerk ohne jede verdächtige Aufregung und Hast. Sie packten die Meterware von den Paletten auf die Fahrzeugrampe, ließen sie herab, wuchteten die

Ballen auf Rollwagen und zogen sie an ihm vorbei in die Werkhalle. Seine größte Sorge war, dass sich auf den Auszeichnungen irgendwo versteckt der Name Strobl finden würde. Aber alles war in Ordnung. Die Ware trug ausschließlich die Herstellerbezeichnung. Carl zeichnete den Lieferschein ab, und die Spediteure verabschiedeten sich. Er befühlte den Stoff mit den Fingern, bevor er unter die Zuschneidemaschine wanderte. Hier standen Mitarbeiter von Aphrodite. Sie hängten die Ballen in die Zuführung, zogen das Material über die Tischplatte, legten die Schablonen an und starteten die Textilsäge. Gleichmütig fraß sich das Schneideblatt durch den Stoff. Er riss nicht, warf keine Wellen, sondern stapelte sich in wunderbar passgenauen Zuschnitten. Diese wurden auf Karren geladen und zu den Industrienähmaschinen gerollt. Mit routinierten Handgriffen schoben die Näherinnen die Teile unter den Transportvorschub und setzten die Kettelmaschine mit der Fußraste in Gang. Carl nahm einen fertigen Bikini-Slip, rieb den Stoff und hielt ihn gegen das Licht. Er war tadellos. Erleichtert atmete er auf.

«Sind das die Stoffe für Valeries Kollektion?»

Erschrocken fuhr Carl herum. Alpha war unbemerkt hinter ihn getreten. «Was machst du denn hier unten?», fragte er und ließ das Kleidungsstück im Packkarton verschwinden.

«Ich kann im Moment einfach nicht still sitzen. Deswegen wandere ich gelegentlich durch den Betrieb.»

«Bleibst du eigentlich bei uns, wenn das Baby da ist?» Carl war froh, dass er dieses harmlose Thema anschneiden konnte.

«Natürlich. Ich werde sicher ein paar Monate aussetzen. Aber so schnell werdet ihr mich nicht los.»

«Das ist auch gut so», bekräftigte Carl, «immerhin haben wir unseren Erfolg in Italien dir zu verdanken.»

«Danke», sagte sie und lächelte ihn an. Im Grunde genommen war er doch kein so übler Bursche, dachte sie, vielleicht hatte es ihm sogar gut getan, dass ihm der raue Wind der Wirklichkeit um die Nase geweht war.

«Ja, komm höher, halt, Blick, Haare, ja, super, nochmal schütteln, Blick nach links, ja, okay, danke.» Elisabeth hatte sich für die Fotoserie einen Set im Freibad in Reichenau einrichten lassen. Das lag zwar eine Autostunde von Wien entfernt, bot mit seinen strohgedeckten Holzsonnenschirmen und der Bergwelt im Hintergrund aber eine exotische Kulisse. Sie war eine gute Fotografin. Daher konnte sie es sich leisten, viel von den Models zu fordern. Sie trieb sie ins Wasser, ließ sie die nassen Haare durch die Luft wirbeln, sich auf den Teakholzliegen räkeln, in Dreiergruppen mit Freundinnen schäkern. Im Unterschied zu den flachen Bildern von Versandhauskatalogen, in denen die Darsteller mehr oder weniger steife Kleiderpuppen für das jeweilige Produkt waren, arbeitete sie szenisch. Sie fing Atmosphäre ein, Gefühle, keine bebilderten Warenlisten. Obwohl die Bademoden nach Alphas Entwürfen durchaus ihren eigenen Reiz besaßen, wie sie mit Blick durch den Sucher immer wieder feststellen konnte.

Im Hintergrund rollte langsam ein Taxi heran. Valerie stieg aus und schaute der Session eine Weile lang stumm zu. Sie wollte nicht stören, solange Elisabeth in ihre Arbeit vertieft war. Als die Garderobiere und die Maskenbildnerin in Aktion traten, um die Models für das nächste Shooting herzurichten, zupfte sie ihr am Arm.

«Schön, dich zu sehen.» Elisabeth umarmte sie herzlich.

Valerie erwiderte ihr Lächeln. «Hast du kurz Zeit?», fragte sie.

Elisabeth warf einen Blick auf ihre Mitarbeiter, die noch mit den Models beschäftigt waren, und nickte. Sie setzten sich an einen Bistrotisch, an dem ein kleines Catering aufgebaut war. Elisabeth schenkte ihnen beiden Fruchtsaft ein. Sie spürte, dass etwas nicht stimmte. Valerie wirkte sehr unglücklich.

«Ich glaube, ich habe alles falsch gemacht», begann sie zaghaft.

«War Robert bei dir in Rom?», erkundigte sich Elisabeth.

«Woher weißt du das?»

«Ich habe ihm gesagt, dass du nach Rom gefahren bist», gestand sie freimütig.

«Warum hast du mir nicht Bescheid gegeben?»

Elisabeth betrachtete sie und lächelte wehmütig. «Ich habe dich nie erreicht. Und vielleicht war es auch gut so. Wenn man Dummheiten macht, dann muss man sie auch selber ausbaden.»

Valerie schluckte. «Robert hat mich betrogen, mich angelogen und ist nach New York abgehauen. Hätte ich zu Hause sitzen und auf ihn warten sollen?»

«Zwischen euch gibt es viel zu viele Missverständnisse. Und Dickköpfe seid ihr beide. Redet miteinander. Ich glaube, es wird sich alles aufklären.»

Sie klopfte beruhigend auf Valeries Arm. Valerie schien nicht überzeugt zu sein, aber sie nickte.

«So, und jetzt muss ich wieder an die Arbeit. Du kannst zusehen, wenn du möchtest.» Elisabeth stand auf und stellte sich wieder hinter die Kamera.

Pünktlich um sieben holte Robert Karin zum Essen ab. Im Restaurant vermied er es, das Gespräch allzu direkt auf die Geschäfte zu bringen. Es sollte den Anschein einer ausschließlich privaten Zusammenkunft haben. Er fragte, wie es ihr gegangen war, seit sie sich nicht mehr gesehen hatten, und ließ sie einfach erzählen. Dankbar sprudelte alles aus ihr heraus. Sie war glücklich, sich ihm anvertrauen, sich rechtfertigen zu können und ihre Cleverness unter Beweis zu stellen. Er sollte wissen, was er an ihr hatte. Nur einmal fragte er genauer nach. Es betraf Strobls Stofflieferung. «Und das stimmt wirklich? Die Prototypen sind aus einem anderen Material?»

«Klar», erklärte sie stolz, «die sind anstandslos. Aber das, was gerade verarbeitet wird, sind billige Imitate. Und keiner wird es gemerkt haben.»

«Wenn das herauskommt und das Zeug ist schon in den Läden ...», dachte Robert laut. Karin kicherte vergnügt. «Dann kann Aphrodite einpacken.»

«Zumindest kann Albert seinen Posten als Geschäftsführer aufgeben», stellte er befriedigt fest.

Anschließend bummelten sie Hand in Hand die Gassen entlang. Unter einer Laterne blieb Karin stehen. Sie konnte nicht länger warten, sie musste ihm sagen, dass sie alles vorhergesehen hatte. Es war Schicksal, das spürte sie jetzt ganz deutlich, und sie wollte, dass er es genauso empfand, dass er begriff, wie einzigartig ihre Beziehung war. Sie lächelte triumphierend. «Ich wusste, dass du mich anrufen würdest. Und nun ist alles wieder so wie früher.»

Sie reckte ihm ihr Gesicht entgegen.

«Ja, fast.» Das letzte Wort betonte er, und er unternahm auch keine Anstalten, sich zu ihr herabzubeugen. Wie um ihn zu animieren, streichelte sie seinen Arm. «Ich habe immer gehofft, dass du irgendwann zu mir zurückkommst.»

Robert sah sie noch immer ungerührt an. Da erfasste sie ein schrecklicher Gedanke. Sie hatte ihm alles erzählt, und er hatte kaum ein Wort über sich verloren. «Du wirst mich doch nicht verraten, oder?», fragte sie unruhig. Er lächelte kalt. «Wenn ich das tue, dann sind dir ein paar Jahre Gefängnis sicher, meinst du nicht? Unterschlagung, Betrug, Brandstiftung, Urkundenfälschung, Betriebsspionage. Da kommt einiges zusammen.»

Karin stockte das Blut in den Adern. «Das meinst du doch nicht ernst?»

«Warum nicht?», erkundigte er sich ungerührt.

Plötzlich wurde Karin heiß. Das war eine unverhohlene Drohung. Offenbar war ihm nicht bewusst, was er damit aufs Spiel setzte. «Weil ich dir auch weiterhin helfen kann», sagte sie schnell, «und weil du auch mit drinsteckst.»

«Du hast mir ein paar nützliche Informationen gegeben, und mit deinen Alleingängen habe ich nichts zu tun. Aber du glaubst doch nicht im Ernst, dass ich mich jemals wieder auf dich einlasse?»

«Was?», stammelte sie entsetzt.

Er wurde hart und schonungslos. «Ich brauche dich jetzt nicht mehr. Du hast mir ja brav alles berichtet, was ich wissen wollte.»

Da hatte sie sie in Gestalt von Robert plötzlich wieder vor sich: die grässliche Wahrheit, eine höhnische Fratze, die sie auslachte und dahin zurückstieß, wo sie herkam: in die Armut, mit all ihren Erinnerungen, die sich wie Säure in ihre Seele gefressen hatten, die ständigen Geldsorgen, der Vater, ein Fremder, der mit erloschenen Augen von der Schicht kam, die Mutter, die wie ein gewaltiger Putzlappen auf den Knien die immer gleichen Staubflocken von der Diele fegte, den Geruch von Kohlsuppe, das Treppenhaus, das nach Urin stank, mit dem Klo auf halber Treppe, die Wäsche, die auf der Leine scheinbar ständig grauer wurde, der Pfarrer, der ihr die Knie streichelte und die Hand höher rutschen ließ und ihr Gebäck schenkte, während er die Augen zum Herz-Jesu-Kreuz richtete.

«Du hast mich nur benutzt», schrie sie, «so wie damals! Du hast mir vorgespielt, dass du wieder mit mir zusammen sein willst. Du bist genauso wie sie.»

Sie schlug blindlings mit den Fäusten auf ihn ein. Aber er griff ihre Arme und hielt sie mühelos zurück. «Das ist deine Interpretation, meine Liebe. Du solltest endlich lernen, dass man mit Falschspiel nicht allzu weit kommt. Und übrigens: Danke für deine Hilfe!»

Er stieß sie von sich und lachte.

«Du Schwein, du scheinheiliges Schwein. Ich bringe dich um.»

Sie hielt erschöpft inne und atmete schwer. Robert warf ihr einen letzten Blick zu, drehte sich um und ging.

Am Ende der Gasse befand sich eine lange Treppe, die zur Donau hinabführte. Flatterband sperrte eine kleine Baustelle vor den Stufen ab. Eine gelbe Warnleuchte am Stützpfahl blinkte in regelmäßigen Abständen. Jetzt flammte das Blaulicht einer vorbeirasenden Unfallambulanz auf. Fast zeitgleich gellte das Martinshorn mit ohrenbetäubendem Lärm auf. Robert konnte nicht hören, dass Karin ihm nachgeschlichen war. Sie holte mit einer kleinen Eisenstange aus, die von den Bauarbeitern liegen gelassen worden war. Der Schlag traf ihn am Hinterkopf. Die Wucht riss ihn von den Beinen. Er stolperte, sackte schwer zusammen und rollte die Treppe hinab, bis er auf der ebenen Fläche vor dem Wasser zu liegen kam. Blut sickerte aus seinem Ohr. Seine Augenlider zitterten und schlossen sich.

Das Martinshorn verstummte in der Ferne. Karin ließ die Arme sinken. Die Handtasche glitt ihr von der Schulter, fiel zu Boden und rutschte die Stufen hinab. Der Inhalt kullerte heraus. Robert lag reglos da. Sie sah, wie das Blut über die Steine floss und eine Lache bildete.

Sie löste sich aus ihrer Erstarrung und sammelte hastig ihre Habseligkeiten ein: Schminkspiegel, Lippenstift. Sie bemerkte, dass sie

Blut an den Fingern hatte. Der Schein der Baustellenlampe erhellte für einen Sekundenbruchteil einen Fleck neben Roberts Kopf. Dort lag der Füllfederhalter mit Alberts Monogramm. Mit ihm hatte sie den Vertrag unterzeichnen sollen, der sie für immer aus dem Leben der Steiningers verbannt hätte. Sie betrachtete ihn. Er war so schwarz wie das Blut, das aus Roberts Kopf sickerte. Sie nahm ein Papiertaschentuch und wischte ihn sorgfältig ab. Dann legte sie den Füller neben den leblosen Körper, wobei sie darauf achtete, ihn nur mit dem Tuch zu berühren.

Die Eisenstange, die sie ins Wasser warf, ging sofort unter.

Gut gelaunt spazierte Maximilian am nächsten Morgen ins Büro. Er hatte einen anregenden Abend mit Brigitte verbracht. Sie war eine Frau mit Geschmack, wie er fand, eine Frau, die man sich leisten können musste. Und da er es konnte, bereitete es ihm ein besonderes Vergnügen, ihren Wünschen entgegenzukommen, weil er damit ungeniert seine eigene Macht zelebrieren konnte. Das war amüsant, und im Gegenzug dafür war sie ausgesprochen gefällig gewesen. Nach zahlreichen Abenteuern mit jüngeren Geliebten hatte er das Zusammentreffen mit Brigitte als wohltuende Abwechselung erlebt. So wie ein Spielzeug, das er aus Nachlässigkeit in einem verstaubten Winkel seiner Erinnerungen vergessen hatte und nun mit Freuden wieder blank polierte. Außerdem war sie trotz aller Reife immerhin noch ein Vierteljahrhundert jünger als er.

«Guten Morgen», begrüßte er die Sekretärin. «Ist mein Sohn noch nicht da?»

«Eigentlich wollte er seit einer Stunde hier sein», erwiderte May Li.

«Können Sie nicht versuchen, ihn zu erreichen? Ich habe ein paar Dinge mit ihm zu besprechen. Frau Steininger und ich werden Ende der Woche zusammen nach New York reisen.»

May Li nickte und wählte Roberts Mobilfunknummer. «Tut mir Leid. Er geht nicht ran.»

«Merkwürdig», sagte Maximilian. «Richten Sie ihm bitte aus, dass er mich zurückrufen möchte, wenn er da ist.» Mit diesen Worten spazierte er wieder hinaus. Hätte er ein Gehstöckchen gehabt, eines von der Sorte, wie es die jungen Stutzer früher bei sich führten, mit Knauf und flatternden Bändern, er hätte es fröhlich vor sich her geschwungen.

«Entschuldigen Sie, ich wollte zu Robert Fox.» Nach dem Gespräch mit Elisabeth hatte sich Valerie endlich aufgerafft, um mit ihrem Mann ein klärendes Gespräch zu führen. Egal, wie es ausgehen würde, sie hatte sich fest vorgenommen, die ganze Wahrheit von Robert zu erfahren, auch wenn es schmerzen würde. Telefonisch hatte sie ihn nicht erreicht. Also hatte sie sich ein Herz gefasst und war zu seinem Hotel gefahren. Falls sie ihn im Bett mit einer anderen erwischen sollte, auch dieser Gedanke war ihr gekommen, dann würde es ihr sicherlich sehr wehtun, aber ein für alle Male Klarheit schaffen. Der Mann hinter der Rezeption schüttelte bedauernd den Kopf. «Tut mir Leid, Frau Fox. Ich habe Ihren Mann seit gestern Abend nicht mehr gesehen.»

«Und Sie wissen auch nicht, wann er zurückkommt?»

Bevor der Hotelangestellte antworten konnte, drängte sich ein breitschultriger Mann an die Rezeption. Er zeigte einen Polizeiausweis und legte einen Durchsuchungsbefehl auf den Tisch.

«Kriminalpolizei! Ich hätte gerne den Zimmerschlüssel von einem gewissen Robert Fox. Der wohnt doch hier?»

Er nahm den Schlüssel entgegen und nickte seinem Kollegen zu, der bisher im Hintergrund gewartet hatte. Sie machten sich auf den Weg zum Fahrstuhl. Wie erstarrt hatte Valerie seinen Auftritt verfolgt.

Jetzt lief sie hinter ihnen her.

Zur gleichen Zeit bekam auch Albert in seinem Büro Besuch von der Polizei. «Kommissar Holler!», stellte sich der junge Beamte vor. «Es hat einen Unfall gegeben. Ich möchte Sie bitten, mir ein paar Fragen zu beantworten. Ihre Sekretärin war bereits so freundlich, uns zu bestätigen, dass Robert Fox gestern bei Ihnen war.»

Albert sah keinen Grund zu Misstrauen. «Schießen Sie los!»

Holler zeigte ihm den Füllfederhalter mit Monogramm. «Gehört dieser Stift Ihnen?»

«Ja, wieso?» Albert wusste nicht, worauf das hinauslaufen sollte.

«Er wurde neben dem Verletzten am Tatort gefunden!», erklärte der Beamte. Albert wurde blass. «Das ist nicht wahr», sagte er. Er ahnte, dass Robert etwas zugestoßen sein musste, brachte es aber immer noch nicht in Zusammenhang mit seiner Person.

«Leider doch. Robert Fox lag bewusstlos am Fuße einer Treppe. Jemand hat ihn vermutlich mit einem harten Gegenstand auf den Kopf geschlagen. Und Ihre Sekretärin hat ausgesagt ...», er zückte einen kleinen Notizblock, «... ‹nachdem Herr Fox gegangen war, war Herr Steininger sehr erregt. Er hat gedroht, ihn umzubringen.›»

Jetzt endlich verstand Albert, was ihm vorgeworfen wurde. Es war absolut lächerlich. «Was man sagt und was man tut, sind zwei völlig verschiedene Dinge!», entgegnete er ruhig.

«Worum ging es bei dem Streit?»

Albert zögerte. Die Wahrheit würde nur noch mehr Missverständnisse nach sich ziehen. Deshalb spielte er die Auseinandersetzung mit Robert herunter. «Es war nichts Besonderes: eine Verwaltungssache. Wir hatten unterschiedliche Meinungen. Und dann ergab ein Wort das andere. Das passiert schon einmal unter Geschäftspartnern. Das ist nichts Außergewöhnliches.»

Holler ließ nicht erkennen, ob er ihm die Erklärung abkaufte.

«Wo waren Sie gestern Nacht gegen 22.30 Uhr?»

«Im Auto, auf der Fahrt nach Hause», berichtete Albert wahrheitsgemäß.

Holler zeigte ein winziges Lächeln. «Allein, vermutlich.»

«Ja!»

«Sie haben also kein Alibi», stellte Holler fest. «Ich muss Sie bitten, in der Stadt zu bleiben und sich zu unserer Verfügung zu halten.»

Der Beamte stand auf. Verwirrt blickte Albert ihn an. «Was ist mit Robert Fox? Wenn er aufwacht, kann er mich doch entlasten!»

«Wenn», bestätigte Holler, «im Moment sieht es allerdings nicht danach aus.»

Aufmerksam schaute ihn der Kriminalkommissar an. Die Reaktion eines Verdächtigen auf die Nachricht, dass sein Opfer vermutlich sterben würde, war ein ziemlich verlässlicher Indikator. Affekttäter verrieten sich meist sofort, weil sie ihre Gefühle nicht kontrollieren konnten. Nur Profis waren in dieser Situation eiskalt. Albert hielt seinem Blick stand.

Die Krankenschwester schüttelte den Kopf. «Sie können jetzt nicht zu ihm, tut mir Leid. Er wird noch untersucht.»

«Aber ich bin seine Frau», protestierte Valerie. Bedauernd hob die Schwester die Hände «Sie müssen Geduld haben. Ich werde Ihnen sofort Bescheid geben, wenn es möglich ist.»

Wenig später entdeckte Elisabeth Valerie im Warteraum. Sie schloss sie in die Arme und nahm neben ihr Platz auf der Bank. «Was sagt der Arzt?»

«Noch gar nichts», erwiderte Valerie mit versteinerter Miene. «Wir hatten noch nicht mal mehr Gelegenheit, uns auszusprechen. Wenn er nicht mehr aufwacht, dann ...» Sie schluchzte jämmerlich auf und verbarg ihren Kopf an Elisabeths Schulter. «Das letzte Mal, als wir uns gesehen haben, haben wir uns gestritten.»

«Er braucht jetzt deine Liebe!»

Ein Geräusch ließ beide aufschauen. Vor ihnen stand der behandelnde Arzt. «Sie können jetzt zu ihm.»

Robert lag ruhig da, fast leblos. Nur die Herztöne vom Kontrollmonitor waren zu hören. Sein Kopf war verbunden, sein Körper steckte voller Schläuche, er wurde künstlich beatmet.

Valerie setzte sich ans Krankenbett. «Robert? Kannst du mich hören?»

Elisabeth ging leise hinaus auf den Flur. Am Ende des Ganges tauchte ein gut gekleideter, aber offenbar stark niedergedrückter alter Mann auf und kam langsam auf sie zu. Erst beim zweiten Hinsehen erkannte sie die vertraute Gestalt. Es war Maximilian, doch er wirkte plötzlich schwach und greisenhaft. Als er vor ihr stand, erkannte sie, wie blass er war. Seine sonst so strahlenden Zähne schimmerten stumpf und schienen seltsamerweise zu groß für seine Kiefer geworden zu sein. «Wie geht es ihm?», fragte er verlegen.

«Nichts Neues! Valerie ist bei ihm!»

«Ich habe schon mit einem Spezialisten in den USA gesprochen. Er meint, diese Klinik habe einen guten Ruf.» Maximilians Augenlider zuckten nervös.

«Er ist hier in den besten Händen», beruhigte sie ihn. Sie wandte sich zum Gehen, aber Maximilian hielt sie auf. «Ich wollte dir sagen, dass es mir Leid tut. All die Jahre habe ich immer nur an Rache gedacht. Und dann bot sich die Gelegenheit, Aphrodite wiederzubekommen. Verstehst du? Ich konnte nicht anders.»

So wie er vor ihr stand, hinfällig, gebeugt, mit wächserner Haut und blau geäderten Händen, und trotzdem besessen von dem Gedanken an grenzenlose Macht, erinnerte er sie an einen Vampirdarsteller aus einem drittklassigen Horrorfilm.

«Kannst du nie aufhören mit dieser ... Rache?», fragte sie. Er verzog sein Gesicht zu einem schiefen Lächeln. «Im Moment denke ich nur an meinen Sohn, Elisabeth. Alles andere ist mir egal.»

Elisabeth sah ihn traurig an. «Vielleicht verstehst du jetzt endlich, warum mir meine Familie damals wichtiger war.»

Er nickte stumm.

«Manchmal ist so ein Schicksalsschlag notwendig, um etwas zu begreifen», fuhr sie fort. «Mach Brigitte glücklich. Versuche es wenigstens.»

«Wenn Robert wieder gesund wird ...», er unterbrach sich, weil ihn die Vorstellung, dass es anders ausgehen könnte, tatsächlich ins Herz traf, «wenn das hier alles ausgestanden ist, wollen wir nach Long Island.»

«Dann wünsche ich dir viel Glück.» Elisabeth drehte sich um und ging davon.

Carl hatte in den vergangenen Tagen mehr gearbeitet als üblich. Er fühlte sich seinem Vater und nicht zuletzt sich selbst gegenüber in der Pflicht, die Tochterfirma Aphrodite Accessoires, der er nun bis auf weiteres vorstand, nach vorne zu bringen. Die Ereignisse im Zusammenhang mir Strobls Stofflieferung hatten ihm deutlich gemacht, dass er alles andere als souverän gehandelt hatte. Er war ein Grünschnabel, der aus dem Konzept geriet, sobald etwas ein kleines Stück anders lief, als er es gewohnt war. Und sein Ausflug in die Welt der romantischen Liebe hatte in einem Desaster geendet. Es war kein schönes Gefühl, der jüngste und dümmste Steininger in einer Kette von erfahrenen Geschäftsleuten zu sein. Zur Strafe verordnete er sich selbst ein rigoroses Qualitätssteigerungsprogramm. Er prüfte jede einzelne Warenpartie, die das Haus verließ, kontrollierte die Lieferscheine der eingehenden Posten seines Sortiments, verglich die Stückziffern mit den Kartoninhalten und notierte das Ergebnis seiner täglichen Plackerei in einer Art Logbuch. Schließlich wollte er ein sturmfester Wirtschaftskapitän werden. Dann kalkulierte er die Ein- und Ausgänge buchhalterisch, übertrug Einnahmen und Ausgaben in ein Kurvendiagramm und freute sich, wenn die täglichen Absatzziffern höher waren als die Ausgaben für Zulieferungen. Was die Accessoires betraf, war es kein leichtes Unterfangen, denn die Gewinnmargen waren knapp kalkuliert. Zunächst waren die Ausgaben frappierend hoch gewesen, gekennzeichnet durch eine rote Linie im Diagramm, deren Einstiegswert er bei hundert ansetzte. Naturgemäß befanden sich die Einnahmen vor der ersten Auslieferung bei null. Danach aber stiegen die Linien zaghaft an, wie Pflänzchen, die sich aus der Erde schälten und vorsichtig die Köpfchen aus der Krume reckten. Die Sonnenbrillen-Linie entwickelte sich schon bald prächtig und rankte sich herausfordernd der roten Linie entgegen. Und da Carl das der Natur entlehnte Bild gefiel, begann er zunehmend, sich für den Wetterbericht zu interessieren. Gürtel und Taschen hatten eine unentschiedene Tendenz bei langfristigem Wachstum. Die Schals waren sein Sorgenkind, aber das war nicht anders zu erwarten, solange hochsommerliche Temperaturen herrschten. Gegen zehn Uhr abends sperrte er üblicherweise das Büro zu und verließ das Gebäude. Im Gegensatz zu anderen Tagen erwartete ihn diesmal eine Überraschung vor der Tür.

«Hallo, Carl!», grüßte Karin. Verloren stand sie auf dem Pflaster und wirkte wie eines der armen Mädchen, die zur Zeit der alten Donaumonarchie Zündhölzer in den Straßen verkauften, um ihren Lebensunterhalt zu verdienen.

«Was machst du denn hier?», fragte Carl überrascht. Sie sah blass und besorgt aus. Sie tat ihm Leid, trotz allem. «Ich habe gehört, was passiert ist. Ich wollte dich fragen, ob du irgendwas weißt? Wie es Robert geht, meine ich.»

Carl schüttelte den Kopf. «Nur der Arzt kann sagen, ob er sich wieder erholen wird. Aber es gibt Hoffnung.»

Sie zögerte und spielte verlegen mit dem Schuh zwischen Steinen.

«Darf ich dich auf einen Drink einladen? Es ist so ...» Sie strich vorsichtig über ihren Bauch. «Ich hatte nämlich Sehnsucht nach dir.»

Bevor er reagieren konnte, nahm sie seine Hand und legte sie auf ihren sanft gewölbten Unterleib. Dabei schaute sie ihn liebevoll an. Carl spürte die warme Fülle. Es war, als könnte er das werdende Leben spüren, als würde es sich wohlig in seine Hand schmiegen. «Okay», sagte er und gab nach.

Wenig später saßen sie auf der Terrasse eines Bistros und genossen den lauen Sommerabend. Offenbar hatte sie mit dem Rauchen aufgehört. Sie bestellte sich einen Obstsaft. Carl bekam Gewissensbisse, weil sie sich im Interesse ihres gemeinsamen Nachwuchses so gesundheitsbewusst verhielt, während er seinen ganzen Ehrgeiz darauf verwandte, an seiner Karriere zu basteln. «Unsere Trennung kam ein bisschen abrupt», sagte er zögernd. «Aber ich war enttäuscht, wütend auf dich. Außerdem, ich weiß bald nicht mehr, was wahr ist und was nicht.»

Sie lächelte sanft wie eine Madonna. «Das verstehe ich gut.»

«Und wenn diese Sache hier vorbei ist ...» Es war so verflixt schwer für ihn, seine Gedanken zu ordnen. «Ich meine, vielleicht schaffen wir es ja, uns wenigstens ab und zu normal zu unterhalten.»

«Das sollte wohl möglich sein», stimmte sie ihm versöhnlich zu. Sie schlürfte an ihrem Trinkhalm, dann wechselte sie abrupt das Thema. «Gibt es eigentlich schon einen Verdächtigen?»

«Nein», erwiderte Carl überrumpelt. «Das heißt, die Polizei hat Albert im Verdacht.»

Karin spielte die Nichtsahnende. «Albert? Wie kommen sie denn darauf?»

«Er hat sich kurz vorher fürchterlich mit Robert gestritten.»

«Ach.» Das hatte Karin tatsächlich nicht gewusst. Aber es kam ihr sehr gelegen. Als sie ihren Fruchtsaft ausgetrunken hatte, schützte sie plötzliches Unwohlsein vor und ließ sich von Carl vor ihre Haustür bringen. Sie versuchte nicht, ihn nach oben zu bitten. Nicht einmal einen Kuss tauschten sie aus. Es schien, als hätte sie sich mit ihrem Schicksal abgefunden und würde sich nun ganz auf ihre neue Rolle als Mutter vorbereiten. Sie war so stark, dachte Carl. Er saß noch eine Weile im Auto vor der Tür und beobachtete, wie das Licht im Flur an- und wieder ausging. Dann wischte er sich eine Träne aus den Augenwinkeln und startete den Wagen.

Zur gleichen Zeit saßen Albert und Alpha auf dem Sofa und besprachen die traurige Lage, in die er durch die Ermittlungen der Polizei geraten war. «Sie werden dich doch nicht verhaften?», fragte sie besorgt. Nachdenklich schüttelte er den Kopf. «Ich war heute Nachmittag beim Anwalt. Sehr gut sieht es nicht aus, aber er meint, wir können die Untersuchungshaft umgehen, wenn keine neuen Verdachtsmomente hinzukommen.»

Alpha war empört. «Die können doch nicht ernsthaft glauben, dass du so etwas tun würdest.»

«Zumindest hätte ich ihn gestern gerne verprügelt», versuchte er es mit einem Scherz. Gleich darauf wurde er jedoch wieder ernst. «Es tut mir Leid, dass das ausgerechnet jetzt passieren muss.»

Alpha verstand, worauf er anspielte. «Morgen früh kommt Valeries Bademodenkollektion in den Verkauf.»

«Sie wird ganz schön aufgeregt sein, und Carl auch.»

«Du nicht?», fragte sie. Albert nickte. «Doch, die Kollektion muss laufen.»

Kommissar Holler hatte die Nacht im Büro verbracht. Durchschnittlich einundsechzig Morde wurden pro Jahr in Wien verübt, etwas mehr als ein Fall pro Woche. Achtzig Prozent davon waren Beziehungsdelikte aus Eifersucht, wobei der größte Anteil der Täter Männer waren. Gestern Nacht schien die Statistik einen klassischen Ausreißer hervorgebracht zu haben. Er selbst war an drei Tatorten gewesen, seine Kollegen an einigen weiteren. Vermutlich lag es am schwülen Wetter. Die Hitze machte die Männer aggressiv. Sie vertrugen den Alkohol schlechter und reagierten triebhafter auf die jungen Mädchen in ihren sommerlich leichten Kleidern. Entweder fielen sie über sie her, oder sie verprügelten daheim ihre Frauen, weil sie so wenig dem attraktiven Lustobjekt entsprachen, das ihre Begierde geweckt hatte. Als Variante musste ab und an auch ein Rivale dafür büßen, dass ihm eine Gunst gewährt wurde, die dem weniger Erfolgreichen versagt geblieben war. Im ungünstigsten Fall lag am Ende ein Mensch in seinem eigenen Blut am Boden. Gestern Nacht hatten sich ein paar dieser ungünstigsten Fälle ereignet. Holler war übernächtigt, unrasiert und hatte die Verabredung mit seiner Freundin zum wiederholten Male absagen müssen. Entsprechend übel gelaunt blickte er auf, als ein Kollege eine attraktive junge Frau in knappem Rock und hohen Stiefeln hereinführte, die eine Aussage über den versuchten Mord am Vortag an der Donautreppe machen wollte.

«Karin Schröder. Guten Morgen!», stellte sie sich vor.

«Holler», brummte er. «Sie wissen etwas über den Fall Fox?»

«Sonst wäre ich nicht hier.»

Er bot ihr einen Stuhl an. Sie setzte sich und schlug die schlanken Beine übereinander. Holler versuchte seinen Blick auf ihrem Gesicht zu fixieren.

«Ich höre», sagte er.

«Ich habe mich gestern Nachmittag mit Robert Fox getroffen. So gegen vier.»

«Weswegen?»

«Oh, wir sind alte Freunde. Sie wissen schon.» Ihr Lächeln ließ keinen Zweifel daran, welcher Art ihre Freundschaft war. «Er hatte nicht besonders viel Zeit, deswegen haben wir uns für den Abend verabredet. Robert Fox ist eigentlich zuverlässig. Ich habe mich gewundert, als er nicht anrief. Und dann habe ich von dem Unfall gehört.»

«Ist Ihnen irgendetwas aufgefallen?»

Sie tat, als wäre es ihr unangenehm, mit einer bestimmten Information herauszurücken. «Ja», sagte sie dann. «Er fragte mich über die Firma Aphrodite aus. Scheinbar hat er eine Menge Ärger mit den Eigentümern.»

Kommissar Holler horchte auf. «Wissen Sie mehr darüber?»

«Nein», erwiderte sie zögernd, allerdings bloß, um anschließend einen sehr präzisen Verdacht zu äußern, «nur, dass Albert Steininger Robert Fox hasst. Er ist sein stärkster Konkurrent. Ich habe zwei Jahre bei Aphrodite gearbeitet und weiß, wovon ich rede. Albert ist jähzornig und unberechenbar. Vor allem, wenn er getrunken hat.»

«Robert Fox ist doch Alberts Schwager?», vergewisserte Holler sich. Die Tatsache war ihm offensichtlich bekannt. Er wollte sie lediglich animieren weiterzusprechen.

«Valerie ist Alberts Halbschwester, ja. Ihre Hochzeit mit Robert Fox hat Albert Steininger nicht ins Konzept gepasst, firmentechnisch. Sie verstehen, was ich meine. Er war von Anfang an gegen die Ehe. Und er hatte Recht. Durch die Hochzeit mit Valerie kam Robert Fox an ein Viertel des Unternehmens heran.»

Holler pfiff leise durch die Zähne. «Das hat Steininger mir verschwiegen.»

«Roberts Firma hat versucht, Aphrodite zu übernehmen. Für Albert lösen sich durch den ...», sie machte eine kleine Pause, bevor sie weitersprach, «den ‹Unfall› eine Menge Probleme.»

Der Kommissar ließ sich nicht anmerken, wie er die Beschuldigung aufnahm. Er erhob sich und reichte ihr die Hand. «Vielen Dank, Frau Schröder. Sie haben uns sehr geholfen.»

Nachdem sie gegangen war, suchte er seinen Elektrorasierer aus der Schublade und machte sich auf den Weg in den Waschraum.

Die mindere Qualität von Strobls Warenlieferung kam durch einen dummen Zufall heraus. Valerie hatte einen roten Badeanzug aus der neuen Kollektion angezogen und war in den Pool hinter dem Haus gesprungen. Als sie wieder aus dem Becken kletterte, hatte er sich rosa verfärbt, und ihr Bauch sah aus, als hätte sie einen tiefen Schnitt mit einem Messer erhalten. Sie schlüpfte in ihre Kleider und raste zur Firma.

«Ich muss zu Albert, schnell!», rief sie Frau Künast zu. Die Sekretärin stellte sich ihr in den Weg und hob flehentlich die Hände in die Höhe. «Wissen Sie es denn nicht?»

«Was?», fragte Valerie außer Atem.

«Albert ist verhaftet worden. Vor etwa zehn Minuten.»

Valerie machte ein verdutztes Gesicht. «Wegen der Badeanzüge?»
Frau Künast verstand nicht, was sie damit meinte. An diesem Morgen verstand sie die Welt ohnehin nicht mehr.

Valerie ließ sie ohne ein weiteres Wort stehen und rannte zu Alphas Büro. Auch sie schien bereits von dem Unglück erfahren zu haben, denn sie telefonierte gerade mit dem Rechtsbeistand der Firma. Nachdem sie aufgelegt hatte, wandte sie sich aufgeregt Valerie zu. Sie war im festen Glauben, dass Valerie von Alberts Verhaftung gehört hatte und ihn für den Anschlag auf Robert zur Rechenschaft ziehen wollte. «Er war es nicht. Bestimmt nicht», redete sie hektisch auf Valerie ein.

«Ich muss dringend zu ihm.»

«Aber warum? Er war es doch nicht», wiederholte Alpha. Valerie war so mit sich beschäftigt, dass sie die Tragweite von Alphas Worten überhaupt nicht verstand. «Es muss gehen. Bei der neuen Kollektion ist etwas schief gegangen.»

«Was hast du gesagt?»

«Die Stoffe färben ab.»

Endlich fiel bei Alpha der Groschen. Sie überlegte kurz, dann fasste sie einen Entschluss. «Ich fürchte, wir müssen das alleine regeln. Komm.»

Ohne Valerie weiter über die Ereignisse aufzuklären, rannten die beiden Frauen in Carls Büro. Der Juniorchef war noch nicht eingetroffen. Während Alpha die Papiere auf seinem Schreibtisch durchwühlte, hatte Valerie einen Stapel Badeanzüge aus den Versandkartons geholt und tauchte sie der Reihe nach in einem Putzeimer ein. Das Ergebnis war niederschmetternd. Alle verloren Farbe. «Wir müssen die gesamte Kollektion zurückordern. Alles!», entschied Alpha nach einem kurzen Blick auf die nassen Stoffe. In diesem Moment betrat Carl den Raum. Er sah Valerie, die am Boden hockte, bemerkte den Putzeimer und die eingeweichten Badeanzüge. Eine fürchterliche Ahnung beschlich ihn. «Was ist passiert?»

Alpha maß ihn mit einem Unheil verkündenden Blick. «Das frage ich dich.»

«Du hast doch die Stoffe bestellt, oder nicht?», fragte Valerie. «Hast du denn keine Qualitätskontrollen gemacht?»

«Natürlich», stotterte er, «aber ich konnte doch nicht ahnen ...» Alpha unterbrach ihn. «Wo ist das Zeug her?»

Carl zögerte. Es war ein Albtraum. Er hatte alles getan, um sicherzugehen, dass er keine Fehler machte, und er hatte den größten von allen begangen. Er hatte die Farbechtheit der Hauptlieferung nicht geprüft. Badeartikel, deren Farben im Wasser ausbluteten: eine Dummheit von olympischen Ausmaßen. Geknickt gestand er die Wahrheit. «Der Stoff ist von Strobl. Aber ich schwöre, die Ware war absolut einwandfrei.»

Alpha stand kurz davor, ihren Neffen mit dem Kopf voran in den Putzeimer zu stecken, damit er seine absolut einwandfreie Ware aus der Nähe betrachten konnte. «Wenn das die Presse erfährt, kann Aphrodite einpacken!», machte sie ihm klar. Sie zwang sich, nicht die Nerven zu verlieren. «Wir müssen alle Filialen und Zwischenhändler anrufen und die Lieferung sofort zurückholen. Heute noch!»

«Ich setz mich sofort ans Telefon», sagte Carl. Solange er den Hörer in der Hand hatte, würde ihm wohl niemand den Kopf abschlagen.

«Das schaffst du nicht alleine. Such dir noch ein paar Leute», ordnete Alpha an. Carl nickte gehorsam.

Kommissar Holler hatte Albert in Handschellen abführen lassen, eine Willkürmaßnahme. Schließlich bestand bei dem im öffentlichen Leben stehenden Geschäftsmann kaum Fluchtgefahr. Aber Holler hatte sich nun einmal die Nacht um die Ohren geschlagen, seine Freundin versetzt und obendrein von einer Zeugin die latente Gewalttätigkeit des körperlich kräftigen Tatverdächtigen attestiert bekommen. Deswegen machte er sich keine Sorgen, dass er sich eine Rüge für sein Vorgehen von seinen Vorgesetzten einfangen würde. Abgesehen davon war er davon überzeugt, dass Albert Steininger keinesfalls Widerstand gegen seine Festnahme geleistet hätte. Ihm ging es nur um die demoralisierende Wirkung, die das Anlegen von Handschellen bei gut situierten Gesellschaftsmitgliedern im Allgemeinen hatte. Einen notorischen Kleinkriminellen konnte man damit kaum schrecken. Der war Demütigungen aller Art gewöhnt und hatte sich in der Regel eine solide Ignoranz gegen solcherlei polizeiliche Machtdemonstrationen angewöhnt. Bei Tätern in Schlips und Kragen dagegen brach der psychische Schutzschild häufig vollkommen zusammen. Sie waren gewohnt, dass andere vor ihnen kuschten, dass ihr Geld sie vor Zudringlichkeiten schützte und dass sie Auseinandersetzungen mit sozial schwächer Gestellten hochmütig verweigern konnten, so wie früher nur der in einem Duell satisfaktionsfähig war, der von ähnlich hohem Geblüt war wie sein Kontrahent. Alle anderen Bauernlümmel konnte man mit dem Knüppel aus dem Weg treiben. Diese Zeiten aber waren vorbei. So musste gelegentlich der eine oder andere der hochgestellten Herrschaften dann doch mit Erstaunen lernen, dass vor dem Gesetzbuch alle gleich waren, selbst die «Spezln» vom Bundespräsidenten. Der Gesellschaftsstar, Versicherungsbetrüger und sechsfache Mörder Udo Proksch mit seiner Hofbäckerei Demel war so ein schöner Fall gewesen. Vielleicht, dachte Holler, vielleicht würde er auch so eine gute Presse bekommen wie damals der leitende Ermittler.

Mit einer gewissen Schadenfreude registrierte Holler beim nächsten Verhör, diesmal in Polizeigewahrsam, dass Albert Steininger leicht unter Schock stand. Er legte die Hände hinter dem Kopf zusammen und lehnte sich auf seinem Stuhl zurück. «Reden wir noch einmal über den bewussten Tag. Herr Fox verließ wütend Ihr Büro. Was haben Sie dann gemacht?»

«Ich habe gearbeitet. Wie jeden Tag!», erwiderte Albert.

«Bis wann?»

«Weiß ich nicht mehr: neun, vielleicht halb zehn!»

In diesem Moment klopfte es an der Tür, und ein älterer Herr, Dr. Manfred Gerlach, seit Jahren der Rechtsanwalt der Familie Steininger, steckte seinen kahlen Kopf zur Tür herein. Albert blickte ihn erleichtert an.

«Wer sind Sie?», fragte Holler. Gerlach deutete auf Albert. «Sein Anwalt. Und du», wandte er sich an seinen Mandanten, «du sagst kein Wort mehr, zumindest so lange nicht, bis ich Einsicht in die Unterlagen genommen habe.»

Holler verdrehte die Augen. Da war es wieder: Kaum hatte man einen der Ihren verhaftet, kam das alte Knüppel-aus-dem-

Sack-Spiel. Der Kommissar musste sich fügen, nahm sich jedoch vor, Alberts Fall mit bevorzugter Aufmerksamkeit zu behandeln, auch wenn drei weitere Morde auf dem Schreibtisch auf ihn warteten.

Brigittes Tochter Bernadette war aus den USA zurückgekehrt. Einmal hatte sie versucht, Robert in dessen Büro im 14. Stock des Madison Avenue Office Tower aufzusuchen. Er hatte keine drei Worte mit ihr gewechselt. Ohnehin schien er sich immer nur für ein, zwei Tage in Amerika aufzuhalten. Danach hatte sie sich bei Cleo ausgeweint und es tatsächlich mit der Selbstfindung durch künstlerische Betätigung versucht. Nach einigen leer gequetschten Tuben Ölfarbe, einem Flirt mit einem jamaikanischen Maler, der die Welt des Cannabis-Rauschs auf der Leinwand zu bannen versuchte und dabei ständig auf Inspirationen durch Körperkontakt angewiesen war, sowie ermüdenden Diskussionen mit ihrer Gastgeberin darüber, wer den Kühlschrank aufzufüllen hatte, nach dieser im Großen und Ganzen desillusionierenden Stadterfahrung, die sie als Au-pair-Mädchen billiger hätte haben können, hatte sie ihre Sachen gepackt und war nach Wien zurückgekehrt. Von ihrer Mutter erfuhr sie, dass Robert im Krankenhaus lag. Man wollte sie allerdings nicht zu ihm lassen, weil sein Zustand kritisch war. Sie setzte sich auf die Bank im Wartezimmer und weinte, über Roberts Unfall, über die vergangenen vier Wochen in Amerika und darüber, dass sie noch nicht einmal zwanzig Jahre alt war und bereits jetzt die zynische Kälte und Sinnlosigkeit des Erwachsenenlebens so überreichlich hatte erfahren müssen. Zumindest war das in diesem Moment ihre Sicht der Dinge.

«Was machst du denn hier?»

Bernadette linste zwischen den Fingern hindurch, die sie sich vor das Gesicht gehalten hatte, um unbeobachteter weinen zu können. Valerie stand vor ihr und schien nicht sehr erfreut zu sein, sie hier zu sehen.

«Ich wollte mich nur erkundigen, wie es ihm geht», brach es schluchzend aus ihr heraus.

«Es gibt noch nichts Neues», sagte Valerie, ohne sich von ihren Tränen beeindrucken zu lassen, «du kannst also wieder gehen.»

Bernadette nickte und stand langsam auf. «Ich ... es tut mir alles so Leid.»

«Gib dir keine Mühe. Ich weiß, dass ihr ein Verhältnis hattet», fuhr Valerie sie an. Bernadette schwankte zwischen Selbstmitleid und dem Wunsch, die Dinge klarzustellen. Ihre Erklärung fiel dementsprechend dunkel aus. «Aber das stimmt doch gar nicht. Robert und ich, er hatte ziemlich viel getrunken damals. Er wusste gar nicht mehr, was er tat. Es war alles meine Schuld. Und ich wusste doch auch nicht, wer er ist.»

«Und wieso bist du mit ihm nach New York gegangen?» Das «mit ihm nach New York» war eine haltlose Übertreibung, so viel war Valerie klar. Aber Bernadette sollte sich nicht einbilden, dass sie nichts von ihrem Trip erfahren hatte.

«Das war die dümmste Idee, die ich jemals hatte. Robert wollte überhaupt nichts mehr mit mir zu tun haben. Er liebt dich. Das hat er mir gesagt, immer wieder.» Ein erneuter Weinkrampf schüttelte das junge Mädchen.

«Sagst du das nur, um mich zu beruhigen?», fragte Valerie milder gestimmt, entweder durch die Tränen oder weil die Auskunft tatsächlich einen Hoffnungsschimmer in ihrem Herzen entzündete.

«Nein. Es stimmt wirklich», beteuerte Bernadette, «ich wollte es nur nie glauben. Er ist so ehrlich. So ...»

«Und du hast dich in ihn verliebt», stellte Valerie fest.

Bernadette nickte. «Ja, leider. Aber er wollte mich nicht, nie, und jetzt ... jetzt stirbt er.»

Sie fing wieder an, hemmungslos zu weinen. Valerie wusste nicht, wie sie reagieren sollte. Die Besucher und das Krankenhauspersonal, die an ihnen vorbeikamen, warfen ihnen mitfühlende Blicke zu. Sie setzte sich neben Bernadette auf die Bank und nahm sie schweigend in den Arm. Nach einem kurzen Augenblick lief auch ihr eine Träne über die Wange. Es war ein schwacher Trost, dass sie nun zu zweit um ihn weinen konnten, aber er verfehlte seine Wirkung nicht. Valerie fühlte sich erleichtert.

Als Alpha ihn besuchen wollte, war Albert bereits in das Landesgericht I in der Josefstadt in Untersuchungshaft verlegt worden.

Sie ließ die Einlasskontrolle über sich ergehen und wurde in einen Besucherraum geführt. Die Szenerie kam ihr gespenstisch vor, unwirklich. Ähnliches hatte sie bisher nur in amerikanischen Kriminalfilmen gesehen. Und genau wie dort postierte sich auch hier ein Aufpasser neben ihr und lauschte auf jedes Wort, das sie wechselten. Nachdem sie sich erkundigt hatte, wie es ihm gehe, berichtete sie ihm von der Katastrophe mit der Bademodenkollektion.

Albert machte sich Vorwürfe. «Ich hätte Carl besser kontrollieren müssen. Aber ich konnte doch nicht ahnen, dass er an Strobl gerät.»

«Ich habe die Produktion erst mal gestoppt. Valerie fragt, ob sie die Stoffe nachbestellen soll.»

Albert dachte kurz nach und nickte dann zustimmend. «Ein Albtraum! Die halbe Kollektion nochmal anzufertigen, sie zu spät auf den Markt zu bringen. Das hätte nie passieren dürfen.»

«Ich weiß!», seufzte Alpha. Der Gedanke an die Sorgen in der Firma lenkte Albert immerhin von seinem akuten Problem ab. «Nicht auszudenken, was passiert, wenn wir den Verpflichtungen Bellini gegenüber nicht nachkommen können.»

«Die Accessoires laufen sehr gut. Wir hatten einen Rekordstart», munterte sie ihn auf.

«Wirklich? Na, immerhin das. Wir brauchen den Gewinn, dringend.»

Carl hatte mit seinem Alleingang niemandem einen Gefallen getan, aber Alpha wurde in diesem Moment bewusst, dass sie sich kaum jemals um ihn gekümmert hatte. In vielen Dingen war er noch ein Kind. Albert hatte versäumt, ihn auf die Schattenseiten des Lebens vorzubereiten. Sie nahm sich vor, daran in Zukunft etwas zu ändern.

«Carl hat zu viele private Probleme», sagte sie ihm. «Diese ganze Geschichte mit Karin Schröder, dem Kind.»

Albert nickte freudlos.

Gegen Abend fand Kommissar Holler noch einmal Zeit, bei dem Tatverdächtigen im Fall Fox vorbeizuschauen. Er versprach sich einiges von dem Gespräch, denn sein bisheriger Ermittlungsstand war um eine interessante Information bereichert worden. Holler glaubte jetzt, das Motiv zu kennen. Es war scheinbar doch ein Familiendrama, wie in achtzig Prozent aller Fälle.

«Haben Sie gewusst, dass Robert Fox sich mit einer gewissen Karin Schröder trifft?»

«Nein!»

«Aber es ist richtig, dass diese Dame ein Kind von Ihrem Sohn erwartet?» Holler genoss es zu sehen, wie Albert Steininger sich wand. Es war ihm offensichtlich unangenehm, dass ein kleiner Kommissar in so kurzer Zeit so viel über scine Welt in Erfahrung bringen konnte.

«Woher wissen Sie das?», fragte Albert. Er begann müde zu werden.

«Ihr Anwalt war so freundlich!», teilte Holler ihm mit.

«Carl hat die Verbindung zu dieser Frau beendet. Sie passt nicht zu uns.»

Ja, das ist mal wieder typisch, dachte Holler. Soziale Distinktion, Eindringlinge werden abgewehrt, notfalls mit radikalen Methoden. Das hatte er im Seminar auf der Polizeischule gelernt. Es war schön, einmal eine klassische Fallstudie vor sich zu haben. Was er dabei vergaß, war, dass Robert Fox aus den gleichen Kreisen wie Albert stammte. Aufgeregt fragte er: «Haben Sie eine Ahnung, wo ich Ihren Sohn finden kann?»

«Um diese Zeit ist er sicher zu Hause.» Albert biss sich auf die Lippen. Am Nachmittag hatte sein Rechtsbeistand ihm eingeschärft, kein Wort mehr zu sagen, und nun plauderte er alles aus.

«Ohne meinen Anwalt erfahren Sie nichts mehr von mir», teilte er dem Kommissar darauf schnell mit, auch wenn das reichlich komisch klang, nachdem er zehn Minuten Rede und Antwort gestanden hatte.

«Nicht nötig. Danke schön. Sie haben mir sehr geholfen», verabschiedete sich Holler.

Alberts Aussage war falsch, aber das hatte er nicht wissen können. Tatsächlich war Carl bei Karin zu Hause, um sie für das Desaster mit Strobls Warenlieferung zur Rede zu stellen. Kommissar Holler rieb sich die Hände, als er unangemeldet bei der jungen Frau Schröder vor der Tür stand. Eigentlich hatte er von Karin wissen wollen, wo er Carl finden konnte. Aber die Frage erübrigte sich, als er den jungen Mann, Steininger junior, wie er allen Grund hatte anzunehmen, im hinteren Teil des Raums sah. Das nannte man «einen richtigen Riecher», dachte er, zufrieden mit sich.

«Kommissar Holler?» Karin reichte ihm lächelnd die Hand.

«Guten Abend», sagte er und schlüpfte rasch ins Zimmer. «Sind Sie Carl Steininger?», wandte er sich direkt an ihren Gast.

Carl nickte. Holler lächelte zufrieden. «Zu Ihnen wollte ich.»

Er baute sich dicht vor ihm auf. Das war ebenfalls eine polizeiliche Grundregel in solchen Fällen. Es sollte einschüchtern, funktionierte allerdings nur, wenn das Gegenüber gleich groß oder kleiner war. So starrte er praktisch auf Carls Mund. «Nur eine Frage: Wo waren Sie vorgestern Nacht zwischen 22.00 und 23.00 Uhr?»

«Ich, ich war, ich glaube ...» Carl dachte nach. Er hatte sich wie üblich bis gegen zehn im Büro aufgehalten und war anschließend nach Hause gefahren. Gesehen hatte ihn niemand. Siedend heiß wurde ihm klar, dass er kein Alibi vorzuweisen hatte.

«Ja?» Holler machte wieder einen Schritt rückwärts, um Carls Mienenspiel besser beobachten zu können.

«Herr Steininger war die ganze Nacht bei mir», mischte sich nun Karin ein und setzte ihr süßestes Lächeln auf. Carl schaute sie überrascht an. Der verdächtige Blickwechsel der beiden entging Kommissar Holler nicht. «Stimmt das?»

«Nun ... ja», sagte Carl so unglücklich, dass er es auch gleich bei der Wahrheit hätte lassen können. Holler schluckte seine Enttäuschung hinunter. Das hier war kein offizielles Verhör. Also konnte er sich vorerst mit dem zufrieden geben, was geäußert wurde.

«Ich möchte Sie trotzdem bitten, morgen früh aufs Revier zu kommen. Sagen wir, um zehn?»

Mit diesen Worten marschierte er zur Tür. Das reizende Fräulein Schröder verabschiedete ihn. Unter ihrem dünnen Kleid zeichnete sich die sanfte Rundung ihres Bauches ab. Wenigstens die Sache mit der Schwangerschaft schien zu stimmen, dachte Holler.

«Wieso hast du das gesagt?», fragte Carl, nachdem der Kommissar gegangen war.

«Ganz einfach. Du hast sowieso schon eine Menge Ärger am Hals. Und ich bin mit daran schuld. Die Geschichte mit Strobl hab ich dir eingebrockt.»

«Allerdings», erinnerte sich Carl unwirsch an den Grund seines Besuchs. Karin blickte ihn flehentlich an. «Ich konnte wirklich nicht wissen, dass er dich so mies betrügen würde.»

«Ich habe Strobl angezeigt!», erwiderte Carl trocken. Karin erschrak. Am Ende war er fähig, sie auch noch vor Gericht zu zerren, dachte sie. Hastig lenkte sie die Aufmerksamkeit auf das aktuelle Problem. «Du hast für die Tatzeit kein Alibi. Meinst du, mir gefällt die Vorstellung, den Vater meines Kindes im Gefängnis zu wissen?»

«Aber ich war es nicht!», beteuerte Carl. Karin reckte sich zu ihm hinauf und gab ihm einen Kuss. «Das weiß ich doch.»

Carl war zu überrascht, um es zu verhindern. «Ich wünschte, Robert würde aufwachen und alles aufklären!», murmelte er. Er bemerkte nicht, was er mit dieser Bemerkung bei ihr auslöste. Für einen Augenblick wurde ihr Blick kalt und berechnend.

Fünf Tage, hatte der Arzt Valerie gesagt, wenn er binnen fünf Tagen aus dem Koma erwachte, gab es eine reale Chance auf Genesung für den Patienten. Andernfalls ... die Alternative hatte er nicht ausgesprochen, aber es war ihr klar, was es bedeutete: ein an Schläuchen und einem künstlichen Beatmungsgerät angeschlossener Körper, der Stück für Stück jede Ähnlichkeit mit einem lebenden Menschen verlieren würde. Unbeseelte Knochen, Sehnen, Muskeln, eine Organbank im Tiefschlaf.

Valerie saß neben Robert am Krankenbett und klammerte sich an seine leblose, schlaffe Hand, die den Druck nicht erwiderte. «Robert, ich liebe dich so sehr», flüsterte sie. Jetzt war es egal, was sie sagte, er konnte sie nicht hören. Sie konnte ihm ihre Liebe gestehen, ohne ihm weitere Vorwürfe zu machen. Das waren Nichtigkeiten aus einem anderen Leben, das weit zurückzuliegen schien. Sie näherte sich seiner Wange, hörte, wie der Sauerstoff durch seine Atemmaske zischte, und küsste ihn. Erst dachte sie, sie hätte sich getäuscht, aber dann geschah es wieder: Sein Augenlid zuckte, er blinzelte.

Valerie sprang auf und rannte auf den Flur. «Kommen Sie schnell, bitte!», rief sie dem ersten Arzt zu, der ihr über den Weg lief.

«Herr Fox? Können Sie mich hören?» Der Mediziner zog Roberts rechtes Lid hoch und leuchtete mit einer kleinen Stablampe in das Auge. Das Reagieren seiner Pupille ließ hoffen.

«Bitte, bitte, Robert ... sag doch was!», flehte Valerie.

Mühsam, wie in Zeitlupe, begannen seine Lippen sich zu bewegen, erstarrtes Leben, das sich zu befreien versuchte. Es schien, als wollte er lächeln. «Hörst du mich?», fragte Valerie aufgeregt.

Statt einer Antwort spürte sie, wie seine Hand in ihrer einen sanften, kaum merklichen Druck ausübte. Valerie rannen Tränen über die Wangen. Tränen des Glücks, für die sie sich trotz der Gegenwart des Arztes nicht schämte.

Valerie lief den Gang bis zum Warteraum hinunter. Erst dort durfte sie mit dem Handy telefonieren. Sie erreichte Elisabeth, Alpha und Tobias. Selbst bei ihrer Mutter versuchte sie es, die zurzeit in Japan unterwegs war, und wer immer auch abnahm, sofort sprudelte sie los: «Robert ist aufgewacht. Er wird es überstehen.»

Tobias erreichte das Krankenhaus als Erster. Valerie fiel ihm um den Hals. «Er hat gelächelt und meine Hand gedrückt. Der Arzt meint, das sei ein gutes Zeichen.»

«Ist das wahr?» Er freute sich aufrichtig mit ihr. Vor Aufregung wusste sie nicht, wohin mit den Händen. Sie drückte ihn noch einmal.

«Ja! Wartest du mit mir?»

Tobias strich ihr beruhigend über das Haar. «Natürlich.»

«Ich versuche nur schnell, seinen Vater zu erreichen.» Maximilian hatte sie im ersten Durchgang ganz vergessen, unbewusst vielleicht sogar verdrängt. Aber schließlich war er Roberts Vater. Er hatte ein Recht darauf zu erfahren, wie es seinem Sohn ging. «Geh nur», sagte Tobias. «Ich halte so lange Wache.»

Karin wusste noch nichts davon, dass Robert aus dem Koma erwacht war. Wenn es nach ihr ging, hätte er seine Augen auch nie wieder aufschlagen sollen. Es war ein Fehler gewesen, ihn an der Treppe einfach liegen zu lassen. Sie hätte ihn genau wie die Eisenstange in die Donau werfen sollen. Dann wäre ihr dieses riskante Unternehmen erspart geblieben. Aber aus Fehlern lernt man. Sie musste die Sache zu Ende bringen. Sie streifte sich ein hochgeschlossenes Kleid über, bürstete die Haare zu einem eng anliegenden Pferdeschwanz am Kopf zusammen und machte sich auf den Weg zur Klinik. Im Personaltrakt im dritten Stock fand sie, was sie suchte. Sie grüßte die Reinigungsfrau, die den Flur wischte, mit einem herrischen Kopfnicken und öffnete die Tür zu einem kleinen Umkleideraum für Ärzte und Krankenschwestern. Ein weißer Kittel in ihrer Größe war schnell gefunden. Sie streifte ihn sich über und setzte die Haube auf. An passende Schuhe hatte sie nicht gedacht, aber die flachen Slipper, die sie trug, beeinträchtigten die Glaubwürdigkeit ihrer Erscheinung nur unwesentlich. Der Reinigungskraft, die sie gleich darauf erneut passierte, schien jedenfalls nichts Ungewöhnliches an ihr aufzufallen.

Tobias stand auf dem Flur und beobachtete, wie ein Arzt Roberts Zimmer verließ. Er wollte nicht ungebeten hineingehen. Er war nur Valeries bester Freund, kein Familienmitglied. Der Augenblick, wenn Robert das erste Mal sprechen würde, gehörte zweifellos seinen Angehörigen; also wartete er auf Valeries Rückkehr. Außerdem schien der Patient jetzt offensichtlich medizinisch versorgt zu werden. Da würde er nur im Weg stehen. Eine Krankenschwester eilte an ihm vorbei in das Zimmer. Die Tür klappte wieder zu. Er stutzte kurz. Das Gesicht kam ihm bekannt vor. Aber das konnte auch eine Verwechslung sein. An guten Abenden sah er Hunderte von Gesichtern in seinem Lokal. Es war ihm unmöglich, sich alle einzuprägen, wozu auch? Wenn es ihnen gefallen hatte, kamen sie wieder. Wenn sie nett waren, wechselte er ein paar Worte mit ihnen an der Bar.

An der Bar: Er hatte ihr Gesicht gesehen. Es war die Frau, der die Handtasche heruntergefallen war, die so glücklich war, weil sie mit ihrem Verlobten in ein paar Tagen in die Staaten fliegen wollte, die ihm zum Beweis die Fotos gezeigt hatte, auf denen sie zusammen mit Robert Fox zu sehen war. Diese Frau war Karin Schröder! Tobias stemmte beinahe die Tür aus den Angeln, so heftig hatte er sich dagegen geworfen. Er sah, wie sie sich erschrocken zu ihm umwandte und dann hastig weitere Stecker und Schläuche aus den Geräten riss. Roberts Atemmaske fiel zu Boden. Ein durchdringendes Fiepen drang aus den Lautsprechern der Kontrollmonitore. Der Sauerstoff zischte aus dem Schlauch, der wie eine Schlange im Todeskampf rhythmisch zuckte.

«Was machen Sie da? Hören Sie auf!», schrie Tobias und warf sich auf sie. Sie wehrte sich und trat ihm mit voller Wucht in den Unterleib. Stöhnend sackte er zur Seite. Sie rappelte sich auf, ihr Schwesternhäubchen war ihr vom Kopf gerutscht. Aber nun war Valerie ins Zimmer zurückgekehrt. Sie sah Tobias, der sich am Boden wand, schrie auf, griff nach etwas, das ihr unter die Finger kam, es war die Medikamentenschale neben Roberts Bett, und warf sie Karin ins Gesicht. Die duckte sich. Wie Wurfgeschosse klirrten die Tabletten gegen die Fensterscheibe. Karin stürzte auf Valerie zu und schlug im selben Moment lang auf den Boden hin. Tobias hatte ihre Fersen umklammert. Die Geräte schienen vollkommen verrückt zu spielen, sie blinkten immer schneller, piepsten immer lauter. «Ein Arzt, schnell einen Arzt», schrie Valerie in den Flur hinaus. Eilige Schritte näherten sich.

Tobias hatte sich mit seinem ganzen Körpergewicht auf Karin gerollt und drückte sie zu Boden. Aber sie wehrte sich immer noch verzweifelt und entwickelte dabei ungewöhnliche Kräfte. Sie rammte ihren Ellenbogen unter Tobias' Nasenspitze. Ihm wurde schwarz vor Augen. Er taumelte zurück, und Blut schoss ihm aus der Oberlippe. Valerie setzte sich rittlings auf Karins Nacken. Tobias drückte ihre Beine zu Boden. Ihr Widerstand wurde schwächer, bis sie schließlich ermattet aufgab. Das war das Bild, das sich dem Arzt und den beiden Pflegern und Krankenschwestern bot, als sie ins Zimmer kamen.

Mit routinierten Handgriffen kümmerten sie sich zunächst um den Patienten und stellten die Geräteversorgung wieder her. Die beiden Pfleger erlösten Tobias und Valerie aus ihrer Ringerstellung und nahmen Karin in die Mitte. Eine Krankenschwester tupfte Tobias das Blut aus dem Gesicht. Er stöhnte auf, sein Nasenbein schien gebrochen zu sein. Dann wandte sich der Arzt an Valerie.

«Was ist passiert?»

Schwer atmend deutete sie auf Karin, die wie eine zerbrochene Puppe in den Armen der Pfleger hing. «Sie hat versucht, ihn zu ermorden!»

Erst jetzt konnte Valerie wieder klar denken und begriff die gesamte Tragweite des Vorfalls. Sie starrte Karin an. «Dann warst du es auch, die an dem Unfall schuld ist, nicht wahr? Und es hat nicht geklappt.»

Karin schaute auf den Boden. «Ihr könnt mir gar nichts beweisen», sagte sie leise. Angewidert schüttelte Valerie den Kopf. «Das werden wir ja sehen. Ich rufe jetzt die Polizei.»

Es war ein unangenehmer Besuch für Kommissar Holler. Aber er wusste, dass er ihn persönlich erledigen musste. Menschen wie Albert waren in der Lage, ihm ernsthaft das Leben schwer zu machen. Und das nur, weil sie nicht einsehen wollten, dass die polizeiliche Ermittlungsarbeit keinen Unterschied zwischen Arm und Reich duldete, gar nicht dulden konnte: So war nun einmal das Gesetz. Gut, die Sache mit den Handschellen konnte als unnötige Demütigung bezeichnet werden, aber Holler hatte seine Gründe gehabt. Vorsichtshalber steckte er sich auf dem Weg zum Untersuchungsgefängnis eine Flasche Sekt ein, Hausmarke, aus der Kantine. Weiß der Teufel, was die feinen Herrschaften so tranken. Aber als Geste des guten Willens würde es doch wohl durchgehen, hoffte er.

Er zeigte dem Wärter den Beschluss der Staatsanwaltschaft zur sofortigen Haftaufhebung und ließ die Zelle aufsperren. Er versuchte erst gar nicht, Albert eine langatmige Erklärung für die Notwendigkeit seiner Vorgehensweise zu geben. Stattdessen winkte er mit der Sektflasche und sagte: «Gute Nachrichten, Herr Steininger. Ich hoffe, Sie verzeihen mir.»

Albert richtete sich zu voller Größe vor ihm auf, nahm ihm die Flasche aus der Hand und sagte, halb grimmig, halb amüsiert über den plötzlichen Sinneswandel des Kommissars: «Es bleibt mir ja wohl nichts anderes übrig.»

Unten erwarteten ihn seine Mutter und Alpha am Wagen. Elisabeth schloss ihren Sohn erleichtert in die Arme. «Gott sei Dank!»

«Es war doch nur eine Frage der Zeit», spielte Albert die Verhaftung herunter. Dann umarmte er Alpha. «Ich habe mich fürchterlich gesorgt», flüsterte sie. Albert drückte sie und sah ihr liebevoll in die Augen. Sie nickte unmerklich, er lächelte breit.

«Elisabeth, wir haben noch eine Überraschung für dich», wandte er sich an seine Mutter.

«Was denn jetzt noch?», fragte sie besorgt. Überraschungen war sie langsam leid geworden.

«Alpha und ich werden nächste Woche heiraten.»

Elisabeth schüttelte lächelnd den Kopf. «Kommen wir denn nie zur Ruhe?»

Kapitel 16

In Roberts Zimmer war inzwischen Ruhe eingekehrt. Es schien, als habe der wüste Kampf vor seinem Bett nun endgültig seine Lebensgeister geweckt. Noch sah er zwar sehr mitgenommen aus, aber er hatte die Augen aufgeschlagen, und sogar das Beatmungsgerät war überflüssig geworden. Er drückte Valeries Hand. «Es tut mir so Leid.»

«Nein», widersprach sie leise, «ich bin an allem schuld.»

«Nein. Ich. Ich bin einfach vor dir geflohen.»

Die Selbstbezichtigungen hätten noch endlos weitergehen können, aber sie verstanden, dass sie einander wirklich und von Herzen liebten und dass es unwichtig war, das Maß ihrer Schuld zu wägen. Valerie küsste seine Fingerspitzen. «Willst du dich nicht erst einmal erholen? Reden können wir auch später noch.»

«Valerie, ich ...» Sie unterbrach ihn und legte ihm lächelnd einen Finger auf den Mund. «Pssst. Augen zu und schlafen.»

Gehorsam kniff Robert die Lider zusammen. Als Valerie den Finger von seinen Lippen nahm und aufstand, sagte er: «Ich liebe dich.»

«Wirklich?»

Robert nickte mit geschlossenen Augen – lächelnd.

Als Kommissar Holler in seinen Gendarmerieposten zurückkehrte, zischte ihm ein Kollege im Gang zu: «Du hast Besuch.»

Der Lump, dachte Holler, da hatte Albert ihm freundlichst die Flasche Sekt abgenommen und musste wohl gleich darauf seinen Anwalt angerufen haben. Der hatte sicherlich Beschwerde beim Staatsanwalt eingelegt, was wiederum dazu führte, dass der Hollers Dienststellenleiter von der ungeheuerlichen Überschreitung der Amtsbefugnisse seines Kommissars unterrichtet hatte. Er konnte es vor sich sehen: eine Telefonkette von scheinheilig höflichen gegenseitigen Unterrichtungen. «Selbstverständlich muss sich mein Mandant gegen die erlittene Rufschädigung mit allen Mitteln zur Wehr setzen.» Das war der Anwalt. «Sie werden verstehen, dass wir das unüberlegte Vorgehen nicht gutheißen können. Vielleicht ist der Herr Kommissar noch ein wenig zu jung für die ihm übertragene Verantwortung», so der Staatsanwalt. Und am Ende ein brüllender und tobender Chef: «Holler! Wohl verrückt geworden? Was haben Sie sich dabei gedacht, Menschenskind?»

Als er sein Büro erreichte, fiel ihm ein zentnerschwerer Stein von der Brust. Es war Carl Steininger, der ihn vor der Tür erwartete, keine Versetzung zur Verkehrspolizei.

«Ach, tut mir Leid», begrüßte er ihn. «Ich habe unseren Termin völlig vergessen!»

«Deswegen bin ich nicht hier», erwiderte Carl. «Ich habe Ihnen noch etwas zu sagen!»

Holler bat ihn freundlichst, Platz zu nehmen. «Aber, bitte, bitte. Machen Sie es sich bequem.»

«Ich habe heute Nacht die ganze Zeit wach gelegen», kam Carl ohne Umschweife zur Sache.

«Was hat Ihnen denn den Schlaf geraubt?»

«Ich war nicht bei Frau Schröder!»

«Sie widerrufen also Ihre Aussage?», fragte Holler interessiert.

«Ja. Ich glaube, sie hat mir ein Alibi verschafft, damit sie selber eins hat.»

Der Kommissar nickte zufrieden. «Das würde einiges erklären!»

«Was?»

«Sie wissen es noch nicht? Frau Schröder ist vor zwei Stunden verhaftet worden, als sie versucht hatte, bei Robert Fox die Maschinen abzuschalten.»

Carl schluckte. Das hatte er in der Tat nicht mitbekommen. Er war den gesamten Vormittag durch die Stadt gefahren, um die Lieferungen der fehlerhaften Bademodenkollektion persönlich aus den Geschäften abzuholen. Erst jetzt dämmerte ihm, was seine Aussage bedeutete. «Das heißt, sie war es auch, die ihn die Treppe heruntergestoßen hat?»

«Das leugnet sie noch. Aber jetzt, wo ihr Alibi platzt …» Holler wippte zufrieden mit dem Fuß: Fall gelöst. Das Donnerwetter glücklich umgangen. Vielleicht würde er wenigstens heute einmal seine Freundin anrufen können, um sich mit ihr auf den Abend zu verabreden.

Am nächsten Tag konnte Robert die ersten Schritte machen. Mit einem Kopfverband so dick wie ein Turban umrundete er das Bett auf wackligen Beinen. Valerie half ihm, sich in den Stuhl zu setzen. Jetzt, wo seine Erinnerung nach und nach zurückkehrte, fielen ihm die vielen kleinen Sünden ein, die er begangen hatte. «Ich hätte euch viel eher warnen können. Aber ich war wütend und eifersüchtig», erklärte er Valerie schuldbewusst.

«Und ich hätte dich sofort über die Rücknahme der Stimmrechte informieren müssen.»

Robert wehrte ab. Das war seine Beichte, und er wollte sie bis zur Neige auskosten. «Nein. Ihr hattet ja Recht. Natürlich hat Maximilian versucht, die Situation auszunutzen. Aber dass Albert gleich denkt, ich würde mit meinem Vater gemeinsame Sache machen ...»

«Du kennst ihn. Es ging um die Existenz von Aphrodite.»

«Ich wollte Albert wirklich nicht schaden.» Robert schüttelte den Kopf und bereute es im gleichen Moment, als sich ein grässlicher Schmerz in sein Hirn bohrte. «Maximilian hatte mich fast so weit. Ich war so wütend auf ihn, auf dich, und so wahnsinnig eifersüchtig!»

«Zwischen Alessandro und mir ist nichts passiert. Gar nichts! Ein kleiner Flirt. Das war alles», beruhigte ihn Valerie. Das machte es für ihn allerdings nur umso schwerer, sein Abenteuer vor der Hochzeitsnacht zu erklären. «Diese Geschichte mit Bernadette ...»

«Sie hat mir erzählt», unterbrach ihn Valerie, «wie es wirklich war. Das vor der Hochzeit und die Geschichte danach auch.»

«Das hat sie?», fragte Robert betroffen. Er fühlte sich jämmerlich. Der durch nichts zu beschönigende Fehltritt stand an letzter Stelle der Dinge, die er sich vorgenommen hatte zu gestehen. Vielleicht, weil er gehofft hatte, dass es auch so zu einer vollständigen Versöhnung ausgereicht hätte. Es war schlecht, keine Alternativen mehr in der Hinterhand zu haben. Aber nun war es dafür zu spät, dachte er unglücklich. Valerie sah seinen Kummer und fasste sich ein Herz. «Bernadette meinte, du wärst furchtbar betrunken gewesen. Ich glaube, sie ist eigentlich ganz nett. Sie hat sich große Sorgen um dich gemacht.»

«Ich wollte es nicht», sagte er mit bebender Stimme. «Kannst du mir verzeihen?»

Sie blickte ihn an. Mit seinem dicken weißen Kopfverband und dem traurigen Blick sah er aus wie ein Fakir, dem das Nagelbrett abhanden gekommen war. Valerie konnte sich ein Lächeln nicht verkneifen. Er hatte genug gebüßt. Sie nickte. «Wir haben beide Fehler gemacht.»

Sofort strahlten Roberts Augen wieder. «Meinst du, wir könnten es einfach noch einmal versuchen?»

Statt einer Antwort gab ihm Valerie einen langen Kuss.

«Ich sehe, ich störe», räusperte sich Maximilian, der unbemerkt eingetreten und nun der Ansicht war, dass die beiden Turteltauben sich langsam hinreichend geherzt hatten. «Hallo, Valerie. Hallo, Robert!»

Maximilian schritt zum Stuhl und nahm seinen Sohn steif in die Arme. «Gott sei Dank bist du wieder gesund!»

Valerie spürte die Spannung zwischen den beiden und beschloss, sie unter vier Augen miteinander reden zu lassen. «Ich lass euch lieber allein!», sagte sie und ging auf den Flur

«Bis gleich!», rief Robert ihr nach. Dann wandte er sich seinem Vater zu. «Das wäre beinahe schief gegangen, Dad!»

Maximilian klopfte ihm auf die Schulter. «Wir Foxens sind unverwüstlich!»

Aber Robert war nicht in der Stimmung, Familienbande zu beschwören, im Gegenteil. «Warten wir mal ab, wer von uns beiden der Unverwüstlichere ist», sagte er und hielt dem erstaunten Blick seines Vaters stand.

«Herr Fox?», sagte Strobl überrascht und legte den Klemmordner zur Seite, auf dem er gerade seine Lagerbestände notiert hatte.

«Guten Tag!», begrüßte ihn Maximilian kühl. Für eine derartig distanzierte Haltung bestand nach Strobls Meinung kein Anlass. Wenn jemand Grund zur Klage hatte, dann er. «Sie wissen, dass Carl Steininger mich angezeigt hat?»

Maximilian reagierte mit gespielter Gleichgültigkeit. «Ja. Und? Wo ist das Problem?»

«Sie haben mir den Auftrag erteilt, die Billigware zu liefern.» Strobl konnte sich einen vorwurfsvollen Unterton nicht verkneifen, auch wenn ihm bewusst war, dass sein Gegenüber von einem ganz anderen Kaliber war als er selbst und es alles andere als klug war, ihm zu drohen. Maximilian wischte sich gelangweilt ein Staubkorn von seinem Anzug. «Nichts habe ich! Es war Karin Schröder. Darüber sind wir beide uns doch einig!»

Er schaute Strobl herausfordernd an.

«Ja», stimmte ihm Strobl kläglich zu. «Aber als Karin hier war, da waren die Stoffe schon bestellt und verpackt. Was ist, wenn das jemand nachprüft?»

Maximilian schüttelte den Kopf über so viel Begriffsstutzigkeit. «Karin Schröder wurde vor kurzem verhaftet, weil sie versucht hat, meinen Sohn umzubringen. Was denken Sie, welchen Wert man den Aussagen einer Angeklagten beimisst, die eines Mordversuchs beschuldigt wird?»

Strobl zeigte ein schmales Lächeln. «Ich verstehe.»

Das war Maximilian nicht genug. «Gut. Dann werden Sie sicherlich auch verstehen, dass Sie sich wünschen werden, mich nie kennen gelernt zu haben, sollte irgendetwas schief laufen. Auf Wiedersehen.»

Er drehte sich um und ging zum Ausgang. Nach ein paar Schritten blieb er noch einmal stehen. «Ach, das hätte ich beinahe vergessen ...» Er zog ein Bündel Geldscheine aus der Tasche. «Frau Schröders Provision entfällt ja jetzt wohl.»

Strobl kam auf ihn zu und schnappte nach den angebotenen Scheinen. Rasch hob Maximilian die Hand, sodass er ins Leere griff.

«Auf eine weiterhin gute Zusammenarbeit», sagte er und drückte das Geld nun in Strobls ausgestreckte Hand. «Auf Wiedersehen, und bitte vergessen Sie nicht, was ich Ihnen gesagt habe.»

«Es sieht so aus, als ob Sie ein gesundes, kräftiges Kind bekommen, Frau Steininger.» Der Arzt reichte ihr das Ultraschallfoto, das Ergebnis seiner gerade beendeten Untersuchung. Alpha betrachtete das Gewirr von hellen Linien auf dem schwarzen Hintergrund. Sie konnte nichts darauf erkennen, was Ähnlichkeit mit einem menschlichen Wesen hatte. Aber sie lächelte stolz. Wenn der Doktor es sagte, musste es sich wohl so verhalten. Er schob seine Brille nach vorne und faltete die Hände. «Allerdings müssen wir mit der Geburt schon etwas früher rechnen.»

«Bitte?»

«Das Kind ist deutlich weiterentwickelt, als ich gedacht habe. Sie sind schon in der 17. Woche, Frau Steininger.»

«Was? Das kann doch nicht sein.» Hektisch kramte sie in ihrer Handtasche. Sie fand ihren Terminkalender, blätterte die Wochen zurück. «Das heißt, ich bin schon seit Anfang April schwanger?», vergewisserte sie sich. Der Arzt nickte freundlich. «Ihr Kind ist in der ersten Aprilwoche gezeugt worden.»

Wieder starrte sie in ihren Kalender. In der fraglichen Woche war sie in Rom gewesen, ohne Albert, der bereits vorher abgereist war, um die Probleme mit dem Kredit zu klären. Sie hatte verschiedene Termine eingetragen. Aber im Grunde wusste sie, ohne hinzusehen, dass nur einer davon infrage kam. Am Mittwochabend stand dort der Name Bellini und die Adresse des Nachtcafés, in dem sie sich verabredet hatten. Sie wurde kreidebleich und begann zu schwitzen.

«Ist irgendetwas nicht in Ordnung, Frau Steininger?», erkundigte sich der Arzt besorgt. «Doch, doch, alles in Ordnung», sagte sie. Sie verabschiedete sich überstürzt, nahm ihre Tasche und verließ eilig die Sprechstunde.

Am Samstagabend versammelte sich fast die ganze Familie der Steiningers im Garten der Villa. Sogar Brigitte war eingeladen worden, um die glückliche Wendung der Ereignisse zu feiern. Mit Rücksicht auf Valerie war Bernadette jedoch zu Hause geblieben. Albert verteilte die Champagnergläser, und Elisabeth sprach den ersten Toast. «Auf meine Familie. Mit euch ist es zwar schrecklich, aber wenigstens nie langweilig.»

Sie lachten und stießen miteinander an. Alpha hatte sich verspätet und gesellte sich erst jetzt zu ihnen. Sie suchte Albert und bemerkte, dass er im Gespräch mit Brigitte stand. Was sie mit ihm zu besprechen hatte, ging seine Noch-Ehefrau nichts an. Also wartete sie mit wachsender Ungeduld darauf, sich ihm an die Seite stellen zu können. Brigitte machte allerdings keine Anstalten, ihn freizugeben. «Maximilian und ich werden für ein paar Wochen in die Staaten gehen», verriet sie Albert mit einem triumphierenden Lächeln. Er verdrehte die Augen. «Du weißt, was ich von ihm halte.»

Brigitte lachte kokett. «Meinst du nicht, ich bin inzwischen alt genug, um auf mich aufzupassen?»

Bevor sie sich weiter über ihre glamouröse Zukunft auf Long Island auslassen konnte, zupfte Alpha ihn am Ärmel. «Kann ich kurz mit dir reden?»

Erleichtert löste sich Albert von Brigitte und ging mit ihr ein paar Schritte an die Seite. Er bemerkte, wie nervös sie war. «Ist irgendwas passiert?»

Alpha konnte ihm kaum in die Augen sehen. Sie rang nach Worten «Albert, ich ...»

Er fasste sie bei den Schultern. «Liebling, jetzt beruhige dich doch erst mal.»

Sie warf den Kopf in den Nacken, wie um ein schweres Gewicht abzuschütteln. «Sag, können wir unsere Hochzeit nicht verschieben?»

Albert fiel aus allen Wolken. «Wieso denn das?»

Alpha stotterte. Sie brachte es nicht fertig, ihm die Wahrheit ins Gesicht zu sagen, nicht jetzt und nicht hier, unter den neugierigen Blicken der anderen. «Ich ... weißt du, Albert, ich meine, ist das nicht alles ein bisschen überstürzt?»

«Wieso, was hast du denn auf einmal?»

«Nichts ... aber ...»

«Alpha, ich liebe dich», unterbrach Albert sie. Vermutlich war sie einfach nur aufgeregt, weil ein so entscheidender Schritt in ihrem Leben bevorstand, dachte er liebevoll. «Ich will den Rest meiner Tage mit dir verbringen.»

«Wirklich?», fragte sie mit zittriger Stimme. Diese Aussicht schien sie fast zu erschrecken. Er legte ihr zärtlich einen Finger unter das Kinn und hob ihren Kopf. «Ich freue mich auf die Hochzeit. Ich freue mich auf das Kind. Warum sollten wir warten?»

Alpha lachte nervös. «Ja, warum eigentlich? Ich ... vielleicht bin ich nur ein bisschen durcheinander wegen der Schwangerschaft. Vergiss, was ich gesagt habe.»

Albert schaute sie eindringlich an. Doch Alpha machte sich los und wandte sich lächelnd Valerie zu. «Ich habe gehört, dass Robert morgen entlassen wird?»

«Ja. Ist das nicht wunderbar? Nächsten Samstag fliegen wir schon in die Karibik. Robert und ich holen dann endlich unsere Hochzeitsreise nach.»

«Wie schade. Dann seid ihr ja gar nicht da, wenn wir uns das Ja-Wort geben», bemerkte Alpha, aber es klang nicht vorwurfsvoll. Sie hakte Valerie unter und zog sie mit sich fort.

Mit gerunzelter Stirn blickte Albert den beiden nach. Irgendetwas stimmte nicht mit Alpha. Aber er konnte nicht sagen, was es war. «Was soll's?», sagte er sich und trank sein Glas in einem Zug aus. Gemessen an dem, was sie bisher überstanden hatten, würde ihn so leicht nichts mehr erschüttern können.

Das Schlosshotel Thannegg-Moosheim kannten viele der Anwesenden bereits von Valeries und Roberts Hochzeit. Albert und Alpha hatten sich dafür entschieden, weil es ihnen damals gut gefallen hatte und weil es ausreichend Platz und eine stimmungsvolle Atmosphäre bot. Albert stand mit seinem Trauzeugen, dem Rechtsanwalt Dr. Manfred Gerlach, vor dem Eingang zum Bankettsaal und begrüßte die ankommenden Gäste. Besonders freute es ihn, dass Pietro und Alessandro Bellini sich auf den Weg gemacht hatten, um an der Feier teilzunehmen. Er war sich bewusst, dass er seinem italienischen Geschäftspartner viel verdankte, wenn nicht sogar alles. «Wie schön, dass Sie kommen konnten», begrüßte er ihn. Pietro umarmte ihn herzlich und küsste ihn auf die Wangen. «So ein Ereignis würde ich mir niemals entgehen lassen!»

Sein gut aussehender Sohn Alessandro fing sich einige interessierte Blicke der jungen Damen ein. Bernadette kam neugierig näher und stellte sich zu ihnen. Brigitte sah, wohin ihre Tochter entschwunden war, und folgte ihr mit einem reizenden Lächeln auf den Lippen. Albert bemerkte es und stellte schmunzelnd seine Gäste vor. «Brigitte, Bernadette, dies sind Pietro und Alessandro Bellini aus Rom. Sie haben uns in Italien den Weg bereitet.»

Pietro Bellini verbeugte sich formvollendet vor Brigitte. Bernadette streckte Alessandro die Hand entgegen, die er lächelnd schüttelte. «Freut mich, Sie kennen zu lernen.»

Alessandros Vater fiel auf, wie schwärmerisch Bernadette seinen Sohn ansah, der ihre Hand gar nicht mehr losließ. Er stieß ihm unauffällig in die Rippen und sagte dann laut: «Ich bin schon sehr gespannt auf die Braut.»

Alessandro verstand den Wink seines Vaters. Er lächelte Bernadette noch einmal an, dann folgte er ihm an die Seite.

«Was gibt es?»

«Es wäre besser, wenn du es nicht schon wieder bei einer Steininger probiertest!», murmelte Pietro auf Italienisch.

«Sie ist keine Steininger, Papa», widersprach Alessandro. Pietro Bellini machte eine Geste, die unmissverständlich zeigte, was er davon hielt.

«Ah, dann bin ich gespannt, was uns diesmal erwartet», meinte er ironisch. Alessandro hielt dagegen. «Ich bin erwachsen.»

«In diesen Dingen wird man nie erwachsen», stellte sein Vater trocken fest. Dann wandte er sich um und begrüßte erfreut einen neu hinzugekommenen Gast. «Ah, Maximiliano, come stai? Tutto al posto?»

Fox senior erwiderte den doppelten Wangenkuss lächelnd. Er hatte es immer gewusst. Die Zeit würde für ihn spielen. Er gehörte zu einer großen Familie. Einer, die weitaus größer und mächtiger war als die der Steiningers.

Zur gleichen Zeit saßen Robert und Valerie eng umschlungen am Palmenstrand vor dem Hotel «SeaHorse Inn» auf Santa Lucia.

Sie blickten auf die «Marigot Bay», die von dem Weltreisenden und Bestsellerautor James Mitchener einmal als «die schönste Bucht der Karibik» bezeichnet wurde. Der Waiter brachte ihnen einen Kokosnuss-Cocktail. Sie schmeckten den herbsüßen Geschmack auf der Zunge und tauschten ihn mit einem langen Kuss aus. Valerie schaute verträumt auf die untergehende Sonne, ein Feuerball, der am Horizont wie ein gigantischer roter und karmesinfarbener Eidotter auseinander floss. «Wie spät ist es jetzt in Wien, elf Uhr? Dann heiraten sie gerade!»

Robert lächelte und zog sie wieder an sich. «Ich hoffe, sie werden genauso glücklich wie wir.»

Besetzung

Franz Steininger
Maximilian Schell *(Folgen 1–3)*

Albert Steininger
Christian Kohlund *(Folgen 1–6)*

Alpha Steininger
Barbara Wussow *(Folgen 1–6)*

Robert Fox
Philipp Brenninkmeyer *(Folgen 1–6)*

Valerie Landau
Denise Zich *(Folgen 1–6)*

Elisabeth Steininger
Rosemarie Fendel *(Folgen 1–6)*

Maximilian Fox
Helmut Griem *(Folgen 4–6)*

Barbara Landau
Barbara Sukowa *(Folgen 1–6)*

Brigitte
Andrea Eckert *(Folgen 4–6)*

Karin Schröder
Julia Thurnau *(Folgen 1–6)*

Cleo Steininger
Marion Mitterhammer *(Folgen 1–6)*

Pietro Bellini
Franco Nero *(Folgen 4–6)*

Stab

Regie
Marco Serafini *(Folgen 1–6)*

Drehbuch
Christiane Sadlo *(Folgen 1–3)*
Susanne Hertel, Marco Serafini *(Folgen 4–6)*

Kamera
Uli Kudicke *(Folgen 1–3)*
Bernd Neubauer *(Folgen 4–6)*

Musik
Riz Ortolani *(Folgen 1–6)*

Schnitt
Ilana Goldschmidt *(Folgen 1–6)*

Redaktion
Dr. Andrea Bogad-Radatz (ORF) *(Folgen 1–6)*
Sonja Zimmermann (ARD/Degeto) *(Folgen 1–3)*
Hans-Wolfgang Jurgan (ARD/Degeto) *(Folgen 3–6)*

Produzent
Karl Spiehs

LISA FILM
Produktion GmbH